大魔神伝奇

クトゥルー・ミュトス・ファイルズ
The Cthulhu Mythos Files

田中啓文

創土社

目次

魔神ガロンに——

邪宗門伝来秘史

日本において至福であるフランシスコに関して、次のことが書かれている。即ち、彼は毎夜、広場にて「ダニチを礼拝せよ」と説教していた、ということである。ダニチとは、日本においては大日如来《だいにちにょらい》と記《しる》すが、輝きわたる偉大な存在、すなわち、宇宙の根源を意味するものである。フランシスコは、このダニチなるものが、主でありキリストであると言っていた。しかし、彼は、この名前に秘められた意味を知っていたのである。

――一六一八年十二月二十五日付マカオ発アフォンソ・デ・シルヴァ書簡より

汚泥のように黒い波がねっとりと並ぶなか、陰鬱《いんうつ》な月が映る海面から時々鉛色の奇怪な魚が跳ねるのが見える。マラッカをたってすでに四十七日。ジャンク〈海賊〉号は滑るような船足で夜の海を進んでいる。舳先《へさき》に立ち、波濤《はとう》に暗い視線を送る長身の男は、左手を船縁《ふなべり》に突き、右手の人差し指と親指を広い額に当てている。黒い目、黒い髪、黒い髭、そして、着古した黒い長上着《カソック》。

「どうなさりました、パードレ・マエストロ・フランシスコ。何かご心配ごとでもおありではございませぬか」

潮風に荒れた頭髪を後ろで束ねた、四十少し前とおぼしき東洋人が後ろから声をかけると、フランシスコと呼ばれた男は作り笑いを浮かべて振り向いた。

「おお、アンジロー……いや、パウロ・デ・サンタ・フェか」

それから顔を引きしめると、

「隠しているつもりだったが、私が苦しんでいるとよくわかったね」

「船が無事に日本へ着くかどうかがご心配ですか。それとも、日本での布教がうまくいくかどうかがご心配ですか」

「とんでもない。そういったことは全て神《デウス》の御心のままに行われる。私は何の心配もしていない。いや、私が心配すべきことではないのだ」

「これは失礼いたしました。では、何が……」

「眠れぬのだ。ここ数日、眠りに落ちるとすぐに夢を見る」

「夢……？」

「そう……夢だ。毎晩、眠りが訪れるやいなや、悪夢が雷のように私に降ってくる。脳に腕を突っ込まれているような痛みをともなう夢だ。何度も見たので細部までくっきりと覚えてしまっている」

「どんな夢でございます」

フランシスコは少しためらったが、やがて告白するように話しはじめた。

「どこともしれぬ場所……広いのか狭いのかすらわからぬ場所に私は立っている。ただどこか〈深いところ〉であることだけはわかる……」

天まで届くような巨石の群れが私を取り囲んでいる。それらはいまにもこちらに倒れてきそうな危うい平衡を保ち、息苦しい緊張を強いる。その外側には、上にいけばいくほど太く、根もとは人間の腕ほどしかないいびつな石柱が数百本、ぐらぐらと揺れながら屹立《きつりつ》しており、皮膚病に冒《おか》された肌のように爛《ただ》れたその表面からは、緑色の寒天のような膿《うみ》が間断なく滴《したた》り落ちている。緑色の膿は地面に溜まり、糞便のような臭いを立ちのぼらせている。私はそれに、くるぶしのあたりまで浸っており、歩こうとすると、ねっとりと糸をひいて私をその場につなぎとめようとする。薄汚れた蒼色の空にはどろどろした煙がうねり、呼吸をするだけで不潔な何かが肺に侵入するような気がする。崩れかけた古い建造物があちこちに点在し、あるものは山のように巨大だが、あるものは犬小屋のように小さい。どの建物も、騙《だま》し絵のように歪み、まるで紙で作っておいたのを両手でむりやり雑巾《ぞうきん》のように引き絞ったがごとき異常な形状で、じっと見ていると、こっちの気がふれているような嫌な気分になる。どこまでもどこまでも続く、荒涼とした廃虚。その床を緑色の腐った粘液がさざなみのように這う。とはいえ、広大な広がりは感じられない。何か……狭い戸棚に押し込められているような閉塞《へいそく》感がある。どこにも人の気配はない。ただ、常に誰かに見られているような、悪意に満ちた視線を感じる。何ともいえない胸の悪さ。私はとうに気づいている。この場所のどこかに、「何か」がいる……とてつもなく巨大でとてつもなく邪悪でとてつもなく忌《い》まわしい、私の信仰とまっこうから対立する「何か」が……。そのことだけはひしひしと伝わってくるのだ。私は十字架《クルス》を握りしめ、聖書の文言を唱えながらゆっくりと前進する。緑の腐海のそこここで、水掻《か》きのある小さな手や足が突き出したり、引っ込んだりしている。青黒いぬるっとしたものが脚の間をすり抜けていく。一歩、一歩、なぜか私は、近づいていくのだ……巨大なおぞましい存在に……。逃げることは絶対にできない。そのことを私は知っているようだ。それが見えてくる。やつの宮殿だ。内臓を何百万倍かに拡大して固めたような建造物。ぶよぶよした物質でできており、ときどきぶるっ、ぶるっと左右に大きく揺らぐ。例の緑色の汁がじくじく滲《にじ》み出しているその表面からは、赤や青や黒い斑点が蛙《かえる》の卵塊《らんかい》のように透けてみえる。その建物の中から、低い咆哮《ほうこう》が聞こえてくる。そこに込められた剝《む》き出しの憎悪と敵意のあまりの激しさに酔ったようになり、思わず十字架を握りしめる。私は震えている。生まれてはじめてといっていい恐怖のゆえだ。二十八歳のときにこの道に入って以来十六年、神のみを頼みとして多くの悪魔を退けてきた私だが、これほど怖ろしいと思ったことはない……。

「そこで目が覚めるのだ」

ため息とともに言うフランシスコに、パウロは慰め顔で、

「マラッカを出てからもうひと月半。夢は五臓の疲れと申します。途絶えることのない船酔いが、パードレ・マエストロの神経を蝕んでいるだけでございましょう。それよりも……差し出がましいことではございまするが、日本の土を踏んでから我らを待ち受けるであろう試練に思いを馳せるほうが賢明かと……」

「よくぞ申した、パウロ。おまえの言うとおりだ。日本はおまえにとっては祖国かもしれぬが、我らにとっては未知の世界だ。不幸にして主の教えをまるで知らぬ人々への伝道は、困難を極めるだろう。くだらぬ夢なぞに心を患わしている暇はないのだ」

「さようでございますとも、パードレ・マエストロ。もうまもなく、わたくしの郷里、鹿児島が見えてまいりまする。長い航海も終わりにございまするよ」

「苦難に満ちた長い航海も、異教徒のなかに滞在することも、自らの罪を背負い、そして他人の罪をも背負うことも、全て父なる神が与えたもうた試練なのだ。これらの試練と苦悩を乗り越えてこそ、主イエス・キリストが掛けられた十字架の真実がわかるのだ」

フランシスコは自分に言い聞かせているかのようだった。

「まだ見ぬ日本の民をひとりでも多く、この愛の教えに目覚めさせ、導くことこそが私の使命だ。おまえの話では、日本の人々は、シントーやブッキョーなどという誤った宗教しか知らず、しかも僧侶や神官は、忌まわしい男色や遊蕩《ゆうとう》に耽《ふけ》っているという。厳格な清貧と童貞を旨とするわがイエズス会とはまるで相容《あいい》れぬ、その土地の既存の宗教と争い、論破《ろんぱ》し、勝利を得るのはたいていのことではないが、私はインドではイスラム教徒やバラモン教徒の迫害を

うち破った。神の教えのみが正しいと信じる強靭《きょうじん》で熱い信念があれば、どんな困難も打破できる。私の怯懦《きょうだ》や怠慢《たいまん》のせいで、いかに多くの魂が救済の機会を逸《いっ》して地獄に落ちるかと思えば、この身はたとえぼろ雑巾のように擦《す》り切れても、この仕事をやり通さねばならぬ……やり通さねば……」

フランシスコは、そこでふっと言葉を切ると、血のように真っ赤な月を見上げ、

「だがな、パウロ……」

血を吐くような語調で、彼は言った。

「夢のなかの……おぞましい咆哮が聞こえてくる建物に……私は毎夜、少しずつ近づいているような気がするのだ。はじめて見たとき、目覚める直前に、私は緑色の汁が滴る建物を遠望していた。だが、昨夜は……もう目の前に迫っていた。おそらく今日、私はあの建物に足を踏み入れることになるのだろう。そうならぬためには……眠らぬことだ」

「夢でございます。ただの夢でございますよ」

「私は、これまで、自分の行く道を決めたとき、必ず神に祈りとともにその内容を報告してきた。そのたびに、ある種の手応えというか、聖霊がくだったかのような、祝福に満ちた気分になったものだ。ヴェネチアに行ったときも、ボローニャに行ったときも、インドに向かったときも、マラッカに赴いたときも……神はわが決断をともに喜んでくださった。だが、今回は……」

「神が、この日本への伝道の旅をお喜びでないとおっしゃるのですか、パードレ・マエストロ！」

「いや…確証はない。しかし、この毎夜の悪夢は、日本へ行ってはならぬ、という神の御心のあらわれではないかと思わぬでもないのだ」

「お考えすぎでございましょう。御教えの広まりを神がお喜びにならぬはずがございませぬ」

「だとよいが……我らのこの企てが、私や日本の民にとって悪い結果を生むのではないかと、私は危惧《きぐ》している」

「悪い結果と申しますと……」

「わからぬ。だが……」

「弱気におなりあそばすな。神は常に正しゅうございます。神の教えを知らぬものは無知の罪を犯していると聞いております。かくいうわたくしもその一人でござりましたが……彼らを教え、導くことが、なんじょう神の御心に背くことになりましょうぞ」

フランシスコは応えず、遠い波濤のうねりを見つめていたが、あることに気づいて顔色が変わった。黒々とした水面下に、いつのまにか無数の魚影がある。何万匹という数だ。しかも、一定の方向に流星のような勢いで進んでいる。いや……進んでいるというより、何かから逃げているというべきか。

「何だ、あれは……」

フランシスコは魚群が逃げてくるほうに視線を向けた。ジャンクから二十間ほど先。そこには、船上生活の長い彼にも見極めのつかないものがあった。海面の色がそこだけ濃い緑に変色し、六尺ほど盛りあがっている。ぶつぶつとした汚らしい粘着質の泡が生まれては潰れ、魚臭い臭気が押し寄せてきた。死んだ魚の臭い。腐った貝の臭い。フランシスコが顔をしかめたとき、あぶくのなかから黒褐色の岩《がん》礁《しょう》のようなものが突きあがった。岩ではないとわかるのは、左右に月と見まがう円盤状の目玉がついており、下方に「への字」に結ばれ、ナイフのように鋭い牙がでたらめに生えた口があるからだ。それは、巨大な魚……それも太古に滅んだはずの甲冑魚《かっちゅうぎょ》の頭部のように見えた。頭部だけでこのジャンクと同じぐらいの大きさがあるのだから、胴体をいれるとどれほどの大きさになるか想像もつかなかった。

「何だ……あれは……」

フランシスコはもう一度言った。スペイン人のコスメ・デ・トルレスが応えた。

「鯨……ではあるまい。噂に聞く海蛇《シーサー・パント》の類《たぐい》か、それとも大蛸か……」

フランシスコは拳を握りしめ、

「ヨブ記に登場する海獣リヴァイアサンかもしれぬ。硬い鱗《うろこ》に鋭い牙を持ち、目は輝き、口からは火を吹き、鼻からは煙を出すというが……」

そう言ったあと、彼はかぶりを振った。彼の言葉を一番信じていないのは彼自身だった。フランシスコはそれが何ものであるか瞬間的にさとっていた。

「パードレ・マエストロ、わたくしの郷里では、海坊主という化け物が船を襲うとか申します。あるいは船座頭《ふなざとう》やら海難和尚《かいなんおしょう》といった海の魔物の話を聞いたことがござります。あれもそういった類のものかと……」

パウロの言葉に、フランシスコは血管の浮かびあがった両眼で食い入るように泡立つ海面を見つめながらなにごとかを呟いたが、にわかに高まった波音《なみおと》のせいでパウロの耳には届かなかった。

インド人や中国人の水夫が大声で喚《わめ》き叫びながら右往左往している。魚貝類を煮たときに出る灰汁《あく》のように白濁した固い泡は次第にその大きさを増し、今ではひとつが数間もの幅を持つほどになっている。ぼこっ……ぼこ……ぼこぼこ……生まれては消える消えては生まれる。どこを見ているのかわからない白濁した目をぎょとぎょとさせながら、馬鹿でかい魚の頭部は、〈海賊〉号のほうを向いたまま動こうとしない。

「これは神の罰だ。おお、神よ、罪深き我らを許したまえ」

「神の教えを伝える船に、なんで神罰がくだろうか。あれは化け物だ。この船は悪魔に魅入られたのだ」

「いや、あれは、我らがキリストの教えを広めに来たと知って、日本のブッキョートが差し向けた怪物だ」

水夫たちは口々に怒鳴る。なかには泣き出すものも、手斧を持ち出すものもいた。

（そういえば……マラッカをたつときに知港事のドン・ペドロ・ダ・シルヴァが言っていた。日本近海には、太古、この世界に降臨した化け物が封印されているとか。あのときは冗談だろうと気にもとめなかったが……まさかこれが……）

フランシスコはぶるぶると頭を振り、水夫たちを振り向いて叫んだ。

「たとえあれが何であれ、我らには神のご加護がある。心を込めて主祷文《しゅとうぶん》を唱えよ。そうすればきっと……」

泡を突き破るようにして、巨魚はその胴体を現した。いや……それは巨魚ではなかった。フランシスコは息を呑んだ。首の下には、人間のものに酷似した胴体がついていたのだ。海中に聳《そび》え立つ岩山のような身体は松毬《まつかさ》に似た鱗に覆われてはいるが、腹部には大きな亀裂が走り、そこから紫色の臓物が流れだしている。その臓物を、何万匹ものフナムシや白い仔虫が食い荒らしているのが見える。化け物は、水掻きのある大きな手で、おのれの内臓に群がる白い仔虫の群れを掴んでは、真っ赤な舌で巻き取って食べている。

その怪物から少し離れた場所に、別の泡が湧きあがり、一体の怪物が姿を見せた。大きさはやや小さいが、それでもジャンクの数倍はあるだろう。

二体の半人半魚の化け物のちょうど間あたりの海面に、突如、象の鼻のような灰色の触手が数百本突き出された。うねうねと蠢《うごめ》くその触手には蛸のような吸盤が三列にずらりと並んでいる。一本いっぽんが独立した大蛇《だいじゃ》のようにばらばらの動きをしながら、それらはゆっくりと〈海賊〉号に向かって近づいてくる。

「逃げろ、船を動かせ！」

誰かが悲鳴のような声をあげたが、風は逆向きに吹いている。

触手のうちの数本の先端の指が、船縁にかかった。赤ん坊のもののような丸っこい指。しかし、その手がジャンクを大きく揺すぶりだした。小さな手は次々と船縁を掴む。そして、甲板《かんぱん》をウミウシのように這い、水夫たちに五指を伸ばす。黒人水夫の左足首を撫でる。

「うぎゃあおあああっ」

水夫の足首から白煙があがった。指の型がつき、ぶすぶすと焼け爛れている。

「船幽霊だ……これは噂に聞く船幽霊です」

パウロが言った。

「水死した船乗りの霊が集合したもので、海中から白い手を出して、柄杓《ひしゃく》をくれ、柄杓をくれ、とおめくのです。でも、柄杓を渡してしまったら最後、海水を注ぎ込まれて、その船は沈むと申します」

小さな手が水夫たちを追うにつれ、その後ろに続く太く長い触手部分がずるずると船に入ってきた。ざらざらした蛇のような鱗に覆われ、星の形をした茶色い模様がついている。太さは一定ではなく、膨れあがったり、逆にすぼまったりしている。

フランシスコは率先して何度も胸で十字を切り、

「天にまします我らが神よ……あなたの使いとして小国に赴《おもむ》かんとするここなるあわれな子羊を助けたまえ……」

海の底から、何かがあがってきた。ごぼごぼごぼごぼごぼがばごぼがばごぼがばごぼ。それは、何万匹、何億匹というイソメ、ゴカイ、エラコ、アカムシ……といった多毛類の塊《かたまり》だった。くんずほぐれつ、うねうねとからまりあいながら、海面を埋め尽くして蠢いている。月光に踊り狂うゴカイたち。〈海賊〉号は虫の渦に巻き込まれていった。

続いて、酸のようにざらざらした猛烈な悪臭が押し寄せてきた。嗅《か》ぐと、喉や鼻腔《びこう》の粘膜を鑢《やすり》でこすられたような激痛が走り、水夫や同乗者たちは口と鼻を押さえて悶絶《もんぜつ》した。なかには嘔吐《おうと》しているものもあった。

「願わくば御名の尊ばれんことを、御国の来らんことを。御旨の天に行われるごとく、地にも行われんことを……」

吐き気を堪《こら》えながら、フランシスコは主禱文を唱え続ける。

天が割れたかと思えるほどの凄まじい大音響とともに、船よりも太い水柱が海中に屹立したかと思うと、海水が頭上から滝のように降ってきた。海水は途中からねばねばした粘液に変化した。それも……緑色の液体だ。それがかかると木であれ金属であれ白煙を噴きあげて溶解する。もちろん、頭から浴びた水夫は瞬時にして皮膚を失い、骨や内臓をさらけ出すこととなった。激しい酸臭が周囲の大気を満たした。ぼたぼたぼたぼた……とゴカイやイソメが驟雨のように甲板に降り注ぎ、足もとを埋め尽くした。

「地獄だ……我々は地獄に船を乗り入れてしまったのだ……」

　誰かがそう言ったが、本当の地獄が現出するのはまだこれからだった。

　突然、海が沸騰した。全てを溶かす毒液と化した海水が、ぐらぐらと煮えたぎった。悪臭が一段と増し、目や喉や鼻の奥が錐で突かれたように痛んだ。無数の多毛類たちはのたうちまわりながら溶解していき、海水はまさに魔女が秘薬を作っている鍋のようにどろどろになった。

　煮えたぎった海が、いきなり二つに裂けた。モーゼが紅海を割ったように。黒いものが、海底からゆらりと浮上してきた。船上の全員が恐怖に身体を痙《けい》攣《れん》させながらその物体を凝視していた。溶けかかったゴカイやイソメを掻き分けるようにして現れたのは、幅十間《けん》ほどの巨大な球体だ。全体が浮腫《ふしゅ》のようにぶよぶよとむくみ、あちこちに細かい縮緬皺《ちりめんじわ》がより、疥癬に冒されたような汚らしい茶色の染みがあり、鎌のようにざらついた部分や潰瘍《かいよう》状になって膿が流れ出している部分もある。太い血管が縦横に走り、陰茎のような突起が無数につき、先端から緑色の粘液をぴゅっぴゅっと噴きだしている。ヒザラガイやカメノテ、フジツボ、岩牡蠣《いわがき》などがびっしりとはりつき、フナムシが走り回り、ウミウシやアメフラシが這いずっている。象皮病にかかった睾丸《こうがん》を逆さにしたような外見だ。あるいは、信じられないほど大きな蛸《たこ》の胴体か。風船のように膨らんだり縮んだりしながら、時折びくっ、びくっと脈動する。

月光にてらてらと濡れ光るその球体の下部に、顔があった。

「おお……神よ……」

フランシスコは叫んだ。

「神よ……助けたまえ……」

襞《ひだ》のついた、女陰のような深い裂け目が七、八筋並んでおり、その奥から、人間のものとそっくりの目がのぞいている。薄笑いを浮かべているように見える、古木の洞《うろ》のように歪んだ口は、内臓とおぼしきグロテスクな器官を吐き出したり、飲み込んだりしている。頭部のすぐ下あたりから、象の鼻に似た千本ほどの灰色の触手が伸び、先端についた例の小さな手が結んで開いてを繰り返している。肩と呼べるようなものはないが、触手のなかから二本の腕が生えており、その先には鉤爪《かぎづめ》がついている。どす黒い胴体は水中にあってよく見えないが、人間の唇のような鱗でくまなく覆われており、その鱗は独立した生物なのか、一枚いちまいにナメクジのような触角があり、もぞもぞと蠢いている。背中側には、萎《しな》びた蝙蝠《こうもり》の羽に似た二枚の翼がだらりと垂れ下がっている。

(こいつだ……この化け物が……私を夢のなかで呼んでいたのだ……)

フランシスコは呆然《ぼうぜん》として眼前の巨獣を見つめた。怪物は、肺まで爛れそうな悪臭を放つ緑色の粘液をいたるところから噴きだしながら、じっとフランシスコを見おろしている。その身体からフランシスコが感じることができるのは、邪悪な思念だけであった。

この化け物が、二体の半人半魚の怪物を従えていることは明らかだった。蛸の頭部に蝙蝠の羽をもった化け物は、聴いていると身体が沈み込むような、低い低い呻《うめ》きを発したあと、触手の大半を〈海賊〉号に向かって伸ばしてきた。吸盤にからめとられた中国人の従僕マヌエルの身体が宙に舞った。

「お、お助けください、パードレ・マエストロ！」

彼はそう叫んだが、フランシスコにはどうすることもできなかった。悲鳴とともに、骨が折れていく小さな音が延々と続いたあと、マヌエルの身体はミンチ状の肉塊となって甲板に墜落した。

「ひっ……たす、たす、たす、助けて……」

くれ、という言葉を言い終えることが、マラバール人のアマドールにはできなかった。二本の触手が彼の左腕と右腕に巻きつき、左右から引っ張ったのだ。めちめちめちっ、という、肉が裂ける音がして、彼の身体は中心線を境にきれいに二つにちぎれていた。右半身は右舷から、左半身は左舷から海に引き込まれ、甲板には食道と胃と腸が重なりあってとぐろを巻いたものだけが残っていた。

「何とかしてくだされ、パードレ・マエストロ。我らはあなただけを頼りにテルナーテから参ったのです。助けてくだされ」

スペイン人のコスメ・デ・トルレス、ファン・フェルナンデスの二人がフランシスコに詰め寄ったが、彼はこわばった顔で何も応えなかった。

「あんたが、神の教えを伝える船には武器はいらぬと言ったから、我らは銃も剣も積んでこなかった。そしたらこのざまだ。何とかしろよ」

「——祈るのです、父なる神に……」

「あんたはそればかりだ。こんなとき役立たぬくせに、何が神だ。神など糞食らえだ」

トルレスはそう言って舌打ちをすると、手斧を握りしめて、先頭の怪物目がけて突進した。にわかに船が揺れ、彼は甲板で横転した。その身体に触手が鞭《むち》のように殺到した。二秒ほどののち、そこにあったものは、耳と鼻と指が数本だけだった。

「ひいいいっ」

フェルナンデスは頭を掻きむしりながら反対方向に駆けだすと、海に飛び込んだ。煮えたぎった海水は、スペイン人の皮膚を破り、肉を腐蝕《ふしょく》させ、内臓をぼろぼろにし、骨を溶かした。

パウロの伴侶である二人の日本人、ジョアンとアントニオは、別々に触手につまみあげられた。触手の先端の小さな手がジョアンの腹部をべりべりと裂いた。手は、イワシを手開きにするときのようにジョアンの内臓を掻き出すと、そこにアントニオの頭部を押し込んだ、ジョアンとアントニオは一体となった。残ったのは、フランシスコとパウロの二人だけになった。

「もうおしまいでござります、パードレ・マエストロ」

パウロは泣きながら言った。

「神の教えを伝えるために迫害を受けての死ならばいくらでも甘受《かんじゅ》いたしましょう。でも、このような……このような形で死ぬなどというのは……」

「私とて納得はできぬ。だが、最後まで望みを捨ててはならぬ。主の祈りを唱えるのだ。神が我らを見捨てるはずがない。天にまします我らが神よ。我らの罪を許したまえ、我らを悪より救いたまえ。父なる神と母なるマリアと御子キリストと聖霊の御名によりて……」

「アーメン……」

途端、先頭の怪物の歪んだ口が、ぬぽん、という粘ついた音とともに大きく開き、緑色の粘液が溢れ出た。フランシスコとパウロの頭上から粘液が滝のように落下してきた。激しいゼリーの雨は十分ほども続き、二人は滝に打たれる行者のようであった。その液体は、飛沫《しぶき》をまき散らしながら、二人の身体を包み込み、洪水のように船を覆い、甲板から船室から、〈海賊〉号の隅々までなめつくした。粘液は、それ自体が生きているかのように、アメーバのごとく、細い亀裂や釘穴にまで侵入し、ジャンクを内部に取り込んだ。

「息が……苦しゅうござります……パードレ……」

「堪えよ、堪えるのだ、パウロ。これは神の与えたもうた試練だ。私について祈れ。天にまします我らが神よ……」

「天にまします……我らが……神よ……」

「願わくば御名の尊ばれんことを……」

「願わくば……御名……の……ふぐるがめ……」

「御国の来らんことを……」

「御国のんぐだりう゛ぁ…ぎが……来ら……ん」

「御旨の天に行われるがごとく……」

「御旨の……ぎ……ち……ちゃがや……ふたぐん……げ……う゛あ……がじゅ……ああががががが……がががががががが」

「しっかりしろ、パウロ！　地にも行われんことを……」

「るるるるる……るる……るるい……るるいえ……ぎはあら……ぐんだ……がざめ……ぎはあろろ……るるぶす……」

「しっかりしろというんだ！　我らの日々の……ぐぐ……り…ぎねみあ……糧を……今日ここに……じゅぺぐぁ……りり……りりり……」


次の瞬間。

緑色の粘液は、嘘のように消え失せていた。

海には穏やかなさざなみがあり、毒々しく沸騰していたなどとても信じられないほどであった。もちろん、怪物たちの姿もどこにも見あたらなかった。ずたずたになって死んだはずの水夫や同伴者たちも、以前と変わりなく働いていた。

フランシスコは何ごともなかったかのように立ち上がると、とろりとした水面の底を見通すようにして、

「すばらしい。かくもすばらしい教えがあろうとは、今まで知らなかったことが悔やまれる」

「これも、あの方々のおかげにござりまするな」

フランシスコは視線をあげて遠い水平線を見つめ、

「行くぞ、パウロ、日本へ。偉大なるこの教えを広めるために。それが我らの使命だ」

パウロは強くうなずいた。

「さようでござりますとも。何も知らぬ日本人を一

人残らず教化いたしましょうぞ。たとえ、どのような犠牲を払いましても……」

フランシスコは喉の奥で笑い、

「取るに足らないキリストごときを全能の主と思い込んでいた自分の何とあさはかであったことか。キリストなど、あの方々に比べれば蛆虫《うじむし》も同然ではないか」

「ですが、日本はブッキョーの国。布教を円滑に行うには、ブッキョーの神に相当する名前をつけたほうがよろしいのではないですかな。たとえば、あのお方のことは、ブッキョーにおける究極の存在、大日如来《ダニチ》に該当するとして布教すればいかがかと」

「よかろう。ダニチ……か。よい響きだ」

こうして、日本も間近のこの海上において、世界に先駆け、あるいびつな信仰が形を整えたのである。

◇

一五四九年八月十五日、フランシスコ・ザヴィエル一行の乗ったジャンク〈海賊〉号が、薩摩に到着した。彼らは役人や民衆から歓待された。人々がとくに驚いたのは、かつて殺人を犯して、同地を出奔《しゅっぽん》した安二郎《アンジロー》が、通辞パウロ・デ・サンタ・フェとして彼らに随行していたことで、皆は安二郎の旧悪など忘れたように、異国での珍しい体験を聞きたがった。安二郎もそれに応えて、フランシスコがいかに偉大な人物であるか、また、自分がいかにして大日《ダニチ》という神を信仰するに至ったかを詳しく吐露し、この教えを広めるために、縄目の恥辱《ちじょく》を受ける覚悟で帰国したと語った。集まった衆人はダニチへの安二郎の篤《あつ》い帰依《きえ》に心を打たれた。

「じゃっどん、よう無事におじゃったもしたなあ。おはんらが来なすったあたりの海の底にはツルイエちゅう魔界があって、おとろしか化けもんが棲んでおるとゆうど。昔、平敦家《たいらのつるいえ》公が源平の合戦のあとにここらあたりまで落ち延びなされたが、家来の裏切りやら何やらで、とうとう自ら身を投げなすった。

恨みを呑んだその魂が蛸の怪となって今も海底を徘《はい》徊《かい》しとる……そげんこつ言うっど」

土地の古老が安二郎にそう言ったが、安二郎は笑顔のまま何も応えなかった。

フランシスコをはじめとする異人たちの特異な風《ふう》貌《ぼう》や服装は、人々の注目を集めた。フランシスコは、どこへ行くにも、小さな革製の鞄《かばん》を肌身はなさず、誰にも触らせなかった。

安二郎は、フランシスコの名代として、土地の領主島津貴久《しまづたかひさ》を訪問し、持参した聖母マリアの油彩画を贈呈したうえで、異国での暮らしぶりやフランシスコのこと、彼らの目的などをつぶさに物語った。

貴久は非常な興味をもってその話を聞き、フランシスコ本人と面談したいと切望した。そして、九月二十九日、安二郎を通訳として、島津貴久によるフランシスコへの公式な謁見が行われた。

「いがあ・るがいあびゅ・ちゃじま・がずぉほ・わば・ふんぐる・がええじょね……」

スペイン語なのだろうか、フランシスコのしゃべる異国の言葉を、安二郎が逐一翻訳《ちくいちほんやく》して、貴久に伝えた。

「我々が日本にまかりこしたわけは、ひとえにキリスト教、すなわちダニチの偉大な教えを広めたいとの念願によるものでございます」

当時、三十六歳の男盛りであった貴久は、南蛮貿易での利潤や外国の優れた武器への関心だけでなく、異文化に対する好奇心で溢れていた。平伏するフランシスコを前に、熊のように堂々たる体躯の貴久は、どしり、とした声音で言った。

「我らは、古来より、神道、仏教という二つの教えによって国を守り、民を守ってきた。いずれもすばらしい教義であると考える。そちの申すダニチとやらの教えは、それと肩を並べるほどのものなのか」

「肩を並べるどころではございませぬ。ダニチの御《み》教えの前には、神も仏も頭《こうべ》を垂れるでしょう」

「よほど自信があるとみえる。詳しゅう説明せい」

フランシスコはにこりとして、朗々たる声で言った。

「われは、天地の創造主、全能の父なるダニチを信じ、また御《おん》ひとり子、我らの主イエズス・キリスト、すなわち聖霊によりてやどり、童貞マリアより生まれ、ポンショ・ピラトの管下にて苦しみを受け、十字架につけられ、死して葬られ、古聖所に下りて三日目に死者のうちよりよみがえり、天に上がりて全能の父なるダニチの右に座し、かしこより生ける人と死せる人とをさばかんために来りたもう主ダニチを信じ奉る……」

フランシスコの教理説明は、安二郎のたどたどしい通訳を介しても意気込みが伝わるほどの熱烈さに溢れたもので、彼の深い神への愛は貴久の心を動かした。貴久は太い腕を組み、ため息をついた。

「神仏を尊び、日夜拝んでも、目に見えた霊験《れいげん》のあった例《ためし》はない。戦乱は続き、田畑は枯れ、民は疲弊しておる。せめて我が領内だけでも、そちの言う慈愛に満ちた土地にしたいものじゃ。その教え、余はもっとよく知りたいぞ」

フランシスコは一冊の革装の書を取り出し、貴久に示した。

「これは、キリスト教の信者が暗誦《あんしょう》すべき祈りや守るべき戒律をまとめた〈ドチリナ・ブレベ〉にございます。ここに、全ての教理が書かれてございます」

貴久は感激した。

「余にくれるのか。かたじけない」

おしいただくようにして本を受け取る貴久は、その表紙に記された西洋文字が〈ドチリナ・ブレベ〉ではなく、〈ゾハル—光輝の書〉となっていることには、無論、気づいてはいなかった。

「本日はよう参ってくれた。そちのおかげで、余はすばらしい教えの一端に触れることができた。礼を申すぞ」

会見の最後に、フランシスコは座したまま貴久ににじり寄り、地を這うような低い声で言った。

「あなたがお望みならば、もっともっとすばらしい教えをたった今お伝えすることができます。今申しあげたのは、キリスト教のほんのとばくち。上っ面をなぜただけ。教義の真理に触れれば、世界中の富と力をあなたの手もとに集めることも可能なのです。あなたがそうお望みならば……」

「まことか……まことなれば……余は所望いたすぞ……」

「なれど、それは余人をまじえず、あなたお一人にお伝えすべきこと。別室にて……」

貴久は興奮の面もちで、「異国の坊主と二人きりなどもってのほか」と制止する家臣を振り切るようにして、フランシスコと二人で次の間に入っていった。家臣たちは、襖《ふすま》のそばで聞き耳をたて、何かあればただちに踏み込んで叩き斬る覚悟で刀の柄《つか》に指を掛けていた。中はしばらくはしんと静まり返っていたが、やがて、妙な物音が聞こえてきた。ぺちゃっ、ぺちゃっ、という粘液質の音。無数の蛇が這いずるような音。病人が低く、呻いているような息づかい。ぐじゅっ、ぐじゅっ、どぶどぶどぶどぶ……という大量の液体が滴る音がして、家臣たちが、まさに踏み込まんとしたとき、襖が開いた。

貴久が呆然とした表情で立っていた。衣服はややはだけぎみで、その顔は青ざめ、額や小鬢《こびん》、顎《あご》などに緑色のものがこびりついていたが、口もとには薄笑いが浮かんでいた。

「……んぐ……るる……え……げ……じゅわが……んじゅ……ぴぢゅ……」

「殿！　殿！　いかがなされました！　しっかりなされませ！　あの坊主は……」

そう叫んだあと、家臣はぎょっとした。すぐ横にフランシスコが革製の鞄を持って佇《たたず》んでいることにまるで気づかなかったからだ。

「み、皆のもの……」

貴久は呟くように言った。

「よき教えじゃ……本当によき教え……我が領内に

おけるキリスト教の布教の許可を与える。我が家臣のうち、信者になりたきものは、自由勝手とする……」

◇

数日後、フランシスコ一行は、島津家の菩提寺《ぼだいじ》である福昌寺の境内《けいだい》に、彼らの仮寓《かぐう》の場兼説法の場として奇妙な建物を建設した。左右対称でないことはもとより、下が広く上が細いという建築の基本を無視し、まるで天地が逆になっているかのような錯覚を覚える、いびつな建築物だ。色の使い方も奇抜で、血のような赤や毒々しい緑色をべたべた塗りたくり、どういう素材を使っているのか、壁は、蛙の卵のような寒天質でできており、風が吹くたびに、ぶるん、ぶるん、と揺らぐ。屋根は太古に滅んだ剣竜の背のごとき、鋭く尖った大きさも高さも異なる棘《とげ》がずらりと並び、その合間を緑色の粘液が流れ、軒《のき》から滴り落ちている。屋根や壁や柱から、わざとぐにゃぐにゃに曲げたとしか思えない金属棒が無作為に突き出ており、庭には、南蛮の文字なのか、奇怪な象形文字が刻まれた巨石が無造作に配置されている。見ているだけで頭痛がしてくる。だが、これが「南蛮風」なのか、と土地のものたちはむりやり自分を納得させていた。京に、織田信長の援助によって、この建造物と瓜二つかつ大規模な「南蛮寺」が建造されたのは、それから二十九年後のことである。

安二郎の通訳を通しての、フランシスコの説法は火の出るような激烈な調子で、隠れて肉食・妻帯し、男色に耽る仏僧や神官の腐敗堕落を糾弾し、長引く戦乱を終息させることができない為政者の無能を指摘し、封建制の矛盾を暴き、キリスト教宣教師がいかに清貧を旨としているか、貧しきものたちこそ天の国に迎えられるというキリスト教の教えがいかにすばらしいかを説いた。最初は物珍しさも手伝って聞きにきていた人々も、次第にその内容に引き込まれていき、ただただ教化を求めて福昌寺を訪れるようになった。そのうち、フランシスコ自身も片言ながら日本語を操ることができるようになって、大仰な身振り手振りをまじえての説法の説得力はいやましに増した。

島津家の家老たちは、フランシスコの説教によって封建社会の基盤が揺らぐのではと恐れた。富めるもの、上に立つものは、地獄に落ちるというような教えは、為政者《いせいしゃ》にとって歓迎しがたいものである。しかし、そのことを報告しても、貴久は、

「大事ない。捨ておけ」

と言うばかりであった。

フランシスコは、当時の農村で普遍的に行われていた「間引き」の慣習にも鋭い舌鋒《ぜっぽう》をふるった。人間の生命はどんな宝よりも貴重な宝である。その価値には貴賤《きせん》の差はない。たとえ嬰児《えいじ》といえど、命の重さは成人と変わることはない。間引きも堕胎《だたい》も立派な殺人であり、続けておれば地獄に落ちる、と。

人々は訴えた。厳しい年貢の取り立て、飢饉《ききん》などで、とても一定人数以上の子供を育てることができないのだ。

「ならば、こうしましょう」

フランシスコは澄んだ目で一同を見渡した。

「自分で育てられぬ幼子が生まれたら、この教会に連れてきなさい。私が育てましょう」

集まった聴衆は驚愕《きょうがく》した。誰もが、自分が食べるだけで精一杯の暮らしだというのに、この異国からきた宣教師は、見ず知らずの子供を何の条件もつけずに引き取るというのだ。なかには感涙のあまり、フランシスコを伏し拝むものまでいた。このことがきっかけで、キリスト教に帰依するものは百名あまりにもなった。一方、多くの貧者が、乳飲《ちの》み子を教会に預けにきた。フランシスコは、常に温かな眼差《まなざ》しで子らを受け入れた。

「子供のなかには未来があります。おろそかに育てることはできません」

人々は、生き神さまとしてフランシスコに手をあ

わせたが、彼は莞爾《かんじ》として笑い、

「私を拝んではなりません。ダニチを拝みなされ」

名誉も利益も欲しないその恬淡《てんたん》とした態度に、皆はますますフランシスコを尊敬するようになった。

その日の夕刻には、早速、骨と皮ばかりに痩せた、洗礼名をマリアという女が、生後二カ月ほどの乳児を連れてやってきた。

「あの……ここで子供をもろうてくれると聞いたとっじゃが……」

フランシスコはうなずくと、子供を抱いて頬ずりし、

「この幼子に主ダニチの祝福のあらんことを」

そう言って十字を切った。マリアはその場にひざまずいて、涙を流しながらフランシスコを拝んだ。

だが、いくら領主の島津氏が許可したといっても、キリスト教の人気に脅威を感じた土地の仏僧、神官たちがこぞって反発の姿勢を露《あらわ》にしはじめた。フランシスコは、ダニチの教えを説くだけでなく、

「万能の天主を知らず、偽りの神仏を礼拝し、ソドムの悪習に耽る。これが諸君ら日本人の三大悪徳である。懺悔《ざんげ》せよ。そして、正しい教えのもとに帰依しなさい」

そう言って、既存の仏教、神道がいかに穢《けが》れた、誤りに満ちた教えであるかを歯に衣きせず指弾したからである。神道家、仏教家たちは、

「領民がキリスト教を信ずるようになれば、領主は領地を失い、神社、仏閣は破壊され、領民は離反するだろう」

と島津氏に何度も申しいれたが、貴久は相手にしなかったので、彼らはフランシスコたちに直接、迫害を加えることにした。町角で説法をしているときに石を投げつける、唾《つば》を吐きかける、教会を壊す、……など。だが、フランシスコたちは、何をされても、

「我らが主は、右の頬を打たれたならば、左の頬を出せ、と仰せになっておられる」

と、石礫《いしつぶて》で腫《は》れあがり、黒い血のこびりついた顔に微笑みを絶やさない。この落ち着きはらった態度は、武士のなかにも感心するものが現れるほど、人々の心を打ち、キリスト教の人気はますます上昇した。あわてた僧侶や神職たちは、何か凶事があると、宣教師たちが神仏に罵詈《ばり》を与えたことに対する仏罰だと喧伝したり、異国の坊主は牛馬の肉を食べ、生き血を飲んでいると言いふらしたりした。

ある日、福昌寺における説法の席に、五、六人の僧侶が雪崩《なだ》れ込んできた。

「御身たちは何の用か」

安二郎がたずねると、僧侶たちはせせら笑い、

「わしらは日蓮宗《にちれんしゅう》の僧じゃ。お主ら異国の坊主どもの正体を暴きにきたんど。お主らが、犬畜生にも劣る外道《げどう》の輩《やから》である証左を掴《つか》んだっど。さあ、あのフランシスコとかいう坊主を出せ」

「パードレは今、奥で食事中だ」

「それそれ、その食事たい。お主らは、牛馬の肉を食べ、生き血を飲んでおりもそ。はっきり見たもんがおるんど」

会衆の間に動揺が走った。そういう噂はたしかに流れていたが、皆、まさかそんなことはと思っていた。しかし、「証左を掴んだ」と言われると、南蛮人の風習をつぶさに知るものがいないだけに、真実味が感じられたのだ。

僧侶たちは、嫌がる若者をひとり、前に押し出した。彼は、数日前に改宗した、洗礼名をミゲルという百姓のせがれだった。

「おまんさあが見たもんを、ここにおる皆に言うてやれ。ええか、怖がることはなか。はっきり言うんど」

若者は震えながら、

「フ、フ、フランシスコさま、トルレスさま、フェルナンデスさまは、う、う、う、馬か牛かわからんが、肉を食うとった。それから、真っ赤な……真っ赤なもんを飲んどったど。おいは、この目でみ、み、

見たんど！」

安二郎は呵々《かか》……と大笑いした。屈託のない、朗らかな笑いだった。

「では、包み隠さずお答えいたしましょう。たしかに南蛮人は牛の肉を食する習慣がございます。なれども、それは、皆の衆が薬食いと称して猪《いのしし》や鹿の肉なぞを食べるのと同じこと。また、真っ赤な飲み物と申されるは、これでございましょう」

彼は、信者のひとりに命じて奥から取り寄せたギヤマンのグラスに満たされた赤い液体を皆に示した。

「これは、葡萄《ぶどう》から作る南蛮の酒でございます。お疑いとあらば、こちらへ来て、匂いを嗅いでみられよ。馥郁《ふくいく》たる芳香が鼻孔をくすぐり申す」

会衆の間に安堵のため息とともに僧侶たちへの失笑が広がった。僧たちとミゲルは赤面を隠して退散した。

後刻、説法を終え、教会の奥まった一室に戻った安二郎は、食事中のフランシスコに今し方のできごとを報告した。

「笑止でございますなあ。我らが牛馬の肉を喰ろうておると難癖をつけに来るとは」

「そのことだ」

フランシスコは樫《かし》のテーブルにつき、皿のうえの肉塊にフォークを突き立てながら笑みを浮かべた。皿には、幼子の血塗《まみ》れの頭部、胴体、四肢《しし》、臓物《ぞうもつ》がばらばらに載せられていた。それは、先日、マリアが預けていった子供のものであった。臓物を搾《しぼ》って得た生血をグラスに溜めて飲み干したあと、フランシスコは幼児の片腕を丸のままくわえた。それがぬるりと口から落ちかけたとき、口内から数本の触手のようなものが伸びて、その腕をからめとり、口に戻した。

「牛馬の肉などまずくて食えん。やはり生まれたての赤子の肉が一番だな」

そう言って、宣教師は微笑みながら、幼児の目と目の間にフォークをずぶりと突き刺した。

◇

一五五〇年九月、フランシスコは薩摩の信者を安二郎に任せ、トルレスとフェルナンデス、安二郎の弟ジョアン、薩摩で入信したベルナルドの四名とともに肥前《ひぜん》の平戸《ひらど》へ発《た》った。平戸は松浦隆信《まつらたかのぶ》の領地である。ひと月ほど平戸で宣教したのち、フランシスコは、フェルナンデスとベルナルドの二人を連れて、その地を出立した。目指す先は、京都である。日本の首都は京であり、そこにはテンノーという日本の王がいると聞いたためである。テンノーに会い、日本国中での布教の許可を正式にもらいたいと考えたフランシスコは、当時、中国地方最大の都市であった、大内義隆《おおうちよしたか》の領地周防《すおう》の城下町山口にて暫時《ざんじ》伝道したあと、堺にしばし足をとめ、それから京に赴いた。しかし、室町末期の京の様相は、日本の首都という言葉とはうらはらに荒《すさ》みきっていた。永らく続く戦乱、とくに十四年前に起きた天文法華《てんぶんほっけ》の乱により、下京《しもぎょう》の全てと上京《かみぎょう》の三分の一が焦土と化し、盗賊、掏摸《すり》が横行し、無数の病人や乞食《こじき》が莚《むしろ》を掛けただけの小屋に寝起きしていた。フランシスコは比叡《ひえい》山《ざん》にある学問施設を見学したい旨を申し入れたが、異国人であるという理由で拒絶された。続いて、クボー（足利義輝《あしかがよしてる》）とテンノー（後奈良《ごなら》帝）への面会を求めたが、これもまた叶わなかった。

「都《みやこ》がこのありさまでは、この国の他の場所は推《お》して知るべし。テンノーは今や日本の王たる権威を失っておるようだ。臣下たちがことごとくテンノーとクボーに反旗を翻《ひるがえ》している」

フランシスコはフェルナンデスに言った。

「我らの目的は、日本国中に我らの信ずる教えを広めること。そのためには、各地の有力な守護大名と手を結ぶことが先決だ。先に我らが訪れた大内義隆殿は、日本でも有数の力を持っておられると聞き及ぶ。山口に戻ろうぞ」

「それがよろしゅうございます」

廃墟に近い京の町を歩く二人の異人は、いやでも人目を引き、ときには数十人の群衆に取り囲まれることもあった。キリスト教嫌いの町衆から暴言を浴びせられたり、突き飛ばされたりすることもあったが、彼らは抵抗することなく、常に淡々とダニチの教えを説いた。日本語が堪能《たんのう》なフェルナンデスが説教をはじめると、最初は冷やかし半分の聴衆も、次第に引き込まれ、最後にフランシスコが、指の先に火を灯《とも》したり、空を飛ぶスズメを手を触れずに落としたりといったちょっとした「奇跡」を見せると、大勢が瞠目《どうもく》した。そんな人々のなかに、フランシスコのことを鋭く見つめる鷹《たか》のような目があった。

「市助《いちすけ》、あれを見よ」

二十代半ばと思われる蓬髪《ほうはつ》の武士が供侍《ともざむらい》を振り返らずに小声で言った。

「あの異人どもにござりまするか」

「そうじゃ。何者か調べてまいれ」

市助と呼ばれた供侍はうなずきもせず、そっとその場を離れた。時をおかずに戻ってくると、

「天竺《てんじく》の坊主フランシスコとその供の者たちのよしにござります。『奇跡』と申すは、おそらくは南蛮手妻《てづま》、目眩《めくら》ましの類でござりましょう。何か……？」

「ふむ……」

糸筋のように細い眉に高い鼻梁《びりょう》、細面《ほそおもて》の武士は、優しげな容貌に似ず、巌《いわお》のように逞《たくま》しい体躯であった。彼は、突き刺すような視線を異人たちに向けると、

「わからぬか。あの者たち……人の形をしておるが、まこと人ではない」

「まさか……」

「儂《わし》にはわかる。彼奴《きゃつ》らは人の皮をかむった蛸のごとき忌まわしき化け物じゃ」

「お戯《たわむ》れを。蛸が人に化けるなぞ……」

「聞いたことがないと申すか」

武士は腕組みをしてため息をつき、

「異国より悪魔の風の吹きくるにそこ吹き戻せ伊勢

の神風という古歌がある。日本は神国じゃ。その国の都で、彼奴ら、何を企んでおるのか……」

吐き捨てるように言うと、きびすを返し、

「嫌なものを見た。市助……帰るぞ」

そして、すたすたと歩み去った。その歩みは見た目よりも遙かに速く、供侍はあわててあとを追って駆けだした。この武士こそ、大和国柳生の庄《やまとのくにやぎゅうしょう》の名家、柳生家の嫡子《ちゃくし》、柳生新介宗厳《しんすけむねよし》(のちの石舟斎《せきしゅうさい》)である。このときはまだ、彼ら柳生一族が、こののち百年以上の長きにわたって、邪教キリシタン根絶のために戦うことになろうとは、思ってもいなかった宗厳であった。

フランシスコは、説法を中途で切り上げ、木立の陰に座り込んだ。

「いかがなされました、パードレ。おお、いっぱいの汗を……」

フェルナンデスの言のとおり、厳寒にもかかわらず、フランシスコは滝のごとき汗をかいていた。


「見られていた……」

「何と申されます」

「誰か知らぬが、こちらを腸《はらわた》まで見抜くような心眼をもって睨《にら》んでいた仁がいる」

「すりゃ、我らの正体を……」

「おそらくはな。――フェルナンデス、ベルナルド、長居無用だ。ただちに退去するぞ」

フランシスコたちは、わずか十一日間の滞在ののち、京都を出立した。

◇

フランシスコの一行は、堺にしばらく足をとめたあと、一五五一年三月に平戸に戻った。トルレスの尽力のおかげで平戸の信者はかなりの数にのぼっていた。満足したフランシスコは、再びベルナルドとフェルナンデスを伴って山口を訪れ、領主大内義隆に謁見した。このとき、フランシスコは、本来は日本の王であるテンノーとの会見のために用意していた、時計、楽器、葡萄酒、眼鏡、絵画、織物など十三品目の献上品に、インド総督とゴア司教の推薦状を添えて差し出したのである。大いに喜んだ義隆は、返礼の品を贈ろうとしたが、フランシスコはそれを拒絶し、領内における布教の自由のみを望んだ。

「あいわかった」

義隆は、異国の僧の物欲のなさに感じ入った様子であった。

「そちたちの望みは叶えてつかわそう。我が領地においてはキリスト教の布教、自由勝手たるべし。明日にも、この旨、市中に告知いたそう。また、廃寺を与えるゆえ、その敷地に教会とやらを建てるがよかろう」

「ありがたき幸せにございます」

フランシスコはすでに馴染《なじ》んだ日本の慣習に従って、深々と頭を下げた。

「とは申せ、余を改宗させようとは思うなよ。家臣どもや民百姓は知らず、余は異国の神など信じるつもりはない。古くからの仏の教えで十分じゃ。――そちの信じておるダニチという神が、人に力を与えるならば別じゃが」

義隆の冗談混じりの言葉に、フランシスコは微笑みを崩さずに言った。

「殿は力をご所望でございますか」

「ふむ……」

義隆は眉根を寄せ、

「この下克上の世の中、片時も心穏やかなるときはなし。隣国、重臣はいうにおよばず、兄弟、妻子にもつねに嫌疑を向けておらねば寝首をかかれる。余は、出雲の尼子との戦いに破れたるのちは、荒れ果てたる都より公家や絵描き、陶工なぞを招いて、この国をかつての京のごとき場所にせんと心をくだいた。しかるに、我が方に戦の意志あらずとも、相手から攻め立てられれば応じざるをえず。そうなれば罪もない者どもの血も流れ、勝ち負けによっては国を奪われることにもなる。力さえあれば……さような心配をせず国を治めることができるではないか」

「なるほど」

フランシスコは深くうなずき、

「なれば、力をお貸しいたしましょう。周防一国を治めるなど小さい望み。ダニチの力をもってすれば、日本国全土を殿のものにすることもできましょう」

「何と申した。日本を余のものにするじゃと？　世《よ》迷い言を申すな、たわけめ。どのような力か知らぬが、余はもう戦には懲りたのじゃ」

「さようでございますか。それでは……ダニチの偉大なる力のほんの一端をお目にかけましょう」

フランシスコはぱちりと指を鳴らした。途端、昼間だというのに室内には闇が這い寄り、その暗がりのなかからざわざわとした無数の「何か」のざわめきが聞こえてきた。互いの触角を擦りあう虫の大群のようでも、抜け出られぬ冥界《めいかい》でもがき苦しむ亡者の群れのようでもあった。

「ぬ……何じゃ、この音は……魂を掻きむしるような……」

「父と子と聖霊にございます。お聞きあそばせ。彼らは、殿にお力を貸そうと暗闇のなかで待機しておるのです」

続いて、フランシスコは、難病の者を召してもらいたいと願った。四半刻ほどして、死病に罹《かか》った老婆が戸板で運ばれてきた。彼女は、ほとんど虫の息のありさまであったが、フランシスコが部屋に蠢く暗闇のなかのざわめきに向かって両手を差し伸べ、

「ゆがあ・ぃんぐぉほぁ・にべぁき・じゅ・んぐるふ・とぅる……」

と叫ぶと、ざわめきはにわかに高まり、悲鳴のような哄笑《こうしょう》のようなものに変じた。フランシスコが、手に握った何やら黒い丸薬のようなものを老婆の口に含ませるや、彼女はすっくと立ち上がり、目を爛々《らんらん》と輝かせ、口から火のような息を吐き、しっかりした足取りで歩きだした。その表情は獣のように生々しかった。義隆はじめ、居合わせた一同は賛嘆

の声をあげた。

「ダニチの力を取り次ぐことによって、かような奇跡が起こせるのでございます」

義隆は信じられぬという表情で何度も目を擦《こす》った。

「殿がお受けになられぬ場合は、誰か他の方がこの力を受けることになり申す」

「そ、それは許さぬ。あいわかった。そちのいうダニチの力、借り受けようぞ」

フランシスコはにんまりと笑い、

「それでは、しばしの間、お人払いをお願いいたします」

奇跡を目の当たりにした家臣たちは、義隆の指示により、素直に部屋から退出した。半刻ほどして、彼らが再び戻ったとき、義隆の表情や態度は一変していた。顔に細かい皺が増え、極度の猫背になり、眼光が脂ぎってぎらぎらと輝き、息は火のようであった。一同は、さっきの老婆を思い浮かべてぞっとした。

「子供を……集めよ。生まれたての乳児《やや こ》がよいぞ」

義隆は蛇のような目つきで家臣を睨《ね》めまわした。

「殿、それは何になさいますので……」

言いかけた家臣は、脳天から血流をまき散らして前のめりに倒れた。義隆の手には、血濡れた抜き身の大刀が握られていた。

「これよりのち、余の言葉に口挟むものはこうなる。覚えておくがよい」

一同は身体を震わせて平伏し、かたわらで目を細めたフランシスコがにやにや笑いを浮かべていた。

生も死も意のままにする天竺の坊主としてフランシスコの英名はにわかに高まり、二カ月ほどの間に五百人以上の入信者があった。

◇

川端で、老婆がもがいていた。フランシスコたちが山口に来て、五カ月ほどしたある日のことである。フランシスコの力で生き返った老婆だ。雄叫びをあげ、のたうったあと、口から大量の虫を吐いた。ミミズに似ているが、腹側に吸盤が並び、ところどころに回虫のような細い肢《あし》がついている、不気味な虫だ。全てを吐ききってしまうと、老婆は自ら虫の蠢く水面に墜落し、そのまま姿を消した。誰も見ているものはいなかった。いや……ひとりいた。柳の陰から、ひとりの若い武家が一部始終を目撃していた。

「急がねばならぬ……」

市助と呼ばれていた男であった。

数日ののち、領内を下克上の風が吹き荒れた。多くの寺院が焼かれ、人々は逃げまどった。そんなさなかに、市中の廃寺跡に建てられた教会を五、六人の刺客が襲った。彼らは野伏《のぶし》のような身なりであったが、その剣風は鋭く、たちまち数人の信者を斬り倒した。

「おらぬぞ」

「異人はひとりもおらぬ」

「逃げたか」

建物の中を馳《は》せまわったあと、刺客たちは口々にそう言い合った。

◇

「逃げたか」

「一足遅うございました」

「豊後《ぶんご》へか」

「左様でござりましょう。おそらくは、我らの接近に気づいてのことかと」

「ふむ……」

柳生宗厳は茶を啜《すす》った。

「若……手を引く潮時では？」

「もう少し待て」

「今、この柳生の里はたいへんなときを迎えておりまする。異人どもにかまけておる場合では……」

「言うな。柳生の庄の大事はわかっておる。だが……彼奴らのこと、日本国の大事になるやもしれぬのじゃ」

「……」

「ゆけ」

◇

フランシスコたちは豊後にいた。大友義鎮《おおともよししげ》（のちの宗麟《そうりん》）の領地である。義鎮は若干二十一歳の若者で、彼らを大歓迎した。というのは、彼は以前、まだ幼い頃、ポルトガル人からキリスト教についていくばくかの知識を得ており、親しみと興味を持っていたからである。義鎮は、フランシスコから直接教理を聞き、例の「奇跡」を見せられて、魂を震撼《しんかん》させた。

「余は洗礼を受けるぞ！」

若年の大名は叫んだ。

「何というすばらしい教えであろう。この教えに比ぶれば、仏も神も糞食らえじゃ。豊後においては、布教勝手次第とし、教会建立《こんりゅう》のための土地も資材も与えよう」

「一を聞いて十を知るとは義鎮さまのことでございます。私が申しあげました少しの言葉から、多くの真実をお汲み取りになられました。ですが、この教えはもっと奥が深いのです。それをお知りになりたいですか」

「無論じゃ。余はキリストの教えの全てを学びたく思う」

彼の語調には若者らしい熱情が溢れていた。

「義鎮さまの熱意には感服いたしました。それでは、奥義を伝授いたしますゆえ、別室をご用意くださいませ」

「と、殿、それはあまりにご軽率なる振る舞いかな」

重臣のひとりがとめようとすると、

「無礼を申すな！　フランシスコ殿が手ずから余に教理の神髄《しんずい》を伝えてくりょうとしておらるるに、信仰の妨げいたすか！」

声を荒げて義鎮は、先に立って隣室へと入っていった。重臣たちは苦々しげにそれを見守るしかなかった。十二畳ほどの部屋の中央で、大友義鎮とフランシスコが相対して座っている。

「よろしいかな、義鎮さま。これから私の申しますことひととおり、お聞きなさいませ。さきほど私は、キリスト教の根幹は、父なるダニチと御子キリスト、そして聖霊の三位一体にあると申しましたが、それはうわべのこと。その裏には、ダニチよりもキリストよりももっと偉大な、あるお方への信仰が隠されておるのです」

「ダニチよりもキリストよりも……それはいったい……」

「お急ぎあるな。じっくりと……じっくりとお教え申す。まずは、この……」

フランシスコは黒い丸薬を取り出した。

「一粒お飲みなされませ。毒ではございませぬ。毒ではない証拠に、私もまた……」

フランシスコは別の一粒を口に含んで飲み下した。

「同じように嚥下《えんか》いたしましたぞ。さ……」

義鎮は言われるがままに、表面のねっとりとしてみえるその丸薬を飲んだ。しばらくすると、彼の顔面は蒼白になり、脂汗が滲み出てきた。

「フランシスコ殿……余に……何を飲ませた……」

「虫の玉にござります」

「な、何と……」

「これで、義鎮さまも私と同じ……クトルスさまにお仕えする身となり申した」

「クトルス……？」

「よろしいか。この世を統《す》べる、恐るべき力の持主たる、全知全能の神について、これからお教えいたしましょう。その名はクトルスさま。腐りきった馬鹿なキリストに勝る、すばらしい存在という意味を込め、Christを綴《つづ》り換えて、我らはC・th・risとお呼びするのでございます」

「クトルス……クトルス……」

「母なる君は、聖母マリアなどではございません。

本来、名前はございませんが、この国では仮に、不《ふ》動明王《どうみょうおう》と羅刹天《らせつてん》から名をとって、不動羅……フドウラとでもいたしましょう」

「フドウラ……フドウラ……」

「これまた名なき父なる君は、神などおらぬ、という意味で、NO GODを逆しまに読み、Dogon……ドゴンといたしましょうか」

「ドゴン……ドゴン……」

「このお三方のお名前をしっかり胸にお刻みください。父なるドゴンと母なるフドウラ、そして偉大なるクトルスの御名によりて……」

「アーメン……」

「この三体の神が、キリスト教の神と異なるところは……と申しあげるまでもなく、もうよくわかっておいでてでございますな」

それを聞いて、義鎮は鳥のような顔つきでにやりと笑った。その口もとから、ミミズのような虫がだらりとはみ出し、ぴくぴくと震えていた。

◇

義鎮の城を辞したフランシスコを、思いもよらぬ報が待ち受けていた。安二郎が、山口に残してきたフェルナンデスたちからの書面を差し出した。領主大内義隆の重臣、陶晴賢《すえはるかた》が謀反《むほん》を起こし、八日の間、戦乱が続いた。領内の寺院の多くが焼かれ、義隆は一旦逃れて、そこから船で九州へ落ち延びようとしたが果たせず、長門深川《ながとふかわ》の大寧寺《だいねいじ》で自刃した。この騒ぎにまぎれて、宣教師を襲撃しようという動きがあったようだが、フェルナンデスたちは、家老内藤氏の屋敷にかくまわれていたため無事であった。家臣のなかでも義隆の信任篤かった陶晴賢の反乱は、高潔だった義隆の人格があるときを境に凶悪かつ残虐に一変したことに端を発する。異国の宗教を賛美し、仏教僧や神職を迫害するだけでなく、毎夜、奇怪な儀式を催し、不気味な呪文のようなものを唱え、人民の離反を招いた。一説には、農村から乳幼児をさらってきてその肉を喰らい、血を啜っていたともいい、義隆に対する不信、反感、憎悪、恐怖などの感情が一挙に噴きだした結果が、重用していた家臣による下克上なのだ……というような内容であった。

読み終えて、フランシスコは歯ぎしりをした。大内義隆を仲間に引き入れたことで、周防は手中におさめたと考えていたのだが、甘かったようだ。

「もうひとつ、お知らせがござりまする、パードレ・マエストロ」

「良い知らせか悪い知らせか」

「悪い知らせにござります。この教会は囲まれておりまする」

「何……」

フランシスコは庭にちらと目を走らせ、

「ちいとも気づかなんだわ。いつのまにやら十重二十重か。この国にも手練《てだれ》がいるとみえる。山口の教会を襲ったものと同じとみてよかろう」

「パードレ・マエストロ……もしや前にお聞きした、京でパードレを見つめておったという慧眼《けいがん》の仁のしわざでは……」

「おそらくはな。あれほどのものが日本に二人とおるとは思えぬ。だが……我らはこの国をあなどっておったかもしれん」

「これだけの大人数に一度に斬りかかられれば、我らとて危うし。——いかがなされます」

「ここで命を落とすわけにはいかん。私には大望がある。それを達せぬ間は死ねない」

「いかさま」

「逃げるぞ、安二郎。一時、外国にでも逃れて、捲《けん》土重来《どちょうらい》を期すことにしよう」

「弟のジョアン、ベルナルド、それにアントニオをお連れなさりませ。わたくしもお供いたしたいところではござりますが、そうも参りますまい。わたくしが彼奴らを防いでおります間に脱出なされませ。——ここでお別れいたします」

「頼む」

半刻もたたぬうちに、枯れ草色の装束に身を包み、短い刀を抜き払った一団が三カ所の入り口から同時に侵入した。彼らは狼狽《ろうばい》する信者たちに刃を突きつけ、

「フランシスコはどこだ」

「し、知りませぬ」

「嘘を申すとためにならぬぞ」

「殺したければ殺しなされ。おお、サンタ・マリア……」

信者たちはまるで抵抗せず、ただ両手を合わせるだけだった。

「いたか」

「おらぬ。また逃げられたか」

「そんなはずはない。虱《しらみ》潰しに捜すのだ。こたびまたしくじったなら、市助さまにあわせる顔がない」

「捜せ、捜せ」

複雑に入り組み、子供でも通り抜けられないような小さな扉や巨大な水槽、蛸やカタツムリ、ウミウシなどの軟体動物を象《かたど》った石像などがあちらこちらにあり、とても人間が住んでいるとは思えない構造の教会を、十数人の刺客たちがあわただしく行き来する。もっとも奥にある一室の前に立ち、象形文字の刻まれた、真っ赤に錆びた鉄の扉をこじあけようとしていると、突然、その扉が外側に開いた。磯臭い空気がぷん……と鼻をつく。中は、天井も壁も床も緑色の粘液にまみれ、それが足もとに溜まって沼のようになっていた。ゴカイを巨大にしたような赤茶色の生物が数匹、ねばねばした液を縫って泳いでいる。どす黒い色のクラゲが幾つも浮かんでいる。壁や天井には、アンモナイトや三葉虫が貼りついているが、それらが古代に滅んだ生物であることは、この時代では誰一人知る由もない。

中央に、男がひとり、佇立《ちょりつ》していた。

「貴様がフランシスコ……ではないな」

男は日本人であった。

「わたくしがパードレでなくて残念でしたね」

「フランシスコはどこだ」

「さあ……今頃は船のうえでしょうか」

「何だと」

刺客たちは顔を見合わせて、あわてて引き上げようとした。

「お待ちなされ。あなたがたを行かせるわけにはまいりませんぞ、柳生の庄の方々」

「儂らの素性を……」

「もとより承知。ですが、なぜあなたがたが我らの邪魔をするのか、それがわかりませぬ」

「若殿のご命令だ。若殿は、貴様たち伴天連《バテレン》が、この国を滅ぼす邪悪な意志を秘匿していると考えておられる」

「この国を滅ぼす……？」

安二郎は長い含み笑いをしたあと、

「そのとおりです。こんなに早く、我らの意図を悟るものがいるとは、日本人も馬鹿にできませぬなあ」

ひとりが緑色の沼に踏み込んで、安二郎に斬りかかろうとしたとき。

びゅるるっ、という音がして、安二郎の両眼から触手が角のように突き出した。鼻孔からも、両耳からも、頬からも、そして口からも。それだけではない。頭蓋をぶち破って、頭部のあちらこちらから、象の鼻に似た灰色の触手が十数本伸びた。長いものは七、八尺もあった。

「うわあっ」

斬りつけようとした男は一間ほど後ろに跳びすさった。それらの触手は部屋中に蜘蛛の巣のように広がり、蠢いた。

「ば、化け物！」

先頭のひとりが刀をまっすぐに突き出して、安二郎だった化け物に突っ込んだが、刀と腕を触手にからめとられ、粘液の海に叩き込まれた。間髪を容れず、別の二人が左右から斬りつけた。

「うがあっ」
怪物の胴体を突き破って、昆虫の脚を思わせる数本の白い突起が飛び出した。右の刺客はその突起に左胸を貫かれ、左の刺客は触手に脚を払われ、ほぼ同時に粘液に沈んだ。

「油断するな。こやつ、一筋縄では……」

注意を促そうとした男の口に、二本の触手の先端が突っ込まれ、口を左右に引き裂いた。男はおびただしい血を吐きながらも、刀を槍のように構えて、突進した。数本の触手が蛇のように襲いかかってきたが、巧みにかわし、必死の一刀を化け物の脇腹に浴びせる。ぶちゅうっ、という音がして、腹が裂け、黄色い脂肪の粒々が噴きだした。そして、ぶよぶよした塊がはみ出した。最初は、内臓の一部かと思ったが、そうではなかった。汚物にまみれ、疥癬《かいせん》のような吹き出物に覆われ、水を入れた革袋のようにだらしないその球体には、目と口があった。口を引き裂かれた男は、何本もの触手に巻きつかれながらも、めちゃめちゃに刀を振るう。骨が折れていく音が、残りの刺客たちの耳にも届いた。全身の骨を細かに折られた男は絶命したが、その屍《かばね》を踏みつけて、残りの全員が化け物に殺到した。恐怖を忘れるためか、無我夢中で刀を振り回す。ずたずたに切り刻まれ、全身についた傷口から、緑色の汚水とミミズやゴカイに似た虫を下痢便のように垂れ流しながら、粘液を跳ね飛ばし、壁を叩き壊し、天井を引き裂き、化け物は部屋の中をのたうちまわった。

「死ねえっ」

柔らかな頭部に数本の剣が同時に突っ込まれ、身体を痙攣《けいれん》させながら、怪物は絶叫した。

「深海にまします我らが主よ……」

壁が崩れ、大きな穴があく。

「願わくば邪悪なる御名の尊ばれんことを……」

天井が揺らぎ、木材が落下する。

「ツルイエの浮上せんことを……」

触手が切断される。

「御旨の深海に行われるがごとく、地上にも行われんことを……」

背中から、蝙蝠のそれに似た羽が垂れ下がる。

「我らの日々の糧たる乳児の肉と血を、今日我らに与えたまえ……」

教会が揺れる。

「我らに罪を犯させたまえ……」

教会が揺れる。

「我らを悪に加担させたまえ……」

教会が揺れる。

「父なるドゴンと母なるフドウラ、そして偉大なるクトルスの御名によりて……」

「アーメン」

どこからか何百、何千という声が一斉に唱和した。それはまるで、地の底から聞こえてきたかのようだった。醜悪な怪物は激しいしぶきをあげて、粘液の海に倒れ込んだ。その姿には、かつての安二郎の面影はどこにもなかった。


「危ない、崩れるぞ！」

誰かが叫ぶ。床が割れ、壁が割れ、天井が割れる。地震のような震動が教会を襲い、揺さぶり、揺さぶり、揺さぶった。

◇

艫《とも》に立ったフランシスコは、遠ざかる島国を見つめていた。

（必ず戻ってくるぞ。だが……種は十分に蒔《ま》いた。あとは、刈り取るだけだ……）

うふふふ……くふふふふ……人知れず笑いが零れる。

間一髪で刺客たちの襲撃を免れた彼は、日出の港を出帆し、広東《かんとん》に向かったのだ。

いまや点のようになった日本は、彼の目には、緑色の穢れた霧に覆われた、風前の灯火《ともしび》のように滅亡間近なものに見えていた。

（後記）

広東に到着したフランシスコ・ザヴィエルは、〈サンタ・クルス〉号に乗り換え、マラッカに到着。そののち、ゴアに移動し、伝道活動を続けながら再び日本へ向かうための機会を待った。しかし、ついにその機会を持たぬまま、一五五二年十一月、広東をのぞむ上川島《サンシャン》に渡ったときににわかに発病、十一日後、港に停泊中の〈サンタ・クルス〉号の船内にて、息を引き取った。享年《きょうねん》四十七歳。彼に最後まで同行した中国人の従者アントニオの手記によると、フランシスコは上川島の仮小屋で、ポルトガル人の持参した食料を口にしたあと、高熱が出たという。そのポルトガル人は、イチスケという日本人倭寇《わこう》から購入した、と語った。フランシスコは、荒れた小屋のなか、蝋燭の灯りに揺れる十字架を見つめながら、イエス・キリストと聖母マリアの名を口にしつつ、往生を遂げたという。

フランシスコ・ザヴィエルの遺骸は、上川島において棺におさめられ、埋葬された。しかし、二カ月半後、〈サンタ・クルス〉号出帆のとき、偉大な聖人の遺骸をこのような場所においておくのはよくない、という従者アントニオの意見をいれて、船でマラッカに持ち帰ることになった。掘り返してみると、信じがたいことに、遺骸は埋葬したときのまま、腐りも乾きもせず、瑞々しい状態を維持しており、まるで眠っているがごとくであった。奇跡を目の当たりにして驚いた人々がひと月かけて棺をマラッカに持ち帰ると、たいへんな騒ぎになった。たしかに遺骸は死んでいるとは思えない状態だったのだ。

その二カ月後、フランシスコと親交のあったジョアン・ド・ペレイラ司祭がその噂を聞き、一目見たいと、修士のマヌエル・デ・タボラら数名とともに、ひそかに死骸が安置されている聖堂に入り込み、聖歌隊席の中に作られていた墓を開いた。すると、まさしく噂どおりであったという。

死より一年以上経過した頃、フランシスコの遺骸はマヌエル・デ・タボラの手によって、ゴアへと移送された。ゴアでは、聖人にあやかろうとした人々が棺を載せた船を触ろうとして次々と水に飛び込むやら、棺に接吻しようと群衆が雪崩をうって押し寄せるやら、感極まったある貴婦人がフランシスコの足の指を噛みちぎるやら、時ならぬ狂熱状態が続いたという。当時の記録によると、サライバ、オリベイラという二人の医師が死骸を検分したが、死骸の左脇の下にあった傷口からはねっとりとした血が流れ出ていた。二人の医師は、指についたその血を、書物にこすりつけ、その書物は永らく保存されていた。

フランシスコの聖名は異常な高まりをみせ、各地から、フランシスコの遺物や遺骸の一部が欲しい、という要望が次々と寄せられた。その結果、フランシスコの右腕上膊部は、遺骸から切り離されてローマに送られた。下膊部は二つに切断されて、コチンとマラッカに送られた。

胃や腸、その他の内臓は細切れにされて、ヨーロッパやインドの各地に送られた。

一六二二年、フランシスコは正式に「聖人」として教皇から認可を受けた。

フランシスコの遺骸は、その後も、一七五五年、一七八〇年、一八五九年、一八七八年、一八九〇年、一九一〇年、一九二二年、一九三一年に開陳され、調査と報告書の作成が行われている。

（附記）

フランシスコ・ザヴィエルが、日本における布教活動の当初、デウスを大日《ダニチ》と称していたのは、大日如来にデウスをあてはめて、キリスト教になじみのない日本人に親しみをもたせる狙いであったと思われるが、結果的に「同名異神」としての誤解を招いたことはザヴィエルの伝道方針の誤りであった、とされている（フロイス「日本史」など）。このことに鑑《かんが》みて、のちの布教においては「原語主義（ポルトガル語とラテン語）」を採用するという方針が確立された。

（附記2）

日本におけるキリスト教は為政者によるたびたびの弾圧を経て、江戸期においてついに全面的な禁教令が出され、一部の信者は「転び」、一部の信者は「カクレ」として地に潜って信仰を維持した。一八六〇年、日米修好通商条約が批准・発効され、外国人の信教の自由と居留地内での宣教活動が保障された。これにしたがって、来日したパリ外国宣教会のプチジャン神父が長崎で教会を建設したところ、数名の農民が現れ、彼らがカクレキリシタンであり、幕府の弾圧を受けながらも三百年近くも信仰を守り続けてきたことを告白した。感動した神父は彼らの教義について調べたが、そのあと嘆息して、「違う……これはキリスト教ではない」と天を仰いだ。彼らが聖堂において口にした言葉は次のようであったという。

「海の底なる鶴の家におわします御父怒権、御母不動羅、天帝たる九都流水の御名によりて、あんめいぞう」

大魔神伝奇

プロローグ

劫火《ごうか》じゃ、とだれかが言った。狂竜じゃ、と言ったものもいた。大坂の空をあかあかと染めて噴き上がる炎とそれを包む黒煙は、巨大な生き物のように左右に動きながら上昇を続け、真っ赤に焼けた炭や瓦片を周辺に雨と降り注いでいる。あたりに充満する焦げた臭いの凄まじさは、吸ったものがことごとく嘔吐するほどだ。

「お城が……身もだえしとる」

また、だれかが言った。日本国を統一し、朝廷、武士、社寺のすべてをその勢力下においた豊臣家の権力の象《かたち》であった大坂城が今、紅蓮《ぐれん》の炎に包まれている。三の丸の武家屋敷は井戸の水も沸き、木々もすべて焼き尽くされて灰となり、石垣や地面の砂までもがどろどろに溶けて形を失っている。数万の東軍はすでに三の丸の木柵を乗り越し、津波のように二の丸へと押し寄せつつあった。武家屋敷は破壊され、略奪ののちに放火されて炎上している。

世に言う大坂の役《えき》、大坂夏の陣である。東軍・西軍合わせて二十一万という、史上類のない合戦である。

「本丸が燃えだしたぞ!」

間者が台所に火を放ったのだ。ついに天守閣のあちこちから黒蛇のような煙がうねうねと天上しはじめた。難攻不落を誇ったこの城も、講和によって外堀、内堀を埋められて羽根をもがれた鷲《わし》と化し、徳川勢の蹂躙《じゅうりん》をあっさりと許すことになった。唯一残った本丸の堀には、放り込まれた死体が累々と積み重なり、そこに無数の蠅《はえ》がたかっている。二の丸や三の丸には、殺された将兵や足軽たちの死骸が転がって道を塞《ふさ》ぎ、片付けなければ進むことができぬ。怒号と銃声、そして悲鳴。燃え盛る梁《はり》や柱が倒れ込み、土壁が焼け落ち、石塁が砕け、城全体がぐずぐずと揺れながら沈んでいく。屍が焼けて、毛髪や皮脂の燃える臭いがあたりに満ちている。

「見よや……」

「おお……」

兵士たちが空を指差した。天を覆う大渦巻が炎上する城にかぶさるようにゆっくりと回転している。その数は三つ。色はどす黒く、禍々しい気を放っている。渦巻きの中央部分から、象の鼻のようなものが数本、垂れ下がっている。それは、根もとが太く、先にいくほどすぼまり、表面には皺が寄り、ところどころにコブがあって、どくどくと脈を打っているようにも見える。先端からは黄色い膿汁のようなものが滴っている。

「魔、じゃ。魔が豊臣家の最期《さいご》を観に来たのじゃ」

「この世の終わりであろうかのう」

しばらくすると大渦巻は幻のように消え失せ、あとには焼けただれた不落城の黒々とした輪郭が残った。

本丸の北側にある山里郭《くるわ》に、糒蔵《ほしいぐら》があった。分厚い壁で四方を塗り込めてあり、火は入らない。そのなかに豊臣《とよとみ》家宗主《そうしゅ》豊臣秀頼《ひでより》とその母淀《よど》殿、秀頼の正室千《せん》姫とその小姓《こしょう》、侍女たちが籠っていた。ほかに大野修理亮治長《しゅりのすけはるなが》、速水甲斐守守久《はやみかいのかみもりひさ》、毛利豊前守《もうりぶぜんのかみ》勝永《かつなが》、真田大助幸昌《さなだだいすけゆきまさ》、二位の局《つぼね》らが付き従っていた。か細い手燭《てしょく》のあるほかはほぼ真っ暗である。本丸千畳の間にもついに火の手が回ったために、こちらに逃げ延びてきたのだが、蔵に火は入らぬといっても、熱風が取り巻き、なかは灼熱の炉のごときありさまだった。しかも、埃だらけでネズミや虫が走り回り、黴《かび》の酸《す》い臭いも鼻を突く。

「かくなるうえは……」

秀頼が言った。

「徳川の俘虜《ふりょ》となりて生き恥晒《さら》し、打ち首になるよりは、余はここで潔《いさぎよ》く腹を召さん。だれぞ介錯《かいしゃく》いたせ」

秀頼は、当時としてはたいへんに背が高く、恰幅《かっぷく》のよい偉丈夫《いじょうぶ》である。見目も麗《うるわ》しく、時を得ておれば堂々の大将として天下を指揮していたであろう。

「ならぬ。それはなりませぬぞ、お上《かみ》！」

秀頼の背後から、彼を抱きかかえていた淀殿がまなじりを決して叫んだ。

「生き残るのです。たとえ一毛《いちもう》でも望みがあればそれにすがり、生きる道を探るのです。ここでみずから果てるなど、御大将のなされようではございませぬ」

秀頼にはこの稀代《きだい》の毒母がつねに、膠《にかわ》のように貼りついていた。なにをなすにも、まずは淀殿の意向をうかがわねば、その日の献立すら決しかねるのだ。

「太閤殿下がしろしめなされたこの国土、一木一草にいたるまでみな豊臣家のもの。おめおめ、徳川に渡すことはなりませぬぞ。捲土重来を期して、ここは泥水を啜ってでも生き延びるのです」

「そうしたくとも母上、この蔵の周囲は敵が十重二十重に囲んでおりまする」

「まだ、手だてはありまする。――千、千はおらぬか」

淀殿は、千姫を呼んだ。千姫は家康の孫である。

「お袋さま、千はこちらにおりまする」

か細い声がした。

「千、そなたはあの狸親爺殿の孫娘じゃ。そなたをここで散らせるのは狸殿の本意ではあるまい」

淀殿は、大野修理を召した。

「修理、そのほうに千を託す。落ち延びさせて、家康殿に我らの助命を嘆願させるのじゃ」

千姫はあわてて、

「なんと申されます、お袋さま。千もお上《かみ》とともにここで果てとう存じまする」

淀殿はちらと千姫を見て、

「そなたはお上の命が大事ではないのか。家康の膝《ひざ》にすがって、お上の命乞いをするがそなたの役目ぞ」

「なれど……」

「この期《ご》に及んで喧《かまびす》しき女子《おなご》かな。疾《と》く去《い》ね。そなたは徳川の血筋のものじゃ。もしやするとあちらに内通しておったかもしれぬ」

「そ、そんな……」

「修理、早う連れてゆけ」

「はは……承知つかまつりました」

大野修理亮は深く一礼して、千姫をうながした。千姫は未練の眼差しを夫秀頼に向け、そっと寄り添おうとしたが、淀殿が癇《かん》の立った声で、

「ええ、疾く去ねと申すに……！」

「はい……」

悄然《しょうぜん》として行きかけた千姫の背に、淀殿は言った。

「千よ、かならずこの恨みは晴らすぞよ。天下を今ひとたびこの手に握るまでは死んでも死にきれぬ。太閤殿下《たいこう》もあの世でお怒りであろう。そなたの嘆願、ならぬときは……怨霊《おんりょう》となって生きかわり死にかわり、まずはそなたを八つ裂きにしたうえ、たとえどんな手を使うてでも徳川の治世を呪うてやるゆえ、覚悟いたすがよい」

千姫は義母の語調に顔をこわばらせたが、なにも応えず、糒蔵《ほしいぐら》を出て行った。

そして、だれも言葉を発せぬまま、炎熱の蔵中での数刻が過ぎていった。皆、汗みずくである。男どもはもろ肌脱ぎになったが、女たちはそうもできず、床に汗の溜まりを作っている。もとからの黴臭さに汗臭さが加わり、臭気ふんぷんとして耐え難くなったころ、秀頼が沈黙を破った。

「大野修理は戻ってこぬ。やはり、無駄であったか……」

毛利勝永が吐き捨てるように、

「あの狸めが、やすやすと右大臣（秀頼）を許すはずがない。今頃は、孫娘を取り戻してにやついておろう。――これにて万難尽き果てましたぞ。お袋さまもあきらめがおつきであろう。さ、右大臣、腹を切る支度《したく》をなされよ」

「ま、待ちなされ。まだ、なにか手だてがあるはず

じゃ」

淀殿がそう言うと、それまで沈黙を守っていた真田大助がにじり出て、

「ひとつだけ、策がござりまする」

「そりゃ、まことか……！」

淀殿が、その言葉に食いついた。大助はだれにもわからぬようにやりと笑った。彼は、真田左衛門佐《さえもんのすけ》信繁《のぶしげ》の長男であり、いまだ十四歳の年若だった。

「大助、かかる折に冗談《てんご》を申すでないぞ」

毛利勝永が叱りつけるように言うと、

「冗談ではござらぬ。——これを見られよ」

ふところから取り出したのは、鎖のついた小さな十字架《クルス》であった。

「大助、その方、キリシタンであったるか」

淀殿が言うと、大助はうなずき、

「祖父昌幸、昨日亡くなりたる父信繁もまた切支丹《きりしたん》でござる」

「ほほう、真田がキリシタン大名とは知りませなんだ」

「太閤殿下が伴天連追放令を出されたによって、秘匿しておりました」

「ふむ……で、それがどうしたのじゃ」

「真田家に伝わるみ教えは、わが祖父がキリシタンと神道を融合させた『寸白一実神道《すばくいちじつしんとう》』なるものにて、われらが信仰する天地の創造主、全能の父なるダニチは、大いなる力を持っておられます。ダニチとその眷属《けんぞく》の霊力におすがりなさりませ。さすれば、かならずやお助けくださることかと……」

「ええい、くだらぬ！」

毛利勝永が横から遮った。

「われらが信ずるは仏の御教えなり。戦の神摩利支天《まりしてん》の加護を念じて今まで戦ってきたが、時運われらになく、かかる負け戦となったのじゃ。それを、わけのわからぬ異国の神が救うてくれるだと？　馬鹿を申せ」

「豊前殿はなにもご存知ない。ダニチは、仏よりも

わが朝の神々よりも、はるかに偉大でござる。正しきやり方で法を行えば……」

「黙れ！」

勝永は、真田大助を荒々しく蹴倒した。壁に頭を激突させた大助は、鼻や口から血を垂らしながらもにやにやと笑っている。毛利勝永は、秀頼に向き直り、

「かかる若輩者のたわ言を聞いておられては、死に時を逸し、不名誉なる死にざまを晒すことになり申す。いつ、この場所も踏み込まれるかわかりませぬ。なにとぞただちにお腹をお召しくださりませ」

「そ、そうじゃな。――わかった」

秀頼はさすがに蒼白になったが、巨躯を壁際に運ぶと、正座して小刀を腹に当てた。後年、享保のころになると、小刀もしくは扇子を形ばかり腹にあてがうだけで斬首役が首を落とす……というやり方になるが、このころはまだ、本当に腹を切るのである。

おそらく秀頼は、地獄のように暑く、異臭のする暗がりで、外部の合戦《かっせん》から切り離されたまま、息を潜めて長い時をじっと過ごすことに気持ちが耐えられなくなっていたのだろう。まるで死を欲しているがごとく、腹部に刀の切っ先を突っ込んだ。剛力な秀頼の小刀は臍《へそ》のあたりを深々と真横に切り裂いた。ほぼ同時に、毛利勝永の刀が彼の首に食い込んだ。

そのとき淀殿が狂ったように毛利勝永にむしゃぶりつき、

「待ちなされ！　そのキリシタンの法とやら、ためしてからでも遅うはない。死ぬなら、手を尽くしてから死にたい」

やむなく勝永は刀を下ろした。秀頼は、侍女たちによって腹と首の傷の手当てを受けたが、血は止まらぬ。横になった彼の身体からおびただしい出血が広がっていく。それを見ながら淀殿は早口で、

「大助、上さまとわらわは、今日ただいまよりキリシタンに改宗《かいしゅう》いたしますぞ。ダニチ神におすがりして、秀頼とわらわを助けてたも」

「よろしゅうございます。――ただし、かなりのお覚悟をいただかねばなりませぬ」

大助がそれから口にしたのは、とてつもないことだった。毛利勝永は血相を変えて、

「血迷うたか、大助！」

さすがの淀殿も呆然として言葉を失った。

「そのようなことが……まことにできようか」

真田大助は十字架をかざして微笑み、

「それがしを、いや、ダニチさまをお信じなされませ」

淀殿はため息をつき、

「そうしたくはあれど……一度死んだものが生き返るなど聞いたことがない」

「耶蘇《やそ》は、十字架にかかって死んだのち、七日後にふたたび蘇ったのでござります。南蛮ではそれを存《ぞん》非《び》と称します」

速水守久が、

「死人が蘇生したという話は、わが朝の仏教説話にもある。ましてや耶蘇の力ならばできるのかもしれぬ」

毛利勝永が怒鳴りつけるように、

「貴様までがなにを申す。――これは、大助がお袋さまと右大臣を害するための口実としか思えぬ。信じてはなりませぬぞ」

「おや、これは聞き捨てなりませぬな。それがし、上さまへのご奉公一途にこの炎熱地獄まで従うてまいったるもの。そのそれがしが、お袋さまと上さまを害して、なんの得がござりましょう。それがし、たとえどのような形でも上さまに生きながらえていただき、豊臣家を再興していただくことを願うておりまする」

「だとしても、かかる荒唐《こうとう》無稽《むけい》なやり方は聞いたことがない！」

「存非の法は、キリシタンのうちでもわが真田家にのみ伝えられる秘儀。信ずるか信ぜぬかは上さまとお袋さま次第」

毛利勝永が刀を振りかざし、

「お袋さま、大助は狂うたとみえまする。それがしがここで成敗《せいばい》……」

「待ちゃ」

淀殿は大助を見つめ、

「よう申した。そちの忠義の心、うれしゅう思いまする」

「ありがたき幸せ」

「このままここにいても死を待つばかりじゃ。ならばその、キリシタンの秘術に賭けるしかない。――大助、やってたも」

毛利勝永は目を剥いて、

「お袋さま、こ、こ、こやつの申したることおわかりか。五体をバラバラに切り分けて、のちにつなぎ合わせると抜かしておるのですぞ。そのようなことできるはずが……」

「わらわはできると思う。あの西行法師《さいぎょうほうし》も、高野山《こうやさん》に参詣《さんけい》のおり、人骨を集めてつなぎ合わせ、砒霜《ひそう》を塗って反魂《はんごん》の術を行い、ひとを造ったという話が『撰集抄《せんじゅうしょう》』という書物に出ておるそうじゃ」

「お考え直しくだされ。バラバラの身体をつなぎ合わせて蘇ったようなものは、すでにひととは申せませぬぞ」

すると真田大助が、

「さよう。ひととは申せませぬ。それがし、上さまとお袋さまに、ひとにあらざるものになっていただくつもりでござる」

「お袋さま、お聞きか。大助は乱心しておる」

「いたって正気。――お袋さま、ひとであることをお捨てくだされ」

淀殿は言った。

「わらわは、上さまのためなれば、喜んでひとを辞めようと思う。――さ、ぐずぐずしている暇はない。おやりなされ」

「かしこまってござる」

真田大助は頭《こうべ》を垂れた。

それから半刻ほどのち、糒蔵から出火しているのを東軍の足軽たちが見つけた。

「あとはここしかない。踏ん込むぞ」

「心得た」

内側からかけられた閂を石斧で叩き壊し、槍を手に、四、五十人ばかりで突入すると、なかから炎が噴き出してきた。すでに天井にまで火がまわり、黒煙と炎が渦を巻いている。足軽たちは駆けまわって、生き残っていた数名の侍女を引きずり出したが、あとはどうにもならなかった。火は屋根をなめ、床を焦がし、糒蔵を赤く包んだ。

鎮火を待って内部を改めると、死骸が二十体以上見つかっただけで、生存者はいなかった。死骸も黒焦げの炭と化しており、男女の別さえ判別するのは難しかった。侍女たちによると、ここにはたしかに秀頼と淀殿が隠れており、ふたりとも自害した、とのことであった。死体が見つからぬゆえ、家康たちもそれを信じるほかなかった。糒蔵の簞笥《たんす》のうえに、重箱を少し大きくしたような、黒塗りの函《はこ》がふたつ置かれていた。足軽たちはだれもその函を調べようとしなかったが、それはとうてい人間が隠れることができぬほどの大きさだったからである。全焼せぬうちに調べるべき場所は、ほかにたくさんあった。

入り口は数十丁の鉄砲隊が狙いをつけ、蟻《あり》の這い出る余地もない。出口は一カ所しかないことが確かめられた。屋根にも床下にも抜け穴などなく、逃れることはできぬと思われた。

火が消えたあと、ひとりの足軽がふたつの函をひそかに持ち出した。彼はその函を背負うと、身軽に石垣を斜めに駆け下り、水のない堀を渡り、寝屋川《ねやがわ》の橋もとに出た。菰《こも》を取ると小舟が一艘《そう》、もやってある。足軽は舟に飛び乗ると、大川を下って行った。途中、一度だけ、黒煙をいまだ吐き続ける大坂城を振り返ったが、その猿に似た横顔にはなんの感慨も浮かんでいなかった。

◇

数日後の真夜中、真田大助は瀬戸内を走る船にいた。月が煌々《こうこう》と海原《うなばら》を照らすなか、どす黒い波がねっとりと左右に分かれていく。腕組みをして船首に立ち、行く先を見据えていると、汚らしい泡がふつふつと湧き、音を立ててはじけるなかを、黒いびらびらのついた小さな触手が波間から立ち上がり、また沈むのが見える。蛇のように長い人面の魚や、髪の毛のある魚、短い手足のある魚なども浮き沈みしている。まるで、その船を導き、守護しているかのようである。目玉の大きな虫の死骸、半ば溶けかかった白い海老、樽のように大きなクラゲなどを突きぬけて船は進む。

播磨国《はりまのくに》の沖合あたりで、大助は従者のひとりに言った。

「猿殿に申してな、函を持ってまいれ」

すぐに、黒塗りの函がふたつ、彼のまえに並べられた。その横には、猿のような顔の初老の男が控えていた。彼は驚くほど「猿」に似ていた。頭髪は縮れ、顔には横皺がより、鼻孔はまえを向き、唇はめくれあがっている。今にも「きき……」と鳴いて両手を打ち合わせそうなほどだった。にやにやと下卑た笑いを浮かべながら、

「うまくいった……」

大助は独りごちながら、蓋《ふた》を取った。血と糞便の臭いが鼻を突いた。函のなかには、人間の手、足、胴体、内臓などが一寸の隙間もなく重詰めになっていた。胃の腑、大腸、小腸、心の臓、肺臓、肝臓なども押し寿司のごとくみっちりと詰め込まれ、男性器がそのうえにちょんと置かれていた。いちばんうえに、首があった。苦悶《くもん》の表情を浮かべて天をにらむ、醜く歪んだ顔……秀頼のものだった。もうひとつの函に押し込められているのは、もちろん淀殿の死骸を解体したものだ。

「まるで箱根細工だのう。うまく詰め込んだもの

だ」

猿面の男が感心したようにのぞき込んだ。

「詰めるよりも、組み直すほうが大儀ぞ」

大助はそう言うと、ふところから革装の薄汚れた本をうやうやしく取り出した。表紙には五芒星《ごぼうせい》と白く長い虫の絵、そして『寸白の書（MYSTERIES OF THE TAPEWORM）』という書名が記されていた。

「異国の書物か」

「ダニチをはじめ世界中の邪《よこしま》な知恵が書かれたる本だ。残念なことに、最後の頁が破かれていて、肝心の『暗黒召魔之術』なる魔術のやりかたがわからぬのだが……」

「暗黒召魔之術？　わしも初耳だが……なんだそれは」

「世界を滅ぼすほどの秘儀だそうだ。わが祖父も父も知らなんだ。ご存知のかたは、シラミネさまただひとりだとか」

「シラミネさまは、とうにお亡くなりだ。それでは学べぬのう」

「だが、存非の法についてはちゃんと書かれておるゆえ、安堵せよ」

そう言うと、秀頼の首と淀殿の首を船板に安置した。両名とも、口を斜めに半開きにし、血と粘液の混じったものを垂れ流している。切り口が真っ直ぐではないためか、淀殿の首は何度置いても船が揺れるたびに転がるので、業を煮やした大助はしまいにその首を両手でつかみ、船板に押し付けた。切断面が潰れて、淀殿の首はやっと落ち着いた。

「そのように乱暴に扱うてもよいのか。つながらずとも知らぬぞ」

「どうせ、きちんと元に戻るわけではない。ただの憑代《よりしろ》ゆえ、これでよい」

大助は、小瓶に入った緑色の液体を首や斬り分けられた手足にたっぷりかけると、暗い海に向かって手を伸ばし、邪悪な「気」を招きよせるような仕草をした。それに応えるかのように、波間に燐光が走り、尖った背びれがいくつも海水を割いて走った。

「もう、やるのか。あちらに着いてからゆっくりやればよかろうに」

猿面の男が言うと大助はかぶりを振った。

「早うせぬと死骸が腐る。なるべく新鮮なうちに行えというのが、わが父からの教えぞ。――ご覧じろ、佐助殿。すでに上さまの胸乳のあたりや、お袋さまの尻からしたが腐ってしもうた。これは使えぬぞ」

「では、どうする。蘇生はならぬか」

「ご懸念あるな。蘇りにおいて肝心なるは『頭』じゃ。ほかはどうでもよい。足らぬところにはあとで、海豚《いるか》か海豹《あざらし》、膃肭臍《おっとせい》などの胴や手足をくっつけておけばよい」

「むふふふ……おもしろし」

佐助が両手を打って喜んでいるのを尻目に、大助は神職のような衣冠束帯に着替えると、上下に長い、木彫りの仮面を顔につけた。左右がずれた、口ばかり大きく、目も鼻もない白い仮面である。大助は十字架を逆さに持ち、祝詞《のりと》のごとき節をつけて、呪文を唱えはじめた。

「真の神は悪しき神なり。悪しき神は心を持たぬぞ。悪しき神の住まいいずこなるや。天上に坐《いま》すか、否。海中に坐すか、否。悪しき神坐すところはひとの腹中なり。襞を分け入りし暗黒の腸《はらわた》に星界ありてそこに神留坐《かむづまり》す、かけまくも畏《かしこ》き、みめぐみ深き寸白神《すばくのかみ》よ、人道にもとりたる過ち犯しけん、この世に恨み持つ罪咎人《とがびと》、元右大臣豊臣秀頼とその母浅井茶々、ふたりの穢れたる魂魄《こんぱく》を根の国底の国より反魂し、ここなる身体に入らせたまえ。上るべし、あーあーあー、ぎーぎー。下るべし、いーいーいー、ぞーぞー……」

大助は白目を剥《む》いて、両手を小刻みに痙攣させている。鳥が羽ばたいているような仕草をしながら、

「はああああああ……！　諸々の禍事《まがごと》、種々《くさぐさ》の罪事は、天《あま》つ罪とは畦《あ》放ち溝埋め樋《ひ》放ち頻蒔《しきまき》串刺生剥逆剥屎戸《いけはぎさかはぎくそへ》、許々太久《ここだく》の罪を天津罪と法別《のりわけ》て、国

つ罪とは生膚断《いきはだたち》、死膚断《しにはだたち》、白人《しろひと》胡久美《こくみ》、己が母犯せる罪、己が子犯せる罪、母と子と犯せる罪、子と母と犯せる罪、畜《けもの》犯せる罪、昆虫《はうむし》の災、高津神《たかつかみ》の災、高津鳥の災、畜仆《けものたお》し蟲物《まじもの》為せる罪　許々太久の罪をこの両名の一身に集めたまえ、綴じ込み、押し入れてええええ、えええええ……ちゅぶらん・ぞなき・ぞなき・ありぶらが・いずはら・みじゅなしげ・みじゃぐじ・ばき・あらはばき・ちゅたぐなす・ひんぶれ・あべぞうす・おぼーぼー・おんぼーぼー・じゅぼーぼー。ぼーぼーぼーぼーぼー。毛を食え。目をえぐれ。角を折れ。尾を断て。唇を切り刻め、ああ唇を切り刻め。耳裂け、鼻裂け、尻を裂け。骨潰せええ、骨潰せ。血を吐け、膿出せ、肉を出せ。毒血のたーらたら、毒血のたーらたら。ひとでなしからひとになる、ひとでなしからひとになる。ああいいい、やあああああ、ひとでなくなる心地よさ、ひとでなくなる心地よさ。はああああああ……あやあああああ……邪《じゃ》禍《が》悪《お》鬼《き》呪罪《じゅざい》咎《きゅう》犯荒《ぼんこう》……じゃがおきじゅざいきゅうぼんこう、ジャガオキジュザイキュウボンコウ、ジャガオキジュザイキュウボンコウ……われらを犯したまえ、穢したまえ、狂わせたまえ、傷つけたまえ、殺したまえと畏み畏み白す。父なるドゴンと母なるフドウラ、そして偉大なるクトルスの御名によりて……」

　逆さ十字を切ると、

「アアメンゾウ、サンタマリヤ………」

　途端、風が叫び、波が逆巻いた。猿面の男には、秀頼と淀殿が目を開き、にんまりと笑いかけたように見えたが、それは僻目《ひがめ》であったようだ。生暖かい疾風に乗り、船は飛ぶように一路、南へと向かっていった。

第一章

空が高い。そして、青い。

未狩女《みかるめ》はまぶしげに陽を見上げると、目を擦った。

昨夜遅く、大地震《おおない》があった。これまでに覚えがないほどの激烈な揺れで、天変地異の前触れかと心配したが、どうやら杞憂《きゆう》だったようだ。幸い、神社の本殿も未狩女たちの住処も、調度が倒れたり、壁に少しひびが入った程度で壊れなかった。

十五歳の未狩女は、赤い行燈袴《あんどんばかま》を穿《は》き、身幅の広い白小袖を着て、雪駄《せった》履きという姿で境内に積もった落ち葉を掃《は》いている。境内は狭いが、この神社に巫女《みこ》は彼女ひとりしかおらぬため、たかが落ち葉掻きといえども骨が折れるのだ。しかも、地震のために境内のあちこちで木が倒れたり、石垣が崩れたりしているので、その片付けもしなくてはいけない。

未狩女は額の汗を手の甲で拭った。飯炊きから水汲み、掃除、洗濯、畑仕事、宮司《ぐうじ》である父封魔斎《ふうまさい》の世話など、仕事は山ほどある。父親は、数年まえから病がちで寝たきりなのだ。肝心の巫女としての勤めはほとんどないに等しいが、父親による厳しい修行だけは毎日欠かさず行われる。

神社は大穴山《おおあなやま》のうえにある。「大穴無知神社《おおあなむち》」という名だが、もともとは「大穴坐無知魔神社《オオアナニイマスムチマジンジャ》」と呼ばれていたそうだ。大穴山は切り立った岩壁が続く険しい山で、難所も多く、杣人《そまびと》や猟師も上ることはほとんどなかった。

この神社はだれのためのものなのか……かつてそういう問いを封魔斎に発したことがある。氏子《うじこ》がいないのだから、お参りに来るものもいない。時折、木の実や山菜を採りに上ってくる里のものや、杣、猟師などが、お愛想に参拝していくぐらいのものだ。

「当社は、国のための神社である。参拝客など無用」

宮司は言い切った。国？　肥後国か。

「ちがう。わが朝、ひいては異国も含めてのことだ」

日本や異国のための神社……そんなものは聞いたことがない。未狩女も、この大穴神社が正統な神道から外れた、異端であることはうすうす察していた。祭神は、オオナムチとスクナビコナである。この両神を祀る神社は日本中に多く、オオナムチは大穴牟遅神、大穴持命、大己貴命、大汝命、大名持神、国作大己貴命……などと書かれることが多いが、大穴神社におけるオオナムチの表記は「大穴無知命」である。

オオナムチやスクナビコナは、我々になにをしてくれるのか、とも問うたことがある。

「なにもしてくれぬ」

というのが封魔斎の返事だった。がっかりした。神さまというのは、信仰するひとびとに現世の得を与えるのが仕事ではないのか。目の病に効く神さま、足萎《な》えを直す神さま、恋愛を成就《じょうじゅ》させる神さま、戦に勝たせてくれる神さま、金持ちにしてくれる神さま……だからこそ皆、熱心に参拝し、賽銭《さいせん》をくれるのだ。なにもしてくれない神など、なんの役に立つだろう。

「オオナムチさまがなにもしてくれぬことこそ、われわれにとっての唯一の救いなのだ。よいか、未狩女、よう聞けよ。この神社は、オオナムチさまがなにもせぬようにするために作られた。オオナムチさまが『なにかをする』ことがないよう見守ることこそ、われら代々の宮司の務めなのだ」

「オオナムチというのはどういう意味があるの？」

「大きな洞窟《どうくつ》に住む神ということだ」

洞窟に住む神……未狩女には思い描くことはできなかった。神というのは、天上や海中、宮殿などを住まいとしていると思っていた。洞窟に住むなど、まるで禽獣《きんじゅう》ではないか。

変わった神を祀《まつ》る変わった神社。しかも、その神は「なにもしてくれぬ」というのだ。賽銭での実入りが皆無に等しいのも当たり前である。

だから、この神社では代々、山の一角を開墾《かいこん》して畑を作り、そこで野菜を育てていた。自給自足に近い暮らしである。時折、そこでできた野菜や、山で採った山菜、薪《まき》などを担いで里に下り、米や味噌《みそ》、醤油《しょうゆ》などと取り換えるのだ。

ぎょおっ。

枯れ木の枝で鳥が鳴き、未狩女は振り返った。それだけで、顔のまわりに風がぶわりとまとわりつく。未狩女は生まれつき頭の鉢《はち》が大きかった。里人たちが陰で笑っているような気がして、そのことが彼女の引け目になっていた。封魔斎は、頭が大きいということは、それだけ脳味噌が多いのだから誇りにこそ思え、と言うが、年頃の未狩女にはなかなかそうも思えなかった。しかし、体格や癖《くせ》などとちがい、どうすることもできないのだからあきらめるほかないではないか。未狩女は、父親の使いとして物々交換に行くほかは里に下りないことにしていた。だから彼女には歳が同じぐらいの友人がいない。いや、知り合いがいない、と言っていいだろう。里のものたちとは付き合いたくないので、顔を背《そむ》けるようにしてすぐに帰ってくる。それでいい、と未狩女は思っていた。

ぎょおおっ……おおっ。

またしても鳥が鳴く。カラスかと思ったが、見たこともない山鳥だ。嘴《くちばし》がやたら大きく、下向きに曲がっており、頭に黄色い板のようなものが乗っている。異国の鳥だろうか。目つきの悪いその鳥を、箒《ほうき》の柄《え》を振って追い払った。鳴き声が、なんだか頭の大きさを馬鹿にしているように聞こえたのだ。

ざくざくと音を立てながら落ち葉を掃く。大坂夏の陣から二十年ばかりの月日が流れ、一見、世の中は落ち着いているよう見えた。江戸では、十年まえに三代将軍の家光《いえみつ》公が即位して、徳川の世の安泰ぶりはだれもが肌で感じていた。すでに二十年も戦らしい戦は起こっていないのだ。「天下は泰平だ」とだれもが口にしていたが、未狩女はそうではない「なにか」をふと感じることがあった。言葉では言い表しにくいが、「泰平」のすぐ後ろに迫っている、黒く、どろどろしたものの気配に気づくときがあるのだ。一度、そのことを父親に言うと、

「おまえは、『気』を感じる力がひとより鋭い。黙っておれ」

と怒るので、それ以降はなにも言わぬようにしていた。しかし、ぼんやりと落ち葉を掃いていても、わかることはわかる。たとえば上《かみ》の村でも下《しも》の村でも、過酷な年貢の取り立てが続いており、それへの不平不満がじわじわ募ってきている。もうすぐその不満が容器の縁からあふれ出すことを、未狩女は察していた。領主への目に見えぬ怨嗟《えんさ》の念は渦を巻き、山のうえの神社まで上ってきている。だから、

(見ないでもわかる……)

のである。


落ち葉を掃きながら、境内の裏側にあるスクナビコナ社のほうへ回る。ひと抱えほどの黒い石が、祠《ほこら》のご神体である。神社に伝わる言い伝えによると、何百年もまえ、ある夜、空から巨大な火の玉がこの山に落下した。そのときの火球の破片である、ともいうが、未狩女にはそれが真実かどうかわからなかった。ただ、そう思えるほど、石の表は真っ黒で、磨き上げた鏡のようにつるつるである。

石は剥き出しで地面に据え置かれている。スクナビコナは、少名毘古那、須久那美迦微、少彦名、少日子根……などと書かれるのが普通だが、額には「少靡光無社」とある。「社」といってもみすぼらしいただの祠で、そのまえに黒い石が転がしてあるだけなのだ。きちんと社殿を建ててお祀りしたほうがいいのではないか、と言ったこともあるが、

「スクナビコナさまの石には触れてはならぬ」

封魔斎は、未狩女がそれに触ることはおろか、近づくことも禁じていた。

「祟《たた》りがある」

とも言っていた。未狩女の知識では、スクナビコナは祟るような神ではない。そもそもオオナムチも、怖ろしい荒ぶる神とは思えない。

オオナムチは、大国主命《おおくにぬしのみこと》や大物主《おおものぬし》と同一神とされている神であり、須佐之男命《すさのおのみこと》の孫にあたる。兄弟である「八十神《やそがみ》（大勢の神の意）」たちの恨みを買い、オオナムチは彼らに殺されてしまう。しかし、神産《かみむ》巣日神《すびのかみ》の力で蘇生し、須佐之男命が統べる根の国・底の国、つまり「あの世」に向かうが、そこでさまざまな試練を与えられる。たとえば、蛇が無数にいる部屋に寝かされたり、蜂やムカデに満ちた部屋に入れられたり、草むらにいるときに火を付けられたり……といったものだが、それらの苦難を克服し、ついに須佐之男命から葦原中国《あしはらのなかつくに》（日本のこと）を譲り受ける。黄泉国《よみのくに》からこの世界に戻ってきたあと、八十神を退けてから、「国造り」を行ういきさつは『古事記』などに詳しく書かれている。


オオナムチが海岸にいると、彼方から「天《あめ》の羅摩《かがみの》船《ふね》」というガガイモの実を二つに割った船に乗って、蛾《ひむし》の皮を剥《は》いで衣服とした、とても小さな神がやってきた。オオナムチが名を問うても答えないので、多邇具久《たにぐく》（ヒキガエルのこと）にきくと、

「久延毘古《くえびこ》（カカシのこと）ならきっと知っている」

という。そこで、あらゆることを知っている久延毘古にたずねると、

「神産巣日神の子のスクナビコナの神だ」

と教えてくれた。神産巣日神は、天地創造神のひとりであり、オオナムチが一度死んだときに命を与えてくれた神でもある。

オオナムチが神産巣日神におうかがいをたてると、

「スクナビコナは私の子のひとりだが、やんちゃで手に負えなかった。おまえはスクナビコナとともに、国造りをせよ」

との神託があった。

スクナビコナというのは、オオナムチの「大」に

比しての「少」ということで、つまりは「小さ子」のことだそうだ。「小さ子」とは、民話などに出てくる一寸法師や豆太郎、タニシ長者といった小人のことで、身体は小さいが知恵に優れ、また、やんちゃもの、いたずらものの一面もある。

こうして出会ったふたりの神は手を携えて国造りを行った。オオナムチの力はきわめて強く、山を崩し、谷を埋め、川の流れを変えることができた。スクナビコナはオオナムチを指揮・監督する役割だった。二神は日本中を巡り、山や丘を造ったり、川を付け替えたりしたうえで、土地を開墾して農作を行った。

オオナムチは、須佐之男命に譲られた生太刀《いくたち》、生弓矢《いくゆみや》、天詔琴《あめののりごと》といった強力な武器や道具を使って国土を平定したため戦の神、またスクナビコナは病の治療法や虫獣の害を払う法を定めたので、医薬の神、禁厭《まじない》の神としての信仰も集めているらしい。

オオナムチがあるとき、

「葦原中国はもともと荒れ果てており、岩山や草木にいたるまでことごとく強く、手ごわかったが、我々がそれらを砕き伏せた。われらの造った国土は、よくできたと言えるだろうか」

とスクナビコナに問うと、

「できたところもあるが、できていないところもある」

という返事だった。つまり、まだ途中だということだ。しかし、国造り半ばにして、スクナビコナが常世《とこよ》の国（あの世）に去ったので、オオナムチはその行いをやめたが、そののちは高天原から天下った天津神に国を譲って出雲大社《いずもたいしゃ》の主になったという。

とにかくオオナムチもスクナビコナも日本という国を、たとえ半ばまでであっても「造った」神なのだから、悪神であろうはずがないというのが未狩女の考えだった。

「あれ……？」

未狩女はいぶかしく思った。スクナビコナ社の様子がおかしい。

（いつもとどこかちがう……）

やっと気づいた。ご神体である石が真っ二つに割れているではないか。

（昨日の大地震のせいかも……）

父親にとめられているのも忘れ、思わず駆け寄って、その割れ口を手で触った。

（熱っ……！）

黒い石の割れ口は、焚《た》き火に放り込んだように熱かった。恐怖に襲われて、後ずさりしたとき、地面でなにかがきらりと光った。よく見ようとかがむ。一分金《いちぶきん》のような形をした小さな鉄片のようだ。梵字《ぼんじ》のような文字が刻まれているが、未狩女には読めなかった。蛍《ほたる》のような青白い光を放っており、

（きれい……）

未狩女はそれをつまみ上げ、ふところに入れた。

途端、心臓のあたりに激痛が走った。あわてて衣服をはだけてたしかめると、小片が左乳房の下あたりに食い込んでいるではないか。引きはがそうとしたが、小片はまるで生きているかのようにみるみるうちに肌に潜り込んでしまった。肌にはなんの痕も残っていない。痛みもない。

（嘘……）

わけがわからず、未狩女は胸を撫《な》でた。つるりとしている。

（なんだったんだろう。虫かな……）

気味悪げに首を傾げたとき、未狩女の心になにかがぬるりと入り込んだ……ような気がした。

「ナビシステムのコントローラー部分、分離されました。分離されたナビシステムのコントローラー部分、別の場所への保存を許可しますか」

そんな言葉が聞こえてくる。いや……言葉としてではなく、頭のなかに「意味」だけが直に響いているのだ。未狩女が、なんのことだかわからずじっとしていると、

「保存完了しました」

それっきり、あとはなにも響かなくなった。その直後、

「きゅうう……」

甲高い、妙な声が聞こえた。これは、はっきり耳に届いているが、さっきの鳥の鳴き声とはちがう。

(なにかいるのかも……)

未狩女は、箒を薙刀《なぎなた》のように構えて、前後左右に目を配った。

「きゅう……きゅうきゅう……きゅう……」

びくっとして跳び上がったとき、茶褐色のなにかが目に入った。ご神体の石のすぐうしろに隠れるように、もぞもぞと動いている。気味が悪かったが、放っておくわけにはいかない。首を伸ばしてみると、細かく裂いた木の皮や折れた木の枝などを身にまとった、大きなミノムシのようなものだ。それが地面を左右にくねっている様子は、蛾の幼虫のようにも見えたが……大きすぎる。生臭い臭いが立ちのぼり、未狩女は鼻をつまんだ。

「きゅっ、きゅうう……きゅきゅっ」

汚らしいその生きものは、身悶えするような動きで未狩女に近づいてきた。

(なに、これ……?)

こんな生きものは見たことがない。バケモンかもしれない。そういえば野槌蛇《のづちへび》というものがいて、蛇のくせに寸足らずで、進むときも蛇行せず、地面を転がったり、跳躍したりするらしいが……。

(これが、それかも……)

とにかく、神聖な神社の境内にこのようなものがいるのは許されないことだ。ともかく叩いてみようと、未狩女が恐る恐る箒の柄を伸ばしたとき、

「きゅーっ!」

生きものは、未狩女に向かって跳躍した。

「ひゃあああっ」

情けない声とともに未狩女は尻もちをついた。なにかが顔のうえに乗った。化けものだ。未狩女は必死に払いのけようとしたが、指には意外にもふわふ

わした手触りがあった。

「――え？」

よく見ると、未狩女の顔にじゃれついているのは、さっきのミノムシのような化けものではなく、ヤマネかカヤネズミのような小動物なのだ。全身柔らかそうな茶色の毛に覆われており、未狩女の握りこぶしほどの大きさだ。小さな目、尖った鼻、そして未狩女をじっと見つめる愛くるしい黒い目……。

「かわいい……！」

未狩女はそうつぶやいた。汚い蓑《みの》のようなものを脱ぎ捨てた中身は、こういう姿なのだ。

「きゅっ、きゅっ、きゅううううん」

小動物はひっきりなしに鼻先を未狩女の顔や首にこすりつける。

「ちょ、ちょっとくすぐったいってば」

立ち上がった未狩女が両手で椀《わん》を作ると、そのなかにちょこんと座った。

「喜べ。今日から私が飼ってやるよ。名前は……」

「きゅきゅきゅきゅー ん」

「よし、おまえは『キュウ』だ。わかったね」

ヤマネに似た動物は、こく、こくと首を縦に振った……ように見えた。言葉がわかるのだろうか。いや、そんなはずはない……そう未狩女が思ったとき、手に茶色い汁のようなものがついていることに気づいた。

「ごめんね、ちょっとひっくり返すよ」

未狩女はキュウを裏返した。腹部の下側に四角い穴が開いていて、そこから油のようなものが漏れ出ている。怪我をしているようだ。未狩女はその穴を指で撫でさすった。べとりと指先に汁がついた瞬間、キュウが身体を固くした……ような気がした。そして、その穴のまわりの柔毛がみるみる伸びて、穴を隠してしまった。

「ミカ！　ミカはいずこにおる」

封魔斎の声だ。それを耳にした瞬間、キュウは身体を丸め、球のようになった。未狩女はもこもこし

たその球をふところに放り込み、

「は、はい。こちらでございます」

寝間着姿の宮司は、杖にすがりながらおぼつかぬ足取りで近づいてきた。未狩女はあわてて介添えをする。

「どうなさったのです。お休みにならないとお身体に……」

「おまえの悲鳴が聞こえたように思ったものでな。なにかあったのか」

「い、いえ……なにも……」

封魔斎はふと、スクナビコナ社のまえに目をやった。その顔が紙のように白くなった。

「こ、これはなんとした。石が……ご神体が割れておる！」

こうなったらもう隠しようがない。

「大地震のせいだと思います。じつは私も今、これを見つけて、それで思わず声を上げてしまいました」

「なかから、なにか出てこなかったか」

「はい……なにも……」

「まことか」

「まことでございます」

宮司は、石の割れ口を検分したり、そのまわりを調べたりしていたが、やがてキュウが脱ぎ捨てた蓑のようなものを見つけて、その場にへなへなと崩れ落ちた。

「父上……！」

未狩女が抱き起そうとしたが、封魔斎は気を失っていた。

◇

里の村にも医師はいない。この近くで医師や薬師《くすし》といえば、一日がかりで山を越え、町まで連れにいかねばならぬ。未狩女はみずから父親を介抱することにした。半日ほどすると、宮司は目を覚ました。しかし、熱が高い。手ぬぐいを絞って額に当てても、すぐに乾いてしまうほどだ。

「未狩女よ……」

顔に汗の玉粒を浮かべながら封魔斎は言った。

「わしの、命は、もう、わずかしかない」

あえぎながら一言ずつ押し出すようにしてしゃべる。その声は苦しげだ。

「父上、そのような弱気なことを……」

「わしの、寿命は、わしが、一番、ようわかる。おまえが、巫女としての、修行を、終えたときに、語るべきことを、今、おまえに、伝えておく。よう聞け」

未狩女は居住まいを正した。

「この神社……『大穴坐無知魔神社』は、神を、封ずるために、建てられたのだ」

「神を封ずる……？」

「遥か、古代、宇宙《そら》より、ひとつの、火の玉が、この地に、落ちた。そのなかに、おられたのが、オオナムチの神と、スクナビコナの神だ。オオナムチは、恐るべき、力を秘めたる、荒ぶる神であり、スクナビコナは、それを、教え導く、役目の神だ」

「…………」

「スクナビコナは、役割半ばで、石の、なかに、封じられたがため、オオナムチの神は、動くのを、やめた。二神は、この地に、封じられたのだ。われらの、使命は、二度とふたたび、オオナムチの神が、動き出さぬよう、見張ること。もし、オオナムチの神が、目を覚ましたら……」

宮司は激しく咳き込んだ。布団に血が散った。父親の背をさすりながら、

「父上、今日はこのぐらいにして……」

「うるさい。おまえは、黙って、聞いておれ。――オオナムチの神が、目覚めたときは……この世が……滅ぶであろう……」

「まさか……」

「信じられぬ、かもしれぬが、まことのことだ。スクナビコナの神を、石に封じたのは、古代の王、建《たけ》

御雷神《みかづちのかみ》だ。十掬剣《とつかのつるぎ》なる、宝剣の、霊力で、それを行ったのだが、その剣は、すでに、失われている。われらには、スクナビコナを、封じる、ことはできぬ……」

「オオナムチの神は、いずこにおいでですか」

「うむ、西の……」

封魔斎はなにか言おうとしたが、口をつぐんだ。

「いずれ……話してやろう」

伝えるべきことを伝え終えた、という安堵のゆえか、宮司は目を閉じた。

「少し、寝る」

「おやすみなさいませ」

部屋を出たあと、明日は医師を呼びにいこう、と未狩女は思った。だが、父親が言ったのはまことの話なのだろうか。この神社が、オオナムチとスクナビコナを「封ずる」ために建てられた、ということにも驚いたが、神話に出てくるオオナムチが実在し、それが動き出す、などとてもありうることとは思えない。山を崩したり、川の流れを変えたりするなんて、とてつもない巨人ではないか。伊弉諾尊《いざなぎのみこと》が黄泉国に行って鬼に追われたり、天照大神《あまてらすおおみかみ》が岩屋に隠れてこの世が闇になったりするのと同じく、たとえ話、おとぎ話の類ではないのだろうか……。

神社の暗い廊下を歩いていると、

「きゅきゅう……」

という声がした。

◇

翌朝いつものように、まだ暗いうちに未狩女が目を覚ましたとき、父親の姿は寝床になかった。住まいのなかには見当たらぬ。愛用の樫の杖がなくなっているところをみると、出かけたのだろう。本殿や、境内、鎮守《ちんじゅ》の森などを探したが、どこにもいない。

(あのような身体で、いったいどちらに……)

杖をつかぬと歩けないし、それも遠くへは行けないはずなのだ。神社のまわりを必死に探したが、痕跡すらない。どうやら夜のうちに出て行ったようだ。未狩女は昨日のことを思い返していた。未狩女が、オオナムチの神はいずこにおいでかと問うたとき、封魔斎はたしか、

「西の……」

と言いかけたではないか。

（西……西の山ということ？）

大穴山は、そのあいだを流れる尻身川と深い谷によって、東と西に分けられる。大穴無知神社があるのは東側で、ほかにも田畑があったり、樵《きこり》の小屋があったりするが、西の山は入山することも難しいほど峻嶮《しゅんけん》で、今の父親の脚ではとうてい無理なはずだが、ほかに思い当たる場所がない。封魔斎も、

「西には行くな」

と常日頃から未狩女が西の山に入ることを禁じていた。転落の危険があるし、害をなす獣も多いというのだ。もちろん里のものも一切入山しない。未狩女は、替えの草鞋《わらじ》と護身用の鉈《なた》を腰に下げると、意を決して西の山に向かった。一度、尻身川まで谷を降り、そこからまた登らなければならないのだが、それだけでも汗を小一升ほどかいた。登りは、道らしきものはほとんどない。かろうじて獣道らしきものがあるが、山慣れした未狩女の目でないとそれすら見つけられないだろう。一刻ほど歩くと獣道も途絶えてしまった。草鞋はすでに三足目だ。鉈で草を薙ぎ払い、灌木をへし折りながら進む。地面がところどころ深く陥没しているが、草で覆われてわからないのでよほど気を付けねばならない。手足は擦り切れて出血しているが、かまわずに登る。父のことが心配でたまらなかったのだ。頑迷なところもあるが、未狩女にとって唯一の肉親だ。

斜面が森になったようなところで、未狩女はついに自分がどこにいるのかわからなくなってしまった。陽光を高い木々の葉が隠しているので、ほぼ真っ暗なのだ。とりあえず上へ上へと進もうとしたが、回避できないような大岩が並んでおり、にっちもさっ

ちもいかない。

ぎゃあおっ。

鳥が鳴いた。嘲笑われているような気がして、未狩女は腹が立った。見上げると、楢の木のうえに黒い影がいくつか蠢いている。

ぎょお……おっ。

ぎい……。

しわがれた声で鳥は鳴き交わす。なにかが落ちてきた。避けようとしたが間に合わなかった。糞だ。白い糞が膝についてしまった。未狩女は石を拾って投げつけた。届かない。もう一度投げる。今度は枝に当たった。鳥たちが悲鳴のような声をあげて羽ばたいた。首の長い、見たことのない鳥だった。

自分が投げた石が落ちてきたので、かわそうとして身体を反らし、踏ん張ったとき、足が滑った。上ばかり見ていたので足もとがお留守になっていたのだ。あわてて近くの草にしがみつこうとしたが、ぶちぶちぎれて、未狩女の身体は斜面を転がり落ちた。途中、岩や木にぶつかって何度も跳ねた。そのたびにあちこちに激痛が走ったが、痛い、と口にする暇もないぐらいの速さで彼女は落ちていった。死ぬのかな……と思ったのを最後に、未狩女は気を失った。

◇

おそろしやあおそろしや
おおなむちうごくとおそろしや
かみのくにきたるぞよ
ひとはかみのくににすまうことできぬというたであろうが
ひとはかみのちからをつかえぬともうしたであろうが
おそろしやあおそろしや
おおなむちうごくとおそろしや
ひとのよほろぶともうしたであろうが
しにびとでるぞう

けものもとりもむしもみなしぬぞう
くさきもかれるぞう
やまくずれるぞう
たにもかわもうまるぞう
このよがこのよでなくなるというたであろうが
ああおそろしやあ

髪をふり乱した老婆が、幣《ぬさ》をめちゃくちゃに振りながら、しゃがれた声で叫んでいる。その顔に見覚えがあった。それは……もしかしたら……。

…………。

なにかがまぶたをなめている。

くすぐったい。

そんな感触で未狩女は目をあけた。

茶色いものがあった。

「きゅうう……ん」

キュウちゃん……未狩女は上体を起こそうとした。

「痛いっ！」

身体中が痛む。脚と脇腹はもしかすると骨折しているかもしれない。手も脚も血だらけで、服も破けてボロ布のようになっている。

（そうだ……落ちたんだ……）

ようやく思い出した。立ち上がろうとしたがまったくだめだった。涙が出てきた。だが、わっと泣くことはできない。生まれてから一度もそういう経験がないのだ。泣き方を忘れた、というより、教わっていなかった。山のうえの神社でほとんどひとと接することなく暮らしていると、大声で泣いたり笑ったりすることは不要なのだ。だが、細い涙は途切れずに垂れている。

「きゅう……きゅうう」

キュウが、彼女の脚の傷をなめている。最初は、血が好きなのか、と思った。イタチやテン、クダギツネの類は血を好むという。それかと思ったのだ。だが、しばらくすると未狩女はあれほど痛かった両脚の痛みがかなり軽くなっていることに気づいた。

曲げ伸ばししてみたが、

(痛くない……!)

未狩女はキュウを見つめ、

「おまえがやったの?」

キュウは応えず、つづいて脇腹の怪我をなめだした。なめられていると、キュウの舌先からなにかが彼女の体内に注ぎ込まれているような気持ちになってくる。そして、明らかに痛さが和らいでいく。

「ちょっと立ってみるね」

未狩女は、そのまま脚に力を入れた。――立てた。さっきは絶望的なほど無理だったのに……キュウには怪我《けが》を治す不思議な力が備わっているのだろうか。

「キュウ、ありがと!」

抱きしめようとしたが、あまりに小さくてできなかった。そのかわりに、手のうえに載せて指の腹で頭を撫でてやった。キュウはおとなしくこちらを向いていたが、未狩女はなんとなくこの小動物と気持ちが通じ合えたように思えた。しばらくするとキュウは未狩女の手から飛び降り、草の葉のうえをすばやく渡っていった。

「キュウ、どこ行くの!」

そう言うと、止まって振り返る。そして、また進む。どこかへ導こうとしているかのようだ。父親のところだろうか、それとも神社だろうか。未狩女は、キュウについていくことにした。キュウは進んでは振り向き、進んでは振り向きを繰り返す。まちがいなく道を教えようとしているのだ。案内役に従うのは、右も左もわからないのと比べれば、気持ちも随分楽だ。ときに中腰になり、ときに四つん這いになって四半刻ほど進んだところで、キュウが動きをやめ、ある一点を見つめて、

「きゅきゅっ!」

と鋭く鳴いた。キュウの視線の先に目を向けると、折重なった木々の隙間から山腹の岩肌が見えた。地震のせいだろうか、崖が崩れており、そこに大きな

穴がぽっかりと口を開けている。どうやら崖の奥は空洞になっているようだ。キュウはしきりに、それを見ろとうながしているようだ。まえに進んで未狩女が背伸びをすると、

「――あっ！」

穴の向こうに「顔」があった。おそらく顔の長さだけで二丈ほどもあるだろう。兜《かぶと》のようなものをかぶり、まん丸に黒い横筋があるのが目のようだ。鼻は尖っており、そのしたに口らしき穴が開いている。最初は、磨崖仏《まがいぶつ》かとも思ったが、埴輪《はにわ》のような顔つきは仏像とはちがうようだし、そもそも崖を削ったのではなく、巨大な一個の像のようである。未狩女は、その顔と目が合った。目の玉がないのに、なぜか睨まれたような気がして、後ずさりしてしまった。じわじわと恐怖がこみ上げて来て、額に汗がにじんだ。身体は、鉄か青銅かなにかで造られているらしく、光沢《こうたく》がある。そのうえに鎧《よろい》のようなものを着込んでいる。胸からしたは岩で隠れていて見えないが、古代の武神ではないか、と未狩女は思った。

（これが……オオナムチの神……）

洞窟にいる巨大な神……そうとしか考えられない。しかし、あまりに大きく、あまりに圧倒的で、神というより「魔神」だと未狩女は思った。

（もし、この魔神が目覚めて、動き出したら……）

たしかにとんでもないことになるだろう。しかし、そんなことがありうるだろうか。いくら巨大でも、これはただの、金物でできた人形なのだ。動くことはない……はずだ。

「きゅうっ、きゅきゅうっ」

キュウが少し離れたところの草むらから顔をのぞかせた。未狩女がそちらに向かうと、地面になにかが落ちていた。未狩女は心の臓をつかまれたような気がした。それは……父親の杖だった。拾い上げると、半ばで折れていた。やはり、宮司はここに来ていたのだ。未狩女は狂ったようにあたりを探した。そしてようやく、大木の根もとに倒れている封魔斎

を見つけた。抱き起こしたが、目がうつろだ。未狩女のこともわかっていないようだ。大量の喀血《かっけつ》をしたらしく、地面が血で濡れていた。

「父上！　父上！　お気をたしかに……！」

耳もとで大声を出したが、応えはない。脈はあるが、弱い。もう神像どころではない。未狩女は父親を背負うと、足を踏みしめ、斜面を一歩ずつ登っていった。

◇

「お加減はいかがですか」

病床《びょうしょう》に声をかけると、封魔斎はうっすらと目を開け、

「ミカ、か……もう、魂が、消え入るようじゃ……」

蚊《か》が鳴くようにか細い声だ。里から招いた医師によると、度重なる喀血で身体の血が足らなくなり、命も危《あや》ういのだ、という。治療法はとくになく、滋養のあるものを食べさせ、養生させるほかないらしい。喀血のもととなっているのは、肺腑にできた悪い腫瘍《しゅよう》で、これも今のわが国の医療では治せぬという。医師は、微塵《みじん》も動かしてはならぬと未狩女に言いつけて、帰っていった。

未狩女は、キュウに頼もうかと思った。彼女の怪我をキュウはなめて治してくれたではないか。しかし、そのことをキュウに話すと、小動物は小さくかぶりを振った。未狩女には、キュウが言いたいことがわかった。なんとなく頭のなかに響いたのだ。つまり、キュウには怪我を治すことはできても、病を根本から治癒《ちゆ》することはできないのだ。それに、キュウのことは父親には黙っていたほうがいい、と未狩女の心のどこかがそう命じていた。

「ミカ……おまえが、申して、おったこと……まことか」

「なんのことでございましょう」

「わしが、西の、山で、倒れていたのを、通りすが

りの、山猟師が、見つけて、ここに、連れ戻ってくれたと申したな」

「――はい……」

父親には、未狩女が見つけたことは内緒にしてあった。言いつけを破って山に入ったことがばれてしまうからだ。破れた衣服は着替えてしまったので、封魔斎は気づかなかった。

「あのような難所に、今時分、猟師が、入るというは、不審だ」

「鹿を追うて行きついたと申しております。父上は強運でございます」

「未狩女……」

「はい……？」

「なにか、見なんだか」

「なんのことです」

「いや……ならば、よいのだ」

封魔斎はやや咳き込んだあと、

「ミカ、スクナビコナさまの、ご神体が、割れたあと、なにか、変は、なかったか」

「変？　変と申しますと……？」

宮司は探るように未狩女の目を見つめたあと、

「なんでもない。――寝る」

そう言うと目を閉じた。未狩女は部屋を出ると、ふっ……とため息をついた。

第二章

村の外《はず》れに汚らしい小川がある。左右に茂る雑草はみな黒ずんで腐っており、水は吐き気を催《もよお》すほどに臭くて、もとより飲用にはならぬ。土地のものは「鎖川《くさりがわ》」と呼んでいるが、もともとは「腐り川」だったのだろう。そこを無数のナメクジが這い、棘の生えたアブが飛び交っていた。川の流れは褐色に濁り、固い泡がふつふつと浮かんでいる。蛸に似た魚が触手をすばやく伸ばし、ときどきアブを捕らえては食べている。

小川の脇に水車小屋がある。羽根が回っているところをだれも見たことがない、打ち捨てられたその小屋の入り口に蓑を着た男が立ち、

「さんたまりあ……」

小声でそう言うと、内側から間髪を入れず、

「うらうらのーべす……」

戸が開き、男が小屋に入ると、なかは蓑を着た男女の熱気と汗の香りであふれていた。狭い小屋に、およそ三十人もの人間が詰まっているのだ。

「多七、遅かったのう」

「すまん。赤子の塩梅《あんばい》が悪うてな。嫁の乳が出ぬのじゃ」

「食うものを食うておらぬゆえ、せんなか」

多七と呼ばれた男は壁際に座を取った。

「これで揃うたな」

髭面《ひげづら》の浪人体の男が言った。彼は、関ケ原の戦いで敗れて斬首《ざんしゅ》されたキリシタン大名小西行長《こにしゆきなが》の元家臣で、益田甚兵衛好次《ますだじんべえよしつぐ》。洗礼名をペイトロという。当年五十七歳である。一同のなかには、彼のほかにも武士らしき男が幾人も混じっていた。

「まずは、パードレ殿に続いてオラショを唱えよう」

蓬髪《ほうはつ》で碧眼《へきがん》の西洋人が立ち上がった。垢《あか》で汚れた

黒服を着ているので、まるで暗闇からぬうと出たように見えた。一同は皆、パードレに向かって手を合わせ、

「アルフォンゾさま……」

と伏し拝んだ。アルフォンゾはおそらくまだ三十代だろう、背が高く、胸板が厚く、彫りの深い顔立ちで、まるで美しい彫像のようであった。イエズス会から派遣され、マニラを経て長崎に密入国したばかりだ。

「さあ、皆さん、私と一緒に、バアテルノステルのオラショ、唱えましょう」

アルフォンゾは、ややおどおどした口調でそう言った。いつ、役人に踏み込まれるかわからぬ、なにかが喉まで込み上げてくるような緊張のなか、一同は声を合わせた。

天にまします、我等がおん親
み名を尊び給《たま》いて、みをきたえ給う
天に於《おい》ても、おぼしめしままなる如《ごと》く
他に於てもまもらせ給う
我等が日々のおんやしないわ
今日我等にあたい給いて
我等は人に許し申すが如く
我等がとがを、許し給いて
我等は天とさんに、はなし給うことなかに
我等わきよ悪よりのがし給いや
あんめいぞーすまりや

唱えているあいだにも、オジ役が幾度も、

「低く、低く」

と声をかける。熱が入って祈祷の声が大きくなって、そとに漏れ聞こえては一大事なのだ。

「本日は、江戸より参られ、我らの同志に加わりたいという御仁を皆にお引き合わせ申そう」

益田甚兵衛がそう言って、入り口あたりに立っていた男を手招いた。室内なのに菅笠《すげがさ》をかぶっている。

縞柄の合羽《かっぱ》を着、手甲脚絆《てっこうきゃはん》を身に付けており、旅の商人のような身なりだ。甚兵衛は男を見やり、

「町人の姿をしておるが、豊臣家大坂七手組頭、中《なか》島式部少輔氏種《じましきぶのしょうゆううじたね》殿の元家臣で、新田勝五郎《にったかつごろう》殿だ。わしとは、大坂の役をともに戦った仲でな、親代々のキリシタンでもある。われらの企てを知り、ぜひとも力を貸したいと申し出てくれた。心強い味方だ」

新田勝五郎は菅笠を取った。右目のしたに深い刀傷がある。唇が薄く、鼻筋が通っている。

「新田勝五郎と申します。お見知りおきくださりますよう……」

かさかさした声であいさつすると、居合わせたものたちは一斉に会釈《えしゃく》した。新田勝五郎も、彼らのなかに入って座った。

「では、わしから話そう」

益田甚兵衛が口火を切った。

「わしは昨日まで島原に赴き、向こうの信徒たちと話し合うてきた。あちらもひどいありさまだ」

「ここと同じく、この世の地獄《いんへるの》ということですかのう」

「ここよりひどいかもしれぬ。松倉勝家《まつくらかついえ》は悪魔《じゅすへる》ぞ」

島原は、かつてキリシタン大名有馬晴信《ありまはるのぶ》が領していたが、二十三年まえ、有馬家が罪を得て国替えとなった。それゆえキリシタンが禁制となった今でも隠れキリシタンが多く、また、有馬家の浪人が大勢残り、地侍《じざむらい》として農作を行っていた。有馬家に代わってそんな地へ就封《しゅうほう》された松倉重政《しげまさ》は、信じられぬほどの苛政《かせい》を行った。田んぼが少なく、島原の百姓たちはもともと貧困にあえいでいたにもかかわらず、松倉重政はまず築城を行った。五層の天守を持つ、身分に合わぬ豪奢《ごうしゃ》な居城である。延べ百万人がこの城を築くために働かされたという。また、たかだか四万三千石の石高《こくだか》しかないのに、十万石もの賦《ふ》役《えき》を課すよう老中に要請したという。老中の心証を良くしたくてたまらないのだ。もちろんそのための差額の役料《やくりょう》は、百姓たちが負うことになる。重政は、

百姓は搾《しぼ》り上げればいくらでも搾れると言い放ち、好き放題をして死んだ。

重政のあとを、息子の勝家が継いだ。この勝家が、おのれの奢りのために、父親に増しての苛斂誅求《かれんちゅうきゅう》を行った。おそらく父のやり方を見ているうちに慣れっこになってしまったのだろう。重政時代の重税で疲弊しきっていた民は、それを上回る息子の虐政に滓《かす》のようになってしまった。勝家はその滓をなおも搾った。

数年まえから、天草《あまくさ》・島原一帯をたいへんな凶作が襲っていた。寛永《かんえい》十一年の不作に続き、翌十二年は大風が吹き荒れて肥後《ひご》では家屋の倒壊が三万五千もあった。田畑は潰れ、収穫は著しく減った。十三年の春には長雨で麦が腐り、夏にはひどい旱天で水が枯れ、田植えができなかった。餓死するものが相次ぎ、ひとびとは山に入り、木の根や葉、草などを食べた。そんなありさまなのに、松倉勝家はなおも年貢の取り立てを厳しくした。百姓たちは、女を人買いに売って金を作り、口減らしのために子を出稼ぎに出し、赤ん坊は間引きして殺した。それでも年貢が払えぬものたちは、なにか「すがる」ものを見つけようとした。従前の神や仏はまるで助けてはくれぬ。賽銭を払って拝んでも、なにも起こらぬ。百姓たちが頼ろうとしたのは、キリシタンの神だった。このままでいても、どうせ飢え死にするのだ。ならば、キリシタンに帰依し、死んだのち、神の国パライゾに行くほうがよいではないか。パードレは説く。デウスの神のまえでは、侍も公家も町人も百姓も皆等しく同じだ、と。神の国では、あらゆる人間が身分の差なく暮らすことができるのだ、と。この教えに、天草・島原の百姓たちは飛びついたのである。

しかし、松倉氏のキリシタン弾圧は過酷を極めた。父重政が老中に呼びつけられ、

「島原にはキリシタンが多いと聞く。キリシタンは邪教ぞ。なにを手ぬるいことをしておるか」

と叱責されたせいである。「転《ころ》び」のための拷問《ごうもん》は

それまでも行われていたが、重政は改宗を拒んだ信者たちに対し、雲仙岳火口にある熱湯地獄の湯を浴びせかけるよう命じた。煮えた湯をかけられた信者たちは焼けただれて気を失う。これを幾度となく繰り返したあげく、最後には温泉地獄に蹴落として殺す。また、喉に紐をかけて火口に吊り下げることもあった。

竹で作ったのこぎりで首を挽く。わざと、切れにくいもので切ることにより、苦痛を長引かせるのだ。

手足を背中でくくって梁から吊るし、紐をねじる。ねじれるだけねじってから放すと、身体がぐるぐる回り、頭に血が上って、目や耳や鼻や口から血を噴いて死ぬ。これを「駿河問《するがど》い」という。

「火の拷問」というのは、焼きゴテを顔に押し付け、指を一本ずつ切り落としていく。多いものは十指のうち六指まで切られたものもいる。

両手首を切断され、首に石をくくりつけられたまま、海中に放り込まれ、

「転べ！　転ばぬか！」

と迫られることもあった。拒絶すると、そのまま放置されて、もちろん死に至る。

深い穴を掘り、そのなかに逆さまに吊るされる「穴吊るし」というものもあった。頭部が鬱血《うっけつ》して死の苦しみを味わうが、すぐに死なぬよう、こめかみが切られる。血が穴の底に垂れるので、命は長らえ、苦悶がそれだけ長く続くことになる。だいたい五日間は逆さ吊りのまま生きているという。

また、家を外から釘づけにする、ということもあった。家から出られぬので、一家は飢え死にするのだ。

そんな重政の拷問のやり方を、勝家も踏襲《とうしゅう》した。いや、それを超える拷問を生み出した。たとえば、「蓑踊り」。これは、両手を縛ったうえで蓑を着せ、それに火をつける。熱さのあまり飛び跳ねて苦しがるさまが踊っているようで滑稽だというので、こんな名前がついた。生きたまま焼かれるという地獄を

味わっているのに、まわりは笑っているのだ。

水籠というのもよく行われた。年貢を納められぬものを籠に入れ、冷たい早瀬の流れに浸けておくのだ。次第に体温が下がっていき、じわじわと死に至る。これはだいたい七日ぐらい生きているそうだ。

また、滞納者の嫁や娘を裸にし、木に逆さにくくりつけて晒しものにする、ということもあるという……。

「うむむ……」

益田甚兵衛の話を聞き終えた信徒たちは暗澹《あんたん》とした顔で、

「たしかに……島原のほうがひどかね。とはいえ、ここもまた地獄《べんぼう》に変わりはなかぞ」

「あちらも地獄《べんぼう》こちらも地獄《べんぼう》ばい」

もともと天草はキリシタンが盛んな土地柄で、一時は信徒が三万人もいたという。そのためパードレも多かったが、彼らはつぎつぎと捕らえられ、斬首や火あぶりにされた。なかには首に石を結び付けられ、海中に沈められたパードレもいた。信徒たちへの「転び」の強要とさまざまな拷問も酸鼻《さんび》を極めた。キリシタンを捨てなかったものたちのこどもを捕らえて十二日ものあいだ拷問を続け、親たちに改宗を迫る、ということもあった。島原と同じく、穴吊るしや家を釘づけにする拷問もあった。だれかが新しい拷問を思いつくと、それが「流行《はや》る」のだ。

ここ天草の領主である寺沢堅高《てらざわかたたか》が彼らに課している年貢は、島原に比べればまだ軽いほうだ。しかし、遠い唐津《からつ》の飛び地であり、小さな島である天草は沃《よく》地《ち》も少なく、公の石高は四万二千石だが、まことはその半分にも満たないという。貧しい土地なのである。だが、年貢や賦役は公の石高に対して掛かってくる。天草は、普段でもかなりの無理を強いられていたのだ。そこに、飢饉《ききん》が来た。

「小西さま、わしらはどうすればよかか。もう、食うものがなか。木の根も草の根も食い尽くしてしもうた。売るものは女房も娘も売ってしもうた。ご領主さまはそれでもまだ、年貢を出せと言う。あとはもう死ぬしかなか」

「そうじゃ。なにもせずとも飢えて死ぬか、責め殺されるかではなかか。ならばいっそ……」

皆が、ずいと益田甚兵衛に詰め寄った。彼らの食い入るような目が、甚兵衛に突き刺さる。

「お待ちなさい」

パードレのアルフォンゾが言った。

「一揆《いっき》起こす。それ、よくありません。デウスがそのようなこと、お望みでしょうか。ゼズス・キリストはおっしゃいました、右の頬を打たれたら左の頬を出せと。荒ぶる力でものごとを進める、まちがっています」

一同は消沈して下を向いた。

「わしらキリシタンは自決を許されぬ。死ぬこともならず、一揆もならず……パードレさま、わしらにどうせよというとかね」

「そうじゃ。パードレさま、なにかほかにええ道があるなら教えてくだされ」

アルフォンゾは、なにも応えることができなかった。

その後も話し合いは続けられたが、愚痴や恨みごとばかりで、前向きな意見はひとつもなかった。

「本日の寄り合いはこれにて終わる。——皆、ここでのことはだれにも話さぬよう、また、親類にも覚られぬよう気をつけてな」

益田甚兵衛の言葉で一同はよろよろと立ち上がった。皆疲れ果て、びっしょりと汗を掻いている。小屋の戸を細めに開け、ひとがいないのを確かめてから外に出る。だれの顔も、来たときよりも暗さを増していた。

新田勝五郎という旅装の男も、水車小屋から出ると、裏にある林のほうにのっそりと歩いて行った。林に入るや、態度が豹変《ひょうへん》した。節《ふし》くれだち、瘤《こぶ》のある木々がたがいに絡み合うなかを、一度も立ち止まることなく、素早い動きで奥へ奥へと向かう。やや身体を低くして、地面に横たわる岩や松の根などを巧みにまたぎ越すそのさまは、獣のようであった。

やがて、ある一本の巨木のまえで止まった。あたりを見回してしゃがみ込み、紙と矢立《やたて》を取り出すとなにやら書き付けはじめた。立ち上がって、太い枝の分け目のところに手を伸ばす。そこに小さな籠が隠されており、なかに一羽の鳩《はと》が入っていた。紙を小さく折り畳み、脚にはめた管に入れると、鳩を宙に飛ばした。鳩は、二、三度空を回ったあと、西の方角へ去った。それを見送ってにやりと笑い、新田勝五郎が一歩を踏み出したとき、

ぎょお……おっ

耳障りな声がして、荒い羽ばたきの音が聞こえた。新田勝五郎が上空を見上げると、彼がたった今放った鳩が、蛇のように首の長い、奇怪な鳥に襲われているではないか。


「な、なんじゃ……！」

うろたえる勝五郎の背後から、

「惜しかったのう……」

低い声がかかった。それは「忍び声」という、忍びのもの同士にしか聞こえぬ声だった。ぎょっとして振り向いた勝五郎のまえに立っていたのは、頬かむりをした小柄な老人だった。

「あの鳥は……貴様か」

「おうよ。鳩を江戸にやらせるわけにはいかぬのだ」

そう言うと、頬かむりを取った。猿に似た面がそこにあった。さっきの寄り合いで、柱の右横に座っていた男だ、と勝五郎は思い出した。

「まさか……おまえは真田の猿……」

「その名前は忘れた。今は、この村の百姓、佐助じゃ」

「お、おまえがここにおるということは、やはりあの噂はまことであったか」

「ふふ……江戸でわがことが噂になっておりょうとはのう」

忍び声でしゃべりながら、佐助と名乗った老人の右手がきらめくなにかを放った。一瞬ののち、血まみれの鳩がすとんと落ちてきて、勝五郎のまえに転がった。首を手裏剣で貫かれている。

「くそっ……！」

勝五郎は道中差《どうちゅうざ》しを抜き放ち、佐助に斬りかかった。老人はかすかに身体を開くだけでそれを避けると、勝五郎の右手親指の付け根をつかみ、ぐい、と一押しした。目に見えぬほどの早業《はやわざ》だった。

「ぎえっ」

勝五郎は悶絶《もんぜつ》すると道中差しを取り落とした。右手の骨全体が粉々になったのだ。勝五郎は身をひるがえすと、左手をふところに入れ、なにかを取り出そうとしたが、それより早く、老人は棒手裏剣二本を発していた。手裏剣は草いきれを裂くように走り、勝五郎の両眼に一本ずつ、深々と突き立った。勝五郎はなおも、ふところからなにかを出そうと試みたが、果たせずに絶命した。佐助は、勝五郎の道中差しを拾うと、その心の臓に打ち込んでとどめを刺した。血しぶきが高く上がり、佐助は剽軽《ひょうきん》な動きでそれをさけた。勝五郎のふところから左手がだらりと外に垂れた。指は、爆裂弾をつかんでいた。

「裏柳生《やぎゅう》か。但馬《たじま》め……」

老人はそうつぶやくと、鳩の脚から書状をつまみ出し、細かく引き裂くと、死体のうえに撒《ま》いた。そして、少し離れたところの石に腰を下ろすと、煙管《きせる》を出し、火打ち石で火をつけて一服した。

「これで、三人目じゃ。そろそろ、あやつが来るころかのう」

佐助は、美味そうに紫煙を口から吐くと、羅宇《らう》を手に打ち付け、吸い殻をぽーんと死体に向けて飛ばした。そして、よっこらしょと立ち上がると、林から出て行った。吸い殻の火で紙きれが燃え、男の衣服にまで燃え移った。途端、大きな爆発音がして、新田勝五郎の遺体はばらばらに飛び散ったが、老人は振り返ろうともしなかった。

火薬の臭いがすっかり消えたころ、巨木の陰からひとりの女が蒼白な顔でよろめき出た。それは、未狩女だった。

◇

だれもいなくなったはずの水車小屋から、くぐもった声が漏れていた。奥に積み上げられた藁《わら》のうえに、男と女がいた。女は、ベアトリスという洗礼名を持つ百姓娘で、男はパードレのアルフォンゾだ。人数が減ったのに、小屋のなかはさっきよりも濃い熱気が漂っていた。ベアトリスは、アルフォンゾにしがみつくようにして、

「パードレさま、なぜにわしにお情けをくれんとね。このように……ほれ、このように思うちょるのに……」

ベアトリスは野良着《のらぎ》の胸をはだけて、その日に焼けた乳房にアルフォンゾの手を導こうとする。パードレはびくっとして身体を娘から離し、

「いけません。ケダモノの欲望に身を任せる、それ、悪魔のささやきです」

「若い男衆と女子がひかれあうのはひととしてあたりまえばい。わしはパードレさまをお慕いしちょる。身も心も、捧げたいと思うちょる。それがいかんと？」

ベアトリスは、豊満な乳をぐいと見せつけるように青年神父に向けた。アルフォンゾの喉が、ごくり、と一瞬鳴った。しかし、すぐに目を逸《そ》らすと、

「オラショを唱えなさい。そうすれば肉欲は去ってしまう。サタンは消えてしまう。ですからオラショを……」

「わしは悪魔ではなか。どうぞ……どうぞお情けを……」

「私、イエズス会の命令受けて、死を覚悟してこの国に来ました。それは、この国に、まちがったキリ

スト教の教え、広まっていると聞いたからです。それを糾す、私の役目。なにより重い役目なのです」

イエズス会が日本に送り込んだ宣教師は、日本人が「キリスト教」だと信じているものが、似ても似つかぬ邪教であることに仰天した。どうやら真田家という大名がそれをひそかに伝承し、広めようとしていたらしいのだが、真田家は大坂の役で敗れ去り、その後はどうなったのか……。

「わしのお父《と》さんもお母《か》さんも弟も、火あぶりになって殺された。アルフォンゾさまのまえにおられたパードレさまも、ふたりが首を斬られ、ひとりは海に沈められた。飢饉で食うものはなかばってん、ご領主さまは年貢を出せという。わしらは一揆を起こすより道がなか」

「一揆、いけません。殺し合い、デウスは望みません」

そう言いながらもアルフォンゾはすでに、このあたりの信徒たちの怒りが彼の言葉では抑えきれないほどに膨れ上がっていることを覚《さと》っていた。

「一揆もいかぬなら、飢えて死ぬのを待つしかなか。ならば……どうせ死ぬならば、そのまえにただ一度、好いたおかたに抱かれたいと思うことのなにがいかんとね！」

「しっ……！　声、高いです」

アルフォンゾはあわててベアトリスの口を手でふさいだ。ベアトリスの唇は柔らかく、彼の手に吸い付いてきた。

「それに、この村にもまたキリシタン改めが来るじゃろ。あんたも見つかったら火あぶりばい」

火あぶりという言葉に、アルフォンゾの顔がひきつった。

「女子の肌を知らずに、火あぶりになってもよかね？」

「私、神父です。神父は生涯童貞なのです」

「黙っておればわからん。だれにも言わんばい」

パードレはかぶりを振り、

「天の父が見ておいでです」

「ならば……」

ベアトリスは舌を長く突き出した。

「この舌噛み切って、ここで死ぬばい。それでもよかと？」

「い、いや、それは……。キリシタン、自害許されておりませぬ。地獄《いんへるの》に落ちます。いいのですか」

「それでも死んじゃるけん。あんたが殺したのも同じたい」

「そんな……」

「死ぬまえに、あんたになぶりものにされたと大声で叫んじゃる。よかね」

アルフォンゾは明らかにうろたえた。

「お願いじゃや。お情けを……」

ベアトリスはパードレに覆いかぶさり、唇を奪った。そして、右手で神父の股間を探った。

「ここは正直ばい。硬うなっちょうぞ。さあ、これでわしを……」


アルフォンゾは両手で女を突き飛ばした。

「サタンよ、この女から去れ！　おお、デウスさま、私の頭を今よぎった汚らわしい気持ちをお許しください。お許しを……お許しを……」

何度も十字を切ると、小屋から走り出て行った。

「なぜじゃ……パードレさま……」

あとに残された女は肩を震わせながら泣いていた。

そのとき、水車小屋の戸がふたたび開いた。ベアトリスは、パードレが戻ってきたのか、と顔を上げた。しかし、そこに立っていたのは、猿面の老人だった。

ベアトリスは胸もとを掻き合わせると、

「なんじゃ、佐助どんか……」

「ベアトリスよ、どうしてもあのパードレのことが忘れられんか」

ベアトリスはぎくりとしたが、

「聞かれちょったか……」

「安堵せい。だれにもしゃべらん」

ベアトリスはうつむいてため息をつき、

「いかんこととはわかっちょるが……気持ちを押さえられんばい。あのひとのことを思うと、身体が火照って……頭がおかしゅうなるんじゃ」

「そうか。——ならばよき思案を教えてやろうか」

「な、なんね、教えちゃれ」

身を乗り出したベアトリスの耳もとで、老人はなにやらささやいた。ベアトリスは真っ青になり、

「そんなことをしたら……わしはまことのサタンになってしまう」

「それでもよいではないか。女子が男を慕う気持ちはデウスにもどうにもできぬ」

「…………」

「まあ、やるもやらぬもおまえ次第じゃ」

言い捨てて、佐助は小屋を出た。

「そろそろこのあたりのキリシタンどもに、真のキリスト教……『寸白一実神道』を教えてやらねばならぬ。それには、ああいう一途なパードレは邪魔なのだ」

そう言うと、ぐっと腰を伸ばした。

◇

大きな口を開けた十数匹の鯉《こい》が水面から身を突き出している。恰幅のよい武士が、麩《ふ》を右手で揉み崩しながら池に撒いている。鯉たちは仲間を押しのけたり、尾で叩いたり、餌を食べようとしたりして必死になっている。

「あさましいのう。それほど餌が欲しいか」

品川にある大和柳生家江戸下屋敷の庭で、武士は鯉の争うさまをじっと見つめていた。この国の大名たちも、ちょうどこの鯉たちと同じだ、と彼、柳生但馬守宗矩《たじまのかみむねのり》は思った。公儀が撒いた「領国」という餌を、二百ほどの大名家が取り合っている。徳川家に従わぬと良い餌はもらえない。国替えをさせられるか、ときには取り潰されてしまう。領国を守るには、とにかく徳川家には服しなければならない。

「やっと、そうなった……」

宗矩は満足げにそうつぶやいた。ほんの四十年ばかりまえまでは、領国は戦で奪い取るものだった。そのために、死なずともよいものたちが大勢死んだ。そんな時代が二百年も続いたのだ。それがようやく、「領地は、頭を下げてちょうだいするもの」になった。宗矩も、そのために尽力してきたのだ。二十年まえに一度だけ、戦乱の世に戻そうという動きがあったが、なんとか切り抜けた。大坂の役は、宗矩にとって悪しき思い出でしかない。その「悪しき思い出」が、今ふたたび蘇ろうとしているのだ。

（それだけはあってはならぬ……）

宗矩は、残りの麩をすべてぐしゃりと握り潰すと、池に撒きちらした。鯉たちはもっともっともっとと口を開け閉めしている。そのさまが宗矩には不快に見えてきた。考えてみれば、宗矩自身も前年八月の加増によって大名に列席したばかりである。

「わしも、この鯉と同じか」

大和国柳生庄の隠し田が豊臣秀吉の検地によって暴かれ、宗矩の父石舟斎宗厳は二千石の領地を取り上げられた。爾来《じらい》、大名になることは柳生家の悲願であった。二十三歳のとき徳川家康に仕えた宗矩は、関ケ原の戦いでの功によって大和国の領地を戻された。そののち、大坂の役や坂崎出羽守《さかざきでわのかみ》一件などでの働きが認められ、また、三代将軍家光の指南役にも取り立てられて、従五位下《じゅごいげ》但馬守に任官された。五年まえには、すべての大名を監察する惣目付《そうめつけ》（のちの大目付）になり、ついには一万石の大名とまで出世したのだ。

（いや……鯉でよいのだ。われらは池の鯉だ。撒かれた餌をおとなしく食べておればよい。民草《たみくさ》のためにも、この泰平を乱してはならぬ）

六十六歳という年齢は、剣客としては峠を越えていたが、宗矩には剣の才を上回る為政者《いせいしゃ》としての才があった。かつては引き締まって鋼《はがね》のようだった体躯も、今では肉もつき、下腹もせり出している。しかし、鷹のごとく鋭い眼光は少しも変わらぬ。いや、従前よりもその厳しさを増しているほどだ。

「今日も来なんだか……」

宗矩は、ある知らせを待っているのだ。それが来ぬうちは、鯉と戯《たわむ》れているほかない。手を叩き合わせて麩の屑《くず》を払い、室内に戻ろうとしたとき、

「御前《ごぜん》……」

池のなかの一匹の鯉が口をきいた。宗矩は驚きもあわてもせず、水面に顔を近づけ、

「知らせがあったか」

鯉は軽くかぶりを振り、

「字右衛門《あざえもん》は戻りませせぬぞ」

庭のどこかに潜むだれかが、鯉に仮託して「忍び声」でしゃべっているのだ。

「鳩が参りませぬ。おそらくは……」

「死んだか」

宗矩は暗い顔で、

「これで五人じゃ。向こうにはよほどの手練れがおるとみえるな」

「六人でございます。——御前、私が参りましょうか」

「やめておけ、鯉介。おまえが死ぬと、裏柳生の束ねをするものがいなくなる」

「では、だれを……」

「うむ……」

宗矩は考え込んだあげく、

「わしが行くか」

「お戯れを……。御前は一万石の大名でおわしまするぞ」

「ほかにひとがない」

「御前おんみずからが動くのはよろしからず。また、上さまのお許しも出ますまい」

「鯉介、このこと、他事にあらず。わが父石舟斎以来の柳生家の大事《だいじ》なのじゃ。いや、柳生家だけではない。日本の大事でもある」

「わかっております。なれど、大殿が動かれると天下の足並みが乱れまする」

「うむ……」

宗矩はまた沈思した。長いあいだ応えがないので、鯉介は言った。

「御前……若はいかがで」

「若……？　三厳《みつよし》か？」

十兵衛三厳は宗矩の嫡男である。

「左様でござります。若ならば、剣の腕も今では大殿を超ゆるかと……」

宗矩は苛立った声で、

「差し出口が過ぎるぞ、鯉介。あのものは上さまのご勘気《かんき》をこうむり、謹慎させておる大たわけぞ。われら柳生家の恥さらしじゃ」

「それこそ好都合ではござりませぬか。若ならば、だれにも縛られることなく心のままに動けまする」

「む……」

宗矩は言葉に詰まった。彼は、昨日の江戸城での出来事を思い出していたのだ。

将軍家光は、道場で宗矩に稽古《けいこ》をつけさせ、たっぷりと汗を流したあと、もろ肌脱ぎになった。

「暑いのう……」

三十二歳の若き将軍は、太り肉《じし》で色白の裸身を宗矩に見せつけるように晒し、赤くなった肌を腰元ふたりに拭かせながら、

「ところで但馬、余は妙なことを耳にしたぞ」

「なにごとでございます」

「大坂夏の陣で死んだ秀頼と茶々が、生きておるというのじゃ」

来たか、と思った。

「ははは。根も葉もない戯言《たわごと》でございましょう。かの鎮西八郎《ちんぜいはちろう》源《みなもと》為朝《ためとも》公も、九郎判官《ほうがん》源義経《よしつね》公も、織田《おだ》右大臣信長《のぶなが》公も、明智《あけち》日向守《ひゅうがのかみ》光秀《みつひで》も……名のある武士が亡くなったおり、死体が見当たらぬときはかならず、いずれかに逃げ延びてまだ生きておるという噂が立ちますが、まことであったる例《ためし》はございませぬ。——なんびとがかかるつまらぬことをお上の耳に入れましたか」

「飴坊《あめぼう》じゃ。彼奴《きゃつ》によると、秀頼は重臣たちに囲まれて薩摩《さつま》に身を潜めておると申すぞ」

宗矩は顔をしかめた。飴坊は奥坊主のひとりで、将軍の話し相手として、城外で見聞きした世情のよしなしごとをしゃべるのが務めである。

「その話ならばそれがしも聞き申したゆえ、島津公にたしかめたるところ、きっぱりと打ち消されましたぞ」

「薩摩（家久《いえひさ》）が知らぬだけかもしれぬぞ。このような歌を存知おるか」

家光は歌い出した。

花のようなる秀頼さまを
鬼のようなる真田がつれて
退きも退いたり加護島へ

「ご身分をおわきまえなさいませ」

「京大坂では童《わらべ》どもが歌うておるそうじゃ。江戸でも耳にするとは、よほど流行っておるのだろう。

——まあ、そちの申すとおり、ただの戯言であろうが、かかる戯言が広まる気運こそ由々《ゆゆ》しきことじゃ。豊臣の天下再来を願うものどもがおるゆえであろう。改めねばならぬ」

「御意」

家光には言わなかったが、秀頼と淀殿が生きているという噂は各地から宗矩の耳にも届いており、そのいくつかはかなりの信憑《しんぴょう》性があった。もしも噂がまことならば、筑紫《つくし》のどこかにいると思われた。宗矩はすでに、筑前《ちくぜん》、筑後《ちくご》、肥前《ひぜん》、肥後《ひご》、豊前《ぶぜん》、豊後《ぶんご》、日向、大隅《おおすみ》、薩摩、対馬《つしま》、壱岐《いき》、そして琉球に手のものを送り込んでいた。いずれもすぐに知らせが届いたが、肥前からのみ、なんの返事もないばかりか、忍びも戻ってこぬ。秀頼たちは肥前にいることはまちがいないようだ。

「宗矩、噂が噂であるうちに、その戯言、揉み消してしまえ。——よいな」

つまり、もしも存命が真実であったならば、世間にそのことがわかるまえに殺してしまえというのだ。徳川将軍も三代目とはいえ、いまだ戦国の火種は日本国中にくすぶっている。豊臣の残党たちも、死に場所を探している。もし、秀頼が存命とわかれば、そういったものたちの旗印となり、彼らに力を与えてしまうだろう。噂が噂でなくなることを将軍家は怖れているのだ。

「肥前というのが気にかかる。キリシタンどもがおるゆえ、な。——頼むぞ、但馬」

「ははっ」

宗矩はかしこまって御前を下がった。家光の言うように、肥前国は隠れキリシタンの温床《おんしょう》になっている。追い詰められたキリシタンたちが豊臣の残党と結託すれば、たしかに少しやっかいなことになろう。それは長崎奉行やそれぞれの大名家の宗門改めに任せておけばよい。宗矩が怖れているのはべつのことである。

この国には今、キリシタンとは名ばかりの、なにかほかの宗旨が入り込んでいるようなのだ。異国から来たらしいそれは、真言立川流など比べものにならぬほど忌まわしく、穢らわしく、嫌らしく、汚らしく、しかも人智を超えている。まさに邪教なのだ。その存在に気付いた父石舟斎は、三十年ばかりまえ、死に際してそのおぞましさと危うさについて懇々と宗矩に語った。

「いずれ……彼奴らは……この国を滅ぼす……元凶となろう。見つけ次第……取り除かねばならぬぞ。おまえが……生きておるうちに……それができねば……おまえの子……孫……ひ孫の代……末代までの……使命とせよ」

肌はかさかさになり、すでに死斑が浮いている父が、痰のからんだ声で一言ひとこと、押し出すように口にするのを宗矩は聞いた。

「かかる国の大事、上さまにお知らせして、その教えの恐ろしさをあまねく天下に知らしめるべきでは

「御意」

鯉が、ぱしゃん……とはねた。


「……？」

「ならぬ。さような……ことをいたさば……上さまの身が……危うくなる。われら柳生が……盾となるのじゃ」

「父上、われらは剣をもって上さまにお仕えする家柄。宗門の詮議はほかにふさわしき方々がおられるのでは……」

石舟斎は横たわったまま両手を天井に向かって伸ばし、もがくような仕草をしながら、

「宗矩、なにを申す。柳生の剣は……破邪の剣ぞ！　われらが……やらねば……だれがやろう。――よいか、宗矩、あの宗門を……除かねば……この国に……明日はないぞ。日本は……滅ぶぞ！」

それが石舟斎の末期の言葉だった。直後、父は死んだのだ。

「鯉介……」

「はい」

「十兵衛を江戸に呼び寄せよ」

第三章

「旦那さま……」

後ろを歩く下男の多七が心細げな声を出した。

「なんだ」

嘉村仙内《かむらせんない》は振り返りもせず、不機嫌そうに応えた。

「この先、まだ登るのでございますか」

「当たり前だ。そのために江戸から来たのだぞ」

「もう三日も、この山のなかをさまよっております。いつになったら、その……神像にたどりつけるのかと……」

「わしにもわからぬ。黙って歩け」

「もう、足が棒でございます。それに、ここからは道がございません。一旦、宿へ引き返して、支度《したく》を整えてからもう一度参るというのはいかがで……」

それは仙内とて考えぬでもなかった。本草学者《ほんぞうがくしゃ》である彼は、これまで日本中の山を踏み鳴らしてきた。なかには修験道《しゅげんどう》の修行場として名高い霊山や難山もあったが、この大穴山の険しさは群を抜いていた。仙内はもう四十五歳である。山行が身体に堪《こた》える年齢だが、ここで弱音を吐くわけにはいかぬ。神域だからと拒む当地の代官篠原八右衛門《しのはらやえもん》を、三日間かぎりという約束で説き伏せ、やっと入山の許しを得たのだ。なにかの「土産」を見つけねば、江戸の学者仲間や此度の長崎行きの元手を出してくれた商人たちにも顔向けができぬ。

「道がない？　猪や鹿や猿はここで暮らしておるではないか。ならばわしらにも登れぬはずがない」

「私たちは獣ではございません。それに、旦那さまは身軽ゆえまだようございますが、私は荷が多うて……」

たしかに多七には、かなりの荷物を背負わせている。だが、本草学者は鉱石や植物などを採取するためにどうしても大荷になる。

本草学は薬についての学問で、もともとは唐から渡ってきたものである。漢方薬の材になる植物、鉱物、動物などを調べることを本義とするが、近頃ではあらゆるものに関心を向け、それらを結びつける学問という色合いが濃くなってきていた。後世に「博物学」と呼ばれるものの嚆矢《こうし》である。実利的な面が少ないため、公儀や大名のお抱え学者になるのは難しい。大商人をうまく丸めこんで金を出させるしかないが、彼らは学問に見返りを求める。金になる鉱石や植物を見つけてこい、というのだ。しかし、此度の肥前行きは、採集のための旅ではなく、「神像」の探索が目的であった。

「神像など探してどうするのです。見つけても一文にもなりません。もそっと儲かる金山や銀山、銅山を探さねば、江戸の旦那衆がまた文句を言いますぞ」

「言わせておけばよい。学問は金儲けのためのものではない。ただひたすら『智』を追い求めるのだ」

「そんなもの追い求めてもしかたがない。私の給金はどうなります」

「――はあ?」

「お忘れじゃないですよね。私の給金、この半年滞《とどこお》っております」

「泣きごとを申すな。わしはな、この神像の探求を生涯の仕事にしてもよいと思うておるのだ。

仙内が、大穴山の神像に心惹かれるようになったのは、さほど古いことではない。若いころ、ある神社の宝物蔵《ほうもつぐら》を調べていて、『肥前風土記《ふどき》拾遺《しゅうい》』の断片を見つけた。当時は鉱物の研究に没頭していたので、あまり気に留めなかったのだが、数年まえ、長崎奉行《ぶぎょう》長谷川《はせがわ》権六《ごんろく》の日誌に、地元の古老の話として、

「大穴山の山中で、金物でできた大きな鬼の像を見た」

という記述があり、それが結びついたのだ。矢も楯《たて》もたまらなくなり、さまざまな「旦那衆」を説き

伏せて、なんとか資金《もとで》を作ったのだ。

「それに、この山は毒蛇や毒虫がやたらと多ございます。脚や腕が腫れ上がって、さきほどからじんじんしております」

仙内も同じだった。虫刺されなのか毒草にかぶれたのか、手足に真っ赤な瘡《かさ》がいくつもでき、膿を滲ませている。

「毒蛇や毒虫もおるだろう。ここは、不入山《いらずやま》ゆえ仕方がない」

「不入山とはなんでございます」

「知らぬのか。入ることを忌む山のことぞ。ここは霊山として、昔から出入りを禁じておるそうだ。道がないのも道理だ」

「そんなところに、神像があるはずがございませぬ。だれかが崖を刻むとか、どこからか像を運び込むとかせねばならぬわけですから」

「『肥前風土記拾遺』によると、古《いにしえ》の一夜、この山に火の降ることあり。火は神の形をなし、大神と小神にわかれたり。大神はなにも知らぬ神なればこれを大穴無知の神、小神は地上を崩し滅ぼす神なればこれを少靡光無《スクナビコナ》の神と唱う。この二神、大いなる力もってあたりを蹂躙するも、高徳の神人《かみびと》これを封ず。大穴無知の神、鉄像と形を変じ、大穴山の洞穴に納まりたり。神人、同地に大穴坐無知魔神社を造り、二神霊を祀る。神人の子孫、代々封魔斎を名乗り、二神再び世に出でぬよう封魔の祈祷すれども、ときに大穴無知神、神人の霊力弱まりたるおり、封を破りて山を闊歩《かっぽ》すと言う。——つまり、神像は天から降ったのだ。だれかが崖を彫ったのでも、どこからか人間が運び入れたのでもない」

「それはただの言い伝えでございます。でたらめと紙一重で……」

「わしはすでに、この地でいくつかの『証《あかし》』を見い出した。三年ほどまえ、大穴山に入り道に迷うた猟師が、『奈良の大仏よりも大きな神像の顔』を見た、と申す。巨人が深夜、この界隈《かいわい》を歩き回ったと語る古老もおる。それに、あの大穴無知神社の巫女……」

「へえへえ、頭の鉢の大きな女子《おなご》でしたなあ。あれだけ頭がでかいと、首がくたびれましょう」

「どうも、なにかを隠しているような様子であった。わしが神像のことをたずねると、急に怒り出して、そんなことは聞いたこともない、と箒でわれらを掃き出しよった。宮司はいずこかと問うと、他出中でおらぬと言う。いつ戻るかときくと、わからぬと言う。そんな宮司がおるか」

「けんもほろろ、怪しゅうございましたな」

「西の山に入るゆえ、道を教えてくれと申すと、道はない、山には入れぬ、入ったら死ぬ、との一点張りだった」

「まあ、たしかに道はございませんでしたが」

「オオナムチの造った谷、とやらも見たが、なるほど、ひとの手で造られたというのがうなずけるような、自然ではない造形であった。わしはこの山のどこかに言い伝えの神像が隠されていると思う」

「たまたま、ではございませぬか。これまでもそういうことがたびたびございましたゆえ……」

「言うな。わしの目に狂いはない。かならず神像のありかを見つけ出し……」

そこまで言ったとき、
ぎゃ……うおおお……

ぎゅっぎゃっ……

頭上の梢《こずえ》で鳥が鳴いた。聞いたこともない鳴き声だ。

「うへえ……薄気味の悪い山鳥だ。やっぱり引き返したほうがようございますぞ」

だが、嘉村仙内は本草学者らしく、

「ヤマドリと申すのは雉《きじ》の類《たぐい》だが、めったに鳴かぬし、あのような声ではない。いずれホトトギス、トラツグミ、カラス、鷲《わし》、鷹……いずれかであろうが……」

「あんなに変な鳴き声の鳥、私は存知ませぬ。一刻も早う下山して、温泉にでも浸かり、美味いものを食べて飲んで、ふわふわの布団でよう寝て……」

「気楽なやつめ。――もう、ここまで登ってきたのだ。すぐには降りられぬ。今夜は山中に泊まるぞ」

「ああ、また野宿か……」

ぼやきながら多七は首を巡らしておのれが登ってきたあたりをひょいと見た。すぐ下が切り立った崖になっており、それを大回りしながらなんとかここまでたどり着いたのだ。多七は、崖の底の地面に目を凝らしていたが、やがてがくがくと震えはじめた。

「どうした多七、なにが見えたのだ」

「だ、旦那さま……あれ……」

多七の指し示すところに目を向けた仙内は蒼白になった。土が、およそ縦二丈、横一丈ほどにくぼんでいる。うえからなにか大きなものを押し当てたようだ。それだけならただの窪地だが、そこから三、四丈離れたところに同じような窪みがある。さらに三、四丈離れてもうひとつ……。あまりに大きすぎて、崖下にいてはそれと察することはできぬだろう。遥か高みから見下ろしているからわかるのだ。

「旦那さま、あれはまさか……」

「うむ……」

仙内がうなずいたとき。

突然、大地が、がが……と揺らいだ。

「ふわあっ、だ、旦那さまっ」

山稜に、縦に地割れが走った。膨大な土砂とともに斜面に生えている木がつぎつぎと雪崩落ちてくる。ふたりはそれに巻き込まれた。仙内は、おのれがまるで一個の岩と化したかのように墜落していった。

◇

気が付いたとき、仙内は杉の木の根もとに倒れていた。崖のうえから下まで、真っ直ぐに落ちたらしい。起き上がろうと試みると、あちこちが痛んだが、案外怪我は少なかった。顔や手足をかなりすりむいてはいるが、それだけだ。どうやら落下する途中、崖下から生えているこの杉の木の枝で何度かはずんだらしく、そのせいであまり怪我はなかったのだろう。ようよう立ち上がり、あたりの様子を見る。うえから落ちてきた大きな岩がごろごろしており、押し潰されたらしい鹿の死骸が目についた。無数の木がへし折れ、逆さに地面に突き刺さっているものもあった。

(なんともえらい大地震《おおなえ》だったわい……)

生きていることを天に感謝しながら、仙内は歩き出した。ところどころに地割れがあり、気を付けねばはまってしまう。そんな割れ目のひとつに、多七の担いでいた荷が落ちていた。仙内があわてて駆け寄ると、そのすぐ横の岩石のしたに多七が横たわっていた。頭が押し潰されており、すでに死んでいた。

(多七……かわいそうに……迷わず成仏せいよ……)

岩をどけなければ葬ることもできぬ。仙内は両手を合わせてしばらく拝んでいたが、

(そ、そうだ……さっきの窪み……)

崖のうえから見つけたあの地面を窪みを、仙内は探した。倒木や小岩でわかりにくくなってはいたが、ここいらだろうと見当をつけたあたりにそれはあった。窪みの深さは一、二尺。窪みと窪みのへだたりはだいたい三、四丈に決まっていた。仙内は、その窪みを追いかけるようにして歩を進めた。

崖のすぐ近くに至った仙内は、

(これは……登れまいなあ。どうやってこの山から抜け出すか……)

そんなことを思いながら、目のやり処をうえへうえへと上げて行き、

「あああああ……」

仙内はその場に膝からくずおれた。崖に開いた大穴から、巨大な顔が彼を見下ろしていた。鎧を着た武者のような像だ。鎧は鋼鉄か青銅だと思われたが、

褐色をした神像自体がなんでできているのかは本草学者である彼にもわからなかった。今の地震のせいだろう、崖が崩れて、その裏にあった洞窟が露出し、腰の下あたりまで見えている。その威容に仙内は圧倒された。まさかここまでの大きさとは思ってもいなかったのだ。

「ま、まちがいない……これだ。これが大穴無知の神だ。『大穴無知の神、鉄像と形を変じ、大穴山の洞穴に納まりたり』……『肥前風土記拾遺』にあったとおりだ……」

仙内は小躍りした。

「ついに見つけた。わしの考えは正しかった。神話の記述はやはりまことであったのだ。すばらしい……今にも動き出しそうではないか」

仙内は、おのれがたどってきた窪地を見やり、

「いや、そうではない。動いたのだ。この神像はかつて動き回ったのだ。この足跡が変じたこのあたりの地形がその証だ！」

興奮した仙内は、崖のまえを馬のように跳ね回りながら、

「これでわしは大学者として認められるぞ。この神像を深く調べて、愚にもつかぬ学問と今まで馬鹿にしてきたやつらを見返してやる」

頭上の木の枝で、鳥が、ぎゃあああ……と鳴いた。

◇

「大穴山の山中にて、とてつもない大きさの神像を見つけた、と申すのか」

寺沢家代官篠原《しのはら》八右衛門《やえもん》は嘲笑《あざわら》うように言った。代官とは天領を差配するものの意だが、各大名家が年貢取り立てのために地方に置いた役職もまた代官と称した。篠原は、天草を取り仕切る代官である。歳は四十ぐらいか。額が広く、鼻のしたがやたらに長く、顎が突き出ている。異相というやつだ。

「さようでございます。これはご当家にとっても大きな財産になるかと存じます。ぜひ、私めにあの像

の調べをお申しつけくださいませ」

「まえにも申したが、西の山は昔から不入山になっておる。入ると祟りがあるとか申してな。まさかそのようなことはあるまいが、土地のものを怒らせるわけにもいかぬ。諦めよ」

嘉村仙内は、この男が嫌いだった。たかが田舎の代官のくせに、うえから押さえつけるようにものを言ってくる。声もきんきんして、耳障りだ。だが、あの巨像を時間をかけて十分改めるには、この代官に許しをもらわねばならぬのだ。

「おそらくあの神像こそが、その噂のもとになっておるのです。私がきちんと調べあげて、当地の百姓どもの迷妄を払ってさしあげましょう」

「わしは当地で長年代官をしておるが、神像があるなどという話は聞いたことがない。見間違いではないのか」

「いいえ、この目でしかと見ました」

「さきほどの地震で崖から落ちたと申すではないか。頭を打って、幻でも見たか」

「とんでもない。頭はしっかりとしておりました」

「たとえその神像とやらがまことに大穴山にあったとしても、それがなにゆえ当家に財をもたらすことになるのだ」

「あの神像は……動くのです」

「——はあ？」

代官は、聞き違えか、という顔をした。

「金物でできたものが動こうはずがない。気でも狂うたか」

「証左がございます。お見せしたいので、ぜひ代官殿も大穴山にお出ましくだされ。私がご案内いたします」

「ば、馬鹿を申せ。あのような剣呑なところに行けるものか」

「地震で山崩れが多数起こっておりました。わが従者も、岩の下敷きになったままでございます。代官殿としては、損の多寡《たか》を検分せねばならぬのではありませぬか」

代官は押し黙った。

◇

「島原のものから報せが来た。鬼宗甫《そうほ》が戻ってきたらしい」

鞘《さや》ぐるみの刀に身体を預けた益田甚兵衛が言った。汗臭い水車小屋のなかで、それを聞いた一同は嘆息した。

「息子に勤めを譲って隠居したと聞いとりましたゆえ、多少はましになるかと安堵しとりましたが……」

「領主のたっての願いで、キリシタン改めを受け持つそうだ。まえにも増して厳しいやり方になろうのう」

「あああ、鬼が帰ってきたとは……もう、だめばい」

「あやつにとっては、キリシタンもそうでないものも、百姓は皆同じばい。搾ればいくらでも搾れる、搾り過ぎて死んだら、またその子を搾ればよいと思うとる」

田中宗甫は、松倉家に代々仕える家老のひとりであり、独自の拷問をいくつも生み出して、それを片端からキリシタンに試すことで領主からは絶大な信頼を得、信徒には大いなる恐怖を植え付けた。あまりに百姓を殺しすぎるので、家中のものから、

「働き手を奪うと、かえって年貢が滞るのではござらぬか」

と忠告されたとき、

「失礼ながら貴公は百姓というものを知らぬ。働き手を失うよりも、そのことで怯えた残りの百姓どもが死にもの狂いで働くほうが、より年貢が入るのだ。働きが悪くなれば、また見せしめに殺す。尻に火がつく。その繰り返しよ」

「なれど、それではひとり減りふたり減り……と次第に農民の数が少なくなっていきましょうに……」

「ははは。残りの百姓を倍働かせればよい。食い物がない、ひもじい、飢えて死ぬ、立ち上がる力もない……などと泣き言を申すものでも、蓑踊りをさせれば、元気よく跳ね回る。そういうものだ」

と高笑いしたという。鬼宗甫、あんじょ（長崎弁で化けものの意）などとあだ名され、キリシタンや百姓たちに怖れられていたが、先年、隠居して家督《かとく》を嫡男《ちゃくなん》に譲った。それが、ふたたびキリシタン改めに戻ったということは、領主松倉勝家がキリシタンの取り締まりを今まで以上に厳しくするという表れだと思われた。

「あちらにおられたパードレも、ついこのまえ、庄屋の納屋にかくまわれているのを見つかって、股裂きの刑になった。右脚と左脚を別の馬に結び付けられ、『はいし！』と声を掛けられると、身体がちょうど真ん中からめきめきと裂けた。生きながら引き裂かれたので、飛び散った腸《はらわた》が湯気を上げていたそうだ」

益田甚兵衛がそこまで言ったとき、アルフォンゾが「ひいいいっ」と情けない声を出して顔を覆った。みずからが股裂きされる光景を思い浮かべたのだろう。

「パードレ殿、ご安堵されよ。われらは最後までパードレ殿をおかくまいいたす。たとえここにいるものが残らず殺されても、あなたの命は守り通す所存だ」

アルフォンゾは胸に手を当てて息を整え、

「ペイトロ殿、見苦しいところ、お見せして、恥じ入ります。神に捧げた命、いつ殺されてもよい覚悟で日本に参りました。私の使命、聖なる教えのふりしてこの国にはびこる邪教を糾《ただ》すこと。そのために死ぬ、それホンモウです」

そうは言っているものの、声はか細く、震えている。

「パードレ殿、あなたのおっしゃる邪教とはいかなるものでござるか。われらが信奉《しんぽう》しているこの教えとはどのように違うのだ」

「私も、くわしくは知りません。ですが……国を出るとき、わが師が申されました。イエス・キリストの教えでは、神はただおひとりで天におられます。ところがその邪教の神はひとつではなく、また、古い古いころにこの世の外から地上に降りてきました。われらの神はひとを愛し、ひともまた神を愛します。その邪教の神は、ひとを殺します。ひともまたその神を憎み、恐れ、遠ざけます。その神のもとにすがるのは、邪な心持つもののみ。そのような忌むべき教えが、キリスト教を隠れ蓑にして、広まっているらしいのです」

「今のお話では、それはわが国の神道に似ておるようだ。神は八百万《やおよろず》というぐらいたくさんいるし、高天原から地上に降りてくる神もいる。また、『荒ぶる神』と申して怖ろしい神もいる」

アルフォンゾはかぶりを振り、

「似ても似つかぬものです。その神はただ醜く、穢らわしく、おぞましい……ただの化けものなのです」

吐き出すようにそう言った。

「その神は、ひとを認めません。いや……ひとという生きものがそこにいることすら知らないかもしれません」

「そのようなことがあろうか。たとえ邪神であっても、ひとを呪い、ひとに祟るのだから、ひとを知らぬはずがない」

「ひとを殺すことは、その神にとって、おのれにまとわりつく虫けらを指先で押し潰すぐらいの意味しかありません。その神の力、あまりに強大過ぎるのです。ひとの目から蟻は見えますが、象の目から蟻は見えるでしょうか。その神にとって人間は、象から見た蟻……いや、それ以下かもしれません」

ひとりの信徒がおずおずと、

「あ、あのよう……その神さまがデウスさまよりも力があるなら、その神さまに頼ったほうがよかことにならんかね」

　アルフォンゾは血相を変えて、

「信ずべき神は、デウスただおひとりです！　デウスのほかの神を祀ったり、讃美したりしてはなりません！　今申したとおり、その神はひとの願いを聞き入れたりしません。人間が来たら、蟻のように潰すだけです。近寄ってはなりませぬ」

「なんという無慈悲な神だ」

「無慈悲でも非道でもありません。その神は、人間に気づいてさえいないのですから。――私の師によるとその神は、今は深い海の底に眠っておりますが、眠っているだけでもまわりに悪しき影を落とすそうです。気をつけて身も心も律しなければ、その神に囚われ、地獄へ落ちることになるでしょう」

「怖ろしか……。寝ちょるだけでそうなら、その神が目を覚ましたらどうなるとね」

「この世、終わるそうです」

　皆は押し黙った。

　しばらくして、益田甚兵衛の隣に座していた若者が口を開いた。

「その神の名は、なんというのです」

　アルフォンゾは顔をしかめ、

「口にすること、はばかられる名前です。聞かぬほうがよいでしょう」

「ぜひとも知りたいのです」

　まだ少年といってもいいような、あどけなさの残るその若者は、目を輝かせてしつこく問うた。

「忌まわしき、異教の神です。知ってどうしますか」

「我々はデウスを信奉しておりますが、領主どころか代官にすら手向かう力を持ち合わせませぬ。その神の強大な力というのにひかれるのです。もったいぶらずに教えてください」

「悪しき知識は遠ざけるべきです。身の程を知りなさい」

　ふたりのあいだが険悪になったのを見てとり、益田甚兵衛が進み出た。

「パードレ殿、お許しくだされ。このものはわがせがれでございましてな。――これ、四郎、パードレ殿を困らすでない」

アルフォンゾは、甚兵衛の息子と聞いて、

「これは失礼しました。ペイトロ殿のご子息でしたら、隠し立てもできますまい」

パードレは声を潜めて、

「寸白大神、またの名をクトルスの神と申します」

◇

「どうした、仙内」

立ち止まった嘉村仙内に、篠原八右衛門が言った。

「あ、いや……なんでもございませぬ。もうじきでございますれば、どうぞ足もとに気を付けて……」

仙内はそう言うと、先に立って歩き出した。彼が首を傾げたのは、大岩の下敷きになっていたはずの従僕多七の死骸が消えていたからだ。

（あのあと、また地震があったゆえ、岩が転がったのかもしれぬ……）

とにかく、今はそれどころではない。代官一行を案内せねばならぬのだ。

山歩きに不慣れな家士たちを急かしながら灌木《かんぼく》の林を抜け、岩場を登り、川を越え、やっと目当ての場にたどりつくことができた。

「こ、これか……」

篠原八右衛門は、崖を見上げて嘆息した。そこには、たしかに仙内が言っていたとおりの、巨神像があった。像は微動だにしていないのだが、見ているとそれが頭上から覆いかぶさってくるような恐怖に襲われる。一緒に来た家士たちも、おびえた顔つきでひそひそと話し合っている。

「いかがでございますかな。私の申し上げたことに嘘偽りはございますまい」

代官と並んで巨像を眺める仙内は満面の笑みだったが、八右衛門は苦虫を噛み潰したような顔つきで唸《うな》るばかりだった。

「この神像が動いていた証左をお目にかけましょう。――ほれ、この窪地をご覧じろ。ひとが歩いた跡のように、左右に等しく並んで、ずっとあちらまで続いております。崖のうえから見下ろすと、もっとようわかりますが、これこそあの像が、はるかな上古《じょうこ》はこのあたりを動き回っていたことの証しでございます」

仙内は得意げに言った。

「もし、あの像を調べるお許しをいただけるならば、火薬にて崖の残りを破壊し、像の足の寸法を測って、この窪地とぴったり合うかどうかたしかめることもできましょう」

代官は、手拭いで汗をぐいと拭うと、

「金物でできた像が動く……そんなことがありえようか」

「ありえる、としか申せませぬ。これこそ古代の人々の知恵と申すべきもの。おそらくは壮大なからくり仕掛けがほどこされておるのでございましょう。われらの先祖はたいへんな技を会得しておったということになり申す。『古事記』には、建御雷神《たけみかづちのかみ》は天界から天鳥船神《あめのとりふね》という船でこの国に降りてきたと書かれておりますし、まだ公には知られぬ古史によると、古代の日本には空飛ぶ船があり、一日に何千里も飛翔できたともいいます。私はあの像をこまかく調べ上げ、失われた古の技を解き放ちたいのでございます。さすれば、ご当家にもたいへんな益をもたらし……」

「黙れっ！」

八右衛門は満面を朱に染めて怒鳴った。

「なにが古の技だ。あれは、キリシタンの神像にちがいない。その印に、あの腰に下げたる剣を見よ。十文字の紋章が刻まれておるではないか」

「あれがオオナムチの神の像ならば、須佐之男命譲りの生太刀、生弓矢、天詔琴などを所持しておるはず。あの剣はおそらく生太刀なるものでございましょう」

「ええい、小理屈を抜かすな。あの像がもしかつて動いたとすれば、それこそキリシタン伴天連の妖術であろう。あのようなもの、わが領内にあるとわかったら、公儀に目を付けられ、取り潰しの恰好の口実ともならん。――さっそく殿に言上し、四方に薪を積み上げて火を放ち、どろどろに溶かしてしまおう」

八右衛門は踵《きびす》を返して、その場を去ろうとした。

「ちょ、ちょっとお待ちくだされ。かかる貴重なる遺物を溶かしてしまうなどと……それはあまりに無体な……」

「うるさい。貴重な遺物だと？　あの巨像がもしまた伴天連の魔術で動き出し、キリシタンどもに加担することにでもなったらいかがいたす」

「まだキリシタンのものと決まったわけでは……」

「早めに手を打たねば、手遅れになる。わかったときでは遅いのだ」

「せ、せめて私がひととおりの調べを終えるまで、壊すのはお控えください。学問のためでございます。なにとぞ……なにとぞ……」

「くどいわ！　貴様らのくだらぬ学問より、お家の安寧のほうがよほど大事なのだ。それがわからぬか」

代官は、すがりつく嘉村仙内を振りほどいた。

「嘉村仙内……貴様、もしかしたらキリシタンではあるまいな。あの像を調べるという名目で、当地の隠れキリシタンどもをあそこに集め、一揆を起こそうとでも企みおるか」

「とんでもございません。私は法華《ほっけ》でございます」

「ならば、おとなしゅうしておれ。――殿におうかがいをたてねばならぬ。疾く帰るぞ」

「しばしおとどまりくだされ。お願いでございます。お願いでございます。お願いで……」

代官が、おい、と言うと、控えていた家士のひとりが仙内をその場に引きずり倒した。八右衛門は刀

のこじりで仙内の頬をぐりぐりと突き、

「二度とここに足を踏み入れるなよ。もし、入ったのがわかったら、打ち首にしてやる。わかったな」

そう言い捨てると、家士たちを引き連れて山を下りていった。残された仙内は、涙目で巨像を見つめると、

「ああ……馬鹿だ。ああいう手合いは馬鹿としか言えぬ。お家の安寧だと？　寺沢家など滅びてしまえばよいのだ！」

仙内は大声で叫んだ。その声は山中にこだまして、彼のもとに跳ね返ってきた。

滅びてしまえ
滅びてしまえ
しまえ……
まえ……

そのあと、地面に座り込んだ仙内のうえに、雨が降ってきた。最初はぽつりぽつりだったが、みるみる驟雨《しゅうう》になった。あたりはあっという間にぬかるみになり、仙内の衣服は泥にまみれた。しかし、仙内は動かなかった。情けなくて、動けなかったのだ。

豪雨が山を、谷を激しく叩いている。ぼんやりとした視界の中央に巨像が立っている。巨像の兜や鎧にも雨が打ち付けているが、染みこむ様子はない。やはり金物でできているのだな、と仙内は思った。どのような鉱物か、調べてみたい。古代人がどのようにしてあれだけ大きなものを鋳造《ちゅうぞう》しえたのかを知りたい。奈良の大仏よりもはるかに巨大なのだ。キリシタンの神像？　そんなはずがない。少し考えたらわかることだ。あの代官は馬鹿だ。キリシタンが日本に伝来したのは、たかだか九十年ほどまえだが、あの神像が造られたのは、平安期に書かれた『風土記拾遺』にすら「古」とあるのだから……。

どこかで、妙な鳴き声がする。

きゅきゅ……きゅきゅきゅきゅ……。

鳥か……いや……。

(おや……?)

仙内は、目を擦った。神像の頭が、さっきより少し上向いたように思えたのだ。

(ははは……そんなはずはない。動いたというても、それこそ「古」のこと。失われてしもうた技なのだ。わしの、動いてほしい……という気持ちがそういう風に見せたのであろう)

仙内がため息をついたとき、巨像の首が、ぎぎ……と右に曲がった。

「おおおお……」

仙内は思わず声を上げた。像の頭は、ほんの少しだがはっきりと、さっきとは異なる角度になっている。つまり、こちらを……仙内のほうをじっと見下ろすようになったのだ。見間違えではない。なぜなら、仙内は微塵も動いていないのに、さっきは見えなかった像の右頬が今は見えているからだ。

「まさか……まさか!」

立ち上がり、崖のほうに歩き出そうとした仙内のまえで、ふたたび神像の頭はゆっくりともとの位置へと戻った。そして、なにごともなかったようにまえを見つめている。

「動いた……動いたぞ! 神像が動いたぞ!」

降りしきる雨のなか、仙内は像に向かって駆け出した。

「ははははは……あの代官め。吠え面かくな。やはり、像は動くのだ! ふはははは……ははは!」

仙内の哄笑が、雨音を貫いて響きわたった。

◇

話は少しさかのぼる。

「きゅう……きゅきゅきゅきゅきゅきゅきゅきゅう」

あまりにキュウがうるさく鳴くので、未狩女は今日も西の山へと分け入った。父親の具合が悪いのであまり神社を離れたくはないのだが、早朝まだ暗いうちからけたたましく鳴いて、彼女が出かけようとするまで鳴きまくる。山歩きをしているあいだも、ふところできゅうきゅうきゅうと騒ぎ続ける。そして、あのオオナムチ像のところまでたどりつくと、ぴたりと鳴き止むのだ。

「おまえ……どうして私にこの神さまを見せたがるの？」

そうたずねても、キュウはもこもこした身体を未狩女の乳房のうえでくるくると回すだけだ。

「くすぐったいってば……」

未狩女は苦笑いしながら着物のうえから軽くキュウを叩いた。あれからこちら、この妙な生きものにうながされるまま、三、四日に一度は西の山まで来ている。いくら険しいとはいえ、すっかり道を覚えてしまった。どこにも道などないように思えるが、じっくり見ると、山犬などが往来する細い細い獣道がわかるようになってきた。枝の折れ口、落ち葉を踏みしめた跡、土や砂のわずかな崩れ、獣糞などを見分ければ、なにもないところに「山の道」が浮かび上がってくる。しかも、うっかり道を違えたときは、キュウがひとしきり鳴いて教えてくれるのですぐにわかる。だれより優れた道案内なのだ。

未狩女は慣れた足取りで谷を降り、また登り、一刻ほどで崖のところまでやって来た。脚についた泥を手拭いで拭き取っていると、にわかに雨が降ってきた。かなりの強さだ。山の天気は変わりやすいので、未狩女は気にも留めず、その場に立ったまま神像を見上げた。上空を黒雲が塞ぎ、あたりは薄暗い。沛雨に濡れる神像を見つめていると、なんともいえない恐怖心が募ってくる。いつまでたっても慣れないようだ。ひとは、巨岩でも巨木でも滝でも断崖でも……とにかく巨大なものを見ると、そこに「神」を見る。それがこのように人型をしておればなおさらだ。

先日の大地震でまた崖が崩れ、腰のあたりまでが剥きだしになっている。あの地震のとき、未狩女はちょうどここにいた。岩や土砂、折れた木々などが頭上に降り注ぎ、立っていることができず地面に伏していた。やっと揺れが収まり、あたりを見渡すと、見知らぬ旅装の男が岩の下敷きになっているではないか。突き出た腕が虚空をむしりとろうとするかのようにねじれている。

(どうしよう……)

頭蓋が砕け、中身が流れ出ているからもう手遅れではあるが、このまま見捨てて去るわけにもいかぬ。おろおろしていると、突然、胸もとからキュウが走り出て、神像に向かっていつになく激しく鳴いた。その様子がただごとではなかったので、未狩女はしゃがんで背中を撫でさすったが、キュウは鳴き止まない。そのうちに、未狩女はキュウが彼女になにをさせたいのかわかる気になった。

(オオナムチさまにお願いしてみろ、ということね……)

せっかくだから、やってみてもよい。未狩女は、巨像に向き合った。

「オオナムチの神さま……オオナムチの神さま……なにとぞお力をもってここなる死人《しびと》に情けをおかけくださいませ……」

もちろんなにも起こらない。それがあたりまえである。

「かかる深山に骸《むくろ》を晒すことを哀れと思し召し、なにとぞ苦界からお救いくださいませ……」

そのとき。

突如。

キュウの考えが、頭のなかに流れ込んできた。

この生きものを境内で拾ってから、何度かそういうことがあった。その瞬間、未狩女はキュウと「ひとつ」になり、キュウの目でものを見ている。怖くはなかった。いつもほんの一瞬だけだし、相手は可愛らしい小動物なのだ。

だが、今日は少し違っていた。未狩女の手足が勝手に動き出した。彼女は、左腕を真横に伸ばし、手首をうえに曲げた。右手は顔のまえでまっすぐに立て、親指だけを横に向ける。左脚だけで立ち、右脚は空中を蹴るようにまえに出す。その姿勢で、未狩女は巨像に対峙《たいじ》し、目を閉じた。すると、口がひとりでに開き、言葉が漏れ出した。

「我スクナビコナの名によって、汝オオナムチに命ず。この岩を除去せよ」

なにか、目に見えないものが宙を飛んだ。未狩女の頭が小刻みに震え出した。同時に、巨神像の頭も小刻みに震えているのがわかった。神像は顔を、ぎり……ぎり……ぎり……とこちらに向けた。

（動いた……！）

それだけでも驚きであったが、続いて起こった出来事が未狩女の心の臓を停めそうになった。神像の両眼が赤く輝いたかと思うと、太い光の矢がそこから放たれた。次の瞬間、目のまえの岩が消えた。

粉々に砕け散った、とか、爆発した、とかいうのではない。神像が目から発した赤い光の筋が、岩を蒸発させたのだ。赤い靄《もや》のようなものがしばらく漂っていたが、風に散ってしまった。残ったのは、頭の潰れた旅人の死骸だけだ。呪縛から解き放たれた未狩女はへなへなとなり、その場に四つん這いになった。しばらく呆然としていたが、やがて身体の底のほうから恐怖がせり上がってきた。あの神像は、ただの彫像ではない。動くのだ。それだけなら大きなからくり人形と思えばよいが、違う。信じられないほどの「力」を秘めている。大岩を瞬時に、跡形《あとかた》もなく消し去ることができるのだ。

「荒ぶる神」という言葉が思い浮かんだ。

（もし、あの洞窟から出て、動き出したら……）

たいへんなことになるだろう。この山が、谷が、あの岩と同じように消えてしまうかもしれない。いや、この天草が、肥前国が、日本が……。

（滅ぶ……）

あの神像がふたたび動くようなことがあってはな

らない。未狩女は、父親の言を思い出した。

「オオナムチさまが『なにかをする』ことがないよう見守ることこそ、われら代々の宮司の務めなのだ。オオナムチの神が目覚めたときは、この世が滅ぶであろう」

震えおののく未狩女の足の指を、キュウがぺろりとなめた。我に返った未狩女は、死骸を大木の根もとまで引きずっていくと、折れた枝を鍬《くわ》代わりにして穴を掘り、そこに埋めたのだ……。

巨像を見ると、あのときの恐ろしさがふたたび蘇ってきた。未狩女が足繁くこの場に通うのは、キュウに急き立てられるせいもあったが、像が動き出していないかどうかをたしかめるためなのだ。像のことは、父親には一切告げていない。もし、話したりしたら、ますます病が重くなるだろう。

「きゅうきゅう……きゅきゅきゅきゅきゅ……きゅううううん」

キュウが、頭を未狩女の肌に擦りつける。これは、自分とひとつになれ、という合図なのだ。聞き入れないと、ずっとうるさく鳴き続け、しまいには指や耳を噛み出すので、言うことをきくしかない。未狩女は、雨に濡れながら左腕を横に伸ばし、右手は祈るように立てた。左脚を軸にし、右脚を高く上げる。この仕草にも慣れた。こうすると、キュウが頭のなかに飛び込んでくるのだ。唇が勝手に動く。

「我スクナビコナの名によって、汝オオナムチに命ず。こちらを見よ」

神像の首が、ぎぎぎぎ……と動き、未狩女のほうを向いた。これを幾度となくやらされるのだ。だがなぜか今日はすぐに、

「もとに戻せ」

ふたたび巨像の首は、まっすぐまえを向いた。途端、頭からキュウが抜けた。全身の力が抜けて、そこに崩れ落ちる。これにも慣れてきた。

（あっ……！）

未狩女は、キュウがなぜすぐに神像を動かすのを

やめたのかわかった。崖の近くに、ひとりの男が立っている。神像のほうを向いて、小躍りしながらなにごとかを叫んでいる。

（見られた……？）

仕方がない。ほんの一瞬だし、この豪雨のなかだ。見間違えで押し通すしかなかろう。

「キュウ、帰るよ」

未狩女が声をかけると、キュウは脚から駆け上り、肩のうえにちょこんと乗った。

（キュウは私になにをさせようとしているのだろう……）

帰路、未狩女は心のなかで思った。薄々はわかっている。あの巨像……オオナムチを動かす手伝いをさせたいのだ。そんなことの片棒を担ぎたくはないが、もしあの像が好き放題に動き出したら「この世が滅ぶ」のだ。だれかが歯止めをかけねばならない。そういう思いから、未狩女はキュウの求めるがままにこの場所に来て、巨神像を動かす稽古《けいこ》をしているのだ。しかし、稽古の甲斐あって、日に日に巨大な像が彼女の意のとおりに動くようになることに、未狩女は複雑な気持ちだった。

（私は、オオナムチを止めたいのか、それともうまく動かしたいのか……どっちなの）

だれにもわかるはずのない問いを、未狩女は胸のうちに投げかけていた。

第四章

でうすぱいてろひーりょう
すべりとさんとの
みつの
びりそうな
一つのすすたんしょうの御力を以て始め奉る
我等がでーうすさんたくろすの御しるしを以って
我等が敵を逃し給いや
でーうすぱーてろ
すべりとさんとーのみ名を以って
頼み奉る
あんめいぞー……

パードレアルフォンゾの祈祷に大勢が唱和している。今日は七十人ほどが集まっており、その熱気はただならぬものがある。蝋燭二本が灯るだけの暗がりのなか、だらだら汗を流しながら、男も女も一筋におらしょを唱えている。熱心に唱えれば唱えるほど、神が近くまで来て彼らを救うてくれる……そう思っているようだ。小屋のなかは、汗の臭い、糞尿の臭い、藁の腐った臭いなどで満ちており、皆、吐き気をこらえながらの集まりなのだ。

益田甚兵衛が進み出て、

「本日の集まりには、島原の講からも五名のお方にお越しいただいておる」

陰鬱《いんうつ》な顔をした百姓たちが軽く会釈した。

「向こうはここよりもひどいありさまだというが、それについておうかがいし、これからどうすればよいかを皆で考えよう。なれど、そのまえにまず、島原で一昨日殉教したドメゴス室崎殿、エステワン重蔵殿、マダレナ留殿三人の戻し方を行いたいと思う。

——オジ役、お願いいたす」

ひとりの信徒が進み出て、

「世界のドメゴス、エステワン、マダレナ、悪の世界より御前に召し取られましたので、なにとぞ生きしょうのうちに誤りました罪咎をおん許し下さいまして、七日七日四十九日が間、おん導き下さいまして、道の流浪《るろう》などいたしませぬようにパライゾの異状どころにお助け下さいますように……」

一同は、オジ役に言葉を合わせた。やがて、キリシタンの葬儀である「戻し方」が終わると、島原から来たという五名のうちのひとりが泣きながらしゃべりだした。

「エステワンはまだ二歳ばい。三人は木に逆さ吊りにされて、転べ、転ばねばまず、赤子から殺すぞ、と言われたが、父も母も転ばんかった。役人は、ぎらぎら光る太刀で赤子の首を斬り、それを父母に突きつけ、転べ転べと迫った。ふたりともオラショを唱え、エステワンとともにパライゾウに行きたか、と叫んだので首を刎ねられた。むごたらしか、あさましかこつばい」

「島原に比べりゃ、ここは天国じゃ。鬼の田中宗甫が戻ってきてから、あっちはもうめちゃくちゃばい。パードレも皆殺しになり、とうとうひとりもいなくなった。うえもしたも気が狂うとる。あそこにおれば、いずれ根絶やしにされる。あとはもう一揆しかなか」

そのとき、戸口を叩くぱたぱた、という音が聞こえた。小屋のなかが張りつめた。

「さんたまりあ……」

声がかかったので、戸口に立った男は、

「うらうらのーべす」

と言いながら戸を開けながら、

「なんじゃ、ベアトリスか。わしは手入れかと思うた……」

そう言いかけたとき、戸が荒々しく外から開かれ、七、八人の侍と小者、下聞きたちが押し入ってきた。

「宗門改めである。天下の法を犯すキリシタンども、ひとり残らず召し捕れ。手向かうものは容赦せず斬り捨てよ」

先頭の武士の怒鳴り声に、小屋のなかは大混乱になった。

「逃げろっ」

「くそったれ」

「こっちじゃ」

「お助けを」

だれかが小屋の裏側を蹴破り、そこから数人が逃走した。

「裏じゃ。裏へ回れ！」

走り回る大勢の足音。大勢の悲鳴。大勢の罵声。刀が風切る音。なにかが倒れる音。血の臭い、血の臭い、血の臭い。

アルフォンゾも小屋裏から逃げた。必死に走ったが、つまずいて倒れ、脳天を石に打ちつけた。死の恐怖がのしかかってきた。神に祈るゆとりはなかった。起き上がって、また走る。目のまえに、ドブのように饐《す》えた小川がある。もう少し……あと少しだ。


これを越えれば、逃げ延びることができそうだ。飛び越そうとしたとき、小川のなかから触手のようなものが伸び、彼の右脚にからみついた。アルフォンゾはその場にうつ伏せになった。両手で土を掴んだ。爪のあいだに砂利が入ってきて、指先が血だらけになる。なんとか立ち上がろうとしたとき、両肩をうえから押さえつけられた。

「パードレを捕らえたぞ！」

その声を聞いたとき、アルフォンゾは一瞬気が遠くなった。股間がぐっしょり濡れている。恐怖で失禁したらしい。ざくざくざくという足音が近づいてきて、

「こやつがパードレか。どれ、顔を見てやろう」

そちらを向きたくはなかったが、首をむりやりひねられた。そこに立っていたのは、立派な身なりの武士だった。揉みあげを長く伸ばし、荒き髭をたくわえ、まるで戦国のころに戻ったような顔立ちだ。おそらく寺沢堅高の家臣だろう。

「わしは、宗門改め方与力《よりき》の三沢次右衛門《みさわじえもん》と申すものじゃ。忌まわしき邪言をもって皆を惑わすパードレめ。貴様の悪事、きっと糾明してつかわすゆえ、愉しみにしておれ。ふふははは……わざわざ唐津から来た甲斐があったというものじゃ」

「三沢さま、六十二名を捕縛いたしましたが、益田甚兵衛とそのせがれが見当たりませぬ」

「逃げられたか。――まあ、よい。パードレを捕えただけでもよしとせねばならぬ。――恭太、そやつに縄を打て。それ、引っ立てよ！」

アルフォンゾは恭太という下聞きに縄で縛られ、左右から小突かれながらいやいや進んだ。三沢という与力の横を通るとき、彼は蒼白になった。与力の後ろに隠れるようにして彼を覗き見ていたのはベアトリスだった。頭に血がのぼったアルフォンゾは、思わず身体を揺すってまえに出ると、

「あなたが皆を訴人《そにん》したのですね。あなた、イスカリオテのユダと同じ。裏切り者です。どうしてこんなことしましたか！」

ベアトリスは嘲笑うように、

「今更なにを言うか。あんたのせいばい。あんたがわしの言うことをきかぬゆえ、せんなかじゃった」

「あなた、魂、奈落《いんへるの》へ落ちるでしょう」

「本望じゃ。これが、わしのあんたへの愛ばい」

「皆を殺すことがですか？」

「皆、転べばよか。転べば、殺されることはなかばい」

「どんな目に遭おうと、転ぶものはひとりもいません。私、そう信じています」

「ふーん、ご立派だのう」

アルフォンゾは地面に唾を吐くと、引き立てられていった。それを見送ったベアトリスは振り返り、背後に、佐助が立った。ベアトリスの背後に、佐
「これでよかったんじゃろか」

「安堵せい。あのパードレはかならずおまえのところに戻ってくる。ただし、おまえもあのパードレも、

地獄へ落ちることにはなるがのう」

　ベアトリスは、不安げな顔つきで去っていく信徒たちの背中を見つめていた。

◇

「パードレ、待たせたのう」

　土牢に入ってきたのは、三沢次右衛門だった。二名の家来を従えている。片隅に座り込んでいるアルフォンゾは、髪も髭も伸び放題で、頬もこけて、人相が変わってしまっている。ほかの信徒と引き離され、あれからずっとここに閉じ込められたままだ。後ろ手に縛られているので大小便も垂れ流しで、食事は一日一度、虫がたかった、腐ったような色の重湯を与えられるが、それも土のうえに置いたまま、犬のように口だけで食べねばならない。

「いつ来るかと思っておりました。さあ、どうぞ、殺してください。神の国へ参ります。私、まるで怖れておりません。命を捨てるつもりでこの国へ来たのですから。役目を終えずに死ぬこと、無念ですが、これも運命です。――さあ、どうぞ」

「よい覚悟だが、転べば助けてやるぞ」

　アルフォンゾは肩をすくめた。

「転ぶ？　ははは……ありえません。ナンセンスです。私、十六歳でイエズス会に入ったとき、生涯を神に捧げる誓い、立てました。その誓い、鉄よりも堅いです。どんな拷問でもどうぞ、やってみてください」

「その言葉、忘れまいぞ。――連れ出せ」

　次右衛門の指図で、アルフォンゾは土牢から引き出された。久々に見る太陽は、目に刺さるほどまぶしかった。焚き木が燃えており、そのうえに鉄鍋がかけられ、ぐつぐつと音を立てている。

「熱湯責めですね。私、まえに見たことあります。ぐらぐらに煮た熱い湯をかけるのでしょう」

「先々に申すところをみると、怖がっておるようだな」

「ち、ちがいます。私はなにも怖くない」

「ならば、口をつぐんでおれ」

キリシタンでない村人たちが大勢集い、竹矢来の向こうから見物している。寺沢家に虐げられている のは彼らも同じだが、村人たちの怒りは領主には向けられぬ。怒ってもはじまらないのだ。領主は農民を搾り、農民は領主に搾られる。それを今、とやかく言ってもむなしいだけだ。パードレやキリシタン信徒への拷問は、そんな彼らにとって格好の「息抜き」だった。だれかがおのれよりもひどい目に遭う。それで、少しは溜飲が下がるのだ。

「両手を押さえよ」

次右衛門が命じた。屈強な家士がふたり、アルフォンゾの腕を一本ずつつかんだ。

「な、なにをするのです」

べつの侍が、焚き木のなかから真っ赤に焼けた金属棒を取り出した。その先端には十字の型がついている。


「おまえの両頰に、クロスの印をつけてやろう。キリシタンのおまえにはさぞうれしかろう」

十字は、とろけそうな色合いに発熱しており、周辺には空気の焦げる臭いが漂った。

「頰の内側の肉が膨れ上がって、一カ月はなにも食えぬそうだ。転ぶなら、やめてやる。——どうする？」

「非道なことを……。私が、転ぶことなど天が裂けてもありえません」

「——やれ」

侍は、アルフォンゾの右頰に金属棒の先端を押し付けた。皮膚の燃える、なんとも嫌な臭いとともに、パードレの額から煙が上がった。

「ぎゃあああおおおおっ」

アルフォンゾは両眼をふだんの三倍ぐらいに見開いた。侍が金属棒を外すと、彼の頰には黒々と十字架の形が押され、そのまわりの肌が黄色くなってめくれあがっていた。

「見事見事、天晴《あっぱ》れだわい。くっきりと十字が浮いておる。——つぎはどうする」

アルフォンゾは「つぎ」という言葉を聞いて、瞑《めい》目《もく》した。息が荒い。次右衛門は楽しげに笑うと、

「切支丹は、右の頬を打たれると左の頬も差し出すそうな。遠慮せずともよいぞ」

「私……転びません。どうぞご勝手に……」

「やれ」

二本目の焼き印が、アルフォンゾの左頬に突っ立てられた。ぎゅっ、ぎゅっ、ぎゅうう……という音とともに頬の皮膚がはじけ、金属棒は肉を突き破って、口腔に飛び込んだ。

「あ、ぎゃぎゃああ……おおおうっ」

碧眼のパードレは、あまりの激痛に口を全開にした。がっくりと顎が外れ、大量の涎が地面に垂れた。

「どうだ？　まだ、間に合うぞ。転べ……転ぶのだ」

「でゃれが……そんにゃごと……わらしは……イジェスニリストの……あわおわわ……」

顎が外れているので言葉がまともにしゃべれない。それでもアルフォンゾは首を横に振った。

「そうか、どうしても三つ目を押してほしいのだな。——パードレ殿の額に、ていねいに押してさしあげよ」

額、と聞いて、アルフォンゾは後ろに身体を引こうとしたが、両脇の侍がそれを許さなかった。

「額にこれを押されると、脳がじゅうじゅう音を立てて煮上がるそうだ。楽しみだのう」

次右衛門が目で合図をしたので、侍が焚き木のなかから三本目の金属棒を出した。目と目のあいだに十字が近づいてくるだけで、気が遠くなる。眉毛と睫《まつげ》毛がちりちりと焦げていく。眼球の水分が蒸発していくのがわかる。

「どうだ、転べば許してつかわすぞ」

アルフォンゾがなにか言うより早く、焼き印が額にぐいと押し付けられた。

「ああっ、ああっ、あ、ああっ、あああああああああ……」

舌が石のように尖って、口から突き出した。頭のなかが、煮えたぎった溶岩のようにどろどろになり、目や耳や鼻から噴き出しそうだ。両目は白目を剥いて、頭髪の一本一本が逆立ち、燃え上がっているかのようだ。頭が、びくびくびくっ……と激しく痙攣した。永遠とも思える時間のあと、ようやく焼き鏝《ごて》が額から外された。

「あまり頭を動かすゆえ、印がずれたわい。悪う思うなよ」

そんなことはどうでもよかった。鏝はすでに離れているはずなのに、頭のなかが煮えたぎるように熱く、万力で頭蓋骨を押し潰すかのような激痛が続いている。

「パードレ殿、イエスとやらは、救うてくれぬのかのう。おのれにすべてを捧げた信者がかかる目に遭うておるというのに薄情なやつだ」

それどころではなかった。一刻も早く、この地獄から抜け出したかった。

「なれど、あっぱれだわい。褒めてとらす。デウスへの貴様の忠心、しかと見たぞ」

助けてくれるのか……そうなのか……。

「ならば、わしも一層の責めをもって、貴様の思いに応えよう。つぎは、逆さ吊りだ。——支度いたせ」

アルフォンゾがなにも言わぬ先に、次右衛門の指図で、ふたりの侍が彼の足首を縄でくくり、大きな松の木の枝に吊り下げた。すぐ下には、深い穴が掘られている。見物人から、おおう……という声があがった。歓声ともため息ともつかぬ声だった。

「穴吊るしばい。むごいことじゃ」

「身体中の血が頭に集まって、頭の鉢が倍ほどに膨れるというぞ」

「そうなったとき、こめかみを刃物でちょいと切ったら、滝のような勢いで血が噴き出すそうじゃ」

「穴吊るしに遭うたものは皆、早う殺してくれとせがむと聞いたばい」

「わしらと違うてパードレならば、長々しき責めにも耐え抜けるかもしれんぞ」

「ほっほほう、見ものだのう」

アルフォンゾの身体が、雷に撃たれたように震えた。股間が熱くなり、太い蝋燭のようにとろけた。三沢次右衛門が笑い出した。

「見よ、このパードレの股間を。かかるときに屹立しておるぞ」

竹矢来の向こうで、百姓たちが大笑いしているのが聞こえた。

(どうしてこんな辱めを受けねばならないのか……なにもかも神に捧げてきたというのに……私がいったいなにをしたというのだ)

アルフォンゾは天をにらみつけた。まるで、そこに「神」がいるとでもいうように。その目は、憤りに震えていた。

(私は……あなたにすべてを捧げてまいりました。金銭をむさぼったことも、だれかと諍いをしたことも、酒を飲んだことも、女を抱いたこともありません。この世に生まれて、およそ人間らしい快楽はことごとく封印してまいりました。それも、あなたが『そうせよ、ならば救われん』とおっしゃったからです。死後の世界はまことにございますか。天の国は存在いたしますか。もし、それがないならば、私の一生はいったいなんだったのでしょう。あなたがおっしゃったことを真に受けて、贅沢もせず、酒も飲まず、ご馳走も食べず、女も抱かず……それもこれもあなたが、天の国はある、とおっしゃったからです。もし……それがないなら……まことにないならば……私は……私は……なんという滑稽《こっけい》な、馬鹿げた人生を送ってきたのでしょう。いもしないあなた、ありもしない天国のためにすべてを犠牲にし、しかもそれを他人に説いてきたのです。もし、あなたがまこと、そこに在するならば、私をたった今、ここから救い出してください。できますか。あなたにそれができるのですか。神よ……おお、神よ……やれるのなら、もったいぶらずとっととやってくれ。そして……できないなら、いや、あなたがいないなら、いないと教えてくれ。早くしやがれ！）

頭に血が下りてきた。痛い……痛い痛い痛い……頭が割れるううう。なにもかもがぼんやりしてきた。死ぬのか……私は……死ぬのか……。

「このままだと死ぬぞ。切ってやれ」

次右衛門の声が聞こえ、こめかみになにか重いものが当てられた。ぶつっ、という感触とともに、熱い湯のようなものが噴き出したのがわかった。すっ、と楽になった。しかし、すぐにまた、頭蓋骨が内側からぶち割れるような激痛が襲ってくる。目が、耳が、鼻が破裂しそうだ。

（神よ……ああ神よ……早くしろ……私を救え救い出せ今すぐ救え奇跡とやらを起こしてみろもしできないならここで跪《ひざまず》いて懺悔《ざんげ》しろ……おおおお私はなにを言ってるのだ神よ許し給え本心ではないのですもし死んだら天の国に……天の国なんてないんだ死にたくない死にたくないんだまだまだやり残したことがある……頼む教えてくれあんたはいるのかいないのか……私は……ああああああ……死にたくなあああい！）

そのとき次右衛門の言葉が耳に入った。

「転べ。悪いようにはいたさぬぞ」

アルフォンゾは落ちた。

「改宗する改宗する。転ぶ転ぶ転ぶ。助けてくれ。早く引き上げてくれっ」

次右衛門は薄笑いを浮かべた。

「上げてやれ」

見物たちから、嘲るような笑いが聞こえてきた。アルフォンゾは、吊り下げられていた穴から出されて、地面に横たえられた。頭の激痛は嘘のように去った。普段どおりでいることが、なんと「甘い」のか……と思った。心臓が大きな音を立てて動いている。

(私は……生きている……)

アルフォンゾは「生」を実感した。これが、これこそが「天国」なのだ、と思った。

「パードレよ、たしかに転んだのだな」

次右衛門のまえにアルフォンゾは両手を突いた。

「はい……私、キリスト教を捨てました。神を捨てました」

「よう申した。手当てをしてやれ。――あ、待て。そのまえにひとつやってもらうことがある」

次右衛門はにやりと笑い、

「幸助をこれへ」

顔見知りの信者が連れてこられた。ミギルという洗礼名の若者だった。顔のあちこちに血が固まってこびりついており、右手の指がことごとく切り取られていた。

「パードレさま……」

彼は、アルフォンゾを見て手を合わそうとした。

「こやつはもうパードレではないぞ。今、転んだところだ」

次右衛門の言葉に、ミギルは信じられないという顔をした。アルフォンゾは情けなさに顔をそむけた。

「この男はどうしても転ぼうとしないのだ。転びの先達であるおまえから、このものに転ぶように申し聞かせてくれぬか」

アルフォンゾはミギルのまえににじり寄ると、

「ミギルさん、神、いるかいないかわかりません。そんなもの信ずるより、今の世で楽しく暮らすほうがよい。私、そう思うようになりました。死んだらどうなるか、だれにもわからない。転びなさい。転んでください。お願いします」

ミギルはせせら笑い、

「パードレさまが真っ先に転ぶとは思いもしなかったばい。あんたが説いちょったのは、あれは皆絵空事か？　いや、そうではなか。わしはデウスさまもパライゾも信じとるばい。それに、わしら百姓は、今の世で楽しゅう暮らすことができんのじゃ。あんたが転ぶのは勝手ばってん、わしらまで巻き込まんでくれ」

そして、アルフォンゾの顔に唾を吐きかけた。アルフォンゾはそれを拭うと、次右衛門を振り返り、

「このひとの信仰の気持ち、とても固い。私には転ばせること、できません」

「ほほう、そうか」

次右衛門は脇差を抜き、それをアルフォンゾに手渡した。アルフォンゾは驚いて、手の中の刀を見た。このまま、次右衛門を刺そうと思えば刺せるのだ。家士たちも、

「三沢さま、よろしいので……？」

「気遣いない。今のこやつは腸《はらわた》まで腐っておる。わしに刃向うことなどできぬわ」

そのとおりだった。魂まで見透かされた思いで、アルフォンゾは唇を噛んだが、どうすることもできなかった。

「では、アルフォンゾ。幸助を刺せ」

「わ、私がですか？」

「そのつもりで刀を渡したのだ」

「私、人殺しできません」

「――やれ。やらねば穴吊りだぞ」

もう二度と、あの頭が爆発するような苦痛はごめんだった。アルフォンゾは短刀を構えた。

「パードレさま、あんたに善き心が少しでも残っておるなら、その刀を捨てるばい」

善き心……その言葉がアルフォンゾの心を揺すぶった。

「デウスさまは見ておいでばい。あんたが刀を捨てたら、死んだときパライゾに召されるばい……」

アルフォンゾはちら、ちらと次右衛門を振り返った。次右衛門は腕組みをしたままなにも言わなかった。竹矢来の向こうからの大勢の目も、痛いほど感じた。アルフォンゾが最後に見たのは、地面に掘られた穴だった。

「うおおおお……！」

獣のように叫びながらアルフォンゾは、ミギルの左胸に短刀を突き立てた。力が入り過ぎて、切っ先が背中から出てしまった。

「パードレさま……あんた……地獄《べんぼう》へ……落ちるばい……」

　ミギルがそう言った瞬間、おびただしい量の血が噴き出し、アルフォンゾの頭から足先までを濡らした。

◇

　柳生但馬守宗矩は、沢庵宗彭和尚《たくあんそうほうおしょう》の部屋にいた。ふたりは、沢庵が紫衣勅許《しえちょっきょ》にまつわるいざこざから出羽国《でわのくに》に流されるまえからの知己《ちき》であった。京大徳寺の住職である沢庵は数年前、家光に江戸に召し出されてからずっと、麻布の柳生家下屋敷の長屋に住んでいるのだ。たがいに肝胆相照《かんたんあいて》らす間柄である。

「これは珍しや但馬殿、御用繁多と聞くが何用かのう」

「御用繁多はお互いさまでござろう」

「なんの。拙僧は無聊《ぶりょう》の日々を過ごしておる。――ま、茶でも進ぜよう」

「うむ……お願いいたす」

　茶をたてながら沢庵はじっと宗矩の顔を見つめていたが、

「なにやら憂きことかな」

「左様。――御坊は、長崎のキリシタンどものあいだに不穏なる動きがあることをご存知か」

「それがさ、世俗のことは近頃とんと疎うてのう。不穏なる動きとは……一揆かな」

「一揆というより謀反と言うてもよい。飢饉や年貢の重徴《じゅうちょう》に乗じて豊臣の残党が、キリシタンや百姓たちを扇動《せんどう》しておるらしい。なれど……それだけではないようだ」

「というと……？」

「その後ろで、だれかが糸を引いているように思えてならぬ」

「島津か、細川か……」

「いや……そのような小者ではない。わしは……もしや秀頼ではないかと考えておる」

「豊臣秀頼か。真田とともに薩摩へ落ちたという噂があったが……」

「それがまことであれば一大事だ。上さまもご心配だ。秀頼が、キリシタンを率いて旗揚げしたなら、島津をはじめ筑紫の外様《とざま》大名たちが一斉に加担するだろう。だが、わしが案じておるのはべつのことなのだ」

「ややこしいのう。——まあ、茶を飲まれよ」

宗矩は、沢庵がたてた茶を無造作に飲み干すと、

「天草や島原のキリシタンが……ただのキリシタンでないように思うのだ。キリシタンのふりをした、もっと忌まわしき邪教ではないか、とな」

「まえにもそのようなことを申しておったのう」

「御坊の法力で、この件の裏に潜んでおる黒幕をつきとめることはできぬか。御坊ほどの高僧ならば、わしらにはわからぬものを言い当てられるのではないか」

「できる」

沢庵はあっさりと言った。

「わしら、禅のほうではあまりそういうことはやらぬがのう、但馬殿の頼みならばいたしかたない。茶道に、『観視茶』というものがある。ちょっとその茶碗を貸してくだされ」

沢庵は、宗矩が飲んでいた茶碗を受け取ると、そこに熱い湯を入れた。数珠《じゅず》を手に、

「過去の心は得るべからず、今の心は得るべからず、未来の心は得るべからず……」

なにやらお経のような文言を小声で唱え出した。しばらくすると、茶碗の底から細かい泡が浮き上がってきた。

「茶よ……茶よ……われに語れ」

泡は茶碗からこぼれ落ち、畳を濡らしたが、途切れることなくあとからあとからあふれ出す。

「茶よ……茶よ……語れ……長崎に横たわる不穏なる黒雲の、うしろにおるのはだれか」

すでに床は泡だらけだ。泡のうえに泡が積み重なって、狭い長屋の一室は泡でいっぱいになってきた。

「御坊……こ、これはなんとした……御坊！」

宗矩の呼びかけにも応じず、沢庵は一心に経を唱えている。やがて、

「喝ーっ！」

裂帛の大声《たいせい》とともに、茶碗は真っ二つに割れ、部屋中に広がっていた泡も消え失せた。宗矩はその一喝の凄まじさに腰を抜かし、右手で身体を支えた。沢庵の顔には血の気がなかった。身体中から汗が噴き出し、僧衣は川に落ちたかのように濡れている。荒い息をつきながら、沢庵はむりやり顔を宗矩のほうに捻《ね》じ曲げて、

「但馬殿……長崎の黒幕の名がわかり申した。なれど……これは……えらいことになったぞ」

「まさか……秀頼か？」

沢庵はかぶりを振り、

「秀頼ならばよかった。――うしろにおるのはのう……『日本の大魔縁《だいまえん》』じゃ」

その声はかすれ、震えていた。

◇

アルフォンゾの証言により、あらたに三十名ほどの信徒の名が明らかになった。三沢次右衛門は、筆記役に書かせた調書を検分して、

「うむ、これでまたキリシタンどもを捕らえることができる。でかしたぞ、アルフォンゾ」

「あの……私とともに捕まったほかのものたち、どうしていますか」

「五十人ほどは転んだ。パードレがただちに改宗した、と申したら、皆、つぎつぎと転んでいったわい」

「…………」

「十人ばかりは、言うことをきかぬゆえ殺した。数が多いゆえ、首を刎ねて、海へ落とした。残りの十人ほどは逃げたままだが、今、探しておる。草の根をわけてもかならず見つけ出し、ずたずたに切り刻んでくれる」

次右衛門は、ふう……と嘆息し、

「キリシタンの取り締まりは手数がかかるわい。――ところで、おまえに会いたいと申すものがおる。別室にて待たせてあるゆえ、そちらへ参るがよい」

「私に会いたい……？　どなたです」

「行けばわかる」

アルフォンゾが、家士のひとりに伴われて代官所の客間に赴くと、そこにいたのはベアトリスだった。憤ったアルフォンゾは、家士に向かって叫んだ。

「これ、どういうことです。この女、私たちを騙した。この女のせいで、こんなことになったのです。私、この女、許せませんでしょう」

「まあ、そう申すな。此度のことの一番手柄だ。その殊勲を愛《め》でて、願いを聞きとらすことにした。――あとは、ゆるり、とな」

家士は意味ありげに笑うと、アルフォンゾをその場に残して戻って行った。アルフォンゾはベアトリスに、

「あなた、なに考えてますか。あなたのせいで皆ひどい目にあった。私も逆さ吊りにされた。大勢が死んだ。あなた、よくもまあ平気な顔で私に会えますね」

ベアトリスは、アルフォンゾにぴたりと身体を寄せ、

「でも、パードレさまも転んだばい。わしと同じじゃ。転んでしもうたら、わしに文句は言えまい」

「そ、それは……」

「あんたもわしも、デウスを捨てた。地獄に落ちた。ならば……」

ベアトリスは、アルフォンゾの手を引いて、おのれの乳房に当てた。

「もう、なにもはばかることはなか。さあ……抱いてくだされ」

アルフォンゾは顔をひきつらせて一歩下がり、

「け、汚らわしい。寄るな」

「なにが汚らわしい。あんたは転んだ。ひとも殺したと聞く。デウスの教えに縛られることはない。二度とあんたは、イエズス会には戻れぬばい」

頭のなかが真っ白になった。そうだ……もう、神父には戻れない。それなら……いっそ……落ちるところまで……。

「落ちてやる」

アルフォンゾはそう言うと、ベアトリスをぐいと引き寄せ、その唇を強く、音を立てて吸った。そして、胸もとに荒々しく手を差し入れて、慣れぬ手つきで乳房をまさぐると、その身体のうえに覆いかぶさっていった。

◇

ふたりの若者が泣きながら駆けていた。どちらも裸足《はだし》だ。草鞋《わらじ》はとうに切れてしまったとみえる。血豆がいくつも潰れて、足は血だらけだ。ふたりとも疲労の極に達しており、走りながらときどき嘔吐しているが、それでも走るのをやめぬ。止まったら死ぬのだ。片方がうずくまった。右脚の臑《すね》に深い傷があり、骨が見えている。もうひとりも立ち止まる。

「どうした」

「もう走れぬ。おまえは逃げろ」

「なにを言う。死ぬときはともに、と誓うたではないか。さあ、立て。走れ」

「無理ばい。——おまえは生き延びろ」

「おまえひとり置いてはいけぬ」

「おまえはわしらと同じではなか。デウスさまに選ばれたもんばい」

「な、なにを言うておる」

「甚兵衛さまにうかがったことがある。四郎はわしの子ではない、神の子だ……とな」

「…………」

「おまえが神の子なら、逃げて、逃げて、逃げて、生き延びて、わしらを救うてくれ。頼む」

「そうはいかぬ。おまえとともに……」

そのとき、背後の藪が揺れ、

「おい、いたぞ！」

怪我をしている若者は、

「わしがおとりになる。逃げろ」

「いや、でも……」

「ぐずぐずするな。わしの死が無駄になるばい」

四郎と呼ばれた若者は、うなずくと走り出した。

直後にすぐ後ろで、

「さんたまりああああああっ」

という絶叫が上がった。

「もうひとり、あっちへ逃げたぞ」

「追えっ。殺せっ」

矢が射かけられた。四郎は右へ左へと感じるままに避けた。はじめは不思議と当たらなかったが、とうとう一本が背中を斜めに貫いた。だが、彼はそのまま走り続けた。

（デウスさま……お助けください……）

四郎は無我夢中で駆け、目のまえにあった森のなかへ飛び込んだ。

◇

キュウが、突然、怒ったように鳴いた。こういうときは、なにか危ういことが迫っているのだ。四方に目を配った。近頃やたらと多いキリシタン改めの山狩りかと思ったが、それらしい様子はない。しかし、キュウはいつまでも低く唸っている。

「待って……静かに」

未狩女が言うと、キュウはおとなしくなった。前方の藪ががさがさと鳴った。未狩女はすばやく大木の後ろに身を隠した。獣か、それとも……。息を殺していると、藪を掻き分けて、ひとりの男がぬうと現れた。身の丈七尺にもなろうかという大男だ。伸

ばし放題の蓬髪と髭で、顔がわからぬほどだが、目だけがぎょろりとしてまえをにらんでいる。衣服は弊衣《へいい》で、ほとんどボロのようなものをまとっている。腰には二刀を手挟んでいるので侍とわかるが、主家を追われ住む家もなく物乞いをして歩く浪人が増えているというので、おそらくそれだろうと未狩女は察しをつけた。肩や胸は巌のごとく、腕や脚は丸太のごとく、汗と垢の臭いが入り混じった獣のような野臭を身体中から放っていた。道などまるでないこのような山奥を歩んでいるなど、どうせろくな輩ではない。関わり合いにならぬよう、未狩女が男の通り過ぎるのを待っていると、

「そこにおる女……！」

男は破鐘《われがね》のような声で言った。

「それで隠れたつもりか。余人は知らず、わしには丸見えだ」

しかたなく未狩女は木の陰から出た。なにか因縁《いんねん》をつけられるのだろうか……

「貴様は土地のものか」

「はい。大穴無知神社の巫女でございます。どうかお許しを……」

「お許し？　わしは取って食おうというのではないぞ。土地のものなら知っておろう。そこの洞窟に巨神の像があるのう」

「は、はい……」

見られてしまった……。

「あれはなんだ。ここらではなんと呼んでおる」

「オオナムチさまの像、と……」

「ふむ」

野武士のような風貌の男は太い指で顎を撫で、

「そうではあるまい。わしの見立てでは、あれはわが国の神にあらず。おそらくは異国の……いや、この世の外の神であろう」

「えっ」

「わしは諸国を経巡り、あちこちの道祖神、磨崖仏、神像、埴輪のたぐいも見たが、かかる異相の像はは

じめてだ。この世のものではない。だが……なかなかの面構えをしておる。気に入った」

「ありがとうございます」

「貴様に礼を言われる筋合いはない」

「わが神社は代々、あの像をお守りしているのです」

「なるほどのう。あの神は、善神か悪神か」

「荒ぶる神、と聞いておりますが……」

「この世の外では善神でも、この世では邪神となるかもしれぬ。気を付けたほうがよいのう」

「はい」

未狩女は、見知らぬ武士の言葉に素直にうなずいた。悪いひとではなさそうだ。

「おまえに頼みがある。少し先に大岩があって、その狭間に若い男が倒れておる。大怪我をしておるゆえ、当座の手当てでも、と思うたが、薬もなにも持ち合わせがない。今から里へ医師を呼びにまいるところであった。おまえが土地のものなら、医師が来るまであの男の手当てをしてくれまいか」

「かしこまりました。里の村には医師はおりませんので、私ができるだけのことをいたします」

「おお、そうか。ならばお願いいたそう。あとは任せたぞ。では、さらばだ」

「お侍さま、お名前は……?」

汚らしい浪人は少し考えてから、

「名前はない、と言いたいところだが、また会うかもしれぬからな。弁慶、ということにしておこうか」

武士は豪快に笑うと、常人ならばとても通れぬような獣道をやすやすと降りて行った。

（弁慶……）

どうせでたらめだ。でも、怪我人がいるというのはまことなのか。森に入り、しばらく行ったところで未狩女は聴き耳を立てた。どこかから……なにか……呻き声のようなものが聞こえる……。未狩女は、ゆっくりと森のなかを進んだ。

「あっ……！」

岩と岩の狭間に、若者が横たわっている。全身が血だらけだ。背中から腹にかけて、矢が刺さっている。あの武士の話は嘘ではなかったわけだ。

「まさか……死んだんじゃ……」

そっと近づいてみるが、若者はぴくりとも動かない。その顔に、未狩女は引きつけられた。歳はまだ十五歳ぐらいだろうか。おそらく未狩女とほぼかわるまい。睫毛が長く、鼻筋が通っており、眉毛が太く凛々しい。桃色の唇は、少女のように小さく、愛らしい。顔中に血がこびりついており凄惨《せいさん》だが、拭き取ればさぞ整った顔立ちだろうと思われた。よく見ると、かすかに胸が上下している。生きているのだ。ただし、その息づかいは浅く、命の炎《ほむら》は今にも消えんとしているようだった。未狩女は少年の胸をはだけると、左胸に手を当てた。心の臓は脈打っているものの、弱々しい。

「キュウ！」

未狩女は小動物に声をかけた。キュウははじかれたように跳び上がってから、合点《がってん》承知とばかり、若者の身体の傷を一カ所ずつぺろぺろとなめていった。怪我は次第に癒《い》えていったが、鼓動は戻らぬ。額に手をやると、たいへんな熱だ。そういえば、顔に脂汗が浮いている。

「きゅっ、きゅきゅきゅきゅううううん」

キュウは、背中に刺さった矢を小さな前脚でつかみ、抜き取る仕草をする。未狩女に、この矢を抜け、というのだ。しかし、矢は背中から心の臓のすぐ下あたりまで貫きとおっている。抜いたら一気に出血することは間違いない。だが、キュウは鳴きやまぬ。

（このままでも死んでしまうのだとしたら、思い切って抜いてみようか……）

迷っているうちにも、少年の息は細くなっていく。意を決した未狩女は、矢を両手で握りしめ、力いっぱい引っ張った。すでに箆《の》を肉が巻いていて、なかなか抜けない。無理矢理抜くと、肉がちぎれるだろう。だが、ここまできて中途でやめるわけにはいかぬ。

「ええいっ……！」

足を踏ん張って、力任せに引く。ずる……ずるずる……と矢は少しずつ動き出し、ついには若者の身体からずぼりと抜けて出た。もちろんおびただしい出血が岩を濡らしたが、キュウが背中と胸に開いた穴を大急ぎで舐めはじめる。やがて、血はとまったが、少年の意識は戻らない。

（助かるのかな……助かってほしい……）

少年の顔を見つめているうちに、なぜか未狩女は胸のあたりが苦しくなってきた。おのれの鼓動が耳に聞こえてくる。顔が熱くなってきた。

（どうしたんだろ……私……）

こんな気持ちになったことはない。じっと少年を見つめているのが恥ずかしくなって、未狩女は目を逸らすと、キュウが囃《はや》し立てるように鳴いた。

「なによ！　怪我したひとがいたら助けたくなるのがあたりまえでしょ」

未狩女が怒ったふりをすると、キュウは未狩女の額に鼻先をくっつけた。キュウの気持ちが未狩女にぼんやりと伝わった。

「そうなの。あとはゆっくり休ませて、滋養のあるものを食べさせればいいのね。ありがとう、キュウ」

未狩女は、少年を抱き上げた。少年の身体はふわりと軽かった。その首から、ロザリオがかけられているのに未狩女は気づいた。

（キリシタン……）

おそらくは、と思ってはいたが、これでこの若者をひとに見られぬところにかくまわねばならぬことがはっきりした。どこがいいだろう……。未狩女は、オオナムチの像を遠望した。

◇

四郎、今日からおまえはわしの子ではない。神の……デウスの子なのだ。父親が、鬼のような形相で彼を見つめている。おまえも当地のキリシタンがいかばかり虐げられているかはつぶさに見聞しておろう。だれかが旗を揚げねばならぬ。皆を救わねばならぬ。おまえがその役目を担うのだ。

四郎はかぶりを振った。私は神の子などではありませせぬ。父上の子です。

父親益田甚兵衛は彼を殴り飛ばした。おまえは神の子なのだ。そうでなくてはならぬのだ。この戦に勝つには旗印がいる。おまえは神の子として旗を振れ。

戦、でございますか。

そうだ。我らが旗を揚げれば、国中に散らばる豊臣家に恩義あるものどもがそれに応えて、各地で戦いの火ぶたを切るだろう。徳川の天下を覆し、この世を正しき姿に戻すのだ。

それでは、キリシタンと関わりのないものたちも巻き込むことになります。

それでよい。キリシタン一揆はあくまで口実だ。豊臣恩顧の武将、徳川に主家を潰されたる浪人、追い詰められた百姓、虐げられたキリシタン……だれでもよい。手に武器を取って、この戦に加わればよいのだ。

そのような旗印に私はなりとうありませぬ。神の国をもたらすための一揆ならば、先頭に立つのもやぶさかではありませぬが、キリシタンでないものと一座するのはおかしゅうございます。

まだそのようなこどもじみたことを申しておるのか。我らは戦を起こしたい。そして、それに勝ちたいのだ。わが君、アゴスチニョ小西行長公が六条河原で首斬られて以来、わしはこのときを待ち続けてきた。今ひとたび申す。四郎、おまえは今日からわしの子ではない。神の子だ。神の子としてふるまうのだ。よいな。

できませぬ。そのようなことできませぬ。できませぬ。

まだ言うか！　こうしてやる、こうしてやる。

お許しを……父上、お許しを……お許し……

……


いったいどれぐらいのあいだ、眠っていたのだろう。四郎は目を開けた。身体に力が入らず、ぼんやりとしている。血が足りないのだな、ということがなんとなくわかった。身体にあった血のほとんどが流れ出ていってしまった。だから……。

「よかった……気がついたな！」

女の声だ。そちらに首を向ける。若い、彼と同い年ぐらいの女がこちらを見て笑っている。やけに頭の鉢の大きな娘だ。百姓ではない。巫女のような衣服を着ているが、神職なのか……？

「これでもう大丈夫。あとはしっかり食べてしっかり寝ればいい。食べものは、毎日私が持ってくる。あんたはなにも考えずに休んでてよ」

四郎は半身を起こした。ここはどこだ……。周囲は薄暗い。今は昼なのか夜なのか、それさえわからない。床は土で、右側の壁は岩だ。左のほうは暗くて奥行きもわからない。洞窟のなかだろうか。それに、この娘……。

じっと見つめられていることに気づいたらしく、娘は顔を赤らめて、

「私は未狩女。この山の大穴無知神社の巫女。あんたは、森を出たところの岩場で血だらけになって倒れてたの」

「私は……何日ぐらい寝ていたのだ」

「三日ぐらいかな」

四郎は、ハッとして胸のロザリオを握りしめた。

「あんた、キリシタンだね。わかってる。ちゃんとかくまってあげるから、心配しないで」

四郎は身体の力を抜いた。相手は神道の巫女だが、彼を密告するつもりはないらしい。彼は背中に手を回した。矢が……ない。

「矢は、私が抜いたよ。傷口もふさがってるから、

養生すれば元通りになるよ」

あれだけの傷が、たった三日で治るなんて信じられなかった。

「あんたの名前は？」

「四郎……」

ジェロニモという洗礼名や、益田時貞《ときさだ》という名はふさわしくないような気がした。

「四郎……じゃあ、そう呼ぶことにする」

「ここは……どこ？」

「大穴山の西の山にある洞窟。めったにひとは来ない。もし、寺沢家の侍が来たら、私がすぐに知らせるから……」

「すまぬ」

「あんた、お侍さん？」

「あ……いや、その……」

「だって言葉が固いから」

「父は小西家に仕えていたが浪人して、今は地侍だ。私はそのせがれなので、半分百姓のようなものだ」

「ふーん……」

四郎はふらつく足を踏みしめ、壁をつかむようにして立ち上がった。矢の刺さっていたあたりが激しく傷んだが、耐えられぬほどではない。そろそろと歩いて、洞窟の出口まで行く。外は一面の星空で、月も明るかった。満天の星を見た瞬間、生きているという実感が湧いてきた。同時に、あのとき死んだであろう友の顔が思い出された。彼の最期の言葉が耳に残っている。おまえが神の子なら、生き延びて、わしらを救うてくれ……彼はそう言ったのだ。もし、四郎にそれだけの力があれば、もちろんそうするだろう。彼はただの、なんの力もない浪人の息子にすぎない。だが、こうして命を拾ったからには、なにかできることがあるのではないだろうか。あの、死んだ友のためにも……。

「デウスさま……我が命、お助けくださいまして感謝いたします」

思わず四郎は、ロザリオをまさぐった。

「デウスが助けたんじゃないよ。助けたのは、私」

未狩女がそう言ったので、

「すまん。そういうつもりじゃ……」

なかった、と言いかけて、彼は洞窟のほうを振り返った。降り注ぐ月光に、なにか巨大なものが黒々と浮かび上がった。

「うわあああっ……！」

四郎はのけぞった。異形の神像がそこにあった。彼に向かって倒れてくるような気がして、四郎はできるかぎりの速さで後ずさりした。背中が洞窟の壁についた。

「く、来るな。来るなあっ」

未狩女がくすくす笑っているので、もう一度よく見ると、それは天を突くほど大きいが、鉄かなにかでできた造りものなのだ。それがわかっても、その像は怖ろしいほどの威圧感があった。なにか、この世のものとは思えない、どこか遥か異邦の地から来たような「ここにあってはならないもの」のような気がしてならなかった。見ていると、足の裏からぞわぞわしたものが上がってくる。

（怖い……）

未狩女に笑われると嫌なので口には出さなかったが、四郎はその像から恐怖を感じずにはおれなかった。

「これは……なんだ」

「オオナムチさまの像よ」

「オオナムチ……？」

「知らないの？　大国主命のこと。須佐之男命の子で、黄泉国からやってきて、スクナビコナの神とともに『国造り』をした神さまよ」

「ああ、神道の神か。私は、デウスのほかは神と認めていない。だから、オオナムチもスクナ……なんとかも知らないし、関心もない」

「デウスの教えを信じるのはいいけど、自分の住んでる国の神さまのことを知らないなんておかしいよ」

四郎はムッとしたが、すぐに思い直した。

「私の父は、キリシタン大名小西行長の家来で自分もキリシタンだった。だから、私も物心ついたときからずっとデウスの教えを学ばされてきた。――それしか知らないのだ。すまぬ」

「あ……私こそごめんなさい」

ふたりはともに謝り、笑い合った。このようなときだとはいえ、いや、このようなときだからこそ、十五歳同士、気持ちが通じたのだ。

「だれがいつ、こんなものを造ったのだろうな」

未狩女が差し出した水を飲みながら、もう一度、四郎はしげしげと巨人を見上げた。

「言い伝えでは、大昔、空から火の玉が降ってきて、そのなかから現れたらしい。私の神社は、この神像がふたたび動き出さないよう見守るためにあるのよ」

冗談だと思い、四郎は笑った。

「ふたたび動き出す？　まえは動いていたというのか」

「そうよ」

未狩女は真面目な顔つきでうなずき、

「今でも動くわ。――少しなら、ね」

「ははは。そんな馬鹿な。金ものでできた像が動くのなら、大仏も観音《かんのん》も如来《にょらい》もダルマも……いや田んぼの案山子《かかし》だって動くはずだ」

今度は未狩女がムッとしたらしい。

「私の話を信じないのね。でも、キリシタンだって、デウスがこの世を造ったとか、神の子が水のうえを歩いたとか、死んでから蘇ったとか……そんなでたらめを信じてるじゃない」

「でたらめだって？　私は、神の子イエスが奇跡を起こしたと信じている」

「だったら、この像が動くのだって信じなさいよ」

「そういうのってよく聞くな。地蔵が身代わりに縛られたとか、絵に描いた虎が抜け出したとか、名人の彫った龍が水を飲みに行ったとか……。ああいうのはどれも嘘っぱちだ」

「どうしてわかるの」

「奇跡は、唯一、デウスだけが起こせるものだから だ。ほかに不思議なことが起こったとしても、それ は嘘か見間違いか、ただの手妻に決まってる。まし てや異教の神像が動くはずがない」

未狩女は四郎をにらみつけると、

「動くはずがないって言ったわね」

「ああ、言ったよ」

「もし、動いたとしたらどうする?」

「どうするって……」

「私が間違っていました、申し訳ありません、って 私のまえに手を突いて謝ってくれる?」

「もちろんだ。ついでにヒョットコの顔をして、逆 立ちして、この像のまわりを一周してやる」

「あ……そう。そうなんだー。わかったわ」

未狩女は、胸もとを軽く叩いた。

「きゅっ」

という声とともにネズミのような小動物が頭を出 した。四郎はびくりとして、

「な、なんだ、こいつは」

未狩女はそれには応えず、黙って左腕を横に伸ば し、手首を立てた。右手は顔のまえで拝むようにし、 右脚を正面に上げた。四郎は、未狩女の顔つきが一 変するのを見た。目が真円になり、口が耳まで開き、 すべての歯が犬歯のように鋭くなった。鼻先が尖り、 顔中の肌の産毛が長く伸びた。まるで、彼女が抱い ているネズミのような生きものとそっくりだ。—— もちろん顔がまことに変貌したわけではない。そう 見えただけなのだが……。

「我スクナビコナの名によって、汝オオナムチに命 ず。こちらを見よ」

未狩女はまっすぐに神像の目を見つめると、男の ように太い声でそう叫んだ。つぎの瞬間、四郎は腰 を抜かしそうになった。神像の顔面が、ぎ……ぎ ……と音を立てながら動き、こちらを見たのだ。

「あ……あああ……」

四郎は、あんぐりと口を開けた。

「右腕を挙げよ」

神像の太い右腕がぐいと持ちあがり、握りしめた拳が前方に突き出された。たったそれだけの動作で、風が唸るのが聞こえた。

「うわああっ」

四郎はおのれが殴られたかのように悲鳴を上げた。

「左腕を挙げよ」

今度は左腕が持ち上げられた。肘が洞窟の壁を擦り、大音響とともに白い煙が上がった。四郎は両腕で頭を抱えてしゃがみ込んだ。その様子を見て、未狩女はけらけら笑い、

「どうしたの。動くって言ったでしょ。見た?」

「あ、ああ、見た見た、見たよ」

「嘘でもでたらめでもなかったでしょ」

「悪かった。私が間違っていた。動いた……まこと……動いた」

四郎は頭から両腕を離し、蛙のような恰好でおそるおそるオオナムチを見上げた。すでに動きをとめた神像は、微動だにせず、そこにあった。いつのまにか頭も両腕ももとに戻っていた。

「じゃあ、ヒョットコの顔して逆立ちして一周してもらおうかな」

未狩女がそう言っても応えず、四郎はふらふらと巨大な像に向かって数歩進み、

「すごい……」

「――え?」

「すばらしい。これぞ……これぞデウスのお力だ」

「ちがうって。これはオオナムチの……」

「いや、これは天にましますデウスがわれらキリシタンに与えたもうた偉大な似姿に違いない。この力を使えば、寺沢家や松倉家に抗い、潰してしまうことなどたやすいはずだ。いや……徳川家を滅ぼして、『神の国』を作ることもできるかもしれない!」

四郎は目を輝かせ、ひとりでしゃべっている。

「それはだめ。今は、あんたが私の言うこと馬鹿にして信じないから、ちょっと動かしてみたけど……私はもともと、この像が動かないように見守るためにいるのよ」

「でも、動かせるんだろう」

未狩女はかぶりを振った。

「たぶん、無理。今は、私を通して、命じたことに応えて少し動くだけ。ちゃんとひとりで動くわけじゃないの」

「いや……きっと動かせるはずだ。頼む……私たちの味方をしてくれ」

「だめ。私は『神の国』なんて作ってほしくない。この国のほとんどのひともそうだと思う」

「私は、正しいことをしようとしている。仏教や神道を信じているものたちも、デウスの国ができあがったら、皆喜ぶはずだ」

「それは勝手すぎる考えよ」

「それに……我々キリシタンがどういう扱いを受けているか、おまえも知っているだろう。裏切り者のせいで集会が襲われ、大勢が死んだ。私は父とも別れ、ようようここまで逃げ延びて、おまえに助けられた。残りのものはどうなったかわからぬ。ひどい拷問を受け、転ばされたか、殺されたか……いずれにしても、このままでは我らはこの世では苦しむ一方だ」

「だからといって、自分たちの都合のいいようにこの国を変えていいことにはならない」

「都合のいいように、ということはない。デウスのまえでは、帝も将軍も武士も百姓も町人も一様に等しい。もちろんキリシタンも仏教徒も神道を信じるものも等しい。神の国は、万民にとっての楽園なんだ」

未狩女は蒼白な顔で、

「そんなこと、信じられない。この像が動いたときは世界は滅ぶ……そう教わってきたわ。この像の力を解き放ってはいけないの」

四郎はその場に土下座し、額を土に擦りつけた。

「お願いだ。我々にはおまえの助けがどうしてもいるのだ。助けてくれるなら、どんなことでもしよう」

「いや……でも、私は……」

四郎は顔を上げた。その両眼には涙が光っていた。

「助けてくれ、未狩女！」

四郎は悲痛な声でそう言うと、未狩女に向かって両手を合わせた。

「ごめん……だめなの」

未狩女は、四郎に背を向けた。しばらくして、どたん！　という音がしたので振り返ると、四郎が仰向けに倒れていた。

「ど、どうしたの」

「逆立ちしようとしたのだが……まだ、身体のあちこちが痛くて……うまくいかぬ」

「そんなの無理よ。大怪我してるんだから……」

「約束は約束だ」

そう言うと目を寄せ、口を突き出して、ヒョットコの顔を作った。未狩女は、ぷっと噴き出した。

第五章

そっと、そーっと忍び足で歩いたつもりだった。

だが、古い廊下は、まるで鶯張《うぐいすば》りのように軋《きし》み、甲高《かんだか》い音を立てた。

「ミカ……」

襖《ふすま》の向こうから、封魔斎の声がした。気づかれたか……こうなったら仕方がない。未狩女は廊下に座り、父親が寝ている部屋の襖を開けた。

「はい、父上」

「また、出かけるのか」

また、という言葉が胸に刺さる。

「はい……あ、いえ……」

「どちらだ」

「少し出てまいりますが、すぐに戻ります」

「どこへ参る」

「あの……里へ……」

「あれほど嫌がっていた里へか」

「近頃、飢饉と年貢の取り立てで、百姓衆が困窮《こんきゅう》しておられます。いつもお世話になっておりますので、山菜や猪肉などをおすそ分けにと思いまして……」

「うむ……それはよいことだが、こう毎日では配るものもなかろうに」

気づいていたのか……。

「毎日里へ参っておるわけではございませぬ。山へ行って、山菜を採ったり谷で魚を獲ったりしておることもございます」

「西の山へは踏み込んでおらぬだろうな」

「それはもちろん……」

「キリシタンへの弾圧は日に日にきつうなるようだのう」

「はい。先日も集まりの最中に手入れがあり、パードレはじめ大勢が捕らえられたよしにございます」

「一揆でも起こさずばよいが……」

「私もそう思います」

「一揆はすなわち、寺沢家や松倉家のみならず、ご公儀への反逆とみなされる。とどのつまり皆捕まって、殺されてしまうのは必定《ひつじょう》だ。それでも各地で一揆が起きるというのは、よほど百姓衆が追い詰められているということだ。それが当地では、キリシタンと結びついて大きな動きになるかもしれぬ。また、そのように扇動するものもいると聞く。わしはつねにそれを憂いておる」

「…………」

「ミカ、かたがたおまえに申しておく。もし、キリシタンがこの山に逃げ込んできても、けっして匿うてはならぬ」

「なぜでございます」

「われらにとっては異教のものたちだ。畢竟《ひっきょう》、わが神社とは相反する考えの持ち主である。可哀そうだが、見つけ次第追い返すようにいたせ」

「でも……お役人に見つかったら殺されてしまいます。窮鳥《きゅうちょう》懐《ふところ》に入れば猟師も殺さず、と申すではありませんか」

「窮鳥と思うていたものがじつは化鳥《けちょう》であった、ということになってからでは遅い。無論、宗門改めの役人に引き渡せと申しておるのではない。ただ、諭しきかせたうえで追い返せばそれでよい」

「はい……そのようにいたします。では、これにて……」

未狩女が行こうとすると、

「あ、待て」

「――はい？」

「しつこいようだが、スクナビコナさまのご神体が割れたあと、とくに変わったことはないか」

「――ございません。なにか気づいたら、またお知らせいたします」

「そうか……ならばよい。ならばよいが……この身体が言うことを聞かぬゆえ、なんとも歯がゆいことよ」

「お察し申しあげ……」

きゅっ、という声がしたので、未狩女は懐を叩いた。

「なにか、妙な音がしたが……」

「空耳でございましょう。それでは……」

「うむ、気をつけて参れ。早く帰るのだぞ」

未狩女はその場を去った。食べものを懐中にはしているが、もちろん里へなど行かぬ。行き先は西の山だ。

(父上……申し訳ありません……)

心のなかで謝りながら、未狩女は深い山中へと分け入った。もはや慣れたものだ。岩を乗り越え、谷を渡り、崖を下り、山肌をよじ登り、倒木をくぐり、ときには川を泳いで、未狩女は半刻ほどで洞窟へとたどりついた。ほとんど日課のようなものだ。

「四郎……四郎！」

小さく呼びかけると、

「ここだ」

力強い声が返ってきた。洞窟の奥から益田四郎が現れた。

「傷はどう？」

「もうすっかり治った。このとおりだ」

四郎は、細いが筋肉質の腕を折り曲げた。

「ああ、よかった」

「おまえが毎日、世話をしてくれるからだ」

ふたりは立ったまま抱き合った。いつしか、若い男女の心は通い合うようになっていた。はじめのうち未狩女は、四郎に心ひかれつつも、彼にオオナムチが動くところを見せたのを悔やんでいた。オオナムチを動かしてほしいという四郎の気持ちはわかるが、それは未狩女にはどうしても叶えてやれぬことなのだ。しかし、彼とともに日々過ごしているうちに、おのれの気持ちが膨らんでいくのを抑えることはできなかった。

好きだ、と先に口にしたのは四郎のほうだった。未狩女は驚き、そして、訝《いぶか》しんだ。オオナムチを動かしてほしいがための嘘ではなかろうか。その手には乗らないぞ……。だが、心は震え、揺れ動いた。

未狩女はこれまで恋というものを知らなかった。山奥の神社に籠っていたのは、ひとえにおのれの大頭を若い男に見られてあれこれ言われるのが嫌だったからだが、四郎はまるで気にしていないようだった。

二度目に、好きだと言われたとき、未狩女は思い切ってたずねた。

「どうして私なんかに好きって言うの」

「いけないかな。私は父に、こどものころから嘘をついてはならないと教えられてきた。モーゼの十戒にも、偽りごとを言うなかれ、とある。私は嘘は言わない」

「そう……だったら……私も……」

「私も？」

「私も、好き」

ふたりは抱擁しあった。それが、最初だった。四郎のまえだと、未狩女はなにも隠すことなく本来のおのれをさらけ出すことができた。四郎も、未狩女のまえではくつろいでなにもかも話せるようだった。ただ、ふたりのあいだに男女の関係はなかった。四郎にはキリシタンとしての姦淫《かんいん》の戒めがあり、未狩女もおぼこかった。ふたりは、気持ちをこめて抱き合うことで満足していた。

「今日はなにを持ってきてくれたのだ」

「握り飯と蕗《ふき》の煮もの、それに岩魚の塩焼きよ」

「おお、美味そうだ。ありがたい」

四郎は、稗《ひえ》の混じった握り飯にかぶりつき、煮物と川魚をなめるように食べた。

「うう、美味い。おまえは料理上手だな」

「そ、そんなこと……」

未狩女が袖で四郎をはたいたとき、

「きゅうううううっ……うううううっ」

キュウが背中を曲げて、ある方角に向かって唸った。

「ぎゅうう、ぎゅうう、ぎゅぎゅぎゅ、ぎゅうわわわわあん！」

未狩女と四郎は顔を見合わせた。キュウがこうなるのは、なにか危機が近づいているときだ。未狩女は洞窟の出口近くまでにじり寄り、下方を見やった。黒い点のように、陣笠《じんがさ》を被ったものたちが近づいてくるのがわかる。ほとんどは槍や刀を持っており、なかには鉄砲を担っているものもいる。その数、およそ七十人ばかり。

「山狩りだ……」

四郎は青ざめた顔で言った。

「早く……！」

未狩女は、あたりに散らばっている食器、衣服、食べかけ、布団など身の回りの品々を掻き集め、洞窟の奥へと向かった。四郎も、残りのものを持って未狩女のあとを追う。神像の両脚のあいだを抜けると、いくつかの横穴がある。なかには、頭が天井につかえるものや、四つん這いにならないと通れないものもあるが、ふたりはそのうちのひとつに飛び込んだ。奥へ奥へと潜り込む。途中からは腹這いになり、蛇のように身体をくねらせないと進めないが、未狩女はまだ奥へ入っていった。

「ここは……？」

「狭いけど我慢して。入り口が狭いから、見つからないと思う。——たぶん」

「キュウが知らせてくれて助かった」

「しっ……！」

ふたりがしっかり抱き合って息を殺していると、しばらくして大勢の足音が近づいてきた。

「おおお……」

という驚嘆の声がいくつも起こった。

「こりゃすごか」

「なんぼうほどごついんじゃ」

「山よりごっつかもしれんばい」

「そんなわけなか。山のなかにおるんぞ。山よりごつい猪は出ぬ」

「ええい、やかましい。貴様ら黙っておれ。――篠原、これがおぬしの申しおった神像か」

「さようでございます、三沢さま。ここなる嘉村仙内が見つけましたるもので……」

「ふむ……見れば見るほど異相だのう。仏像でも神でもない。かかる異相の像は聞いたことがない」

未狩女たちは知らなかったが、その場にいるのは、寺沢家代官篠原八右衛門、宗門改め方与力三沢次右衛門、そして本草学者嘉村仙内の三人である。

「お奉行……いかが思われます」

三沢がだれかにたずねた。

「三沢、おまえの見立てはどうじゃ」

「それがしはやはり、キリシタンどものもたらしたるものではないかと考えます。腰の剣の鞘に刻まれた十字の印がなによりの証左かと……」

「それは違いますぞ、笹川さま。この神像は本朝にキリシタンが伝わるよりも古きものと思われまする。それに、十字を装飾にしたる家紋は、島津家などわが国でも知られており、また、十文字槍、十文字轡《ぐつわ》……」

「ええい、黙れ。今、わしがお奉行に申しておるのだ。学者風情《ふぜい》は黙っておれ」

聞いていた四郎が小声で、

「寺沢家で笹川という奉行なら……郡奉行の笹川小三郎だ」

郡奉行というのは、大名家において、地方の郡を治める代官を統《す》べ括《くく》る役割であり、寺沢家では宗門改め方の監督も行っていた。つまり、三沢と篠原の上級職に当たる。普段は城の郡役所で執務している郡奉行が、このような田舎の山奥にまで出向いてくるとはよほどのことである。

「わしも、これはキリシタンもしくはなにかの邪教のものと思う。いずれにしても、このまま放置しておくわけにはいかぬ。殿に知れたら、またお叱りを受けようぞ。それでなくとも、わが寺沢家は大公儀より、領内にキリシタン多しと目を付けられておる。

たとえこの像がキリシタンのものでなくとも、やつらがデウスの似姿として崇めだすやもしれぬ。そうなるまえに、芽を摘んでおいたほうがよかろう」

「お奉行のおっしゃることいちいちごもっとも。――では、支度いたせ」

嘉村仙内がとりすがって、

「お待ちくだされ。まえにも申しましたるとおり、この像は動くのです。古代には、たしかにこのあたりを歩き回っていたという痕跡がございます」

「うはははは。馬鹿げたことを。学者と申すは、貴様のように戯言ばかり言うだけで商いになるのだな」

「戯言ではございませぬ。まこと、動くのでございます」

「妖術か魔法でか。あるはずがない」

「先日、私が見ているまえで、首が少し回ったのでございます。この目でしかと見届けました」

「はっはっは……ならばそういうことにしておこう。だが、仙内とやら、この像が動くものならば、余計にそのような危なきものをばキリシタンの手に渡してはならぬではないか」

「では、どうしても……」

「そのためにわしがわざわざ参ったのじゃ」

「せめて、私が詳しく調べ上げましたあとにしていただけませぬか」

「ならぬ」

「お奉行、火薬の支度が相整いましてございます」

火薬、という言葉に四郎の身体がびくりと動いた。しかし、未狩女は四郎に背中から覆いかぶさるように抱きしめている。

「万全か」

「これだけの火薬があれば、城でも吹き飛びましょう。いくら金物であろうと、あとかたもなくなることは請け合いまする」

四郎は未狩女に、

「止めさせなくては。私が出て行こう」

「ダメよ」

「オオナムチが壊されてもいいのか」

未狩女は応えず、さっきよりも強く四郎を抱いて、放さない。

「よいか、皆、下がれ。山崩れが起きるやもしれぬぞ」

「お奉行さま、こちらへ……」

そのあと、なんの声も聞こえなくなった。四郎がそろそろと穴の出口に向かおうとするのを、未狩女は押さえつけた。そして……。

耳を聾《ろう》する凄まじい轟音とともに洞窟が揺れた。ふたりのうえに大量の土砂が降ってきた。天井にも壁にも地面にも亀裂が稲妻のように走った。そして、彼らがいる場所からも、穴の表が一瞬、真っ赤に染まったのが見えた。やがて、揺れが収まったとき、

「おお……」

「まことか……」

「信じられんばい」

口々に言い合う声が聞こえた。

「見よ！　神像はなにごともなく立っておるではないか。あとかたもなくなるだと？　貴様はどれぐらいの火薬を持ってきたのだ」

「こ、こんなはずでは……」

つづいて嘉村仙内の声がした。

「あそこを……像の右脚をご覧じませ！　臑当てのようなものが壊れて、中身が少し見えておりまするぞ」

「ま、まことじゃ。あれは……あれはまさしく……」

そのとき、未狩女のふところから、褐色の小動物が走り出ると、穴の出口に向かって毬《まり》のように転がり走った。

「キュウ……！」

未狩女がキュウのあとを追おうとしたが、今度は四郎が彼女を放さなかった。

「今出たら危ない」

「でも……キュウが……」

そのとき。

ふたりも聞いたことのないような低い音が、頭上から降ってきた。


ごおおお……ん……おおん……

ごお……おおおおん……おん……


青銅の巨大な銅鑼《どら》を叩き鳴らしているかのようなその音は次第に高まっていき、それと同時にまたしても四方が揺れ始めた。さっきとは違った、ゆっさゆっさという横揺れだ。音は、どんどんと大きさを増していき、ほかにはなにも聞こえぬほどになった。やがて、大砲を撃つような轟音が轟いたかと思うと、

「ひゃああっ」

「に、逃げろっ」

「夢か……夢ではないのか！」

叫び声、悲鳴、怒号が一度に聞こえてきた。

「逃げてはならぬ。う、撃て、撃てっ」

未狩女と四郎は顔を見合わせた。ふたりとも即座に、表でなにが起こっているかを覚った。巨像が動き出したのだ。鉄砲の爆ぜる音。逃げ惑う足軽たちの叫び声。

「鉄砲は効かぬ」

「た、た、た、助けてくれえっ」

未狩女は四郎に、

「あんたはここにいて。私が行く」

「死ぬときは一緒だ」

「あんたはキリシタンにとってかけがえのない身。それに、あんたではオオナムチさまを止めることはできない」

「…………」

「約束して。私がたとえ死んでも、ここから出ないって」

「そんな……」

「お願い。約束」

四郎はうなずいた。

「四郎……好き」

「私もだ、未狩女」

未狩女は、穴を這い出した。そこにはとてつもない光景があった。神像はいつもの場所から一歩を踏み出し、侍や足軽たちを手のひらで押し潰し、足で踏み潰していた。あたりは一面血の海で、そのなかに首や手足がちぎれた死骸や、骨が突き出した死骸、内臓がはみ出た死骸などが無数に転がっていた。銃や槍、刀、弓矢を持ったものたちもなすすべなく、あとへあとへと下がるばかりだ。皆の顔には恐怖が浮いていた。時折、鉄砲の音がするが、固い鎧にはまるで通じない。

未狩女は、神像の右脚の一部が割れて、中身が露出していることに気づいた。歯車や羽根のようなものをはじめ、鉄でできていると思われる仕掛けが見えた。

（かわいそう……）

未狩女はそう思った。

「脚を狙え。あそこに火のついた火薬を投げ込むのじゃ！」

郡奉行とおぼしき中年の武士が、金切り声で叫んでいるが、だれも耳を貸さない。それどころではないのだ。巨像は身体を屈めるようにすると、郡奉行笹川小三郎に向かって右手のひらを叩きつけようとした。

「だ、だ、だれかわしを助けよ！　わしは郡奉行じゃぞ……ひいいいいっ」

彼は鹿のように甲高い声を出すと、神像から逃れようと後ろ向きに走ろうとした。しかしすぐに脚がもつれ、その場に転倒した。神像の巨大な手のひらが笹川のうえに影を作った。その影がみるみる大きくなっていく。

「うわあああっ、ひえええええっ、ふわあああ……たすっ、たすっ、たすっ……」

「けて」の言えぬまま笹川は両手両足をばたつかせ

た。あと少しで蚊のように押し潰されようというとき、

「止めよ！」

未狩女はそう言い放った。途端、巨神像はぴたりと動きを停止させた。

「戻れ」

未狩女の言葉に、巨像ははじめにいた場所に戻り、両手を下ろした。

鼻をすりむいただけで、郡奉行はかろうじて九死に一生を得た。彼は無様な恰好で手と地面のあいだのわずかな隙間から這い出すと、咳払いをして威厳を取り戻そうとした。未狩女をじろりと見つめ、

「おまえはなにやつじゃ」

「大穴無知神社の巫女でございます」

「ふむ……そうか。わかったぞ」

笹川は巨像と未狩女を交互に見ると、

「これは、古のものが作りし巨大なからくり仕掛けなのじゃ。キリシタン伴天連の魔法にあらず。からくりならば動いても不思議はない。そして、動かしておるのが、女……貴様じゃな」

未狩女は応えず、冷たい目で郡奉行を見つめ返した。笹川はにやりと笑い、

「女……こちらへ参れ」

未狩女は身を翻して逃げようとした。

「捕らえよ！」

郡奉行が命じると、数人の足軽が彼女に飛びかかった。未狩女は身体を低くしてかわすと、逃げると見せかけて、逆に郡奉行目がけて突進した。うろたえた郡奉行を突き飛ばすと、そのまま一気に崖に向かった。

「馬鹿め、そこは行き止まりじゃ。――こちらへ来い。わしに味方すれば、よきようにしてつかわすぞ」

「死んでもいやよ」

ひとりの足軽が鉄砲で未狩女を狙っていたが、まさに撃とうとしたとき、どこからか飛来した石つぶ

てが手に当たった。どん、という鈍い音とともに弾は明後日の方角に放たれた。それが合図だったかのように、未狩女は崖から飛び降りた。

「あっ……!」

笹川はあわてて崖の縁に走り寄り、下方を見下ろした。胸が苦しくなってくるような深い深い谷だ。

「浅はかな……! 死んだか」

嘉村仙内が、同じように谷をのぞきこみながら、

「いえ、わざと木の上に落ちたのです。逃げられましたな」

笹川は舌打ちした。代官篠原八右衛門と宗門改め与力の三沢次右衛門が駆けつけた。残った家士、足軽、中間《ちゅうげん》たちも集まってきた。笹川は洞窟を振り返り、さっきとは打って変わったしっとりした顔つきで神像を見つめたあと、大きく息をして、

「この巨大なからくりは、キリシタンとは関わりはないようじゃ。だれが造ったものかはわからぬが、驚くべき力を持った兵器だということは疑えぬ」

「兵器とは言えますまい」

仙内が言ったが、

「いや、戦のために造られたに決まっておる。鉄砲伝来はわが国の戦を変えたが、もし、これを意のままに動かすことができたなら、関ケ原でも大坂の役でも、勝たせたい側を勝たせることができよう」

「げに恐るべき戦道具でございますな」

三沢次右衛門が言った。

「恐るべき? なにを申す。すばらしき武器ではないか。このからくりは、鉄砲千丁、いや万丁にもあたるほどの力をわがものにしたのと同じじゃ。敵が何万、何十万であっても叩き潰せようぞ」

「なるほど。早速、殿にお知らせいたしましょう。殿から、徳川家に献上すれば、その功により、寺沢家はご加増になることまちがいございませぬ。そうなると笹川さまもたいへんな出世をなさることになりましょうな。そのあかつきには、われらもご出世のおこぼれを頂戴いたしとう存じます」

「なにゆえ、殿に申し上げねばならぬのだ」

「――え？　いや、それはすばらしき戦道具を見つけた、と……」

「おまえは馬鹿じゃのう。それだからいつまでも五石、十石でぴぃぴぃしておらねばならぬのだ。わしは……この神像のことを殿に言上するつもりはない。わしひとりの胸に隠しておく」

「そ、それはなにゆえ……」

「この魔神を動かせば……寺沢家をわしのものにすることなど容易《たやす》い」

「では、お家乗っ取りを……」

「いや……乗っ取るならば、天下じゃ」

「えっ……！」

「この魔神を使えば、天下がわが懐に転がり込んでくるかもしれぬ。男子と生まれたからには、それぐらいの望みがなくては面白うない。その機会がついに来た」

「それでは、徳川家に刃向かうと申されますので……」

「そのとおりじゃ。おまえたちふたりも、わしに従うならば、副将軍か老中にしてやるぞ」

代官と与力は顔を見合わせた。ややあって、

「よろしくお願いいたします。われらもこの大からくりに賭けてみとう存じます」

「ならばまず……」

郡奉行はふたりに耳打ちした。

「かしこまりました」

ふたりは、家士、足軽、中間たちに向き直ると、

「皆のもの、今からこの神像を吟味《ぎんみ》する。刀や鉄砲はここに置き、縄を使って像に登るのだ」

皆が言われたとおり、腰のものや武器をひとところに置いたのを見計らい、代官たちは刀を抜いて、あっという間にひとり残らず撫で斬りにしてしまった。神像の足もとには、またしても死骸が積み上がることとなった。荒い息を吐きながら、

「お奉行……お指図どおりにいたしました。これで、

この像のことを知るものはおりませせぬ」

「まだ、おるではないか」

「え……？」

篠原と三沢が郡奉行のほうを向くと、彼は鉄砲を構え、彼らに狙いをつけていた。

「お、お奉行、なんのお戯れでございます」

「はじめからこうするつもりだったのだ。貴様らが副将軍の器かどうか、よう考えてみよ」

「騙したな」

重い筒音が二度、山に響いた。笹川は、彼の後ろでうずくまり、顔を押さえて震えている本草学者を蹴り飛ばした。

「この神像のことを細かに調べ上げ、動くようにいたせ。よいな」

「そ、そ、そう申されましても……」

「できぬはずがあるまい。あの小娘は、見事に操っておったではないか」

「それはそうですが……」

「この像を調べるのが貴様の願いだったのではなかったか」

「徳川の天下を覆し、戦国の世に戻すなど、わが望みでは……」

笹川は火縄銃の筒先を仙内の喉に押し付けた。まだ熱い筒先は、じゅっという音を立てて仙内の喉に丸い焦げ目をつけた。

「できぬときは、貴様は死刑じゃ。火あぶりでは生ぬるいのう。鉄の板のうえに裸で寝かせ、下から火をつけてやる。身体中の肌が鉄に貼りついて剥がれていき、腸が煮えあがり、しまいには骨が焦げるぞ。最後まで死なずに、おのれが今どうなっているかわかったままだという。――どうじゃ」

「やります、やります。この嘉村仙内、命を賭して、この像のからくり、調べ上げますする！」

本草学者は泣きながら頭を下げた。

◇

「もう、我慢できんばい。ご領主は狂うておる。わしらは草木の根も田んぼの蛙も食い尽くして、土を食うておるというのに、まだ年貢を取るつもりか」

「今朝、安吉の家に行ったら、一家で首を括っちょったばい。去年、娘を売ったところだというのにのう」

「わしもさっき、おシメ婆のところに寄ってみたら、土間で死んどった。あれだけ肥えとった婆さんが、骨と皮の姿ばい」

「なによりも飢えが一番怖か」

「パードレさまは、右の頬を打たれたら……とか言うておられたが、もはやことを起こすしかなか」

「そのアルフォンゾさまも捕まったらしか。おそらく責め殺されてしもうたであろう」

「どうすりゃよかばい。四郎さまも捕らえられてしもうた」

「わしらがなにしたちゅうと。腐った坊主やら腐った神官に比ぶれば、キリシタンのほうがずっとましばい」

「ここもいつ見つかるかわからん。水車小屋は燃やされてしもうた」

「あれは、ベアトリスが裏切ったからばい。あの女……」

「このなかにも裏切り者がおるかもしれんぞ」

「嘘つきは地獄《べんぼう》に落ちて天狗になるばい」

うろたえ騒ぐ百姓たちの話をずっと聞いていた益田甚兵衛は言った。

「安堵いたせ。四郎は生きておる」

甚兵衛の右腕はすでに付け根からなく、顔にも刀傷が無数についている。

「そりゃあまことか」

「ああ、どうやら大穴山に逃げ込んだようだ。今、つなぎをつけようと仲間に山を探させているがまだ見つかっておらぬ。どこかに隠れておるのだろう」

「よかった。四郎さまがおらぬと、デウスのご加護はいただけぬばい」

「今しばし、耐えてくれい。四郎が戻ってくるまでの辛抱だ」

「四郎さまは神の子ばい。わしらをお救いくださるにちがいなか」

「豊臣家恩顧の浪人たちも続々とここへ向かっておる。武器も揃うた。あとは……デウスの力があれば、勝てる」

「おお……」

「四郎が戻ったそのときこそ……領主に目にもの見せてやろうぞ」

「そうじゃ。領主の首をとってやれ」

「骸に小便をかけてやれ」

「引き裂いて、犬に食わせろ」

「わしらの怒りを思い知らせてやるばい」

「四郎さま……早う戻ってきてほしか」

「四郎さま……さんたまりあ……」

◇

アルフォンゾは、六畳ほどの部屋に座っていた。畳は新しく、障子《しょうじ》も貼り替えられ、床《とこ》の間の香炉からは清浄な香りが立ちのぼっている。西洋机のうえには茶と茶菓子が置かれ、書物も積まれている。申し分のない扱いのように思えるが、よく見ると、窓には外側から分厚い板が楔《くさび》で打ち付けられ、襖も一尺ほどしか開かぬようになっていて、そこから食事が差し入れられるのだ。廊下にはつねに見張りが控えており、用便のときのほかは部屋から出られぬ。

アルフォンゾはうなだれていた。彼は、転んだこと、女犯と人殺しの罪を犯したことを後悔していた。若くしてイエズス会に入り、その信仰の篤さを認められて、誤ったキリスト教を払拭《ふっしょく》するためにこの国へやってきたのだ。神への帰依とイエズス会への忠誠と布教の意欲に燃えていたあのときの自分はどこへ行ったのだ。多くの先人パードレが信念のために殉教し、この国の一途な信徒たちも拷問に耐えてデウスへの愛を貫いたというのに……。

（ああ……ああ……私はなんということをしてしまったのだ。一時の苦痛を我慢できず、心にもないことを言ってしまった。イエスさまが十字架にかけられたときの痛みを思えば、どんなことにも耐えられるはずだったのに……。しかも、そのときの捨鉢な激情から、神父としては許されざることをしてしまった。あのベアトリスという女は……悪魔だ。悪魔からの誘惑を断ち切るべきだったのに、うかうかとその誘いに乗ってしまった。馬鹿だ。大馬鹿だ！）

毎晩、悪夢を見た。神のまえに引き出されて、姦淫と殺人を犯したのではないかと天使に問いただされる。しておりません、誓ってそのようなことはありません、と嘘をつこうとするのだが、口が動かない。神は、アルフォンゾよ、なぜ私の顔を見ない、どうして目を逸らす……と柔らかな語調で語りかけてくるが、その言葉がアルフォンゾの五体に矢となって突き刺さる。すでに主はすべてをお見通しなのだ、悔い改めなくては……と罪を告白しようとするのだが、またしてもしゃべることができない。脂汗を流しながら必死で口を開けようとしているところで目が覚めるのだ。身体中に大汗をかき、ときには涙を流していることもある。

（こんなことが生涯続くのだろうか……）

キリスト教では、神の代理人である司祭に懺悔すれば罪は許されることになっているが、ここにはその司祭がいないし、いくら懺悔しても、ひとを殺した罪の念は消えることはないだろうと思われた。いくら洗っても彼の両手についた黒い血は落ちることはない。

あれからベアトリスは何度もここを訪れた。はじめの二度は、アルフォンゾも自暴自棄になっていたので、求められるがまま彼女を抱いた。しかし、三度目以降は固く拒んだ。今更遅いかもしれないが、少しでも心と身体を清浄に保ちたいと思ったのだ。

「意気地なし。まだデウスに未練があると？」

最後に来たとき、ベアトリスはそう捨て台詞を残して帰っていった。

転んでからこちら、アルフォンゾは代官所の一室に客分として遇されている……ことになってはいるが、体のいい座敷牢に過ぎぬ。どこへ行くこともできぬし、自国へ戻されるわけでもない。死ぬまでこの部屋から出られぬとすれば、生き地獄も同様ではないか。アルフォンゾの脳裏に、懐かしい故郷の景色や朋輩たち、そして両親の顔などが浮かんだ。神への忠誠を誓ってイエズス会に入り、この極東の異邦の地への伝道をみずから志願した。彼らの信仰の誤りを正し、功をあげて国へ凱旋《がいせん》するつもりだったのに……どこで道を踏み外してしまったのだろう。

（神よ……穢れきった哀れなこの子羊をお見捨てくださるな……）

アルフォンゾが両手を合わせたとき。

カタリ……。

小さな音がした。

またベアトリスが来たのか、と思ったが、廊下の襖は開いていなかった。ふと天井を見上げたとき、アルフォンゾは目を疑った。天井板の一枚が外され、そこから顔がのぞいていた。

「だ、だれだ。神のみ使いが私を罰しに来たのか。それともサタンの使いが地獄に連れにきたのか」

「大声を立てるな。番人に聞こえるぞ」

どちらでもなさそうだ。アルフォンゾは動悸《どうき》を鎮めながら、その老人を見つめた。

「わしの顔を覚えておらぬか。ほれ、集まりにおったろうが」

思い出した。水車小屋の集まりにたびたび出ていた百姓の……たしか……。

「佐助さん、ですね」

老人は、猿のように身軽な動きで畳のうえに降り立った。物音ひとつ立てぬ。

「あなた、なにものです」

「わしは、忍びだ。忍び……わかるか？」

「ニンジャのことですね。わかります。あなた、豊臣方の忍びですか」

佐助はうなずくと、

「真田家に仕えておった」

「真田家……？」

聞き覚えがあった。この国で、誤ったキリスト教を広めていたという大名家ではないか。

「その真田のニンジャが、ここになにしに来たのです」

「おまえを救い出しに来たのだ」

「私を……？　なぜです」

「おまえを、あるひとのもとに連れて行く。それがわしの役目だ」

「あるひと……？」

「会えばわかる。――おまえは一生この部屋に籠ったまま死んでいくつもりか。わしが外に出してやれば、おのれの脚でどこにでも行けるぞ。もう一度、太陽も拝める。山も川も雨も雪も見ることができる。故郷へ帰れるかもしれぬ。ふたたび人生をやり直したいとは思わぬのか」

アルフォンゾはハッとした。

（やり直せるものなら、やり直したい……）

穢れてしまった両手を、もとのように清浄にしたい。祖国に戻ってイエズス会の司祭たちに罪のすべてを懺悔し、新しい一歩を踏み出したい。

「わかりました。ここから出してください」

佐助はにやりとして、

「では、わしにつかまれ」

小柄な老人におぶさると、老人は天井から伸びた一本の縄を右手だけでつかみ、ぐっと引いた。つぎの瞬間、ふたりの身体はたちまち上昇し、天井裏へと達していた。

◇

暗がりのなかを、アルフォンゾは老人に手を引かれるがままに歩いた。どこをどう通ったのかもわからぬ。佐助というこの忍びは、闇のなかでも目が見えるらしい。しばらくすると潮の匂いがして、海鳴りの音が響いてきた。海が近いようだ。ぬめぬめした海草が貼りつき、フジツボやカメノテなどがおびただしく群生する岩のうえを、アルフォンゾはおどおどしながら渡った。裸足なので、割れた貝殻などが足の裏に刺さる。やがて雲が切れ、月が出た。海辺に一艘の小舟がもやってある。老人はそれに乗り込み、アルフォンゾにも乗るようにうながした。

天草には数多くの小島がある。おそらくそのどれかに向かうのだろうと彼は思った。墨汁のように黒い水のなかを小舟は進んだ。老人は驚くほど巧みに櫓をあやつった。波間から、目がいくつもある蛸や、頭がふたつある小さなサメ、身体の後方に長い触手を伸ばしたクラゲ、口が胴体の十倍ぐらいあるウナギ、全身が真っ赤な水疱に覆われたぶよぶよの魚、猫そっくりの顔がついた飛び魚などが立ち上がっては消える。

小舟の行く手に島が見えてきた。岩礁といってもいいぐらい小さな島だ。黒々としていた島影が、しだいにはっきりするにしたがって、どこからともなく笑い声のようなものが聞こえてきた。けけけけけ……ひひひひひ……という、ひとを小馬鹿にしたようなその笑い声は、どう聞いても、海中を泳ぐ不気味な魚たちが発しているとしか思えないのだ。魚のなかには鱗を擦り合わせて鳴くものもいる、とは知っていたが、その魚たちの笑いはあきらかに意味があった。

ひとでなし島に行くのか
阿呆だ阿呆だ
けけけけけけ……
ひとではなくなるぞ
いいのかいいのか
ひひひひひ……
ひとでなし島にはひとでなしがおるぞ

食われてしまえ食われてしまえ食われて……

佐助が手近な棒で、笑っている魚の頭を叩いた。その魚はいっそうけたたましい笑い声を上げると、海中に没した。

「ひとでなし島、というのですか」

アルフォンゾがきくと老人は、

「なんのことだね」

「魚がそう歌っていました」

「魚が歌ったりしゃべったりするわけがない。空耳だわい」

やがて、舟はその島に着いた。佐助は、アルフォンゾに先に降りるように言った。アルフォンゾが砂浜につま先を下ろした途端、身体に嫌な衝撃が走った。虫唾《むしず》が走る、というが、アルフォンゾは「虫唾」とはこのことか、と思った。足から、なにか目に見えない毒虫が身体に入り込み、そのまま太股から腸、肺腑などを突き破り、脳天に達したかのようだった。

アルフォンゾは何度も足の裏を見たが、なんの変わりもなかった。

「今からおまえが会うのは、尊いご身分のお方だ。けっして粗相のないようにな」

「いったいどなたです」

「会えばわかる。——いや、わからぬかもな」

佐助はにやりと意味ありげに笑った。

「こっちだ」

老人は先に立って進む。島の真ん中に大きな黒い岩があり、その下側の石をどけると、ひとがひとりくぐれるほどの穴があいた。佐助は手招きし、

「入れ」

「この穴へ、ですか……?」

「そうだ」

アルフォンゾはなかをのぞき込んだが、暗くてなにも見えぬ。すぐに行き止まりのようでもあるし、永遠に続いているようにも思える。

「嫌です。ここ、地獄《いんへるの》へ通じる入り口ではありませ

んか？　私、怖ろしい」

「地獄が恐ろしいとは情けないのう。おまえはひとを殺している。十分、ここに入る資格があるぞ」

「嫌です。嫌……」

拒むアルフォンゾの背中を、佐助が突き飛ばした。

「うわあああ……」

パードレは穴に逆さまに落ち、そのまま砂とともに滑っていった。途中でふわりと身体が軽くなり、あとはまっさかさまに墜落した。

腰をしたたかに打ったが、気を失うことはなかった。あたりはぼんやりとした明かりに包まれている。蝋燭や灯明ではなく、壁を這いずっているウミウシのような生きものが発光しているのだ。どこからか魚や貝が腐敗したような臭いが漂ってきた。身体を起こし、そちらを見ると、奥のほうにだれかがいる。どうやらそれが悪臭の主らしい。目を凝らし、近づこうとすると、

「騒々しい。なにごとだ」

べつのところから声がした。男の声だ。髻を切ってザンバラ髪にした、鎧武者姿の人物が立っていた。手には、馬用の鞭《むち》を持っている。

「お袋さまのお指図により、パードレを召し連れたのだ」

「ふむ、こやつが転び伴天連か。名はなんと申す」

武者は嘲笑うような口調で言った。

「アルフォンゾ、でございます」

「お袋さまの御前で頭《ず》が高いぞ。控えぬか」

アルフォンゾが言われるがまま、頭を下げようとすると、

「待ちゃ」

前方から声がかかった。きんきんと甲高い女の声だった。

「そこでは話ができぬ。とくに許すゆえ、もそっとまえへ出よ」

武者姿の男が、

「お許しが出た。それへ罷《まか》りはじけろ」

近づいてみて、アルフォンゾは思わず、

「あああ……！」

と声を上げた。そこに座っていたのは相撲《すもう》取りほどの、いや、相撲取り二人分ぐらいの巨体を持った老婆だった。色が病的に白く、ぶよぶよした肉塊に目鼻がついている。黴やなにかの汁で変色したような、汚らしい唐衣を身に付けている。床に届くほど長い髪の毛はごわごわの白髪で、顔は疥癬《かいせん》で覆われている。首は細いのに頭の鉢はやたらと大きく、不釣り合いで気味が悪い。眉毛は抜け落ち、両眼には目やにがこびりつき、鼻毛が長く伸び、肥大した分厚い唇はかさかさに乾いて血が滲んでいる。なによりアルフォンゾが驚いたのは、その老婆の腰から下が、人間のものではなかったことだ。裾からのぞくそれは、茶褐色で斑点のある、大海豹か膃肭臍《おっとせい》かなにかのものだった。硬い毛が一面に生えており、脚は短く、平べったく、水掻きがある。

（まさしく……ひとでなしだ……）

……？

老婆の髪の毛や腕、着物のうえなどあちこちに巻貝が貼りつき、ゴカイやイソメ、フナムシなどが這い回っているが、気にも留めていないようだ。その全身から、腐った魚を煮しめたような異様な臭いが押し寄せてきて、アルフォンゾはその場に吐きそうになった。

「ば、化けもの……！」

アルフォンゾは何度も十字を切った。

「これなるは、畏れ多くも太閤殿下の室にして秀頼公のご母堂淀の上さまなるぞ。粗相のないように、と言うたであろうが！」

いつのまにか後ろにいた佐助が、彼の背中を蹴り飛ばした。

「手荒なことをいたすな。このパードレには、これから働いてもらわねばならぬゆえなあ」

白い肉塊はそう言うと、下卑た声で笑った。

「淀の上さま……？　ま、まさか、あの淀殿ですか……？」

「ほほほほほ。さまで驚くこともないわい」

「では、あの噂はまことでしたか。大坂城落城の折、秀頼公と淀殿がひそかに城を抜け出し、筑紫へ渡った、という……」

「さよう。わらわはかくのごとく生きておる」

淀殿は、だぶついた贅肉を震わせて笑った。

「ということは……こちらのお方が秀頼公ですか」

アルフォンゾが鎧武者を指差すと、

「ふははは……それがしは上さまにあらず。真田大助幸昌と申すものだ」

「では、秀頼公は……」

「残念ながら、蘇りがうまくいかず、この島にて亡くなられた」

大助がそう言うと、淀殿が突然、嗚咽《おえつ》をはじめた。

「おお……おおおお……秀頼！　秀頼……！　なにゆえ死んだのじゃ。わらわを置いて、なぜに死んだ。おおおおお……」

真田大助が老婆の背中をさすり、

「お嘆きはごもっともなれど、もはや終わったること。いつまでもそのように泣いておられても、上さまは戻りませぬ。お袋さまには、豊臣の総裁としてやるべきことがおわすのをお忘れなきよう」

「おお、そうであった。そうであった。わが愛しき夫秀頼が亡くなったという話、聞かされるたびに、楽しかりし日々、夜ごとの褥《しとね》での睦言《むつごと》思い出して、つい取り乱してしまうのじゃ」

愛しき……夫……？　アルフォンゾは耳を疑った。

（秀頼は、淀殿の息子のはず。それが……夜ごとの褥での睦言とは……）

母と子の忌まわしき間柄に思い至り、アルフォンゾは背筋を凍らせた。

（そう言えば、秀頼の妻で徳川家康の孫千姫は、秀頼とは肉体の交わりはなく、夏の陣の途中で徳川方に返されたという噂、聞きましたが……）

そんなことを思っていると、淀殿は佐助に向かって、

「四郎はいかがした」

「おそらく大穴山のいずれかに隠れておられるものと思われまするが、寺沢家の山狩りが激しゅうございまして、いまだ……」

「見つからぬのか」

「はい。申し訳……」

「たわけがあっ！」

淀殿の巨体が数倍に膨れたかのようにアルフォンゾには見えた。彼女は佐助にのしかかるようにして、その頬を張り飛ばしたのだ。がきっという音がして佐助の小柄な身体は吹っ飛び、壁に激突した。忍者なのだから、張り手をかわすことも、吹っ飛んだときに宙で身を整えることもできただろうが、老人はそれをしなかった。淀殿は倒れた佐助にのしかかり、その頭を両手の拳で叩き続けた。岩と岩がぶつかるような、ごつごつごつごつごつという音が果てしなく響いた。

「おのれはほんに役立たずよのう。四郎がもし死んだらわらわも死ぬぞよ。ああ……四郎、愛しいわが子よ。おうおう……四郎……四郎……四郎……うおおうっ、おうっ、おうっ、おおおおうっ、あおっ、あおっあおっ」

淀殿はふたたび、巨躯を折り曲げるようにして泣き崩れた。まるで大海豹が咆哮しているかのようだ。怒号のような泣き声は狭い空間に轟き渡った。

（四郎……？　あの、益田甚兵衛のせがれの四郎のことでしょうか。でも、どうしてあのもののことをこれほどまで……）

アルフォンゾが考えているうちに、佐助はもとの座に戻った。

「申し訳ございません。ただちに四郎さまをお探しいたします」

今まで絶叫していた淀殿は、けろりとした顔で、

「よきにはからえ」

真田大助が、

「お袋さま……このパードレへの用向きを申さねば

なりませぬぞ」

「おお、そうじゃ。――アルフォンゾとやら、そちを呼びつけたるはわらわの儀ではない。申し付けたきことがあったるゆえじゃ」

アルフォンゾは異形の老婆のまえで平伏した。

「これより、京へ参れ」

「京……？　都ですか？」

「そうじゃ。愛宕山《あたごやま》の奥、雑鬼《ぞうき》ケ谷《がたに》と申すところに、地獄が口を開いておる。そこへ行きゃ」

地獄と聞いて、アルフォンゾは震えあがった。

「そんなところで、私になにをせよと……」

「そこに、わらわの愛しき殿、秀頼公がおいでになる」

「え……？　秀頼公は亡くなられたと……」

大助が、鞭でアルフォンゾの背中を叩いた。

「お袋さまの申すこと、黙ってしまいまで聞け！」

「は、はい……」

淀殿は顔をアルフォンゾに近づけると、

「秀頼だけでない。その場には、大勢の方々がいらっしゃる。なかに、白峯さまというおかたがおられる」

「シラミネさま……ですか」

「尊いおかたじゃ。そのおかたにお会いして、わらわたちがこれからなすべきことをうかごうてまいれ。かならずお教えくださるはずじゃ」

真田大助が横合いから、

「わが真田家に伝わる『寸白一実神道』の最後の秘儀『暗黒召魔之術』の次第が知りたいのだ。シラミネさまならご存知である」

「なぜ、私が行かねばならぬのです。佐助さんでも大助さんでも……この役にふさわしいかたがおられるはず」

「佐助や大助では駄目なのじゃ。この国を覆《くつがえ》すための策を練る場ゆえ、日本のものは入ることを許されぬ。また、悪人でなくば入場できぬが、生半可な、小賢《こざか》しい悪党は入り口で命を失う。そちのごとき、大悪党でなければならぬのじゃ」

「私、大悪党ちがいます。ただの、転んだ宣教師にすぎません」

「ほほほほほ……いくら人殺しをしようと、他人のものを掠《かす》め取ろうと、女犯をしようと、そのようなことは乱世にはありがちじゃ。ここなる佐助も大助も、殺したものの数ではだれにも負けまい。まことの悪党と申すはのう、おのれが信ずる神を裏切ったもののこと。キリシタンの教えでも、じゅだつ（ユダのこと）こそ一番の悪人であろう。そちのように、異邦のもので、なおかつ神に背いた仁がこの役目にふさわしいのじゃ」

「わ、私はユダですか……」

「さよう。この世でもっとも強い愉悦は、背徳の喜びじゃ。そちも、おのれが信奉してきた神を裏切ったあと、女肉に溺れたと聞いておるが、さぞかし心地よかったであろう。わらわも、わが子秀頼と交わり、子をなしたるときは、なんともいえぬ快楽であった。太閤殿下の血統を残すため、という大義名分あるとはいえ、その実は愛しいわが子に身をゆだねる背徳の喜びを味わうためであった」

アルフォンゾはあまりの忌まわしさに何度も十字を切り、

「私は、転んだことを悔やんでいます。女犯や人殺しを懺悔して、正しい道に戻りたい……そのためにあの代官所を抜け出したのです」

淀殿はからからと笑い、

「キリシタンでも近親姦、男色、屍姦、獣姦を禁じておるようじゃが、わが国の神道でも、国津罪《くにつつみ》のなかに、己が母犯せる罪、己が子犯せる罪、母と子と犯せる罪、子と母と犯せる罪、畜《けもの》犯せる罪があげられておる。禁忌を破る快楽をひとたび知ったものは、二度ともとには戻れぬ。どちらが正しい道なのか、だれにわかろうぞ。——さあ、転び伴天連よ、京の愛宕山へ向かうのじゃ」

「私、異国人です。髪は紅く、目は碧く、鼻も高いです。それに、額と頬に十字の焼き印もついていています。今の日本、異国のものは徳川家の許しなく旅することできません。すぐに役人に見つかって捕らえられてしまうでしょう」

「ほほう、髪が紅いなら剃髪すればよい。坊主に見えるじゃろう」

アルフォンゾはかぶりを振り、

「髪は剃ればよいかもしれませんが、十字の焼き印は……」

大助は、腰の大刀を一閃させた。一振りで、アルフォンゾの額と頬の肉が切り取られた。

「ひっ……いいいいっ」

アルフォンゾは顔の三カ所から血を流しながら、

「こ、こんなことをしても、目と鼻はどうにもなりません。私、京へは参れません。あしからず……」

「目が碧いか。そうか。ならば……」

淀殿は真田大助に目配せした。大助はアルフォンゾを羽交い絞めにした。

「な、なにをなさる！」

淀殿は巨体をずるずるとアルフォンゾに近づけると、ふところから守り刀を取り出した。アルフォンゾはあまりの恐ろしさに身体を左右にねじったが、鎧武者の力は強く、びくともしなかった。淀殿は、

「まず、左目じゃ」

そう言うと、守り刀をアルフォンゾの左目に突き立て、ぐり、と抉った。

「ぎゃあああっ」

「つぎは右じゃ」

すぐに抜き取り、右目を抉り出す。ふたつの眼球が地に落ちた、べちゃっという音が聞こえたが、その様子をアルフォンゾは見ることがかなわなかった。

「おおお……なんという無体なこと……おおおお……」

激痛をこらえられず、アルフォンゾはのたうち回るが、大助はがっちりと彼を締め付けて放そうとしない。

「助けてくれ。死ぬ……死ぬっ。医者を呼んでくれ……おおお……」

「まだ、鼻が残っておる」

その冷ややかな言葉を耳にして、アルフォンゾは失神しそうになった。しかし、それは許されなかった。鼻が、燃えるように熱くなった。鼻梁の骨に、金属が食い込んでいく感覚。そして信じがたいほどの痛み……。

「やめろ！　悪魔！　おおお……あなた、悪魔です！　ああああぎゃあああおおうっ」

またしても、べちゃり、という音が聞こえた。大助が手を放すと、アルフォンゾはぐったりとその場に倒れ込んだ。もはや、暴れ回る力もないらしい。

「佐助、手当てをしてやりなさい」

「はい」

そんなやりとりも、アルフォンゾの耳には入っていなかった。床にできた真っ赤な血だまりの真ん中に、削ぎ落とされた鼻がある。それを、近くに落とされた二個の眼球が、きょとんとした風に眺めている滑稽な光景も、アルフォンゾは知るよしもなかった。

第六章

愛宕山は、京の西北、山城国《やましろのくに》と丹波国《たんばのくに》の境にある険しい山だ。またの名を朝日岳というのは、京の山々のなかで朝日の最初の光が当たるからで、清滝から五十丁、その頂からは京の町が一望できる。愛宕神社、愛宕寺、神護寺、月輪寺などがあって庶民の信仰篤く、かつては役《えん》の行者《ぎょうじゃ》や空也《くうや》上人《しょうにん》が山稜を踏み鳴らしたという聖地でもある。

そんな嶮山《けんざん》の森を、ひとりの男が歩いていた。すでに深夜であるが、彼は提灯《ちょうちん》も燭台《しょくだい》も持たぬ。なんとなれば、彼は盲目なのだ。両眼に無惨な傷がある。また、鼻のところを布で覆っているが、その布には血が滲んでいる。剃髪《ていはつ》し、カラスのごとき墨染めの衣をまとい、杖を突き、背中に琵琶《びわ》を背負ったその男は、僧侶のように見えた。杖をふるふると震わせながら、真っ暗な山道をそろそろ歩く。彼が、呪文のように唱えている言葉は、

「天にましますデウスさま、聖母マリアさま、御子イエスさま、わが魂をお守りくださいませ」

彼の両脚は長旅で傷つき、怪我だらけだ。おそらく転倒したり、岩にぶつけたりしたのだろう。骨と皮ばかりに痩せ細り、顔も憔悴《しょうすい》しきって髑髏《どくろ》のようだ。男は、筑紫からここまでたったひとりで旅をしてきた。頭髪を剃られ、目を抉られ、鼻を削がれたことで、彼は旅の琵琶法師として扱われ、異邦人とみなすものはひとりもいなかったとはいえ、できるはずのないことが成せたのは、おそらく彼に、おのれの行くべきところへの「嗅覚」のようなものが働いたためだろう。会うひとごとに道を尋ねはしたものの、それだけではこの旅は成就《じょうじゅ》しなかった。なにかが彼をこの地へと引き寄せたのだ。内なる衝動に突き動かされるまま、彼……アルフォンゾはほとんど寝ずにひたすら歩みを進めた。そして、その旅も

もう終わりが近づいていた。

愛宕山の裏側、空也滝や愛宕神社のもっと北の深い谷底には古い森がある。高い杉が隙間なく並ぶその森は、熟練《なれ》た狩人とて踏み入ることのできぬ難所で、巨大な牙を持つ「象」を見た、とか、太古に滅んだはずの暗紋貝や一抱えもあるトンボ、甲冑をつけたような魚などが、

「まだ生きている」

というものもいる。

夏は蛍が飛び交う清滝も、このあたりまで来ると、濁滝と称するほうが似合うほど澱んでいる。褐色や緑色の藻が繁茂し、病を媒介するツツガムシや、大きな顎で血を吸う毒鮎、側面に目が八つ並ぶドジョウ、鋭い歯の生えた蛙などが蠢いている。川底には、ひとの手に似た触手を持つユリのような植物が、獲物を待ち構えているともいう。

そこは雑鬼ケ谷といって、愛宕山のなかでも唯一、朝日はおろか「太陽が当たらぬ」ところなのだが、

その森こそがアルフォンゾの目指す場所なのだ。

森が近づくにつれ、ぶわぶわした寒天のようなものがアルフォンゾの顔を撫でたり、首筋に触ったりするようになった。そのたびに彼はびくりと首をすくめる。もちろん見えはしないが、どうやらクラゲのようなものが宙を飛び交っているらしい。身体に触れられると、その部分が穢れたような、嫌な気分になるが、それだけだ。噛んだり、刺したりするわけではない。はじめはいちいち手で払いのけていたが、そのうちにわずらわしくなり、ほったらかすことにした。

なにしにきたの
ここはひとが入れないところだよ
帰ったほうがいいんじゃない
しらないの
ここは雑鬼ケ谷
地獄がくちをあけているところ

しらないの
しらないの
うふふふふ……ふふふ……

寒天のようなものが歌っているらしい。口や耳に入り込もうとするので強くはたくと、ふたつにちぎれる感触がある。そのときに「ひっ」と小さく叫ぶのも気持ちが悪い。

森のなかに道があり、アルフォンゾはそこをよちよちと進んだ。身体中の肌がぴりぴりして、風邪をひいたときのように痛む。微熱もあるようだ。胃の腑が重く、脂っこいものを食べたときのようにもたれている。この世の悪念、邪念、怨念などが落ちてきて、谷底に澱のように溜まっているようだ。そんな悪しき「気」がどんどん濃厚になり、アルフォンゾは息がしにくくなってきた。

目のまえになにか大きなものがある……そんな感じがして、アルフォンゾは立ち止まった。こわごわ手を伸ばして、触ってみる。鉄の扉のようなものらしい。

(ここが地獄への入り口なのか……)

どうしてよいのかわからず、彼がその場に立ち尽くしていると、左右から低い声と高い声が同時に聞こえた。

「おまえはだれか！　おまえはだれか！　おまえはだれか！」

ふたつの声は同じことをしゃべっているのだが、微妙にずれている。

「私、アルフォンゾと申します。淀殿のお指図により筑紫国からここまでやってまいりました」

「おまえが転びパードレのアルフォンゾか。話は聞いておる。デウスを裏切った大慮外者だそうだな」

なにか言いかえしたかったが、その勇気はなかった。

「デウスや釈迦やアマテラスに背中を向けたものならば、われらの仲間だ。入ってもよい」

「はい……どうぞ、シラミネさまというお方に会わせてください」

「よう来た。シラミネさまはじめ皆の衆がお待ちかねぞ。ずずいと奥へ。ずずいと奥へ」

「なれど、盲目ではシラミネさまのお顔が見えまい。わしの目を貸してやるゆえ、あとで返してくれい」

甲高いほうの声がそう言ったかと思うと、アルフォンゾの両眼の窪みになにかが押し当てられた。大きなものが眼窩《がんか》にねじ込まれる激痛に彼は悲鳴を上げたが、つぎの瞬間、

「み、見える。見えるぞ!」

アルフォンゾは視力を取り戻し、まわりを見渡して、ふたたび悲鳴をあげた。高い杉の木が梢を並べる深い森のなかに、真っ黒な鉄の扉があり、天に向かって聳え立っていた。その頂ははるか上空にあり、したからは見えぬ。そして、その扉の左右に、ふたりの人物がいた。どちらも身の丈八尺ほどもある巨人で、隆々たる筋肉を誇っているが、右にいるものの頭は馬、左にいるものの頭は牛だった。しかも、牛頭の男の眼球はたった今みずから抉り出したとみえ、黒い眼窩だけがあり、血がしたたり落ちていた。

「この門は、『後ろ戸』と申す。われらはその番人の牛頭《ごず》・馬頭《めず》だ。——さあ、入れ。ずずいと奥へ」

馬鹿でかい鉄の扉が左右に開き、なかから生臭い熱風が噴き出した。それは硫黄《いおう》の臭いだった。入ろうとするアルフォンゾに、寒天のように透き通った、太いミミズのようなものが無数にたかってきた。目も鼻も口もなく、ぶるぶると震えている。

入っちゃだめよ
ここはひとが入れないところだよ
しらないの

牛頭と馬頭は刺股《さすまた》や突棒《つくぼう》を振り回して、その生きものを粉砕しながら、

「このものはよいのだ。転び伴天連だぞ。おのれの

奉ずる神を裏切った男だぞ」

しらないよ
しらないよ
うひ……ひひ……うきゃきゃきゃ……

不快な笑い声を背に、アルフォンゾがなかに入ると、すぐに扉は閉められた。空飛ぶミミズたちのうち数匹が、扉に身体を挟まれてぶちぶちちぎれ、「ひっ」という声を上げて地面に落ちた。内部は真っ暗かと思いのほか、ところどころに黄色い炎、青い炎が燃えており、視界は保たれている。硫黄の臭いがますますきつくなり、アルフォンゾは袖で口を覆った。足もとにはなぜかうず高く、鳥の羽根とおぼしきものが無数に敷き詰められている。緑色の粘液にまみれ、汚らしく変色したそれは、歩くたびに舞い上がり、羽屑が目や口や鼻に入ってくる。

左右の壁は赤黒く陰鬱に輝いており、緑色や黄色の汁が滲み出ている。ところどころに肛門にそっくりの柔らかな穴が開いていて、ときどき間欠泉のように褐色の膿を吐きだしている。その合間を、ムカデに似た虫やひとの腕ほどもあるナメクジなどが這い回る。天井からは老婆の乳房のようなものが何百と垂れ下がっており、その先端からは血のような液が滴って、地面に落ちると、じゅっと音を立てて煙をあげる。そんななかを、アルフォンゾは進んだ。

しばらく行くと、広間のようなところに出た。正面には、高い壇のうえに輿のような八角の屋形があり、豪奢な御帳《みちょう》がめぐらされている。そのなかの椅子にひとりの人物が着座しており、それを囲むように十数名の男たちが座っている。香染めの袈裟《けさ》を着て、水晶の数珠をつかむ僧形のものもおれば、衣冠束帯を身に付け、金の笏《しゃく》を手にしたものもおり、甲《かっ》冑《ちゅう》武者姿に大弓や太刀を持ったものもいる。なにかの集まりなのか。だが……どこかがおかしい。

なにがおかしいかに気づいたとき、アルフォンゾは吐きそうになった。まず、居並ぶ男たちの顔が異様なのだ。僧侶のひとりは頭が常人の五倍ほどにぶくぶく膨れている。神官のような人物は、顔の左右がずれている。髭の武将は、鼻がやたらと突出して長い棒のようになっている。口の大きさが一尺ほどもある老人もいる。舌を、床に届くほど長く伸ばしそれを巻き上げているものもいる。残りのものはいずれも、口先が尖って、鉤のように曲がり、猛禽類の嘴のようになっている。また、脇の下あたりから翼が生えかけており、時折それを打ち羽ばたいている。

そして……正面の高御坐《たかみくら》の椅子に座しているのは、巨大な一羽の鷹のような鳥だった。人間よりも大きく、畳まれた翼も太くたくましい。目は煌々と赤く輝き、赤銅色の嘴の鋭さは斧のようだ。黒い羽毛は隙間なく身体を覆い、尻からは長い尾羽が突き出している。ただ、脚だけは胴体に比して長く、人間のそれに酷似しており、きちんと玉座に座ることができている。また、脚先の爪は一本一本が剣のごとく研ぎ澄まされ、床を抉るようにつかんでいた。

アルフォンゾに気づいた彼らは一斉にこちらを向いた。あまりの怖ろしい光景に、アルフォンゾは血が下がり、その場にしゃがみ込んでしまった。頭を床に擦りつけてひたすら震えていると、一番手前の僧侶が巨大な鷹に向かって言った。

「お上、妙な輩がひとり、舞い込んできましたぞ」

頭のでかいその僧侶が、

「拙僧が尋問いたしますゆえ、しばしお待ちあれ。――貴様、ここがどこであるか存知おるのか」

アルフォンゾは言葉がうまく出てこず、顔を上げるのが精一杯だった。

「ここは、この世に唯一開いておる地獄の出先ぞ。牛頭と馬頭が番をしておったであろう。生身のものは入れぬのが決まりだが、……貴様、異邦のものか」

アルフォンゾは頭をかくかくと上下に動かした。

「なるほど、貴様、転び伴天連だな。牛頭・馬頭が貴様を通したというのはなにがしかの用があるからであろう。その用向き聞いてつかわす。まともな用件ならばよし、つまらぬ用であればここで引き裂いてやらん。――お上の御前である。ありていに申し上げよ」

その声の厳しさに、必死に声を絞り出す。

「わ、わ、私、淀のお方さまのお言いつけで、筑紫から参りました。シラミネさまというお方に、これからなすべきこと、うかがってこい、とのことでした。シラミネさま、どちらにおいでですか」

一同が、破裂したように大笑いした。自分がなにかしくじりを言ったのか、とアルフォンゾはあわてたが、

「よいよい、続けよ」

「さ、真田大助というお方が申されるには、真田家に伝わる『寸白一実神道』の最後の秘儀『暗黒召魔之術』というのをシラミネさまがご存知とか……」

僧侶はうなずき、

「淀殿と申さば、秀頼の母であり妻でもある外道女ではないか。――秀頼！」

彼が声をかけると、末席に座っていた若い武将がアルフォンゾに、

「余が豊臣秀頼である。お袋さまは息災か」

秀頼の顔面はすでに人間のものではなかった。鼻と口がひとつにくっついて突出し、先が下向きに曲がっている……カラスのような顔つきだ。ほかのものと同様、脇の下からも小さいながら翼が伸びており、頬や喉のあたりにも羽毛らしきものが生えている。

「は、はい……とても、その……お元気にあそばしまして……」

アルフォンゾは、小島で見た化けもののような淀殿の肢体を思い出しながらそう言った。

「ならば結構」

秀頼はほかのものたちに向かい、

「わが母は、徳川の天下を憎み、この世をふたたび

争乱の巷《ちまた》に戻さんとしておるもの。無知蒙昧《むちもうまい》な民百姓を扇動して泰平を覆し、安寧を破り、血の雨を降らすことを望んでおりまする。ご一同にはなにとぞ、この転びパードレの申すことお聞き入れ賜りたく存じまするが……」

舌を長く垂らした武士が、

「秀頼殿はわれらのうちでもっとも年若。なれど、その母御のなされようは、われらと考えを一にする。長きにわたりこの愛宕山の雑鬼ケ谷にて、この国をいかにして乱し、災禍《さいか》起こすかの企みを日夜評定《ひょうじょう》してておるわれら。これは、尽力せずばなるまいて。——のう、ご一同」

ギャアギャア……と化鳥の鳴き声を発しながら、異形のものたちは大いにうなずいた。アルフォンゾはおののいて、

「あなたがた……いったいどなたです」

秀頼が言った。

「われらは愛宕山に住まいなす狗賓《ぐひん》……すなわち天狗ぞ。この世に大いなる恨み持て死にたるものは、その魂、極楽へは言うに及ばず地獄へも行くことならず、かく天狗に生まれ変わりて、天下に仇なさんとここに集うておる。奢り高ぶりたる平氏の滅亡も、南北朝の動乱も、応仁の大乱も、大坂の役も、また、近年の飢饉までもがわれら天狗の仕業。余も若年ながら、豊臣家を滅ぼしたる徳川への怨恨の思い著しく、天狗評定の末席を汚すこととあいなった」

一同が、そうじゃそうじゃとばかりケラケラケラ……と笑った。豪傑のごとき髭を蓄え、強弓をたずさえた赤ら顔の武士は、

「わしは、保元《ほうげん》の乱の折、伊豆大島に流された鎮西八郎為朝じゃ。わが国ではじめて腹を切って死んだ男ぞ」

烏帽子《えぼし》をかぶり、大きく反り返った太刀を持った、蛙のように目が大きな侍は、

「余は、朝廷を皆殺しにせんと企んだ新皇、平将門《たいらまさかど》である。この国ではじめてさらし首になったもの

じゃ」

床まで届く顎鬚を生やした、品のある学者風の公家《くげ》は、

「私は、天満天神こと菅原道真《みちざね》。讒訴《ざんそ》により、大宰府《だざいふ》に流刑となり、その恨みから雷神となって京の都を火の海にしてやった」

まだ若く、痩せこけてはいるが、下腹だけが餓鬼のように膨れた武士は、

「わしは真田信繁（幸村）である。秀頼公とときを同じくして討ち死にしたゆえ、徳川の天下への恨みはひと一倍じゃ」

と、そのとき、高御坐にいます巨大な鷹があたりを圧するほどの高らかな声で、

「きゃああ、ぎょぎょぎょおおおう……！」

と一声啼いた。それを聞いた皆は、鷹に向かってひれ伏した。

「この鷹は……？」

アルフォンゾが秀頼にたずねると、

「この大鳥こそシラミネの御前、白峯大権現《ごんげん》、崇徳院《すとくいん》さまにあらせられる！」

巨大な鷹はそれまで畳んでいた羽根を左右に広げた。羽根の両端は高御坐を突き破ってはみ出し、鷹の身体はさっきまでの四倍ほどに見えた。黄金色に輝く羽毛はどれも鏃のように尖り、まるで竜の鱗のようだった。

顔の左右がずれた神官が榊《さかき》を打ち振りながら、

「お上が、淀殿の願いを受け入れ、貴様に天下を擾乱《じょうらん》するための悪しき知恵を授けるとおっしゃっておいでだ。謹んでお受け申せ」

黄金色の鷹は、椅子から立ち上がると、ゆっくりとアルフォンゾに近づいた。

◇

崇徳院は「日本の大魔縁」である。

『太平記』巻二十七の「雲景未来記」なる条につぎのようなくだりがある。

当時は足利尊氏《あしかがたかうじ》が後醍醐《ごだいご》天皇を退けて征夷大将《せいいたいしょう》軍《ぐん》になったばかりであった。京の空に凶星があまた出現し、陰陽寮《おんみょうりょう》のものたちは、なにか変事があるのでは、とひそかに奏上していた。そののち、将軍塚が激しく鳴動し、虚空《こくう》に兵馬が駆ける音が聞こえたり、清水寺から出火して、風もないのに本堂・阿《あ》弥陀堂《みだどう》・楼門《ろうもん》までが焼けてしまったり……と変事が続いた。およそ天下に大変あるときは、尊い寺社に火災があるものだ……と都のものたちが怖れていると、今度は石清水八幡宮《いわしみずはちまんぐう》の宝物殿が鳴動し、またしても凶星が三つ、空に現れた。

「月日を経ずに大乱が出来し、帝がその位を失い、大臣たちは災いを受け、子が父を殺し、家臣が主君を殺し、飢饉や疫病《えきびょう》、兵乱が相次いで、飢え死にするものが巷にあふれるだろう」

天文博士がそう予言した。その直後、東南と西北から稲妻が同時に現れ、たがいにぶつかって戦い合うがごとくに砕け散ってはまた寄り集まった。雷が轟き渡り、都が昼間のように明るくなった瞬間、その光のなかに異類・異形の妖怪たちが無数に見えたという。

そんなころ、修験道の修行のため都に来ていた出羽国羽黒山《はぐろさん》の山伏《やまぶし》雲景が、六十歳ばかりの老山伏と知己を得た。その山伏に愛宕山の高嶺《たかね》へと誘われた雲景が、多くの仏閣を見物して感激していると、

「せっかくお越しいただいたのだから、日頃は秘されている聖なる場所をもお見せしましょう」

そう言われて導かれたのは本堂の裏手にある「座主の坊」というところだった。そこには大勢が座っていたが、衣冠正しく金の笏《しゃく》を持ったもの、貴僧・高僧の姿で香染めの衣を着たものなどがいた。雲景が怖ろしさにうずくまっていると、別室に八人の山伏がおり、彼を連れてきた老山伏もそのなかにいた。上座には、御座をふたつ重ねたうえに、金色の鳶《とび》が翼をつくろいながら着座しており、その右には巨漢の武士が大弓・大刀を横たえて持ってかしこまって

いる。左側には、龍や星辰《せいしん》の縫い取りをした御衣を着て、笏を持ったものたちがたくさん並んでいる。

「いかなるお座敷でございますか」

雲景が老山伏に問うと、

「上座の金の鳶こそ、崇徳院にわたらせたまう。そばの大男は、鎮西八郎為朝よ。左の一座のものたちは代々の皇帝、すなわち淡路の廃帝、井上《いがみの》皇后、後鳥羽院、後醍醐院が帝位に就かれた順のとおりに着座されておいでだ。そのつぎに控える高僧たちは、玄昉《げんぼう》、真済、寛朝、慈恵、頼豪《らいごう》、仁海《にんがい》、尊雲である。いずれも皆、大悪魔の棟梁《とうりょう》となりたまいて、ここに集まり、天下を乱すべくご評定をなさっておいでなのだ」

雲景が、近頃、四条河原で芝居小屋が崩れて大勢が死んだり、足利将軍家に不和が起こったりするのは天狗の仕業《しわざ》なのか、などと天狗たちに問うているうちに、突然、業火《ごうか》が燃えてきて、座敷のひとたちは七転八倒しながら門外へ走り出してしまった。ひとり取り残された雲景は、ふと気づくと、大内裏《だいだいり》の庭に立っていた……というのだ。

崇徳院というのは、鳥羽天皇の長男である。しかし、じつは彼は、鳥羽天皇の祖父、白河法皇が鳥羽天皇の正室待賢門院璋子《たいけんもんいんしょうし》に産ませた不義の子なのである。

父鳥羽天皇が上皇となったことで、五歳で天皇となったが、当時は曽祖父の白河法皇が絶大な権力を持って院政を行っていた。白河法皇の死後、ようやく最高権力者の座に就いた鳥羽上皇は、側室の美福門院得子《びふくもんいんとくこ》を溺愛《できあい》し、彼女とのあいだに生まれた皇子《みこ》を帝にするため、崇徳天皇をむりやり譲位《じょうい》させ、たった二歳だったおのれの子を近衛《このえ》天皇として即位させた。もともと鳥羽上皇は崇徳天皇のことを、「叔父子（自分の子でなく、祖父白河法皇が産ませた子の意）」と呼んで忌み嫌っていたのだ。

上皇となった崇徳院は鳥羽上皇を憎んだが、どうしようもない。彼はじっと耐えたが、耐えかねる事態が出来《しゅったい》した。病弱だった近衛天皇が十六歳で早逝《そうせい》したのだ（鳥羽上皇に疎んじられた藤原忠実・頼長が愛宕山の天狗に頼んで呪詛したためだという。藤原父子は、崇徳院に近い立場である）。崇徳院は、おのれがふたたび帝に返り咲くものと疑わなかったが、崇徳院側の呪詛でわが子が呪い殺されたと信じていた鳥羽上皇と美福門院得子は、崇徳院を帝位に就ければ自分たちに復讐するだろうと考え、鳥羽上皇と待賢門院璋子のあいだにできた雅仁親王を即位させることにした。これが後白河天皇であり、かくして崇徳院が権勢を得る機会は永遠に失われたのである。

翌年、鳥羽上皇が死去した。鳥羽上皇は、見舞いに訪れた崇徳院を退け、おのれの遺体を崇徳院に決して見せるなと遺言したという。おそらく、遺体を使ってなんらかの呪詛が行われることを怖れたのだろう。

鳥羽上皇の死没をきっかけに、ついに大乱が勃発《ぼっぱつ》した。崇徳院と後白河天皇による「保元の乱」である。戦は、崇徳院側の敗北で終結し、崇徳院は讃岐《さぬき》の地へと配流された。帝や上皇の配流は、じつに四百年ぶりだったという。

ほんのわずかな側近だけを連れて讃岐に幽閉された崇徳院は、都に戻りたいと切望し、繰り返し働きかけるが、後白河天皇（二条天皇に譲位して、上皇となっていた）側はそれを許さなかった。それならばせめて来世の極楽往生を、と考えた崇徳院は、五部大乗経という大部の経典《きょうてん》をみずから書き写し、保元の乱で戦死したものたちの供養《くよう》にと都へ送ったが、後白河上皇はこれも、

「呪詛にちがいなし」

と受け取りを拒んだ。あまりの悔しさに激昂した崇徳院は、それ以降、髪を剃らず、爪も切らず、

「生きながら天狗の姿にならせ給ふぞあさましき」

とひとに囁かれるほどのありさまとなり、おのれの舌を噛み切って、流れ出る血で送り返されてきた

五部経の写本に、

「われ深き罪におこなはれ、愁鬱浅からず。速やかにこの功力をもって、この科《とが》を救はんと思ふ莫大の行業を、しかしながら三悪道になげこみ、その力をもって、日本国の大魔縁となり、皇《すめらぎ》を取って民となし、民を皇となさん。この経を魔道に回向《えこう》す」

という誓いを記して深い海の底に沈めた、という。

九年間の悲惨な流人暮らしの果てに崇徳院は逝去した。先帝が亡くなったというのに、後白河上皇以下朝廷では服喪しなかった。あくまで乱を企てた罪人がひとり死去した、という扱いだったのだ。崇徳院は、讃岐の白峯山へと埋葬されたが、そのとき、突如として雷鳴轟き、豪雨となったうえ、棺から血《ち》潮《しお》があふれだしたという。崇徳院は「天狗道」の住人となったのである。

そののち、京の都に怪事・災害が立て続けに起こった。後白河上皇周辺の公家たちが相次いで死去し、二度にわたる大きな火災や国を揺るがす陰謀、疫病の流行、大飢饉などが続いた。民衆ばかりか、公家たちも、

「これは崇徳上皇の怨霊の仕業ではないか」

と噂し合い、祟りを深く怖れた後白河上皇は、それまで「讃岐院」と呼ばれていた崇徳院に「崇徳院」の院号を贈ってその霊魂を慰めようとしたが、そうはいかなかった。後白河上皇自身が病に倒れ、これを崇徳院の怨念のせいだと考えた上皇と平清盛は、白峯陵近くに寺社を作ったり、保元の乱の戦場に廟《びょう》を建てたりと鎮魂を図ったが、それからも平治《へいじ》の乱の勃発や、平清盛の死と平氏の滅亡など凶事・変事はとどまることを知らなかった（崇徳院の祟りは明治になっても続き、明治天皇は戊辰戦争の折、京都に白峰神宮を建てて、祟りを回避しようとした）。

上田秋成の『雨月物語《うげつ》』所載の「白峯」には、讃岐を旅した西行法師《さいぎょうほうし》が崇徳院の怨霊と出会う場面がある。天狗たちを配下にした崇徳院は、そのとき、

「近来の世の乱は朕のなす事《わざ》なり。生きてありし日

より魔道にこゝろざしをかたぶけて、平治の乱を発《おこ》さしめ、死して猶朝家に祟をなす。見よ見よやがて天が下に大乱を生ぜしめん」

「終《つい》に大魔王となりて、三百余数の巨魁《かみ》となる。朕《わ》が眷属のなすところ、人の福《さいわい》を転《うつ》して禍とし、世の治るを見ては乱を発さした」

と言い放つのだ。

◇

巨大な鷹が、翼を伸ばしたまま、息がかかるほど近づいてきた。臭い。すさまじい腐肉の臭いが黄金の鷹の全身から立ち上っている。その両眼で見つめられていると、膀胱《ぼうこう》が破裂しそうな尿意を覚える。アルフォンゾは涙を流し、震えながらもかろうじて立っていたが、鷹の嘴が額に当たった瞬間、

「お助けください！」

と叫んでしまった。同時に、股間から尿が噴き出した。鷹は、ぷい、と顔を反らし、真田信繁のところに行って、その耳もとでなにやら囁いている。まだ天狗になって日が浅い信繁はにやりと笑い、

「お上の申されるには、『その益田四郎なるものを、この世を滅ぼすための首魁《しゅかい》となし、大いなる悪の力を与えてやろう』とのことである」

真田信繁は、

「フランシスコ・ザビエルなるパードレ、かつてこの国に邪悪なるクトルスの教えをキリスト教と偽ってもたらしたのが、今から九十年近くまえである。わが真田家はその教えを『寸白一実神道』と名付けて体系となし、それを忠実に守って、今日《こんにち》に至るのだ」

その教えを駆逐することこそが、自分がこの国に来た目的だった……とアルフォンゾはぼんやりと思った。だが、もうどうでもいいことだ。

「大坂の役の折、わしが少人数で徳川の軍勢を翻弄《ほんろう》できたのも、その教えのたまものである。だがじつは、それよりも三百八十年もの昔、ここなる崇徳院

さまが血で書いた五部経に呪いを込めて深海に沈めたるとき、はるかなる海底で永遠の眠りについておられた父なるドゴン、母なるフドウラ、そして偉大なるクトルスがお応えになられ、崇徳院さまに秘儀をお授けになられていたのだ。わが真田家に伝わりし経典『寸白の書（MYSTERIES OF THE TAPEWORM）』には、最後の呪法が欠けておるが、お上はそれもちゃんとご存知であった」

真田信繁はにやにや笑いながらアルフォンゾのまえまで来ると、そこにどっかと胡坐《あぐら》をかき、衣服をめくって腹部を露《あらわ》にした。さきほどから、身体は痩せこけているのに腹だけが妙に突出しているとは思っていたのだが、よく見ると、そこが突き出したり引っ込んだりとひとりでに蠢いている。

（なにかがなかにいる……！）

アルフォンゾが凍りついていると、信繁は笑いながら脇差を抜き放ち、

「転び伴天連よ、貴様の忠信を愛でて、わが半身を貸し与えん。受け取れい！」

そう叫ぶと、いきなり臍下《せいか》あたりに突き立てた。あっという間もなく彼は一文字に腹をかっさばいた。濁流のように血潮がほとばしるなか、信繁はその傷口に右腕をずぶりと入れた。そして、腹のなかから掴み出したものは……真っ白な蛇……いや、そうではない。びくっ、びくっと左右に首を振るそれは、野太いサナダムシだった。信繁は、おのれの腹中から手妻のようにサナダムシを引きずり出していくが、その長大さたるや、いつまでたっても途切れることがない。血と粘液にまみれたその寄生虫は床のうえで身体をくねらせ、波打たせ、ときどきぶるっと震えながら、居心地悪そうにしている。ついにその全貌が外に出たのを見ると、長さは三十尺ほどもあった。

「さあ、ご一同もお願いいたす」

真田信繁の合図で、居並ぶ武将たちや僧侶たちも短刀を逆手に持ち、一斉に割腹した。

「あああ……ああ……」

アルフォンゾは悲鳴をとめることができなかった。

彼らもまた、おのれの腹中からサナダムシを引き出したのだ。それらは、信繁の腹から出たものよりは形はやや小ぶりながら、吸盤と鉤《かぎ》のついた鎌首をもたげ、ときには飼い主の腕に巻きついたり、腹のなかへ戻ろうとしたりして暴れている。

「わしの寸白がいちばん元気じゃ」

「なんの、わしの寸白のほうが肥えておるぞ。日頃の餌がよいからだろう」

「わしの寸白の艶やかさを見よ。雪を磨いたようではないか」

天狗たちは口々に、みずからのサナダムシ自慢をはじめた。アルフォンゾは眼前に展開する光景のあまりの気持ち悪さに、腰が抜けたようになっていた。

「この寸白はのう、わしが関ケ原の合戦のあと、父昌幸とともに九度山に蟄居《ちっきょ》していた折に、家内中で育てたものだ。世間では、真田家は真田紐という紐を作って売りさばき、軍資金に当てていると噂が立っていたが、まことはサナダムシを腹に飼い、呪法の役に立てておったのよ。『寸白の書』に書かれたとおりの育て方をすると、サナダムシはひとの声を聞き分け、解するようになる」

真田信繁はそう言うと、おのれのサナダムシの頭を愛しげに撫でた。

「大助の腹にも、もちろんこやつが棲んでおる。まだ、小さかろうが、そのうち太く、長く育つであろう」

「こ、この虫、どうするつもりですか」

アルフォンゾがきくと、

「知りたいか」

「は、はい……」

信繁は彼を近くに呼びつけた。パードレは、床でぬめぬめと蠢いている寄生虫を慎重に避けながら、信繁のまえまで行った。と、信繁はいきなり立ち上がると、アルフォンゾを押し倒し、その口にみずからの腹から出たサナダムシの頭部を突っ込んだ。ぶりっ、という感触とともに、サナダムシの頭はアルフォンゾの口腔から喉へと入り込んだ。彼は嘔吐しようとしたが、長いサナダムシは全身をのたくらせながら、凄まじい勢いで喉から食道へと潜っていく。猛烈な吐き気と気持ち悪さに襲われながらも、アルフォンゾは胃に雪崩落ちていくサナダムシを止められなかった。その半分がようやく彼の腹に入った時点で、胃がいっぱいになってしまった。アルフォンゾは口から残りの半分をだらりと垂らしながらもがき苦しんだ。

「た、助けて……助け……あああぐっ……えごっ！」

「なんの、まだまだよ」

信繁はアルフォンゾに馬乗りになり、残りの半分も無理矢理に押し入れた。サナダムシはとうとうそのすべてがアルフォンゾの腹中に収まった。下腹部が、餓鬼のように膨れ上がり、なかで虫はしばらく大きく動いていたが、やがて落ち着いたらしく、静かになった。

「虫が……虫が私の腹に……ああ、出してくれえっ」

アルフォンゾは泣き喚いたが、

「たかだか一匹ではないか。これからがお楽しみだと申すに……」

鎮西八郎以下、そこにいた全員が立ち上がった。彼らはその手にめいめい、おのれの腹から出たサナダムシを掴んでいた。

「やめろ……やめろ……やめてくれ！」

アルフォンゾは逃げ出したが、すぐに追いつかれた。数人に押さえつけられ、べつのものに口を無理にこじあけられ、サナダムシをつぎつぎに流し込まれる。半刻ほどかけて、皆の虫がアルフォンゾの腹に収容された。半ば気を失っているアルフォンゾに、信繁が言った。

「愛しきわれらの分身を格別をもって貸し与えるの

だ。大事にいたせ。けっして傷つけたり、口から吐きだしたり、ましてや尻から出したりすることのないようにな。毎日、声をかけてやるがよい。そうすれば、虫も貴様の声を聞き分け、すなおに従うようになろう。——聞いておるのか」

信繁がアルフォンゾの頬をひっぱたいた。うっすらと目を開けたパードレは、またしても恐怖のあまり絶叫した。眼前に、巨大な黄金の鷹が迫っていたのだ。鷹はその斧のような嘴を上下に開いた。腐肉の塊のような悪臭がアルフォンゾの頭部を包んだ。

「お上が、じきじきに貴様に、『暗黒召魔之術』をお授けになる。謹んでよっく承れ」

秀頼がそう言うと、鷹はアルフォンゾの耳に嘴を押し付けて、なにごとかを吹き込んだ。アルフォンゾの顔が次第に蒼白になっていった。

「そんなこと、まことに、ああ……怖ろしい。怖ろしすぎる。この世の終わりです。おお、サンタマリア……」

真田信繁が笑いながら、

「サンタマリアだと？　貴様はすでに偉大なるクトルスの僕だ。デウスもマリアもイエスも、貴様の敵ではないか」

「デウスが……私の敵……」

アルフォンゾはふところに隠していた十字架を取り出して、握りしめた。そのとき、目のまえの黄金の鷹が、巨大な翼を大きくはばたいた。途端、十字架は木端微塵に砕け散った。呆然とするアルフォンゾに向かって、天狗たちが哄笑しはじめた。

「これは面白いことになった」

「こんなことは久しぶりだ。うまくいけばこの世が覆るぞ」

「クトルスさまの世になる」

「あらゆる場所がサナダムシに覆い尽くされる」

「それはさぞや見事な景色であろうのう」

「世の終わりじゃ。ああ……世の終わりが来るぞ」

「ひひひ……ひひひひ……海底からルルイエも上がってくる」

「父なるダゴン、母なるフドウラ、そして偉大なるクトルスの時が来るぞ」

「見ものじゃ、見ものじゃ」

「淀殿と四郎がうまくやるであろうかのう」

「良き席で見物じゃ！」

天狗たちのけたたましい笑い声はいつまでも続いた。

「ミカ、どこへ参る」

また見つかった！　未狩女は息を整え、

「里へ……参ります」

「嘘を申せ。西の山へ行くのだろう」

「――違います。父上の言いつけは守っております」

「おまえの留守に、代官が来た」

えっ……？

「おまえと、四郎とやらいう男を探しているらしい。おまえのことをキリシタンではないかと疑うておったゆえ、うちは代々、オオナムチの神を祀る神職であり、キリシタンなどという汚らわしき邪教に染まるようなことは断じてありえぬときっぱり申しておいた」

「…………」

「おまえの行く先を言え、と抜かすゆえ、わしもこの身体ゆえどこにも行けぬからわからぬと答えておいたが、どうせ西の山だろう、山狩りをして見つけ出してやる、とか言うておったぞ。だから、西の山へは行くでない。ここに隠れておれば見つからぬ」

「はい……ではございますが……」

「おまえが捕まってしまったらわしはどうなる。老いた病の父をひとりにするつもりか！」

語気荒くそう言ったあと、激しく咳き込んだ。懐紙が赤く染まる。

「父上……！」

未狩女が介抱しようとするとそれを払いのけ、

「いや……そうではない。そうではないぞ。おまえが捕まったら、オオナムチさまをだれが見張るのだ。この神社の役目をだれが果たすのだ！」

封魔斎は寝床から未狩女ににじり寄り、

「ここにおれ。どこへも行ってはならぬ。裏の……

裏の蔵の二階ならば、代官どもにもわかるまい。

——よいな」

こうまで言われると、従わざるをえぬ。未狩女は、握り飯や男物の衣類を包んだ風呂敷を玄関に置くと、本殿の裏側にある古い蔵へ向かった。蔵といっても、宝物が入っているわけではない。長い年月のあいだにたまった古文書やがらくたが仕舞ってあるだけだ。

(代官が、こんなところまで探しに来るなんて……)

未狩女は、郡奉行たちから逃れるため、崖から飛び降りたが、狙いどおり高い木の枝のうえに落ちたので怪我ひとつせず逃げ延びることができた。あれからまた、四郎のもとに通い、飯などを届けてはいたが、寺沢家の連中がたびたび山中や神像のまわりをうろついているので、回数は減った。この数日も、洞窟へは行けずにいたので気がかりになっていたのだ。もちろん、洞窟の周辺にも水や多少の食べられるものはあるから、飢え死にするようなことはないはずだが……。

「きゅっ、きゅっ、きゅっ」

蔵のまえに立つと、ふところでキュウが鋭く三度鳴いた。この小動物は、無駄に鳴くことはない。かならずなにかを伝えようとしているのだ……ということが近頃わかってきた。ただし、今の鳴き方は、危険を知らせるようなものではない。それなりに気を付けながら蔵の扉を開けたとき、埃《ほこり》のうえに足跡がついているのを未狩女は見つけた。久しくだれも入っていないはずなのだ。

(だれかいるのかも……)

キリシタン狩りから逃れた信徒が逃げ込んだというのは、十分考えられることだ。身を引き締めながら一階を見渡す。なかは埃まみれだ。長年、掃除などしたこともない。そもそもたいしたものは置いていないので、どこにも隠れる場所はない。ホッとして二階への階段を上がる。段にも足跡がくっきりとある。まちがいない。だれかが二階に上がったのだ。

踏みしめると段はぎしぎしと鳴るので、未狩女が来ていることはそのだれかにもわかっているはずだ。

二階にあるのは壊れた古い農具やひびの入った壺、割れた銅鏡などのつまらぬものばかりだ。身構えながら、ゆっくりとそれらのあいだを回っていると、

「わっ！」

後ろから目隠しをされた。跳び上がりそうになったが、すぐにそれが四郎の声だと気づき、満面の笑みで振り返ると、

「どうしてここにいるの！」

思わず大声を出してしまった。四郎は、しっと指を唇に当て、

「おまえが来ないから、こちらから会いに来た」

うれしすぎるっ。未狩女は四郎を抱きしめた。

「でも、よくこの神社がわかったね」

「山道で出会った猟師に、頭の大きな巫女のいる神社といったら教えてくれた。おまえの頭も知られたものだな」

未狩女はフグのように膨れたが、よく考えたらそんな呑気なことをしているときではない。

「危ないよ。あんたは、見つかったら捕まるのよ。捕まったらどんな目に遭うか……」

「それはお互いさまだろう。郡奉行の笹川はおまえを探しているぞ。二日置きぐらいに山狩りに来る。私が目当てかと思っていたが、どうやらおまえのほうが狙われているようだ」

「私は、あの神像を動かせると思われてるのよ。だから、捕まってもすぐには殺されないと思うけど、あんたは神の子なんだから、もしかしたらキリシタンたちへの見せしめに……」

「私は神の子なんかじゃない！」

四郎は叫ぶように言った。今度は未狩女が人差し指を唇に当てた。四郎は肩を落とし、

「私は、父上の……益田甚兵衛の子だ。神の子だというなら、万人がデウスの子どもなのだ」

そのあたりの理《ことわり》は未狩女にはよくわからない。

「なあ、未狩女」

いつになく四郎は真面目な顔で、

「私は、里へ下りるつもりだ」

「――え？」

「私は神の子ではないが、皆は私を待っている。信者たちのためにも、彼らとともにおらねばならぬ」

「危なすぎるよ！　村の寄り合いは代官やキリシタン改めが鵜《う》の目鷹の目で見張ってる」

「心配いらぬ。今は、やつらにはわからぬ秘密の場所で行っている」

「それでも……」

「たしかにこのようなときに集まることは危ない。だが、そうするほかないほど、皆は追い詰められている。信仰心がただひとつのよすがなのだ。それを奪われたら、あとは死ぬほかはない」

「…………」

「未狩女、おまえに頼みがある」

「はい……？」


「私とともに、里へ行ってほしい」

「ど、どうして？」

「私は、おまえに力を貸してほしいと願っている。おまえは巫女だからとそれを拒んだ。私も、おまえの気持ちはよくわかるし、無理強《じ》いはしたくない。私のおまえへの恋心は、そういうこととはまるで別物だ。ただ……私たちがどのようなありさまなのか、おまえの目で見てほしいのだ。そのうえで……私たちに手を貸すか、それともやめておくかを決めてもらいたい。あ、もちろん……」

四郎は、未狩女に口を挟む余裕を与えずにしゃべり続けた。

「おまえが、やっぱりできない、と言ってもそれはかまわない。キリシタンではないのだから、やむをえないことだ。そうなったとしても、私の気持ちは変わらない」

そう言われると、なんだかさみしいような気もする。

「お願いだ。一度でいいから、我らの寄り合いに来てほしい。私の頼みはそれだけだ」

四郎は頭を下げた。必死さが顔から滲み出ている。

未狩女は、うなずくしかなかった。

「わかった。――でも、いいんだよね、断っても」

「それは約束する。おまえの思うとおりにしてくれていい」

ふたりは、蔵から出た。未狩女は、おのれの寝所に立ち寄ると、着慣れた巫女の着物を脱ぎ、百姓娘が着るような衣服に着替えた。まるで裸でいるような落ち着かなさだ。その足で神社の鳥居をくぐり、山道を降りていく。途中、未狩女は神社のほうを振り返ると、

(父上……ごめんなさい！)

心のなかで謝った。梢で、鳥が「ぎゃあ」と鳴いた。

◇

天草本島の北東、島原半島とのちょうどあいだあたりの海上に、湯島という小島があった。小島といってもそれなりの広さがあり、全体を暗灰色の固い岩が覆っている。岩だらけなので傾斜が激しく、急坂が多いが、林や森も小川もある。家は十数戸あるが、空き家も多い。その湯島の森のなかに、一軒の小屋が人知れず建てられていた。まわりを大木が囲んでおり、よほど目のいいものでも見つけることはむずかしいだろう。そこで、キリシタンたちの集会が行われているのだ。天草、島原、どちらのものにとっても脚の便がよく、また、見つかりにくい。

「ジェロニモさま……よう戻られましたばい」

「ようご無事で……これもデウスさまのご加護たい」

「さんたまりあ……わしはかならず生きておられると信じておった」

「ジェロニモさまは神の子ばい。捕り手が近づいても、不思議の力で捕まらぬ」

その日集まっていたものたちは、口々に四郎の復帰を喜んだ。伏し拝むもの、手を取って泣き出すものもいた。四郎は彼らに笑顔を向け、ひとりひとりの頭に手をかざす。そんな光景を未狩女は驚きの目で見守っていた。

(このひとは、皆に愛され、頼られている……)

四郎は嫌がるかもしれないが、それはほとんど「信仰されている」ように未狩女には見えた。また、信徒たちが皆、あまりに痩せ衰えていることが気になった。老いも若きも、ほとんど枯れ木のようだ。目にも輝きはなく、虚ろに思えた。四郎自身が言っていたように、信仰だけがただひとつのよすがなのだろう。そして今、それさえも奪われようとしているのだ。

「捕まらず、なによりであったのう。——で、そこなる女子《おなご》はだれだ」

益田甚兵衛が言った。

「これなるは、大怪我をしていた私を見つけて手当てをし、大穴山の洞窟に隠れておりましたあいだじゅう、なにくれとなく世話をしてもろうたものでございます。このものがいなくば、私は飢え死にするか、役人に見つかって殺されておりましたでしょう」

益田甚兵衛は未狩女に向かって頭を下げ、

「四郎を救うてくださったとは、我ら一同、礼の申しようもない」

「え？　いや、そんな……」

集まっていた信徒たちも、

「まるでマリアさまばい」

「ありがたやありがたや」

「ジェロニモさまをお助けくださるとは、デウスのお遣わした天使にちがいなか」

そう言って拝み出したので、未狩女はくすぐったかった。

「では、寄り合いをはじめよう。なにか新しい知らせはあるか」

益田甚兵衛が言うと、皆は堰《せき》を切ったように話し始めた。島原での鬼宗甫こと田中宗甫の弾圧はおよそまともではないという。キリシタンを捕らえて拷問にかけるのだが、それは転ばせるためではなく、はじめから殺すつもりなのだ。

「転ばせたいなら、捕らえてすぐに手足をのこぎり挽きにしたりせんばい。転べ転べと耳もとで叫びながら一本ずつ手足を切っていく。あれで生きておるものがおろうか。たちまち死んでしまう」

「わしのかかものこぎりで挽かれた。縦割りばい。裸に剥かれて、股にのこぎりをあてがい、転べ転ばぬかと言いながらゆっくり、頭のほうに向かって挽いていく。腹にやや子がおったが、それごと真っ二つにされた。あのような非道がまかりとおる国ならば、デウスさまが火ば降らせて滅ぼしてしまえばよか」

「食うものがなか。木の根も草の根も食い尽くして、ミミズもナメクジも蛙もコオロギもゴキブリも食うた。わしの息子は、蛾を食うて、それに当たって死んだ。それなのに領主は年貢を出せと抜かす」

「城の蔵には米が余っておるらしか。松倉家の連中は美味かもんば食うて、どいつもこいつも肥えておる。余った米を、役人が堀に捨てとるというぞ」

「天草でも同じばい。これまではキリシタンのことは代官や宗門改め方に任せておった郡奉行の笹川小三郎が、にわかに熱を入れ始めた。毎日のように踏み絵があり、見つかれば火責め、水責め、逆さ吊りばい」

「わしの七十二になる母親は、せがれの居場所を吐けと言われて拒んだがため、しゃべりたくないなら舌はいるまい、と、おととい、釘抜きで舌を引き抜かれたうえ、煮えた湯を口から注ぎ込まれて腸《はらわた》まで焼けただれて死んだばい」

「寺島の殿さまは、そこまでやらずとも……と言うたらしいが、笹川は言うことをきかぬ。これぐらいではまだぬるい、もっともっと厳しくせぬとキリシタンは根絶やしにはならぬ、と家臣たちの尻を叩いておるらしか」

「まるでひとがちごうたようじゃ、というぞ。鬼宗甫が乗り移ったのではあるまいの」

「毎日のように山狩りをしておるが、ジェロニモさまは、よう見つからんかったことじゃ」

「やはり、ジェロニモさまは神の子ばい。それゆえ死ぬことはなか。なにがあろうと、かならずデウスさまがお救いくださるばい」

「四郎さまはイエス・キリストの生まれ変わりたい」

四郎はさすがに顔をしかめ、

「やめてくれ。私は神の子ではない。父の子なのだ」

助けを求めるように益田甚兵衛のほうを見ると、甚兵衛はかぶりを振り、

「いや、おまえは……そなたはわしの子ではない。神の子だ」

やっぱり! とか、思うていたとおりだ! という声が上がり、皆は四郎を礼拝した。

「父上までが、なにをおっしゃいます!」

「わが妻は、そなたを産んではおらぬぞ。あるお方から、赤子のそなたをお預かりし、今日まで養育してまいったのだ。皆の衆もよう見よ。わしと四郎は目鼻立ちもなにもかも似ておらぬであろう。わが子でない証ぞ」

四郎がなにか言おうとして口を開いたとき、

「しっ……! だれかおるぞ」

皆が押し黙った。小屋の戸が小さく……まるで秋の虫が鳴くほどの小ささで叩かれている。信徒たちは手に手に武器をつかみ、戸口に向かって身構えた。四郎は、未狩女を後ろ手でかばうようにした。益田甚兵衛が左手で刀を抜き、

「だれだ」

そう言った途端、ぼろきれを丸めたようななにかが戸を破ってなかに転がり込んできた。一同が鋤《すき》、鍬などを振り上げてその「なにか」に襲いかかろう

としたとき、

「待った!」

四郎が皆を制した。そして、歩み寄ると手を差し伸べ、

「パードレさま……」

一同は驚いた。それはアルフォンゾの変わり果てた姿だったのだ。髪の毛は一度剃ったものが伸びてきて汚らしい。髭は生え放題、高かった鼻が削がれてふたつの穴だけになっている。そして、両眼がおかしい。まえよりも目玉がでかくなり、ぼこんと飛び出していて、今にも落ちそうだ。しかも、「碧眼」ではなく真っ黒で、黒目の部分が大きい。まるで、他人の目玉をむりやりはめこんだみたいだ。額と頬には大きな傷があり、肉がひっつれている。しかも、手足は棒のように細くなり、胸や肩はガリガリに痩せているのだが、下腹だけが毬を飲んだように膨れている。

「生きておられたか。サンタマリア……」

「なんとまあ、ひどいお姿になられて……」

「おいたわしや……」

「あれほどよか男ぶりであったのが……悲しやのう」

皆は囁きあった。

「捕まって拷問されたと聞いていたが……無事であったか」

益田甚兵衛も驚嘆を隠せなかった。

「責め殺されて、死んだと思うておった。これもデウスの加護にちがいない」

そう言うと、アルフォンゾはすっかり人相の変わってしまった顔を甚兵衛に向け、

「そう……まさに神のご加護、ありました。私、三沢という侍の責めを受け、額と両頬に十字の焼き印、押されました」

「むごいことを……」

「それだけではない。私、この両目を抉り出されたのです」

「そんな馬鹿な。パードレさまの目は、今、ちゃんとあるばい」

「ところが……！」

アルフォンゾは信徒たちのほうを向いて、叫ぶような声をあげた。

「光を失った私のまえに、デウスがご降臨なさいました！　そして、私はみ言葉を聞いたのです。アルフォンゾよ、おまえの苦しみはわが苦しみ、おまえの痛みはわが痛みである。おまえの失った目を私が与えてやろう。そうおっしゃって、デウスはわれとわが目の玉をくりぬかれ、私の目に埋め込んだのです。私は夢だと思い、目を開けました。すると……見えました！　たしかに抉り出されたはずの私の両眼に光が戻っていたのです。これは奇跡ではありませんか？　デウスの奇跡です」

「そういえば、色も大きさも、まえとは違う」

「こ、これはまことの奇跡……」

「おお、デウスさま！」

アルフォンゾは、見得を切るように四郎へ向き直ると、

「デウスは、あなたのこともおっしゃっておいででした」

「私のことを……？」

「はい。益田四郎ジェロニモは、わが子である。四郎の軍は神の軍である。彼のものを先頭に進軍すれば、かならず勝利する。このこと疑うものあらば、わが罰が下るだろう。――デウスは私にそう申されました」

四郎は呆然と立ち尽くしていた。

「そ、そんなことはありえぬ。私は……父上の……」

甚兵衛が、うえからかぶせるように、

「申したであろう。おまえは赤子のとき、あるお方から預かったのだ」

「それは……神ですか」

「神、か。そう申し上げてもよかろう」

四郎は、へなへなとその場にしゃがみ込み、

「私が……軍勢を率いるなど……」

アルフォンゾが厳しい口調で、

「デウスのみ言葉に逆らうのですか。あなたが率いれば神の軍は勝つのです。あなたが拒めば負けるのです。大勢の熱い気持ちを受け止めないというのですか」

「戦はいけない……私はそう思う……」

四郎の言葉には力がなかった。

「あなたは、やるしかない。なぜなら、あなたは神の子、デウスに選ばれたお方だからです」

「ちがう。私は……」

そのとき、

「見つけたばい」

戸の外から、そんな声がした。皆は蒼白になってそちらを見た。アルフォンゾひとりが落ち着いていた。未狩女は知らなかったが、入ってきたのは、恭太という寺沢家の御用を務める下聞きであった。マムシの恭太という二つ名があり、あることないこと因縁をつけて、口止め料を取る。払えぬときは、奉行所に報せてお縄にする。百姓からも町人からも蛇《だ》蝎《かつ》のごとく毛嫌いされている男だった。

「近頃、キリシタンの寄り合いがなかばい、と思うていたら、こげなところで集まっちょったとはのう。浜に小舟が隠してあったから、このあいだから目をつけていたのを知るまい。今日、繁蔵と茂平が乗り込んだので、べつの舟であとをつけてきたら……へへへへ、これは大手柄ばい。湯島で寄り合いとは、三沢さまもさぞ驚かれるじゃろ」

恭太は笑いが止まらぬようだ。

「益田さま……こいつ、ぶち殺してしまおうばい」

「おう、わしらのほうが数が多か」

信徒たちは鎌や鍬を振りかざしたが、

「おっと、そうはいかんばい」

恭太は、身軽な動きで後ろに下がると、

「わしがなんの支度もなしに声ばかけると思うか。

――おい」

恭太の声に応じて、七、八人の破落戸《ならずもの》風の男たちが現れた。手には長脇差や匕首《あいくち》をぶら下げている。いかにも人殺し慣れしているような連中である。信徒たちは怯えて、小屋の奥へ退いた。こういうときは、気を呑まれたほうが負けなのだ。

「さあ、おとなしゅう縄を受けろ。悪いようにはせんばい。転んでしまえばあとは楽じゃ。年貢も減らしてくれるらしかぞ」

その言葉に何人かの百姓が動揺したのが、未狩女にもわかった。いくら信仰心があろうとも、百姓にとって年貢は悪魔《さたん》や地獄《いんへるの》より怖ろしいものなのだ。

「待ちなさい」

アルフォンゾが言った。恭太はぎろりと彼をにらみ、

「なんだ、気持ちの悪いパードレだな。――あれ、おまえ、どこかで見たことがあるばい。もしかしたら、水車小屋で俺が縄をかけた、あのパードレか。それならたしか、ころ……」

「お黙りなさい。あなた、このお方をどなただと思いますか。デウスの子です」

アルフォンゾは四郎を指差した。

「あはははは……そいつはただの小西浪人の息子ばい」

「デウスの子よ、このあわれな子羊に罰をお与えください」

とまどう四郎の右手を、アルフォンゾはつかんで高く挙げさせた。

恭太は腹を抱えて笑い、

「そいつがデウスの子なら、こっちも釈迦《しゃか》の子たい。罰でもなんでも当ててみろ。――おい、おまえら、神の子の化けの皮が剥がれるのをよう見とれ！」

恭太がそう言った瞬間、四郎の右手のひらがどろり、と崩れたかと思うと、そこから緑色の光が凄まじい勢いで噴き出した。光というより、緑色の粘液が水流になったようにも見えた。あたりには激しい

硫黄の臭いが漂った。

「な、なんだ？　伴天連の手妻か？　そんなもの怖くもなんとも……」

深い緑色の光輝は、恭太の胸もとを直撃した。恭太の身体は後ろ向きに一回転して、小屋の表に叩きつけられた。彼は白目を剥いて気絶し、その胸もとには三日月型の火傷のような汚らしい跡がついていた。破落戸たちはそれを見て怯え、

「気をつけろ。こいつ、怖か魔法を使うばい」

アルフォンゾが彼らに向かって、

「つぎにデウスの子の罰を受けたいもの、どいつですか」

「おい、逃げろ。わずかな銭で殺されちゃあ割にあわんばい」

「そ、そうだのう」

皆は匕首をしまうと、浜のほうに逃げて行った。

ぽかんと口を開けている四郎のまえで信徒たちは皆ひざまずき、伏し拝んだ。

「神の子ばい……！」

「四郎さま……四郎さま！」

「おお……ありがたや！」

四郎は我に返ったように、

「い、今のは私がやったのか……？」

アルフォンゾは四郎のまえで両手を合わせると、

「さようです、選ばれたお方よ」

そして、一同のほうを振り返ると、

「ただいま、この島のこの小屋で奇跡、起こりました。私、この目で見ました。皆さんも見ましたね」

皆は、答えるかわりに十字を切った。

「私、デウスの声を聞いたと言いました。益田四郎ジェロニモはわが子である……そういう言葉を聞いたと言いました。もう疑うかたはいませんね。――ジェロニモを大将にいただくならば、私たちの軍はデウスの軍です。今、一揆を起こせば……かならず勝ちます！」

信徒たちは一斉にこぶしを突き上げた。

「そうだ。今こそ立ち上がるときばい」

「わしらは勝つ。四郎さまが……デウスがついておる」

「負けるはずがない。四郎さまは、寺沢の侍が刀で斬っても死なぬ」

「緑色の光が、やつらの頭を吹き飛ばし、家を潰し、城を崩してくれるばい」

「領主を殺せ」

「殺せ……殺せ！」

今にも、武器を手にして走り出しそうな勢いに、四郎は彼らのまえに立ちはだかって、

「待ってくれ。戦はいけない。デウスさまは人殺しをよしとはなされないはずだ」

「四郎さま……わしら、もう我慢ならんのです」

「親も嫁も子もみんな領主に殺された。それでもじっとしておらねばならんとね」

「悪いのは向こうばい。これは領主を地獄《べんぼう》に落とすための聖なる戦ばい」

「そうじゃ。デウスさまへの信仰を守るためなら、戦も許されるはずじゃ」

益田甚兵衛が進み出て、

「四郎……いや、四郎さま。もう歯止めはききませぬぞ。わしらも、この百姓衆とともに立ち上がりましょうぞ。とうとうそのときが来たのです。あなたさまを大将として、わしらはあなたの下知に従いまする」

「父上……」

「さきほど奇跡を起こされたことでもおわかりでござろう。あなたさまは、わしの子ではない。神の子であらせられます」

「神の……子……神……の……子……」

四郎はその言葉を噛みしめるように何度も口のなかで繰り返した。そして、意を決したように、

「わかった。戦おう。デウスの戦、聖なる戦だ」

「おおっ、サンタマリア！」

「四郎さまがついにご決心なされたばい」

「ありがたや……ありがたや」

歓喜に包まれる信徒たちに、四郎は言った。

「ただ……戦を起こすならば、勝たねばならぬ。死ぬための戦ではない。生きるための……神の国を作るための戦なのだ。そのためには……」

彼は、未狩女に向き直った。

「おまえの力がいる」

未狩女は身体を固くして、

「わ、私は……」

「あの神像さえあれば、私たちの願い求めている御世が、現世で生まれるのだ。頼む……われらの仲間になってくれ」

信徒たちも、なんのことかわからぬまま未狩女に向かって土下座をして、

「わしら、虐げられるもののマリアになってくだされ」

「領主の非道をご存知なら、お力を貸してくだされ」

「お願いばい……」

彼らの憑《つ》かれたような熱を帯びた眼差しに、未狩女はおびえて顔を伏せた。アルフォンゾが四郎に、

「神の子よ、なにを言っておられます。あなたこそ力のあるもの。このような女に頼ることはありません」

「あなたは知らないのだ。大穴山の洞窟には……」

「四郎さん！」

未狩女がきっとにらんだので、四郎は口を閉ざした。

「あんたたちの願い求めてる御世とやらは、ひとを殺すことでしか作れないものなの？　だったら、私は手助けできない。私の務めは、あの像を動かさないようにすることなの。――ごめんなさい！」

未狩女はそう叫ぶと小屋から走り出た。アルフォンゾはいぶかしげな顔つきで彼女の背中を見つめていたが、すぐに皆のほうを向くと、

「気にすることありません。さっきの奇跡を見たで

しょう。なにも案ずること、ありません。神の子ジェロニモがおられるかぎり、我々は負けることはないでしょう！」

高らかにそう告げると、

「神の子……！」

「四郎さま！」

信徒たちは武具を持って狂熱的にそれに唱和した。四郎も、右手を高々と挙げてそれに応えた。腹をくくったその横顔は凛々《りり》しく、また、神々しくもあった。

寄り合いはたいへんな盛り上がりとともに終わり、集まったものたちは、

「さっそく立ち戻って、四郎さまの奇跡のことを皆に教えてやりますばい」

と言い合いながら島から帰っていった。最後に残ったアルフォンゾに近づいたものがいる。佐助だ。

「京での首尾は上々だったようだな」

そう言うと、アルフォンゾはにやりと笑い、

「秀頼公ともお会いできました。万事はここに……」

そう言って膨れ上がった下腹を撫でた。

「目ん玉はどうしたのだ」

「向こうで、牛の化けものが貸してくれました。帰るときに、返せと言われましたが、むりやりもらってしまいました。牛の目は、また生えてくるそうです。——こちらも万事うまく進んでいるようですね」

「四郎も見つかった。お袋さまもさぞかし喜ばれるだろう。なれど……」

佐助が首を傾げたので、

「なにか、憂いありますか」

「四郎が口にしていた『あの神像』とはなんだ？」

「佐助さん、なにも聞いていないのですか」

「四郎の口ぶりだと、それが動けば戦に勝てる。だが、あの女は、動かさぬのが務めだと言っていた。——なんのことだ」

「さあ……」

「これは一度、西の山に入ってみねばなるまい。郡奉行がしょっちゅう山狩りをしているのは四郎を見つけるためだと思っていたが、あそこになにかあるのかもしれん」

老忍者はそうつぶやいた。

◇

翌朝、まだ暗いうちに、天草の代官所まえに、なにものかがふたつの死骸を置いて立ち去った。ひとつは下聞きのマムシの恭太の死骸で、腹を割かれ、引きずり出された腸を首に巻きつけられていた。その腸を数匹の野犬が争いながら食っていたのを、代官所の下働きが聞きつけて、それを見つけたのだ。もうひとつは首を斬り落とされた若い女の死骸で、陰部に石が詰め込まれていた。はじめはだれなのかわからなかったが、少し離れた場所で、犬がその頭部を貪り食っていたのでようやくベアトリスであることがわかったのだ。

ふたりの死骸のうえには、

このものども
でうすのばつにて
かかるあさましきすがたになれり
あんめぞーさんたまりや

◇

神社に戻り、なにごともなかったように父親の看病に努めていた未狩女の耳に、四郎の噂が入ってきた。あまりに多岐にわたるので、どれがまことでどれが嘘なのかもわからなかった。

「もうまもなくキリシタンの世が訪れる。その証拠を見せよう」

と言って数々の奇跡を行ったというが、その「奇跡」というのが、鳩を手のうえに載せて卵を産ませ、その卵からキリシタンの経文を取り出してみせた、とか、湯島で海上を歩いた、とか、紙を丸めて雀にして飛ばしてみた、とか、小石に火を点けて水のうえを走らせた、とか、針を石に吸いつけた、とか、なにも書かれていない紙を水に浸して文字を浮かび上がらせた、とか……そういったものばかりだ。未狩女もかなりまえに、江戸から来た薬売りにほぼ同じような幻術を見せられて驚嘆したものだが、薬売りは、

「客寄せのための手妻で、ちょっと稽古すればだれでもできる」

と笑っていた。四郎も、手妻を使って信徒をたぶらかしているのだろうか。そうは思いたくない。だが、大矢野村で狂人を治した、とか、死人を生き返らせた、といった噂となると、手妻で片付けるわけにはいかない。

(あのときの緑色の光……)

たしかに四郎の手がぐにゃりと溶けて、そこから緑色に輝く粘液のようなものが噴き出し、下聞きの身体を吹き飛ばしたのを、未狩女も見た。あれはなんだったのだろう。未狩女と大穴山で過ごしていた日々、四郎はあんなことをしたこともなかったし、できると語ったこともなかった。突然現れた気味の悪いパードレも、わけのわからないことを言って四郎を煽り立てていたが、どうも気になる。彼が飛び込んできたとき、ふところに隠れていたキュウが、きゅっ、と鳴いたことでもわかるが……怪しいのだ。どうも信じられない。あのパードレが、四郎を、信徒たちを焚きつけているのではないだろうか……。

世間では、つぎのような噂も流れているという。慶長年間に上津浦に住んでいたママコスというパードレが、マカオに追放になるとき、『未鑑の書』という予言書を書き残した。

「今から二十六年後に、必ず『善人』がひとり生まれる。その幼い子は、だれにも習わずに諸事を究め、奇跡を起こし、野山に白旗を立て、大勢の頭にクルスを立てるだろう。その子の現れるとき、野山には

ときならぬ花が咲き、東西の空に雲が焼け、日本中で地震が起こり、草も木も皆の家もなにもかも焼け果て、デウスの審判が下ってこの世の終わりが来る。仏教、儒学、神道は滅んでキリシタンの御世になり、デウスはキリシタンだけをお救いになる」

この「善人」が、四郎のことだと言い触らすものがいるらしい。彼らによると、四郎こそがそのデウスの使いで、彼が「大勢の頭にクルスを立て」「野山に白旗を立て」る……つまり、キリシタンを率いて一揆を起こし、しかもかならず勝つだろう、というのだ。

(戦になるのかなあ……)

未狩女はぼんやりと思った。そういう不穏な気配をひしひしと感じる。あっという間に、四郎は遠く離れたひとになってしまった。悲しかったが、相手が神の子では、

(仕方ないのかな……)

そう思いながらも、未狩女は四郎の身の上を案じていた。なにか、怖ろしいことが起きそうな気がしてならなかったのだ。

だが、父親の封魔斎は、

「危ういのはおまえだ。蔵に隠れておれとあれほど申したであろう。また代官が来たらどうするつもりだ。わしの看病などせずともよい」

未狩女は、一日の大半を蔵の二階で過ごしていたが、ときどきここに来ては父親の身の回りの世話をしていた。病は日に日に重くなる一方だが、医師もおらず、薬も買えぬのでどうにもならぬ。せめてそばにいて、話し相手になろうと思っていた。

「そうはまいりません。父上のお世話は私の大事な務めです。——さ、あちらを向いてください。今、下着を……」

そう言いかけたとき、乳房のあいだで「きゅっ、きゅっ」という声がした。途端、表のほうでなにかが倒れたり、割れたりするような大きな物音が続けざまに起こった。そして、大勢が荒々しく廊下を踏

み鳴らす足音がこちらに近づいてきた。封魔斎は、

「逃げろ。代官だ」

未狩女は青ざめたが、足音はすでに父親の寝所のまえまで来ていた。未狩女は短刀を懐に入れると、父親を守るように布団のまえに座った。襖が開く。立っていたのは代官ではなく、家士たちを従えた郡奉行笹川小三郎だった。笹川は、未狩女の腕を掴んでむりに立たせると、

「ようやく見つけたぞ。どこに隠れておったのだ」

未狩女が無言でにらみつけると、

「まあ、よいわ。——来い」

未狩女はもがいたが、郡奉行の力は強く、彼女は引きずられていった。

「ミカ……！」

父親の叫び声が続いていたが、そのうちに聞こえなくなった。

未狩女は、一室に引き入れられた。ふだんは使っていない部屋だ。家士たちとともに笹川はそこに入ると、未狩女の胸倉を掴んで引き寄せた。

「本草学者にいくら調べさせても、あの神像が動く秘密がわからぬと申す。使えぬ男よ。——あの像が意のままに動けば、唐津はおろか、筑紫国、いや、この日本をわがものにすることもできる。徳川にかわってこのわしが……笹川小三郎が天下をとることもできよう。それには、おまえの力がいる。あの像をわしのために動かしてくれい」

「お断りします。あの像が動かないようにすることが私たちの務めなのです」

「わしの申すとおりにしてくれれば、天下を得たおりにわが妃にしてつかわすぞ。そうなれば、どんな栄耀栄華も味わえよう。金銀財宝は使い放題、美味きものも食い放題じゃ」

未狩女は汚らわしそうにかぶりを振り、

「泰平の世を覆すなど、ひとの道に外れたことでございます。それに、飢饉の折から、天下さまでもそのような贅沢《ぜいたく》ができるはずもありません」

「できるわい。百姓というのは、搾り上げればいくらでも搾れるものじゃ。あの像の力があれば、皆、震えあがって年貢を納めるにちがいない。まだまだ搾れるぞ」

「とんでもない話です。今でも百姓衆は飢えと年貢で死にかけていいます。娘を売ったり、間引きをしたりしても足りないのです。ひとをたくさん殺すことで取った天下、飢えたひとたちから搾り取った金銀……そんなものになんの値打ちがありましょう。お奉行さま、どうぞお考え直し下さい」

「ふうむ……つまりはわしに力を貸さぬ、ということだな」

「はい」

「言うことを聞きたくないならば、聞くようにするまでじゃ。――おい」

笹川は家士たちに顎をしゃくり、

「席を外せ」

心得顔で皆は廊下に出ると、襖をぴしゃりと閉めた。笹川は未狩女にゆっくり近づくと、

「貴様をわしのものにしてやろう。キリシタンを転ばせるときも、いつも使う『手』じゃ。それまでどれだけ拒んでいても、わしの女になった途端、従順になり、仲間の居場所でもなんでもぺらぺらしゃべる。女とは哀れなものよ」

未狩女は壁際まで下がると、短刀を抜いた。

「そのような小さ刀でなにができる。外には、家来どもも大勢おるのじゃ」

未狩女は、いきなり短刀の切っ先を喉に押し当てようとした。

「たわけ!」

笹川は、未狩女の手を蹴飛ばした。短刀は宙を飛んで、畳のうえに落ちた。

「そうやすやすと死なせてたまるものか。もうあきらめい」

「ならば、舌を噛んで死にます」

「おっと、そうはさせぬ」

笹川は手拭いを丸めて口に押し込むと、未狩女にのしかかった。胸をはだけさせ、右手で乳房を荒々しく揉みしだきながら、左手を股間に伸ばす。あまりの汚らわしさに未狩女は気が遠くなりそうだったが、笹川は気絶することも許さなかった。未狩女の頬を、腫れ上がるまで叩くと、

「巫女風情が、郡奉行に逆らうとは……許せぬ！」

そう叫ぶと、下帯を外した。

「生娘か。それとも、村のものとでも遊んだか」

未狩女はもがきながら、憎悪を込めた目で笹川をにらみつけた。

「おう、怖い目じゃのう。その目が今に、とろりと溶けて、うれし涙を流すようになる。ふふふふ……」

未狩女のふところから、褐色の塊が飛んだ。キュウだ。キュウは、笹川の喉に噛みつこうとした。

「痛っ！　な、なんじゃ、これは」

笹川は小動物を鷲掴みにして引っ剥がすと、壁に叩きつけた。

「きゅう……」

キュウは動かなくなった。蒼白になった未狩女は必死になって笹川をはねのけ、キュウに近寄ろうとしたが、笹川は彼女の喉を掴んで引きずり倒した。そして、その両肩を畳に押さえつけ、口を吸おうとした。魚を食べたばかりのようで、生臭い臭いがして、未狩女は顔を背けた。しかし、むりやり唇を重ねられた。蛇のように動く舌が口のなかに入ってきた。股間に、熱いなにかが押し当てられた。

（ああ……もうだめだ……）

未狩女が思い浮かべたのは、四郎の顔だった。

（ごめん……四郎……）

そのとき、廊下のほうでなにやら罵声と物音がしたかと思うと、

「なにやつだ」

「どこへ行く」

「おのれ、腐れ浪人め」

襖が開き、ゴミの塊のようなものが飛び込んできた。酸っぱいような異臭……未狩女にはすぐにわかった。「弁慶」だ！　弁慶は、大股で部屋に踏み込んでくると、未狩女を左腕だけで軽々と掴み上げて、脇にひっかかえ、

「貴様らのような屑どもを生かしておくのは心残りだが、急いでおるゆえその首、胴につけておいてやる。御免！」

怒鳴るように言いざま部屋を飛び出し、風のような速さで廊下を走り抜けると、

「うはははは……！　悔しかったら追ってこい！」

弁慶は振り返って高笑いすると、未狩女にも信じられないほどの身軽さで山道を駆け下りて行った。

第八章

ついにデウスの審判《じゅいぞ》の刻が来た。デウスは、松倉家と寺島家の非道に怒っている。天空から炎が降ってきて、島原と天草を火の海にする。ゼンチョ（異教徒）は皆、その劫火に焼かれて死ぬが、キリシタンは死を免れる。だから、助かりたくばキリシタンになるよりほかない。一度転んだものも、ふたたび入信すれば救われる。

そんな噂が駆け巡り、仏教、神道などの信者たちがこぞってキリシタンに宗旨替えしているという。なにしろキリシタンの頭領は、まだ十五、六の少年だが、髪を茶筅に結い、前髪を垂らした若衆風の凛々しい顔立ちで、白い綾織《あやおり》の羽織《はおり》に裁付袴《たっつけばかま》、首には大きな飾り襟《えり》をつけた姿で、みずから「神の子」と名乗り、海を歩いたり、病人を治したりと数々の奇跡を起こしているらしい。

また、戦が起こりそうな気配を嗅ぎつけて、諸国から食い詰めた浪人たちが集まってきているという。彼らは、豊臣恩顧の家柄でも徳川に恨みがあるものでもない。戦は金になる。ひとを殺せば飯にありつける。そんな考えだけで、残飯にたかる蝿のようにどこからともなくやってきた無頼《ぶらい》の連中なのだ。そういう輩《やから》が、百姓衆や女子供に無法を働いているという。

未狩女は、そんな噂を聞くたびにため息をついた。

「四郎は……馬鹿よ」

彼女は今、大穴山の洞窟に隠れていた。かつて四郎が潜んでいた場所だ。あのあと彼女は弁慶とともに郡奉行の魔手から逃れたが、もう追ってくるまいと見極めをつけると弁慶は、

「おまえとともにいてやりたいが、わしには用があるゆえ、行かねばならぬ。あとはおのれの身はおのれで守れ」

未狩女も、命の恩人に失礼だとは思ったが、臭気ふんぷんたる弁慶の横にいると鼻が曲がりそうになるので、そのほうがありがたかった。

「あの……なぜ、神社にいらっしゃったのですか」

「わしはあの神像が気に入った。神像を動かさぬことが務めだとおまえが申したのに心惹かれてな、一度、宮司と話をしてみようと立ち寄ったのだ」

「あの像が動くときは、この世が滅びると言い伝えられています」

「さもあらん。あれはこの世にあらざるものだ。われらの考えの枠を超えておる。たしかにこの世を滅ぼす力を持っておるかもしれぬわい。なれど……そこがわしの心を打ったところよ。わしは、強いものに魅かれる。あの神は、おそらくなによりも強かろう」

未狩女は、少しだけならまことに動くのです、と言いたかったが、この男がまだなにものかわからないのでやめておいた。


「弁慶さんは、天草になにをしに来られたのですか」

「もうじき、ここで戦が起きよう」

やっぱりそうか……と未狩女は思った。五十がらみのこの侍も、食い詰め浪人のひとりなのだ。戦の火種があれば、どこにいてもそれと察してやってくる。そういう輩と同じだ……。

「われら剣客は、剣に生き、剣に死ぬものだ。わしは、わしの剣がこの世でいちばんだと信じ、それを明らかにすることを生きがいとしてきた。かつては、戦の場でそれを示すことができたが、時は移り、泰平の世となり、われらのごとき武人が腕を振るう場がなくなった。ゆえに、わしもはじめは、ここで起こるであろう戦に加わり、わが武名を挙げんと思うたのだ」

「…………」

「今、世間では、天下無双の剣は柳生流ということになっておる。わしは、わが流儀が柳生より強いことをとを証したく思い、幾度となく柳生但馬に試合を申し入れたが、そのたびに断られた。柳生家は、将軍家指南役ゆえ、軽々しく一介の浪人との試合などまかりならぬと申すのだ。それでは、いずれが天下随一かわからぬ。――ところが、こちらに来てみると、但馬のせがれ十兵衛が客分として寺島家にいるというではないか。わしは欣喜《きんき》雀躍《じゃくやく》した。麒麟《きりん》も老いては駑馬にしかずとか。但馬守もよる年波だ。今では、剣技は十兵衛に一歩を譲るという。それゆえ、わしは十兵衛に立ち合いを申し入れに参るところなのだ」

未狩女は、この物乞いのような浪人が、柳生但馬守やその息十兵衛のことを、まるで格下のように話すので驚き、また、呆れた。

「ただ、少し気持ちが変わった」

「え……？」

「あの神像を見ておると、わが剣技など取るに足らぬものに思えてきたのだ。まだまだ修行が足らぬようだのう。わしは、おのれの剣でもって、この世に安寧をもたらすことができると信じておる。あるお方にそう習うたのだ。たかが剣、されど剣なり。この地では、柳生に勝つとか負けるとかそんなくだらぬことよりも、もっとやるべきことがありそうだが……まあ、とにかく十兵衛に会うために城下に参る。ここから唐津までは遠そうだな」

「はい……急いでも半日はかかります」

「待たせて勝つのは慣れてはおるが……」

野武士のような男は謎のひとことを漏らしたあと、

「さっきの下衆、あれは寺島家の侍か」

「笹川小三郎という郡奉行です」

「人間の滓だのう。あのような男が奉行だとすると、寺島家も長くはないな」

そう言い残して、弁慶は去っていった。

(そうだろうか……)

寺島家が長くはない、という男の言葉は、未狩女には信じがたかった。代官たちが毎日のように神社

を訪れ、

「娘の居所を言え」

と封魔斎を責めたてているらしい。だから、危なくて神社には帰れぬ。父親のことは気にかかるが、どうしようもない。

笹川によって壁に叩きつけられたキュウは、いつのまにか未狩女のところに戻ってきていたが、調子が悪いのか、あまり鳴き声も立てず、動き回ることもない。いつまでこんなことが続くのか……と思いながら、未狩女は夜になると洞窟から這い出して食べものを集めながら神像を礼拝した。

（オオナムチさま……どうかこの地の民に安らぎと平安が訪れますように。父が元気になりますように……）

そして、少し間を置いてから、

（四郎さんが無事でありますように……）

巨大な像はじっと未狩女を見下ろすだけで、みじろぎもしなかった。

◇

「それではその方は、天草と島原で一揆が起ると申すのだな」

肥前国唐津城主寺沢兵庫頭堅高は、眼前に控えている武士に言った。その武士は髪を戦国の名残りを残したような茶筅髷《ちゃせんまげ》に結い、黒縮緬《くろちりめん》の羽織に柿色の袴という立派ないでたちである。眉は細く、両の目尻は吊り上がって頤《おとがい》が尖り、気の細かそうな顔立ちだ。

「御意にございます。それがし、まずは島原に参りまして、領民の様子、つぶさに検分してまいりましたが、領主と田中宗甫殿によるキリシタンへの弾圧、厳しい年貢の徴収、くわえて他家にはみられぬ苛税はもはや限度を超え、キリシタン百姓と豊臣の残党を核として一揆への思いが高まっておるようでございます」

「ふーむ……そうかのう」

気のない声で寺沢は返事をした。

「それは松倉家の話であろう。当家とは関わりはない。わしは、年貢やキリシタンのことは郡奉行や寺社奉行に任せてあるゆえ、よう知らんのだ」

美食と大酒、荒淫ででっぷりと太り、肌がかさかさになっている寺沢は、そんなことよりも今日の夕《ゆう》餉《げ》の献立のことと、どの愛妾と過ごすかで頭がいっぱいなのだ。

「島原と天草は海を挟んできわめて近く、両地のキリシタンどもはたがいに行き合い、談合《だんごう》を重ねているとも聞き及んでおり申す。また、天草でもキリシタンは笹川小三郎とその配下のキリシタン改めによって手ひどい弾圧を受け、代官による年貢の取り立ても苛烈を極めており、島原で一揆が起きれば、天草のキリシタンや百姓たちも呼応することは必定かと……」

「わしは聞いておらぬぞ。笹川は、近頃ようやってくれるゆえ、加増を考えておったところだ。笹川の話では、天草の百姓はまだまだゆとりがある、百姓はゆとりを与えるとなまけるので、もう少し絞らねばと思うております、と申すので、その方に任せる、よきにはからえと申したところだ。あれほど忠義のものはおらぬぞ」

「…………」

「それに、年貢というものは毎年これこれと決まっておる。それを決めたのは公儀ではないか。決められたとおりの年貢が取り立てられねば、そのうえに立つ武士に扶持《ふち》が払えぬではないか。そんなことでは困る」

「なれど、ここ数年は不作と飢饉が続き、百姓どもは草木の根を食わねばならず、子を売り、田を売らねば生きていけぬほどのありさま。少しは年貢の取り立てに手心を加えても罰は当たりますまい」

「安堵せよ、十兵衛。笹川は、慈悲のあるものだ。民百姓を苦しめるような真似はしておるまい」

「はあ……」

「それに、飢饉はわしの知るところにあらず。日照りや寒波は天のしわざだ。ひとの力ではどうにもならぬ。そうであろう？　また、キリシタン禁教令も、わしではなく公儀が出したものだ。パードレを追放せよ、踏み絵をせよ、宗門改めをせよ、キリシタンのものは改宗させよ……わしは、ご老中の申すとおりにしておるだけだ。恨むなら、わしではなく、天を恨み、公儀を恨むのが筋道ではないか」

「さようではございますが……」

「十兵衛、その方はいらぬことをあれこれ思案せずともよい。当家の家士たちに剣術の指南をしてくれればそれでよいのだ。そうすれば、美味いものが食え、美味い酒が飲め、見目良き女子が抱ける……そういうことだ」

寺沢堅高はそう言って笑った。

柳生十兵衛三厳は、かぶりを振りながら自室へと下がった。

（あの男はだめだ。おのれの足もとが今どうなっているのか、まるでわかっておらぬ……）

天草は、唐津の飛び地である。その飛び地に火が点いて、今にも肥前すべてを焼き払うほどの火災が起ころうとしているのに気付いていないのだ。

彼は、父宗矩の意を受けて、剣術指南をするという名目で当地に罷り越し、島原や天草をつぶさに見て回ったが、農民たちの暮らしぶりは思っていた以上に悲惨だった。このままだとおそらく一揆が起きるだろう。だが、それがどのぐらいの規模のものなのか、松倉、寺沢両家の武力で収めることができるのか、それとも公儀が乗り出さねばならぬのか……そのあたりの見極めはまだできていなかった。

豊臣秀頼が生きている、というのはどうやらただの風聞にすぎないようだ。もし、秀頼が存命なら、キリシタンや農民、浪人たちの先頭に立って旗揚げするだろう。いつまでも隠れているはずがない。四郎ジェロニモとかいうこどもがその代わりを果たしているところをみても、おそらく秀頼死去はまちがいないと思われた。それよりも気になったのは、このあたりのキリシタンたちの様子である。

(あれは……まともなキリシタンの教えではない……)

父宗矩の危惧《きぐ》が当たってしまったようだ。

長年の放浪に終わりを告げ、久方ぶりに江戸屋敷で父親と対面したとき、宗矩は十兵衛に言った。

「おまえは、キリシタンの教えがどのようなものか存じておるか」

なにが言いたいのか、と十兵衛は両目をしばたたかせた。

「忌むべき禁教ゆえ、一向に存じませぬ」

「それはいかん。われら柳生は、上さまの手足となって働くのが務めゆえ、取り締まるべき相手がいかようなものか、知っておかねばならぬ。ただやみくもに、禁教ゆえ退けるというだけではうまくいく道理はない。敵を知りおのれを知らば百戦危うからずと古人の言にもあろう」

「はい……」

「我々日本のものは、八百万《やおよろず》という大勢の神がこの世やあの世のもろもろを司っているという考えに慣れておるが、キリシタンの教えにおいては、たったひとりの神デウスが世界を造り、人間を造ったことになっておる。そのほかの神は認めぬ」

「イエスとかマリアとかいうのは神ではないのですか」

「イエスはデウスの子で、マリアはイエスの母だ」

「では、マリアはデウスの妻ですか」

「いや……そうではない。デウスとイエス、それに聖霊と申すものが『三位《さんみ》一体』と申して同一だと説くようだが、そのあたりのことはわしもようわからぬ。キリシタンには守るべき十の戒めがあり、デウスのみを敬い尊ぶべし、とか、デウスの名をみだりに唱えるなかれ、とか、父母を敬え、とか、人殺しや盗み、嘘、淫らな行いなどをしてはならぬ、とかそういったものだ」

「聞けば聞くほど、正しき教えのように思えます。われわれもそうあるべきかと……」

「そのとおりだ。正しきキリシタンの教えそのものには忌むべき点はほとんどない。公儀がキリシタンを禁じているのは、べつの意味合いからだ。なれど、はじめにフランシスコ・ザビエルなるパードレがわが国に持ち込んだものは、本来のキリシタンではなかった。どうやら、途上でべつの教えと入れ替わったようなのだ」

「べつの教え……？」

「デウスではなく、ダニチという神を信奉せよと説く。大日如来と語呂が似ておるゆえ、広めやすいと思うたのであろうが、ダニチは隠れ蓑にすぎず、その実、クトルス、フドウラ、ドゴンなどという邪神を祀っておる」

「邪神と申しても、われらの知る日本の神のなかにもひとに祟りをなすものがおりますが……」

「そういうたぐいとは異なる。おまえは、神とはいかなるものだと思うか。善神であれ悪神であれ、ひとの手の届かぬ高所におり、目には見えぬ。われらはこの世に顕れたその御業をもってのみ、神がおることを知る。神像にせよ仏像にせよ、あれはひとが拵えたものであって神そのものではない。ところが……クトルスやフドウラは、まことに海中深くに棲んでおる。手を伸ばせば触れることもできる。生身のものなのだ」

「それは……神ではなく、巨大な獣ではございませぬか」

「獣だとしても、人間よりはるかに大きく、この世を滅ぼす力を持つならば、『神』と呼ぶよりほかあるまい。キリシタンの神や八百万の神は、ひとの気持ちや行いをわかっておられる。なれどその神は、われらとはまるでちがう心を持ち、われらとはまるでちがう考え方をする。そもそも人間とは相容れぬのだ。われらのことに関心も持たず、われらがなにをしようが気にも留めぬ。いや、この世の森羅万象ことごとくに関心がないと言うてもよい」

「この世とまったく相容れぬものがなぜ海中に生まれたのでしょう」

「海中に生まれたのではない。星から来たのだ」

「星……？」

「そうだ。邪神たちは、ここで生まれたのではない。『この世ならざる場』からやってきた。そして、深海に落ち、幸いなことに今は長い眠りについておるのだ。ただ……その神がそこにおることで、人間のうえに大いなる影が落ちる。ひとは皆、邪な心を抱き、忌まわしき行いに励むようになる。邪神たちは、殺戮や血を好む。近づいてきた人間たちが、尊きものを汚し禁忌を犯し残虐な行いをすることを欲する」

「そのような怖ろしき邪神に、おのれから近付くものがおりましょうか」

「古来、クトルスやドゴン、フドウラを崇拝し、寄り添わんとし、その復活を願うものはあとを絶たぬ。秘儀をもって彼らの眠りを妨げ、ふたたび蘇らせんと企む馬鹿どもがわが朝にもおる」

「なんのために……？」

「おそらくは、その強大な力をおのれの野心のために使おうというのだろう。愚かな連中だ。神を御すことができるものはいないというに……」

「その愚かものとは？」

「真田よ」

宗矩は吐き捨てるように言った。

「クトルスの力を頼み、いまだ豊臣の世の再来を願うておる」

「…………」

「わが父石舟斎、若き日の廻国のみぎり、たまさかクトルス伝来を知り、それを防がんとしたが果たせなかった。以来、わしは父の遺志を継ぎ、公務のかたわら、ずっとクトルスを信奉するものたちに目を光らせていたが、長崎近辺に送り込んだ裏柳生から相次ぐ秀頼存命やキリシタン蜂起《ほうき》の噂は、とうとうやつらが動き出したのかもしれぬ」

「それがしになにをせよと。邪神を倒すのでございますか」

「倒す？　たわけたことを申すな。邪神を蘇らせんとするものあらば、その企みを妨げ、ふたたび眠りにつけるのだ。柳生の剣がいかに天下無双でも、神と戦って勝てるはずもない。身の程を知れ」

「申し訳ございません。――その邪教は、なにゆえキリシタンのふりをしておるのでしょう」

「花や木の枝そっくりに化ける虫を知っておるか。あれと同じよ。良きものに化けて、この国に広まろうとしておるのだ。わしが、上さまにキリシタン禁教令の発布を強くおすすめしたのは、キリシタンを怖れたゆえではない。クトルスの伝播《でんぱ》を食い止めるためだ」

「ならば、各地で弾圧され、殺されているパードレやキリシタン信徒は殺され損ということに……」

「やむをえぬ。キリシタンが根絶やしになったとしても、仏教や神道だけがあったころに戻るだけだ。だが……クトリスが広まり、邪神が蘇ったら……もう取り返しがつかぬのだ」

「御意……」

「そして、大徳寺の沢庵殿に占卜《せんぼく》をみてもろうたら、もっと恐ろしい卦が出た」

「なにがなんと？」

「此度のこと、その後ろには崇徳院の怨霊あり、とな」

「崇徳院……！」

言わずと知れた「日本国の大魔縁」である。

「まことかどうか、わしにはわからぬが、沢庵殿の申すことは信じぬわけにはいかぬ」

「崇徳院の霊はなにをしようとしているのでしょう。豊臣家の再興を後押ししようと……」

「ちがうな。あのお方は天狗ぞ。天狗というものは、どちらか一方に加担などせぬ。ただただ平和や安寧を嫌い、大勢が死に、血が川と流れ、天下が騒擾《そうじょう》となるのを傍観《ぼうかん》するのが楽しいのだ。地震、噴火、津波、飢饉、土砂崩れ、流行り病……そういったものを起こして、ひとびとが右往左往して苦しむのが好きなのだ。あのお方がおられるならばただごとではすまぬぞ、十兵衛、心してことに当たれ」

そんな会話が思い出された。

(これからどうすればよいのか……)

江戸からの応援を待つか、それともおのれひとりでできるだけのことをするか……。十兵衛が迷っていると、

「十兵衛殿に客人がお見えでございますが、いかがはからいましょう」

廊下から、寺沢家の家臣が声をかけた。

「客人……?」

心当たりはない。

「汚らしい、あ、いや、その……見苦しき浮浪人のような成りかたちにて、身体中が臭く、とても十兵衛殿の懇意の方とは思えませせぬが、一応、お取り次ぎいたしました。見知りの方でないならば、お断りいたしまするが」

「なんと申す御仁だ」

「それがその……弁慶と名乗っておいでで……」

「弁慶……? ふざけておるな」

「それがまた、面体や体つきなども、たしかに絵に描かれたる武蔵坊弁慶によう似ておりまする。では、拙者のほうで面会を断っておきまする」

「武蔵坊……ちょっと待て。会うてみる」

「え……? まことでございますか。その、見苦しき浮浪人の……」

「よい。これへ通さずとも、わしのほうから会いに参ろう」

十兵衛は立ち上がると、あっけにとられている家臣を尻目に玄関へと向かった。

ひと目見て、これは寺沢家が断ろうとするはずだと思った。上がり込まれると困るような外観の男だった。ごわごわした蓬髪に胸まである無精髭。弊

衣からは、なんともいえぬ悪臭が漂っている。しかし、腰にぶち込んだ大刀《たち》の拵《こしら》えは立派である。

「尊公が柳生の御曹司か。わしは弁慶と申す、諸国武者修行中のもの。江戸表において、尊公の父、但馬守殿に再三試合を申し入れたが断られたゆえ、十兵衛殿が当地においでと聞いてわざわざ足を運んだのだ。よもや、立ち合いを拒むようなことはあるまいな」

「なにかと思えば試合でござるか。たしかにそれがしは、父と違うて勝負を拒むようなことはいたさぬが、今ここでというわけには参らぬ」

「なにゆえだ」

「木剣や竹刀《しない》もなければ、立ち会いもおらぬ」

正式な試合となれば、立会人や検分役、行司役などを置かねばならぬ。そうでなければただの「私闘」とみなされ、たとえ勝っても「勝った」とは公言できぬのだ。

「それにまた、ただいま取り込み中ゆえ、後日を約し、本日は御免こうむりたい」

「逃げるのではなかろうな。取り込みとはなにかをうかがおう」

十兵衛は声を落とし、

「他人に告ぐべきことにはあらねど、ご貴殿にならば打ち明けても差し支えなかろう。それがしはこの地に、キリシタンと称するがまるで異なる怪しの教えについて調べに来た。その教えを信奉するものどもが百姓たちを扇動しておるらしいのだ。その一件が無事片付いたあかつきには、お望みどおり、立ち合わせていただこう。――それでいかがでござる」

「よかろう」

弁慶はあっさりと言った。

「わしもじつは、この地において神秘なるものを見聞きしたところゆえ、御曹司の言葉信じよう。――では、ご免」

「お待ちくだされ。――弁慶とはお戯れを」

「いや……わしは弁慶だ」

「それにしては、七つ道具を背負っておられませぬな。まことは宮本武蔵玄信《はるのぶ》殿、と見たは僻目《ひがめ》でござろうか」

弁慶は笑って頭髪をぐしゃぐしゃと揉み、

「ばれておったか。それもよい。――それではまた会おうぞ」

そう言いながら数歩行きかけたところで武蔵は振り向きざま、

「えやあっ！」

抜き打ちに斬りつけた。十兵衛もそれを予期していたらしく、舞のような華麗な所作で抜き合わせ、武蔵の旋風《せんぷう》のような太刀風をものともせずに真っ向から刃を合わせた。二撃を丁、三撃を発止と受け、糸ほどの細い隙を見つけると、身体ごと踊り込み、武蔵の首筋に剣を押し当てて、にやりと笑った。

「いかがでござる」

「む……見事！」

武蔵の目が輝いた。

「強い……強いのう。わしは強いものが大好きだ。気に入ったぞ、御曹司。此度のこと片付いたなら、かならずわしと試合うてくれよ」

「二言はございませぬ」

「うむ、そのためにも此度のこと……落着させねばならぬ。そうであろう。そうだ、そうだ」

武蔵はおのれに言い聞かせるように言うと、剣を納めた。

「宮本殿、試合は試合として、この唐津城に客分として滞留されてはいかがでござる。それがしから兵庫頭殿に頼んでみてもよろしい。風呂もございまするぞ」

「あっははははは……わしは風呂は大嫌いだ。それにのう、十兵衛殿……」

武蔵は声を潜め、

「寺沢家はそう長くはないぞ」

「それがしもそう思います」

ふたりは声を合わせて笑った。飄々《ひょうひょう》と去ってい

く武蔵の背中を見つめ、

（あの御仁が手助けしてくれたら、どれだけ心強いか……）

そう思いながら、十兵衛はこれからの「戦い」について考えを巡らせはじめた。

◇

四郎は、益田四郎から天草四郎と名乗りを変え、島原や天草をはじめ、各地で寄り合いを行った。そのたびに「奇跡」を起こして、キリシタンへの改宗を皆に勧めた。「デウスの審判が下り、この世の終わりが来る。キリシタンだけが生き残る」という噂が真実味を増したため、百姓だけでなく、町人、漁師などさまざまなりわいのものたちも改宗するようになった。小西家の残党だけでなく、有馬家の旧臣たちや小西家と同じく取り潰しにあった佐々家、加藤家の残党たち、それに天草家、志岐家などの地侍たちが刀や槍、弓矢、鉄砲といった武器を手にして、昔の花を咲かせたいと集まり出した。また、諸国から、久しぶりの大きな戦があるらしいと嗅ぎつけた浪人たちも続々と長崎にやってきた。彼らは、当地には縁もゆかりもなく、キリシタンでもないのだが、勝ちそうな側に加担して功名を立て、仕官したいというだけなのだ。

大きな寄り合いがいくつも開かれて、信徒たちの結束を促した。四郎も毎日、どこかの寄り合いに加わって、鳩を出したり紙でできた魚を泳がせたりといった奇跡を見せ、皆とともに讃美歌を歌い、デウスへの忠義を誓わせた。キリシタンの数が多くなり、取り締まる側もよほどの人数を揃えないと急襲しても反撃にあうようになってきた。もちろんそれで済むはずもなく、松倉・寺沢両家とキリシタンのあいだの緊張は日に日に高まっていった。

「キリシタンにあらざるものはひとにあらず。異教徒の家は焼き払ってもよい。どうしても改宗せぬものは殺してもよい。もうじきキリシタンだけの国ができる。そのときには、どうせ異教徒たちは皆、デウスの火で焼き殺されて死んでしまうのだ」

四郎は、クルスを高く掲げてそうのたまった。

しかし、すべてのキリシタンが一丸となって腐敗した政に天誅《てんちゅう》を下し、神の国を築く……という四郎の思いと、現実とが少しずつずれを見せはじめた。寄り合いのなかに次第に奇妙なオラショや、奇妙な儀式が入り込むようになったのだ。

ある日のとある集会で、耳慣れた「天にましますわれらがデウスさま、願わくば御名の尊ばれんことを、神の国の来たらんことを、御旨の天に行わるるがごとく、地にも行われんことを……」の代わりに、

深海にましますわれらが主よ
願わくば邪悪なる御名の尊ばれんことを
ツルイエの浮上せんことを
御旨の深海に行わるるがごとく、地上にも行われんことを
我らの日々の糧たる乳児の肉と血を、今日我らに与えたまえ
我らに罪を犯させたまえ
我らを悪に加担させたまえ
父なるドゴンと母なるフドウラ、そして偉大なるクトルスの御名によりて
「アーメン」

そういう文言が唱えられているのを四郎は耳にした。

「なんだ、このオラショは！　正しいものを知らないのか」

信徒たちは顔を見合わせて、

「アルフォンゾさまがこう唱えよと教えてくだすったばい。まことの主祷文はこれだちゅうて……」

「まことも嘘もあるものか！」

しかし、意味のある言葉が唱えられているだけまして、ある集会では、

いがあ・るがいあびゅ・ちゃじま・がずぉほ・わば・ふんぐる・がええじょね……べちゃ・べっちゃ・んみが・いでや・ぐびる・にちぇ・あるべ・ぐら・ふどら

ぢれ・ぢれ・びざんえめ・ぬが・いぶち・きみがや・ゆびた・ぞう・ぞう・ぐんね・くとーるふー・ふんぐるぃ・くとーーーるーふーーーくとーーーーるーーーーふーーーーー！

といった意味不明の呪文のようなものを全員で唱和させられていた。これらを唱えたあとは、大勢が気分が悪くなり、吐いたり、高い熱を出したりするのが常だという。

「どうなっているのだ。クトルスだのクトルフだの……どうなってしまったんだ」

四郎は憤ったが、ある集会で、生きた犬や猫、モグラなどを祭壇のうえで殺し、

「これはクトルスの聖なる血なり」

と言いながらその血を回し飲みしている光景を目の当たりにしたときは卒倒しそうになった。

「これも、アルフォンゾ殿の指図なのか！」

「へえ……でも、口之津《くちのつ》の寄り合いじゃあ、間引きされるはずの赤子の手足を四人で引っ張って殺し、その肉を食べたり、頭を齧《かじ》ったりしとるらしかです」

「なんと……」

彼らの話では、アルフォンゾは、

「いずれにしても死すべき運命《さだめ》だったこの赤ん坊も、こうすることで天の国に生まれ変わることができるのです。さあ、皆さんも食べましょう」

そう言いながら先頭を切ってむしゃぶりついたそうだ。信徒たちも、陰惨な秘儀を行うことで一体感が生まれ、また、来《きた》るべき終末への思いが高まるらしく、尻込みしていたものもひとりまたひとりと儀式に加わるようになり、そのうちにだれもおかしい

とは思わぬようになったという。我々はこれから戦をするのだ。戦国大名は武運長久を祈るために敵の大将の髑髏を盃にして酒を飲んだというではないか……。

四郎は烈火のごとく怒り、

「デウスの御心に逆らう行いだ。パードレはどこにおられる」

「今日は、布津村《ふつむら》の寄り合いで……」

四郎がそこに駆け付けた。なかに入ると、祭壇のうえにバラバラになった乳児の死骸があり、アルフォンゾや信徒たち二十人ほどがなにかを口に入れて咀嚼《そしゃく》していた。

「なにをしている！」

四郎が大声を出すと、おびえる信徒たちをかばうようにまえに出たアルフォンゾが、

「これはジェロニモ殿、なにを騒いでおいでです」

「なにをしているのかときいているのだ」

「西洋では、戦のまえにかならず行う儀式です。穢れのない仔羊を生け贄《にえ》として捧げるのです。また、アブラハムもわが子を神のために殺そうとしました。生まれたばかりの赤ん坊は穢れを知らない。それゆえ、生け贄にはたいへん適しているのです。なければ、死んだばかりのこどもの墓を掘り返さねばなりませんから、たいへんラッキーでした」

と言われ、黙るしかなかった。もう、天草・島原を取り巻く状況は、四郎の一存ではどうしようもないところまで来ていたのだ。信徒の数はすでに何万人にも膨れ上がっており、四郎にも正しい人数はわからなかった。各所で勝手に寄り合いが行われ、それぞれに妙な儀式が行われて蜘蛛が子を産むように新しい信徒を増やしていた。もはや引き返すことはできない。

しかし、寺沢・松倉両家は、キリシタンが蜂起寸前であることを公儀に知られてはならぬと、よりいっそう弾圧を強めた。しかも、年貢も今までどおりに取り立てようとした。寄り合いはつぎつぎと密

告され、捕り方が信徒たちを連行していった。彼らは二度と帰ってこなかった。転ばせるため、城の地下牢に放り込まれているのだという噂だった。しかし、潰されても潰されても、新しい寄り合いがどこかではじまった。こうなるともうイタチごっこというやつで、あとにして思えばそんなことをしながら、四郎もキリシタンたちも寺沢・松倉家も、地獄への坂を転げ落ちていたのだ。

◇

行方《ゆくえ》がわからなくなっている信徒が三百人にも達していると聞いて、四郎は驚愕《きょうがく》した。

「どういうことだ」

「城に捕らえられているのではないかとのことだ」

有馬家の旧臣だった武士が言った。

「三百人も入れておくような牢はあるまい。殺されたのではないか」

四郎がそう言うと、皆が一斉に、

「殺すなら、見せしめとして皆にわかるようにやるはずだ。そんな話は聞いていない」

「どこから寄り合いの場所や日時が漏れているのだろう」

「仲間の人数が多くなり過ぎている。胡乱《うろん》なものも、なかにはいるかもしれぬ」

「京や大坂から近頃加わったものが怪しかばい」

「胡乱でも仲間は仲間だ。疑うのはよろしくない」

「でも、現に誰かがその仲間を売っているのだ」

アルフォンゾが四郎に向かって、締めくくるように、

「悲しいことですね。でも、悲しんでいてもしかたない。いなくなった三百人の代わりとなる同志を集めましょう」

「そ、そうだな。そのとおりだ」

釣り込まれて四郎もうなずいた。

◇

「今、幾人《いくたり》ほどぞ」

淀殿が、巨体をぬるりと反転させながらたずねた。

薄暗い地下で片膝を突き、アルフォンゾは言った。

「三百、ほどでございます」

「なに……？」

白い海豹《あざらし》が目を剝いた。その左右には、常のごとく猿飛佐助と真田大助が控えている。

「なにをしておるのじゃ。わらわが申しつけたるは九千九百九十九人ぞ。それをたった三百とは……」

「申し訳ございません！」

アルフォンゾは米つきバッタのように頭を何度も下げた。

「神を召喚するには、九千九百九十九人の亡骸と血がいるのじゃ。あと九千六百九十九人……あああ、足りぬ！　死体が足りぬ」

「ご案じくださいますな、今、四郎さまが集めた我らが同志、すでに一万を優に超えております。このまま行けば、しまいには三万人にもなるでしょう。ですから、そのうちの九千七百人を殺したとしても、まだキリシタン軍は二万人おりますゆえ……」

「おお、さすがは四郎……愛しいわが子じゃ。でかした。でかしたわい」

淀殿は涙ながらに吠えた。感情の起伏が激しすぎて、一瞬ごとに気分が変わる。

「ならば、死骸の数はなんとかなる。——いや、ちがう。ちがうぞ。肝心の『外法《げほう》』がおらぬではないか！　外法は見つかったのか！」

「そ、それは……」

淀殿はずるずると巨大な胴を引きずるようにしてアルフォンゾのまえまで来ると、両手で頭を掴み、前後左右に激しく揺すぶった。

「いくら骸が揃うたとて、外法がなくばこの呪術成り立たぬ。おまえが愛宕山で、崇徳院さまに直に聞いてまいったることであろうが」

外法というのは外法頭の略で、並外れた大きな頭のことである。外法は仏法を裏切り、秘儀を行うことで成立するが、このときに使う呪具として長頭《ちょうず》頭《あたま》の頭蓋が必要となる。史書である『増鏡《ますかがみ》』よると、西園寺公相《きんすけ》の頭蓋骨が外法に使われるために墓場から盗まれたという。また、外法は天狗の法とも言い、この世の道から外れたものが習得する禁断の術である。

「はい、崇徳院さま、秀頼さま、真田信繁さまなどから教えを受けました」

「おうおうおう、秀頼、会いたいのう。わが子にして愛しの君よ。おうおう……」

淀殿は両腕を打ち振ってさんざんに叫んだあと、海獣が咆哮《ほうこう》するような声で、

「偉大なるクトルスさまの眷属にして黄泉国の支配者、須佐之頭蛇《すさのとうだ》さまをお呼びするのじゃ。道具立てにひとつでも狂いがあってはならぬ。早う外法を探してまいれ！」

「は、はい。かしこま……」

「此度は、佐助と大助も参れ」

「なりませぬぞ、お袋さま」

真田大助が言った。

「お袋さまには介添えがいり申す。どちらかが残らねば……」

「よい。わらわはどうなってもよいのじゃあ。外法を見つけるのが先じゃああっ」

淀殿は激昂して叫んだ。また癇が高ぶってきたようだ。

「わかった。わしが行く。大助、おまえは残ってお袋さまの面倒を見よ。――さ、パードレ。疾く参れ」

佐助は早口に言うと、アルフォンゾを急き立てるようにしてその場を離れた。

◇

その朝は、なぜか胸騒ぎがして未狩女は眠れなかった。巫女としての勘であろうか。もしかすると、これまでにないたいそうな山狩りがあるのかもしれない。未狩女はおそるおそる洞窟を出た。途端、

「きゅっ！」

キュウが鋭く鳴いた。郡奉行に壁に叩きつけられてからあまり鳴かなくなったキュウの久しぶりの声だった。なにものかの黒い影が目のまえに落ちた。

身を翻して逃げようとした未狩女に、

「未狩女！」

それは彼女が待ち焦がれていた、懐かしい声だった。

「四郎……！　どうしてここへ……？」

「おまえに会うために来たのだ」

「ひとりで？」

「もちろん」

「なに、その襟、変」

未狩女が深い襞のあるつけ襟を指差して笑うと、

「おかしいか？　かっこいいと思ってるんだけど……」

ふたりはくすくす笑ったあと、固く抱き合った。

今や神の子として一万の信徒を率いる四郎が、供も連れずたったひとりで来てくれたことに未狩女は感激した。

「いろいろたいへんそうね」

「ああ。——おまえもな」

それだけで、会わなかったあいだのすべてがわかりあえたような気がした。ふたりは口づけを交わしたあと、並んで座り、いろいろな話をした。もし、なにもかもがうまく片付いて、落ち着くときがきたら、一緒に住みたいね、とか、海の見える丘がいい、とか、そのときは私が漁をしておまえは畑仕事をすればいい、とか……けっしてかなわぬだろう泡のような話だった。そして、とうとう来てほしくない「そのとき」が来た。

「なあ、未狩女。私はこれから天草に戻り、大勢の信徒たちと心ひとつにして、お上の政《まつりごと》に声を上げることになる。おまえも一緒に来てくれないか」

未狩女はしばらく黙っていたが、やがて、小さくかぶりを振り、

「無理」

四郎はため息をつき、

「なぜ無理だ。神に仕える巫女だからか」

未狩女の応えがないので、

「今や天草、島原は言うに及ばず筑紫の全土でデウスに帰依するものたちが増えている。おまえも洗礼を受けてデウスの信者になればよい」

「私は、徒党を組んで人殺しをするのは嫌。デウスがそれを強いる神なら、ついていけない」

「デウスを悪しざまに言うのはよせ。デウスは、ひとを殺せなどと言ってはいない。それはあくまで、我々の勝手な行いなんだ」

ふたりは無言で遠くを見つめた。

「ねえ、四郎……このままふたりで逃げない？」

「――え？」

「この国を出て、どこか遠く……琉球でも蝦夷《えぞ》でもいい。だれにも知られないところで、ふたりだけで暮らすの」

四郎は一瞬心を動かされたようだった。しかし、重い息を吐くと、

「そうできたら、どんなに楽だろうな」

「できるってば」

「そうはいかない。一揆は必ず起きる。私にはもう止めることはできない。信徒の数は、一万を超えている。ことを起こせば、それに賛同してあとから加わる同志はもっともっと増えるだろう。私には、彼らに対する責がある。ここで投げ出すことは許されないのだ」

「そう言うと思った」

「ことを起こすうえからは、かならず勝たねば意味がない。――未狩女！」

四郎は頭を下げた。

「私がなにを言いたいのかわかっているな」

「うん……。あんた、そのために今日ここに来たの？」

「それはそうだが……おまえに会いたいというのも

嘘じゃない」

「…………」

「あの神像が動けば……我々キリシタンの先頭に立てば、まちがいなく勝てる。一度だけだ。一度だけでいいから、私に力を貸してくれ。頼む。刀や鉄砲、まやかしの手妻ではだめなんだ。我々には『切り札』が……本物の『奇跡』がいるんだ！」

「オオナムチさまが動いたとき、この世は滅びる。この世はキリシタンだけのものじゃないわ」

「アルフォンゾというパードレを知っているだろう」

「湯島の集まりに来たひと」

「彼は、デウスに会ったと言っている。私は、それはまことであろうと思う。彼が盲目《めしい》になっていたことはまちがいない。デウスの奇跡で、新しい目を得たのだ」

「…………」

「そんなアルフォンゾが、南蛮の魔術を知っているらしい。私がやっているような小手先の手妻ではなく、本物の術だ」

「あんたが、緑色の光を出したのは……」

「あれはたまたまだ。あのときぎりで、それからは一度も出ていない。でもアルフォンゾの術を行えば、それは我々にとっての『切り札』になる。その術がうまくいけば、我々は勝つ……たぶん」

「じゃあ、それをやればいいじゃない」

四郎は長いあいだ無言で目を地面に落としていたが、

「おまえに断られたのだから……しかたがない。そうするしかないな……」

その声が虚ろに聞こえたので、

「それって、どんな術なの？」

「それは……言えぬ。だが、怖ろしい術なんだ……」

幾度たずねても、四郎は術の中身を教えようとしなかった。

「では……行く」

四郎は立ち上がると、未狩女に背を向けた。その後ろ姿は憔悴しきっているように見えた。とぼとぼと歩み去る四郎に、我慢できなくなって未狩女は叫んだ。

「もう会えないのかな」

「会わないほうがよいのだ。——どこかで我々が勝利したという報せを聞いたら、心のなかでひっそりと祝うてくれ」

「あの……アルフォンゾっていうひと、ちょっとおかしい気がするんだけど……」

「私も……そう思う。あ、それと……もしキリシタンが蜂起したら、神社や寺を壊したり、焼いたりするかもしれない。僧侶や神主は危ないから身を隠したほうがいい。——巫女もね」

そう言うと四郎は去っていった。追いすがって、もう一度後ろから抱きしめたいと思ったが、未狩女はかろうじてそれをこらえた。視界のなかの四郎は次第に小さくなっていき、そして消えた。

(これでよかったんだろうか。私は、オオナムチさまをキリシタンのために動かすべきだったのか……)

いくら考えても、答は見つからなかった。

(でも……私にもできることがひとつだけある)

未狩女はあることを決意した。

◇

深夜。月はなく風もない。代官所の裏口が開いて、そこから一台の荷車が現れた。引っ張っているのは、下腹だけが突き出した異形の男……アルフォンゾだ。荷台には、なにかがうず高く積まれている。彼は口笛を吹きながら軽々と荷車を引き、提灯も下げず、暗闇のなかを進んでいく。やがて、田舎道が岩地になり、海岸へと出た。そこに筏がつないである。アルフォンゾは筏《いかだ》に荷を移し替えると身軽に飛び乗り、櫓を使いはじめた。筏は黒光りする海面をゆっくりと滑っていく。波間から、コウモリの翼のついた小さなイカや、上半身がサメで下半身が蛸のような魚や、長い帯のような半透明のウミヘビなどが顔を出しては潜る。赤ん坊の手のようなものが全身に生えたマグロぐらいある魚、陰茎そっくりの突起で覆われた大きなウニ、女陰そっくりの割れ目が無数にあるクラゲなども、ときどき筏に乗り上げる。それをアルフォンゾは脚で蹴飛ばしたり、櫓《ろ》でつついたりして海中に落とす。そのたびに、ウニは陰茎の先から白い粘液を大量に出して水を濁らせる。

ひとでなし島に行くのか
阿呆だ阿呆だ
けけけけけけ……
ひとではなくなるぞ

「よく見ろ。私はもう、ひとではないぞ」

アルフォンゾが言うと、魚たちは一斉にけたたましく笑い、

そうじゃったそうじゃった
腐れ転び伴天連アルフォンゾ
とうにひとではなかったわい
わしらの仲間じゃわしらの仲間じゃ

やがて、小さな島に着いた。アルフォンゾは筏を浜に引き上げると、そこから荷を下ろした。それは十人ほどの人間の死骸だった。下は五歳ぐらいから上は七十歳ぐらいまでと老若男女、年恰好《としかっこう》はばらばらだが、いずれも死んでなお苦悶が顔に貼りついている。責めを受けた跡がないので、おそらく毒を飲まされたのだろう。アルフォンゾは、短刀を取り出すと、それらの死骸をひとつずつ解体しはじめた。慣れているのだろう、きわめて手際よく、首、手、足、乳房、心臓、腎臓、肝臓、胃、腸、肺、陰茎、

睾丸、女陰、骨……など部分ごとに分けていく。地面に穴がいくつも開いており、穴ごとに入れるものが決まっているらしく、ひとつの穴には手なら手だけを放り込む。その仕事をアルフォンゾは笑顔で、てきぱきと進めていく。

「首は首〜、腕は腕〜、足は足〜、乳は乳〜、肝は肝〜、尻は尻〜、骨は骨〜、タマはタマ〜、ボボはボボ〜、ヘノコはヘノコ〜」

わけのわからない歌を歌いながら、十人分の解体と分類をすっかり終えてしまうと、アルフォンゾは手についた血と粘液をざっと拭うと、島の中央にある黒い岩の下にある地下道へひょこひょこと入っていった。しばらく行くと、罵声が聞こえてきた。

「こりゃ、佐助！　ものの役に立たぬ爺よのう。外法頭ひとつ見つけられぬとは呆れ果てたる屑ではないか。さぞかし真田信繁も太閤殿下もあの世で泣いておられよう。この屑！　屑！　屑！　屑！　屑！　屑！　屑！……」

アルフォンゾは首をすぼめた。今日は彼よりも先に佐助が叱られていた。淀殿は後ろ向きになり、海豹の後脚の鰭で老忍者の顔を「屑！　屑！」というののしり声に合わせて、ぺしぺしと叩き続けているのだ。

「お袋さま、アルフォンゾが参りましたぞ」

真田大助が、目ざとく彼を見つけて、助け舟を出した。やれやれ、つぎはこちらの番か……とアルフォンゾは御前に進み出ると、

「淀殿にはご機嫌うるわしゅう……」

「わらわの機嫌は悪いぞ。アルフォンゾ、そちの首尾はどうじゃ」

「本日は、十名分の死骸が手に入りました。これで五百三十名分でございます。近頃は、寺沢、松倉両家のキリシタン改めと手づるがしっかりできておりますゆえ、寄り合いの日時と場所を教えるゆえ、捕らえた信者は身体にできるだけ傷をつけずに、こちらに下げ渡してもらう、というだんどりになってお

りましてな、向こうもキリシタンの数が減るので持ちつ持たれつ……」

「ええい、なにを申しておる。まだ、九千人以上も足らぬではないか」

「それは、四郎さまが集めた信徒たちを最後に一カ所にまとめ、そこで皆殺しにする策略にございますれば、ご安堵を……」

「たわけ！　わらわの望みは豊臣家の再興と徳川を滅ぼすことじゃ。信徒を皆殺しにしてしもうたら、元も子もないではないか」

「まえにも申しましたが、味方の数は三万にもなりましょうゆえ、九千人を殺しても十分な数が残ります。なあに、殺す九千人は女子供や老人、病人など、戦のできぬ連中を殺してしまえばいいのですよ」

「なるほど……それより、今も佐助を叱っておったところじゃが、外法頭はいかがした。見つかったか」

「それが……なかなか淀殿のおっしゃるような大きな頭の持ち主はおりません。今しばらくご猶予《ゆうよ》を……」

「猶予ならぬ！　もし、一揆が始まって、公儀の軍勢が各地より参ったるとき、須佐之頭蛇さまの召喚いまだできておらぬなら、キリシタンどもの負け戦は必定ぞ。わらわは、須佐之頭蛇さまに公儀の軍勢を蹴散らしてもらいたいのじゃ。食ろうてもらいたいのじゃ。踏み潰してもらいたいのじゃ。引き裂いてもらいたいのじゃ。たとえ九千九百九十九人の死骸が間に合うたとしても、外法頭がおらぬでは、ただやたらに死骸を集めたにすぎぬぞ！」

「とは申しましても……」

そのとき、地上のほうから魚たちの歌う声がかすかに聞こえてきた。

ひとでなし島にひとが来た
ひとでなし島にひとが来た
どうする、ぽい

どうする、ぽん
どうするぎゃぎゃぎゃぎゃぎゃぎゃー
淀殿が冷ややかな声で、

「転び伴天連、そちはつけられておったようじゃのう」

アルフォンゾは顔を歪めると、地上に駆け上がった。そこには、ひとりの少女が立っていた。未狩女だ。彼女は、地面に開いた穴をのぞきこんで、蒼白になっている。アルフォンゾは肩をすくめ、

「私としたことが、うかつでした。まるで気づかなかった。あなたは……たしか一度見かけたことがありますねえ」

「湯島の寄り合いでね」

「ふーん……あのときは見過ごしていましたが、あなた……頭が大きいですね」

「ほっといてよ」

「どうやってつけてきたのです」

「このひとに連れてきてもらったの」

未狩女の後ろから現れたのは、武者修行のようないでたちの、茶筅髷の侍だった。

「それがしがここ数日、ひそかに代官所を見張っていると、同じことをしている娘がおったのでな、話しかけてみると、パードレ、おまえが怪しいという。それで、ふたりでつけてきたのだ。まさか海を渡るとは思わなかったが、好都合に小舟がもやってあった。行き先はだいたい見当がついたし、音を立てずに櫓を扱うのは、わが党の得意とするところだ」

地下からふたりの男が姿を見せた。老いたほうが言った。

「なるほど……柳生の小せがれ、ついに参ったか。但馬も木っ端どもでは扱えぬ案件とわかり、そろそろ寄越すころだろうとは思うておった」

「真田の猿だな。——貴様が当地に忍び込んだ裏柳生を手にかけていたのか」

「そういうことだ」

「そちらのお方はどなたかな」

「真田信繁が一子大助幸昌」

「生きておったか」

「あいにくな」

佐助と大助は刀を抜いた。十兵衛も腰の三池典太《みいけてんた》光世《みつよ》を抜き払おうとした、その一瞬の隙を狙って、佐助が襲いかかってきた。老人とは思えない、とてつもない速さで疾走し、地面を蹴って高々と跳躍して、十兵衛の頭上を飛び越しざま、二本の手裏剣を放ち、同時に刀で斬りつけた。十兵衛はあわてるでもなくゆっくりと太刀を構え、手裏剣は顔をかすかに左右に揺らすだけで避けると、老忍者の刀を刀で跳ね返した。降下しかけていた佐助は、その一撃で姿勢を崩し、無様に頭から浜に突っ込んだ。老忍者はぶるっとつむりを振って砂を払うと、

「強い……！」

口のなかでそう唸った。それを聞いた真田大助が、十兵衛の斜め後ろから斬りつけた。両手で持つのもやっとという戦国風の重い刀で、太刀筋も「ぶった斬る」ような豪放なものだ。十兵衛は身体の側面が地面につきそうなほど右に身体を倒してかわすと、右脚を軸にくるりと反転して、下から剣を突き上げた。その俊敏な動きに応じることができず、大助の右腕は太刀を掴んだまま付け根から斬り落とされていた。おのれの肩から噴き出す鮮血に泣き笑いのような顔つきになった大助は、

「見せよるのう、柳生」

そして、残った左手で脇差を抜くと、

「でやあああっ！」

思い切った踏み込みで十兵衛の左胸を刺し抜こうとした。しかし、いくら戦場で鍛えた腕とはいえ、手負いの獅子は柳生流の頂点を極める剣客の敵ではなかった。あっさりとかわされ、勢い余って海岸の岩に激突し、そこに崩れ落ちた。

「死ねっ」

その岩の陰に隠れていた佐助が、もう一度跳躍し

ながら、刀を振り下ろした。

「また同じ手か……」

十兵衛は皮肉っぽく言うと、無造作に左手を突き出すと、空中にいる佐助の太刀の刃を親指と人差し指でつまんだ。

「――えっ？」

佐助が驚きの表情を浮かべた瞬間、

「白刃取りだ」

そうつぶやいて十兵衛は、手首をくい、とひねった。佐助はそのまま墜落し、砂浜に両手を広げた。二度も恥をかかされた老忍者の頭から分別が飛んだ。十数本の手裏剣を立て続けに投げつけたが、十兵衛はその一本一本を的確に太刀の峰で受け止めた。手裏剣をすべて投げ切ってしまった佐助は、太刀を槍のように構えると十兵衛目がけて突進した。十兵衛は剣を横に寝かせながら相手の胴に叩き込んだが、佐助はそのまま走り続けたので彼の身体は腰のところで上下に見事に両断された。上半身はすっ飛んで、海に落ちたが、下半身は倒れることなくその場に立っていた。

十兵衛は満足そうに刀の血糊《ちのり》を拭ったが、すぐ後ろから悲鳴が上がった。見ると、アルフォンゾが未狩女にのしかかり、その首を絞めようとしているのだ。未狩女は気絶しているらしく、ぐったりしている。

「こんな手近に……外法頭が……あったとは……うかつ……」

そんなことを口走りながら、パードレは未狩女の喉に手をかけた。

「いかん……！」

十兵衛が駆け寄ろうとしたとき、アルフォンゾが彼のほうを向いて、口を開けた。

「寸白よ、行け！」

おのれの膨れ上がった腹を強く押すと、口のなかからなにか白い、紐のようなものが数条、十兵衛に向かって飛び出した。それは、きわめて長く、太い蛇のような虫だった。二匹までは斬り払ったが、三匹目は刀をかいくぐり、十兵衛の顔面にべちゃっと貼りついた。虫は十兵衛の顔に巻き付き、その先端の鉤のような部分を十兵衛の左目に突き入れた。

「ぐわあっ」

さすがの十兵衛ものけぞったが、白い虫は眼球を噛み破り、そこから十兵衛の顔の内部に侵入しようと身体を激しくくねらせる。刹那、十兵衛は刀を逆手に持ち替えると、おのれの左目をずぶりと突き刺した。そして、身をよじらせる虫を左手で掴んで引きずり出し、地面に叩きつけた。眼窩から垂れ下がった眼球をみずから切断すると、十兵衛はアルフォンゾに向き直り、

「見破ったぞ、転び伴天連。貴様こそ、此度のことの元凶であろう。少年を神の子に仕立て上げてキリシタンを扇動し、戦を起こさんと企み、また、領主の犬ともなって仲間を売るかたわら、死体を集めて妖しの術を行わんとする。——禍津神クトルスに仕え、悪しき教えを広め、黄泉の王を召喚せんとする邪教の売僧め、それがしが成敗してくれる」

アルフォンゾはくつくつと笑い、

「私が元凶だなんて、おこがましいです。私は……日本の言葉でなんといいますか、ソウク、使い走りに過ぎません。まことの元凶はこちらのお方です！」

その言葉とともに、目のまえの大岩が吹き飛び、その下から凄まじい腐敗臭をまき散らしながらなにかが上がってきた。それを目にしたとき、十兵衛も未狩女も胃から酸っぱいものがこみ上げてきた。ぶよぶよした巨大な肉塊の一部は生白く、一部はタムシや白癜《しろなまず》が広がっている。垢と膿で綱のようにねじれた、長い白髪をひきずりながら、その身体を地上へと露出させた。

「ああ……おおおう！」

化けものじみた咆哮を上げ、脚鰭《あしひれ》をばたばたいわせながら、「元凶」は十兵衛に近づいていった。彼は、

それが「女」であること、下半身が大海豹のそれであることを見て取った。

「な、なんだこやつは……」

アルフォンゾは苦笑して、

「大坂の役にて一度死んだあと、呪法で蘇ったる秀頼公の母者びと……」

十兵衛は顔色を変え、

「まことではあるまい」

「それが、悲しいかな、まことなのです。デウスへの真実の愛を貫いていたこの私に、クトルスさまへの忠誠を誓わせたのもこのお方です」

淀殿は、目やにの溜まった両眼で十兵衛たちをねめつけると、両腕を広げた。身体中にたかっていたフナムシがばらばらと落ちた。

「わらわは、外道の呪術によって一度死に、黄泉国へと墜ちた。そこで黄泉国王須佐之頭蛇の寵愛を得、瀰み比命《ひめ》の名をもろうてこの世に舞い戻ったのじゃ。すなわち、わらわは外道の神である」

「黄泉国の王は須佐之男命のはずだ。須佐之頭蛇などではない」

「同じものよ。蛇に似たるいと長き身体を持ち、ひとの体内の暗き深淵《しんえん》、黄泉国に棲まう偉大な妖蛆《ようそ》、西洋ではセストーダ（Cestoda）、我が朝では須佐之《スサトウ》頭蛇《ダ》、寸白大神《すばくのおおかみ》、もしくはサナダムシと申す」

アルフォンゾが声高に、

「この娘の頭の大きさをご覧なさい！　これこそ私たちが探していた相手ではありませんか」

「おおう……おおおおう！」

淀殿は吠えた。

「うれしやのう。ようよう見つけた、ようよう見つけた。これで、『暗黒召魔之術』の材料がみな揃いそうだぞよ。死体を九千九百九十九人分、天狗の腸に棲む寸白を十数匹、そして外法頭をひとつじゃわいなあ」

十兵衛は、未狩女の頬を叩いて目を覚まさせると、

「逃げるぞ。化けものが出た」

「えっ？　どこに？」

「見るんじゃない。海のほうだけを見て……走れ！」

そう叫ぶと、十兵衛は自分も走り出した。

「女、貴様の頭が入り用じゃ。寄越せ、寄越せ」

淀殿は、長い爪の生えた両手を開いたり閉じたりしながら追ってくる。

「逃がしはせぬぞ。待てい……待てい！」

淀殿は、巨躯を振り立てて磯を進み、海に向かって吠えた。するとたちまち風が激しく吹きすさび、波が高く鳴り響き、海流が渦を巻いた。十兵衛と未狩女は、来るときに使った小舟に乗り込み、櫓を使おうとしたが、荒れ狂う海はそれを許さなかった。波濤に捕らわれた小舟はあっという間に空中に投げ上げられ、ふたりは海に投げ出された。奇怪な魚やクラゲたちがわらわらと集まってきた。十兵衛と未狩女の姿は波間に没した。

「どこじゃ……どこにおる」

淀殿は、巨体を折るようにして漆黒の水面を覗き込んだが、やがてため息をつき、

「逃げられたか。このたわけ、たわけ、大たわけが！　どうしてくれる。――貴様のせいじゃ！」

淀殿はアルフォンゾに掴みかかった。だが、もう慣れたものだ。パードレはひょいとかわして、

「まあまあ、落ち着いてください」

「これが落ち着いておらりょうぞ。死体の数は足らぬし、佐助はくたばり、外法頭は取り逃がすとは……おおおう、おう、おうおうおう……」

そこへ、気絶から回復した真田大助がやってきた。片腕を失い、顔は土気色だが、言葉はしっかりとしている。彼は、取り乱して泣き喚く淀殿をなだめるように、

「お袋さま、おなげきはご無用、ご無用。死体の数が足らずとも、呪法はなんとかなりましょう。それに、外法頭も心当たりがござる」

「なに？　そりゃまことのことか」

横合いからアルフォンゾも、

「それに……四郎さんのことは気になさることありません」

「なぜじゃ」

「それは……」

ふっふっふっ、とアルフォンゾは笑った。

◇

顔を大きな頭巾で包み、野良着を着て、未狩女は大矢野で行われていた集まりを訪ねた。ここで四郎が説法をしていると耳にしたからだ。海原に投げ出され、荒れた潮に呑み込まれたあと、未狩女は必死に泳ぎ、なんとか海岸にたどりつき、九死に一生を得た。かなり水を飲んだし、怪我もしたが、キュウが身体を癒してくれたので回復は速かった。しかし、十兵衛とははぐれてしまった。死んだのか助かったのかすらわからない。海岸を探してみたが、それらしい死体も上がっていなかった。

(左目をやられてたみたいだし……どうなったか……)

だが、危ないとはわかっていてもじっとしてはいられない。あの小島で見たことを、四郎に伝えなければならない。アルフォンゾは裏切りもの。信徒を売って捕縛させ、その死体をもらい受け、バラバラにして小島の穴に溜め込んでいる。呪術の材料にするために、だ。それを知ったら、さすがに四郎も、この戦がいかに忌まわしい、愚かなものかを悟るだろう……。

見つかってもかまわない。四郎を、大勢の信徒たちを救うためなのだ。未狩女は覚悟を決めて寄り合いの場所に向かった。それは、大矢野の村はずれにある朽ち果てた堂だった。外から見ると、扉が外れ、柱は腐り、壁は崩れ、根太や床も歪んでおり、なかにひとがいるとは思えぬ。だが、近寄ってみると、なかにひとがいるのがわかる。それも大勢。耳を澄ますと、床や柱が「きしきし、きしきし……」とかすかに鳴っているのが聞こえるのだ。そして、その奥から異国の言葉とおぼしき祝詞《のりと》のような声が……。

へべ……へるび……ゆかぞ……おおべよぶ……いが……ぎ……ふたぐん……

あめるげや……るるい……えびす……のーぎない……か……か……

びびらんぞ……おお……ぎゅゆうぞんね……かり……あがり……いいいいい……

聴いていると、頭の芯がどんよりとなり、耳が重くなってくる。胃がむかむかして、目の奥に錐《きり》で刺したような痛みが生じる。未狩女は、斜めに傾《かし》いでいる扉を開けると、なかに入った。キュウが「きゅいっ」と鳴いた。足もとが、ぎしっと音を立てた。ええい、ままよ。未狩女は堂の奥へと早足で進み、そこにあったもうひとつの扉を開いた。

燭台の灯りが揺れ、その場に集う大勢の影を浮かび上がらせた。壁際に、十五名ほどが並んで、奇怪な祝詞をあげている。未狩女が入ってきたとわかっても、祝詞をやめない。

くーと……るーふー

くーとる……ふー

くーーーとるーーーーふーーーーー

そして、正面の祭壇を囲んで、五、六人が立っている。そのなかのひとりがこちらを向いた。四郎だった。近づこう、として足が止まった。四郎が手に抱いているものに気づいたからだ。それは、血まみれの赤ん坊の死骸で、しかも首がなかった。そして、四郎の口もとには血がべっとりと付いていた。ほかのものたちも、暗い眼差しで未狩女を見ながら、もぐもぐと口を動かしている。

「おまえが悪いのだ」

四郎は、低い声でそう言った。

「おまえが、あの像を動かすのを拒んだから……こんなことになってしまったのだ。私は……地獄《いんへるの》へ堕ちた」

「私のせいだって言うの？」

「そうだ……」

「じゃあ……アルフォンゾがやっていることも……」

「知っている。彼は、黄泉の王を召喚するための材料を集めてくれている。それもこれもなにもかも……キリシタンと百姓衆のためなのだ」

「ちがう。あんたは騙されてる。あいつらは、もう一度天下を豊臣のものにしたいだけ。あんたたちはそれに踊らされて、うまく使われてるだけよ」

「だとしても……もう遅い」

四郎は、口のなかからプッとなにかを床に吐きだした。それは、赤ん坊の眼球だった。未狩女は悲鳴を上げた。

「たとえそれぞれ考えるところは違っていても、目指すものが同じなら、今は手を組むしかない。私は、地獄へ堕ち、このようなおぞましい姿になろうとも一片の後悔もない。なぜなら、すべては戦いに勝ち、この国の虐げられたキリシタンと百姓衆を救うためなのだから」

「ちがうっ。ちがうちがうちがうちがうちがうちがう」

「ちがわない……ちがわない、たぶん。でないと……私があまりにみじめではないか」

「で、でも……アルフォンゾは、須佐之頭蛇とかいう邪神を呼ぶために、私の頭を使おうとしているのよ」

四郎の目が一瞬、糸のように細まって、

「そのとおりだ。——未狩女、すまぬがおまえの頭を……」

四郎は、腰に下げていたサーベルを抜き、未狩女に斬りかかった。

「私にくれ！」

そのとき、未狩女のふところからキュウが走り出て、空中に停止した。その小さなふわふわした褐色の身体が鉄のごとき硬質に変化したかと思うと、煮えたぎるような赤色になり、つぎの瞬間、そこから青白い光輝が凄まじい勢いで放出された。堂全体が、いや、その遥か上空までもが、目もくらむような光に満たされた。空間が揺らぎ、視界が赤や青や緑につぎつぎと染まった。堂は木端微塵になり、それを形作っていたもののほとんどが蒸発してしまった。かろうじて残った土台は黒く焼け焦げ、ぶすぶすと音を立てていた。集まっていた信徒たちの多くは、着物や髪の毛が焼けてしまい、肌には蛇がのたうったような蚯蚓《みみず》腫れが幾筋もついていた。ほとんどは失明か大怪我ですんだが、なかには命を落としたものもいた

「あの娘も、四郎さまみたいな魔法を使いよるばい」

「天人かもしれん」

「怖ろしか……」

瓦礫《がれき》のなかからようやく立ち上がった四郎は、

「だから、会わないほうがよい、と言ったのだ……」

そうつぶやいた。

◇

未狩女は、西の山へ逃げ帰っていた。あれからキュウは死んだようになり、ぴくりとも動かない。温めても、水をかけてもだめだ。見かけは鋼のようなものからふさふさした毛玉に戻っていたが、毛並は悪く、色も灰色だ。

(四郎が……私を殺そうとした……)

あまりの衝撃に、未狩女は声も出なかった。彼女は洞窟に行き、巨神像を見上げた。いつもと同じ、なにも考えていない顔つきだ。神像を見ているうちに、未狩女の目から涙がぽろぽろとこぼれはじめた。未狩女は泣いた。大泣きした。そして、涙が枯れ果てたと思ったとき、

「探したぞ！」

忘れかけていた不快な声が響き渡った。凍りついた未狩女がゆっくりそちらを向くと、そこには郡奉行の笹川小三郎が立っていた。数百人の捕り方が彼の後ろに控えている。

「このまえはとんだ邪魔が入ったが、今度はそうはいかぬぞ。——召し捕れ」

捕り方たちが未狩女に向かって押し寄せてきた。

第九章

戦がはじまるきっかけについてはさまざまに言われている。

口之津村の大百姓与三左衛門《よざえもん》の年貢米三十俵が、飢饉のため未納になっていた。口之津は、松倉家の家老田中宗甫の知行地《ちぎょうち》であった。宗甫はみずから村に赴き、三十俵を出せと迫った。しかし、出したくともそんな米はどこにもない。すると宗甫は、与三左衛門の義理の娘を籠に入れて、急な流れの川に浸け、

「米を出せば助けてやる。出すまでわしはこの村にとどまる」

と言い放った。娘は身重だったので、与三左衛門はせめて男に替えてくれと懇願したが家老は聞かなかった。娘は、川に浸けられたまま五日を過ごし、六日目に川のなかに赤子を産み落とした。もちろん娘も赤子も死んだ。なんとか年貢米を捻出せねばならぬと親類を集めて話し合っていた与三左衛門のところに、娘と赤子の骸が届けられた。憤《いきどお》った与三左衛門は、ただちに七、八十人の「頭百姓」と談じ合い、天草にいた親類らも加わって、しまいには八百人ほどになった。彼らは、田中宗甫の宿所に押しかけて火を放ったが、宗甫は島原城に向かって逃げ出し、それに気づいた大勢があとを追った。そこに近隣の百姓たちがつぎつぎと加わっていき、ついには数千人とまで膨れ上がった。彼らのほとんどはキリシタンだったので、そうでないものもそれを機に改宗し、皆がキリシタンとなって積年の恨みを晴らすことになった。こうして一揆がはじまった、という。

また、天草四郎に深く帰依していた有馬村の三吉と角内という百姓が、大矢野での集会のとき四郎から聖なる絵像を拝領した。ふたりは有馬へ戻ると、

村人たちに四郎の霊験《れいげん》あらたかなことを語り、キリシタンになるよう熱心にすすめた。夜になると、ふたりの家は灯りを持った信徒たちであふれかえり、なかに入れぬものが列を作っているほどだった。その数は一晩で七百人にもなったという。それを聞いた松倉家の同心頭が村へ行ったころには、信徒の数は三千人にも及んでいた。役人はふたりを捕らえ、島原城に連れていって処刑した。だが、有馬村の信徒たちは、

「三吉さまと角内さまは死んで昇天され、自由の身分となられた。おふたりの魂を祀り、礼拝するのだ」

といって、もはや隠れることなく寄り合いを続けたので、代官林兵左衛門がそこに乗り込み、貼ってあった聖画を引き破って火中に投じ、信徒たちをむりやり解散させようとした。信徒たちのひとりがいきなり、

「おまえはデウスさまの敵ばい」

と叫んで、代官を鍬で叩き殺してしまった。代官を殺してしまっては、もうあとには引けぬ。これがはじまりとなり、有馬村の信徒たちはほかの村々のキリシタンに、

「聖なる戦をはじめるから、代官所や寺、神社に火をつけ、仏像を壊し、代官や僧侶、神主を殺してほしい」

という書状を送った。多くの村がこれに賛同して一斉に蜂起した。彼らは、キリシタンでないものに、

「キリシタンにならねば殺すぞ」

と改宗を迫った。口之津、加津佐、小浜、北岡など、各所で代官や僧、神官などが殺され、なかには行きずりの旅人までが「キリシタンでない」ということで殺害された。信徒たちは、彼らを磔《はりつけ》や獄門など残虐なやり方で惨殺した。これまで溜まりに溜まっていた怨念が破裂したのだ。寺の住職の首を斬って旗差もの代わりにしたものたちもいたという。

一揆はみるみるうちに周辺を巻き込み、信徒たち

の数は膨大なものになった。彼らの決意が並々ならぬものであったことは、身内の十五歳以下のこどもを自分たちで殺したうえで蜂起した、という一事からもうかがい知れる。こどもは足手まといになるし、人質に取られたりすると親の情が湧いて一揆の妨げになるからである。

また、キリシタン側は、刀、弓、槍だけでなく多数の鉄砲を所持していた。農民たちは、作物に害をなす猪、鹿、猿、鳥などを除くために、領主に公に認められていたのである。島原のキリシタンが持つ鉄砲だけでおよそ千丁はあったという。寺沢・松倉両家は、その家臣の多くを江戸に置いている。とくにこのとき参勤交代で江戸にいた松倉勝家は、主だった家臣をほとんど連れていっており、城に残っていた譜代の臣は数百人にすぎなかった。

一揆勃発時、キリシタンは領主側を人数でも武器の面でも圧倒していたのである。

「ついにはじまりましたな、四郎さま」

益田甚兵衛が感に堪えぬように言った。このときのために何年にもわたって各地でひとを集め、扇動し、武器を蓄えてきたのだ。

「早すぎる……」

四郎は憮然《ぶぜん》として、今は側近のひとりとなったかつての父親に言った

「まだ、支度が整っておらぬ。寸白大神を召喚するには、あと八千人ほど死体が足らんのだ」

「一揆や戦というものは、勝手にはじまり勝手に終わるもの。意のままにはなりませぬ」

「わかっておる。わかっておるが……」

「なれど、はじまってしまえば死体などいくらでも手に入りますぞ。双方の戦死者がどんどん増えますゆえ」

「なるべく大勢が死ぬようにはからってくれ。その死骸をどんどん島に運び、アルフォンゾに渡すのだ」

「承知つかまつりました。憎き寺沢・大倉両家の侍

ども、片っ端から殺してまいりましょうぞ」

「それでは間に合わぬ。申しつけたるとおり、死体はだれのものでもよいのだ。キリシタンたちや、関わりのない町人、旅のもの……とにかく殺しまくれ」

「なれど、味方を殺してしまえば兵力が落ちまするぞ」

「かまわぬ。今は、寺沢・大倉両家だけを相手にしておるゆえ、我らに勝機あり。なれどこのまま寸白大神が召喚できなければ、そのうちに公儀の大軍が押し寄せる。そうなればこちらの負けは必定だ。それゆえ、味方の数が減ろうと、死体が……死体が欲しいのだ」

「…………」

「この戦、はじめが肝心だ。公儀の軍勢が来るまでに両家を滅ぼし、島原と天草のみならず、唐津、長崎あたりまでを我らが領土となすことができれば、おそらくは筑紫中の諸大名が我らに力貸さんと声を上げるであろう。そうなれば、日本中の大名のうち半数ほどは徳川に背き、こちら側につくはずだ」

「武家諸法度《ぶけしょはっと》」によると、いかなる大事が起きようと「在国の輩はその所を守り、下知をまつべきこと」、すなわち大名たちは、公儀の許しなくおのれの領地外に兵を出すことはできない。つまり、寺沢家、松倉家に近接する大名たちも、独断で救援軍を出すことはできぬ決まりなのだ。だから、いくら両家に加勢を依頼されても、ほかの大名たちは待機するしかない。徳川家の裁断が下りて筑紫の諸大名がそれぞれに兵を供出し、それらが「公儀軍」として動き出すまでのあいだが勝負だ、というのだ。それはおそらく二十日ほどであろうと考えられた。

「公儀の軍が参っても、まだ両家を攻め落とせずにいたならば、我らは孤立し、ついには滅ぶだろう」

「つまり、どうあっても人外の力に頼らねばならぬ、と」

「そうだ。いくら我らに刀や鉄砲があるといっても、兵力は今のところたかだか二万前後。寺沢・松倉両家の兵力はもっと少なく、合わせても数千というところだろうが、百姓・浪人の寄せ集めである我らに比べ、戦慣れでは一枚上だろう。力が拮抗した両者が押したり引いたり、たがいに攻めあぐねているうちにいたずらに時が流れてしまう。公儀軍はおそらく数万の規模になるだろう。しかも全国から援軍を募ることができる。とにかく速攻しかないのだ」

「わかり申した。死人を増やすよう、主だったものに伝えまする」

「頼んだぞ」

少しまえの四郎なら、いくら兵力や戦慣れの点で劣っていても、我々にはデウスに捧げる強い思いがある。それさえあれば、数倍する兵力の敵でも倒せるはずだ……そう信じていただろう。だが、今はそんなことはありえないとわかっている。強いものが勝ち、弱いものは負けるのだ。そして、善き力であれ悪しき力であれ、強いものは強いのだ。

「寸白大神を召喚できさえすれば、我々は勝利し、神の国のみ旗をひるがえすことができる」

「召喚できなければ……？」

「全員、死ぬ。——そうなりたくなければ、死体だ。死体を集めることだ！」

そう言ったあと、四郎は思った。

(巨神像があれば……こんなことをせずにすんだのに……)

◇

島原では、キリシタンたちは城主が参勤交代で不在の島原城を急襲した。四百五十丁の鉄砲を擁した千名にのぼる彼らの勢いは凄まじく、途中の寺社に火を放ち、キリシタン禁止の高札をへし折り、オラショを唱え、鯨波《げいは》の声をあげながら城下へ怒濤のごとくに押し寄せた。島原城には、松倉家の家臣たちをはじめ、キリシタンでない城下のものたちも家族を連れて逃げ込んだ。キリシタンでないことがわかると殺されてしまうからだ。大手口の門をすべて閉ざしたが、キリシタンたちはまさかりで門を打ち破ろうとし、あるいは火のついた松明を投げ込んだりして、たいへんな攻防が続いた。敵味方双方から多大な死者が出たものの、キリシタンたちはついに城内に侵入することはできなかった（それらの死骸はアルフォンゾを大いに喜ばせた）。しかし、城はキリシタンたちによって包囲され、その状態が三十日間も続いた。

松倉勝家は、熊本の細川忠利に加勢を申し入れたが、「武家諸法度」があるからそれはできないとつっぱねられた。細川は、

「たとえ明日、城が落ちても、上さまの下知があるまでは見物させてもらう」

と言ったという。

ほぼ同じころ、天草ではおよそ千六百名のキリシタンに、島原からの加勢二千名が加わり、つごう三千六百名の人数で寺沢家の軍と戦った。本渡《ほんど》という場所で両者は激突したが、寺沢家は敗退して、富岡城という出城に籠城せざるをえなくなった。

富岡城代は三宅藤兵衛重利という男だった。彼はかつてキリシタンだったが、主君寺沢堅高がキリシタンへの弾圧を強めだしたことで転び、その後、主君におもねるために厳しい迫害を行ったことで知られていたが、押し寄せる一揆勢に比して手勢があまりに少ないため、城に籠るしかなかったのである。

このときまでは、明らかに一揆軍のほうが優勢と言えた。このままキリシタンたちが、島原城と富岡城を我がものにしてしまうのか、と思えたのだが……。

「笹川！　笹川はおらぬか！」

唐津城の大書院で、領主寺沢堅高はこめかみに青筋を膨らませて怒鳴った。苛立ちはだれの目にも明らかで、家老や小姓たちは右往左往しながら郡奉行笹川小三郎を探し回ったが、

「さきほどまで竹の間におられたが……」

「厠《かわや》であろうか」

「厠はもう探しました」

「ならばどこへ。まさかご退出……」

寺沢は、鉄扇を手近にいた家臣の額に打ち付けると、

「ええい、早う探さぬか！」

そこへ、当人が現れた。わざとらしいゆっくりした足取りで領主のまえまで来ると、かしこまって座り、

「お呼びでございまするか」

「遅い！　どこへ行っておった」

「厠でござる。下腹が痛みましてな」

笹川はにやにやしながら言った。

「厠は探し……いや、そんなことはよい。たいへんなことになった。キリシタンどもが富岡城を取り巻いて気焔をあげておる。落城も近いとの噂じゃ。いかがいたすつもりじゃ」

「それがしが、でござるか？」

「わしは、飢饉ゆえあまり年貢を厳しく取り立てて一揆にでもなったら、公儀の覚えも悪くなるゆえ、やめたほうがよいと申したではないか。それを郡奉行のそちが、まだまだ大丈夫と請け合うたゆえ、そのまま取り立てを続けたら……このようなことになろうとは！　もし、富岡城が陥落したら、お上になんと申し開きするつもりじゃ」

「ははははは……なにかと思えばそのような小事」

「しょ、小事とな」

「そうではござらぬか。殿は、唐津八万石の大名でござろう。取るに足らぬキリシタン百姓どもが一揆を起こしたぐらいであたふたなさるとは、見苦しゅうございますぞ」

「な、なに？　富岡城を囲むキリシタンどもの兵力は一万二千とも聞く。当家には今、足軽雑兵を掻き集めてもそれだけの人数はおらぬ。また、向こうには鉄砲が千丁もあるらしい。そのうえ、ジェロニモ

四郎とかいう神の子が先頭に立ち、さまざまな奇跡を示すゆえ、当家の家臣にもキリシタンに立ち返るものが大勢出ておるというぞ。他家は『武家諸法度』を盾に援軍を出してはくれぬ。どうすればよいというのじゃ」

「殿、まあ、落ち着かれてはいかがかな」

「これが落ち着いておられようか。万が一、一揆にこの唐津にまで攻め上《のぼ》られ、この城を落とされでもしたら、わしは……わしは公儀への申し訳に腹を切らねばならぬ」

「それがしに秘策がございます。かならずキリシタンどもを蹂躙し、粉砕し、全滅させる秘策が……」

「な、なんと申した。いかなる秘策じゃ。早う申せ」

「申し上げてもよろしゅうござるが、もし、その秘策を使うてキリシタンどもを根絶やしにできたとしたら、殿はそれがしになにをしてくださいますか」

「ほうびか。もちろんくれてやる」

「ただのほうびではお引き受けできませぬな」

「欲深め。欲しいものを申してみい」

「それがしは殿の甥でございまするが、殿にはご兄弟はなし、こどももなし」

「なにが言いたいのじゃ……」

「それがしを殿のご養子にするという縁組届けを公儀にお出し願いたい。そして、殿には一日も早う隠居していただきたい」

「なに……」

「早い話が、この唐津八万石をそれがしにちょうだいしたいのでございます。よろしいかな」

「な、な、な、なにを申す。主君に対して国を譲れとは……ぶ、無礼であろう！」

「さようでござろうか。このままだと富岡城は一揆勢に奪われ、唐津城までも陥落されましょう。そうなれば、殿は切腹、お家は断絶……。それがしにこの国譲れば、楽隠居の身になって安逸《あんいつ》に生涯を送れますぞ。いずれがよろしいか」

「む……む……」

「どうなさいます、殿、ご返事を」

「ううう……その秘策とやら、まことにキリシタンどもを殲滅《せんめつ》させることができるのであろうな」

「かならず請け合いまする」

目を閉じ、苦い顔で考え込んでいた寺沢の耳に、ばたばたという足音とともに飛び込んできた声があった。

「申し上げます！　富岡城代三宅重利《みやけしげとし》殿、討ち死になされました！」

寺沢は目を開け、

「わかった。笹川……貴様の申すとおりにいたす。この国と……このわしを救うてくれい」

「お任せくだされ」

ひれ伏した郡奉行の顔は笑み崩れていた。

◇

島原・天草でキリシタン信徒が乱を起こした、との一報が江戸城に届いた。将軍家光は、ただちに老中はじめ主だった幕閣を集め、どうするかを談じ合った。とりあえずは筑紫の大名たちで今江戸に滞在しているものたちを国に返し、軍備を整えさせたそのうえで、三河深溝《みかわふこうず》領主の板倉重昌《いたくらしげまさ》を上使として送り込み、一揆鎮圧の指揮を取らせることにした。談義が終わったあと、家光はひとり残っていた柳生但馬守宗矩に声をかけた。

「但馬、なにが不服じゃ」

「板倉殿は、失礼ながらわずか一万五千石の小身にて、一癖二癖ある筑紫の大大名どもを取り仕切るには役不足。また、およそ宗門を深く信じる狂信のものがらは、死をもって身の悦びとするゆえ、皆必死の勇士になりまする。もし、板倉殿がキリシタンに手こずり、公儀がより権威ある重臣を重ねて派遣するようなことがあれば、板倉殿はそれを恥に思うて無理攻めに出て、討ち死になさるのではないか……そんなことがふと頭に浮かびましたゆえ」

「言うな、但馬。板倉は余の談判衆ゆえ、あのもののことはようわかっておる。大坂の役にて神君家康公の側近く仕え、また、先年は筑紫諸大名の国替えの折にも上使の務めを果たした。此度の乱の鎮静にはうってつけではないか」

「はあ……」

「それより余が案じておるのは、秀頼とその母淀のことじゃ。一揆の背後に、彼奴らがおるのではないかと思うてな。キリシタンの乱で終わればよいが、豊臣家を復活させるための大乱にならぬかと懸念しておる」

「ご安堵なさりませ。秀頼はすでに死去……とわが息十兵衛三厳からの、これはたしかな報せでござる」

「なに？　七郎めが筑紫へ参っておるのか」

「キリシタン反乱の背後には、豊臣恩顧の浪人どもが少しはおりましょうが、気に留めることはございませぬ。宗門の一揆にすぎぬ、ということで押し通せばよろしいかと」

「うむ、余もそう思う。――但馬、万事よきにはからえ」

「ははっ」

頭を下げた宗矩の思いはべつにあった。彼がまことに案じていたのは、「豊臣家の復活」ではなく、「太古の邪神の復活」だったのである。

十兵衛が鳩に託して送ってきた書状には、宗矩をして慄然《りつぜん》せしめるようなことが書かれていた。秀頼は死んだが、淀殿は怪物と化して存命であり、キリシタン一揆を陰で操っていること。黄泉国王須佐之頭蛇なる邪神を蘇らせるためのクトルス教の秘儀を行おうとしていること。そのために何千人もの死体を欲していること。真田大助も生きていること。宮本武蔵と会ったこと。そして、自分は転びパードレの術で左目を失ったということ……。

（十兵衛……頼むぞ）

老いた剣客はそう念ずるしかなかった。

◇

破竹の勢いだった一揆軍にも陰りが見え始めた。北の丸が落ち、あと一歩で落城するかと思われていた富岡城は、本丸に籠城した唐津軍の奮戦にくわえ、上使からの正式な要請を受けた熊本城主細川忠利の軍勢が到達すると知ったキリシタンたちは富岡城攻略をあきらめ、島原城攻めの同志たちと合流した。しかし、島原城は要害堅固で、容易には落ちぬ。しかも、城主の松倉勝家が江戸から家臣三百名とともに戻ってくるという。そうなれば、城側の人数は倍増するうえ、武器や食料も供給され、城方の士気も上がるだろう。佐賀鍋島家の軍勢も加勢するという。そのうえ、江戸からとうとう上使板倉重昌が到着する。

「まだか……」

四郎は焦っていた。彼らの蜂起によって、筑紫の大名たちのうち半数は彼らに味方するだろうと思っていたのが、当て外れだったのである。なかでも、名高いガラシャ夫人を母に持つ細川忠利《ほそかわただとし》や、関ケ原では西軍の雄だった島津家久《しまづいえひさ》らは真っ先に名乗りを挙げるのではと期待されたが、いずれも動かない。今のところまだ「様子見」をしているようだ。今後一揆軍がよほど目覚ましい功をあげないと、このまま終わってしまうだろう。彼らを味方に引き入れなければならない。筑紫中が内乱のようになれば、西班牙《スペイン》や葡萄牙《ポルトガル》、阿蘭陀《オランダ》などが加勢してくれるかもしれない……。

彼は、昼間は島原城を攻め、夜半になると天草へ戻って、アルフォンゾと密会し、呪法の進捗《しんちょく》についてしつこくたずねた。

「まだ、死骸の数は九千九百九十九人にはならぬのか」

「今、ちょうど半分。あと五千人ほどです」

「足らぬ……足らぬな。もう間に合わん」

「なにをそんなに焦っているのです」

「江戸からの上使がまもなく到着する。そうなったら肥後、肥前、筑後の大名家が兵を出し、上使の指揮のもとにひとつの軍勢となる。その数はたぶん四万から五万だ。我らが負けるは必定……」

「キリシタンは何人いるのです」

「三万七千人……と言いたいが、女こども年寄りをのぞいた、戦えるものの数は一万七千というところだろう。寸白大神の召喚だけが望みの綱だったのだが……」

「たとえ九千九百九十九人に足らなくても、呪法は行えますよ」

「――なに？　ま、まことか」

「はい。真田大助殿によると、完全体にはならないようですが、召喚はできるそうです。それでも、当座の敵はたやすく粉砕できるでしょう」

「それでもよい。一度でも公儀の軍勢を破ることができれば、死骸が山と増えよう。よろしくお願いいたす」

「承知しました。ただちにひとでなし島へ帰って、支度をいたします。ですがこの呪法ははじめてから終わるまでにかなりの日数を要します。ジェロニモさま、それまで持ちこたえていただきたい」

「――あいわかった」

四郎はうなずいた。

（そうだ。今は、勝つことを考えなくてもよい。呪法が成るまで「持ちこたえ」ればよいのだ……）

そのときすでに彼の胸には、原城への籠城の意志が固まっていたのだ。

「あ、そうそう、これをジェロニモさまに渡してくれ、と大助殿に申し付かっておりました」

別れ際にアルフォンゾは、なにかを四郎に手渡した。それは、汚らしい欠け茶碗に入った緑色の寒天のようなものだった。目玉らしきものがふたつある。

「これは……？」

「マナ、でございます」

マナというのは――、モーゼがユダヤの民を連れてエジプトを出、荒野をさまよったとき、食べるものがなくなった。飢えたひとびとが不平を言ったのでモーゼがデウスに祈ると、天から食べものが降ってきたという。それがマナだ。

「そのうち、役立つときが来る、と大助殿は申しておりました」

「ほう……」

四郎がのぞきこんでいると、その緑色のものは、ぐねり、とひとりでに動いた。

◇

大穴山の険しい斜面を、十名ほどの武士たちが登っていた。その後ろに二台の四方輿《しほうごし》が続き、そのまた後ろには荷物を背にした大勢の人足たちが従っていた。遠くから見たらその様子は、餌を運ぶ蟻の行列のように見えただろう。

「まだか……」

先を行く輿《こし》の簾《すだれ》のなかから声がかかった。領主寺沢堅高である。

「あと少しのご辛抱《しんぼう》を……」

答えたのは、郡奉行の笹川小三郎である。彼のまえを歩いているのは未狩女だ。身体を荒縄で縛られ、その縄の端は笹川がみずからつかんでいる。未狩女はぶすっとした顔つきで、ときどき身をよじり、立ち止まろうとする。

「ぐずぐずするな。歩け!」

笹川は、短い樫《かし》の棒で未狩女の頭や背中を思い切りどやしつけるのだ。未狩女の顔や腕には蚯蚓腫れがいくつもついており、傷口からは血も出ている。

「笹川、おまえを信じぬわけではないが……富岡城はなんとか救われたが、キリシタンどもはいまだわが領内を暴れ回っておる。上使衆も江戸より参り、九州の諸大名に号令かけんとしておるときに、わしにかかる山地を登らせるなど、狂気の沙汰《さた》としか思えぬ」

「かならずや損はさせませぬ。あれをご覧いただければ、殿もそれがしの申し条、ご納得いただけましょう」

「さきほどからあれ、あれ、と申しておるが、あれとはなんじゃ」

笹川は答えず、未狩女の背中を拳で突き、

「早う参れ」

うれしそうにそう言った。

やがて、

「見えました」

先頭を歩いていた男がそう言った。本草学者の嘉村仙内だ。笹川はうなずき、

「輿を下ろせ」

力者《りきしゃ》たちが、そろそろと輿を地面に置いた。なかから出てきた寺沢は、腰を伸ばし、大きく伸びをしたあと、ふと少し先の岩肌に開いた洞窟のようなところに目をやり、

「おおっ……！」

と叫んだ。

「なんじゃあれは……」

その神々しいばかりの威容に、寺沢は畏敬の念に打たれていた。

「あのようなものがわしの領地内にあろうとは……。石造りではないし、崖を刻んだのでもない。青銅か銅《あかがね》か鉄か……いずれにしても金ものでできておるようだが……」

寺沢は郡奉行に向き直ると、

「だが、あの像がなにゆえわが寺沢家の窮地を救うというのだ。そもそもあれは……なんだ？」

笹川は、もうひとつの輿に声をかけた。

「殿に説いてさしあげよ」

だが、輿からはだれも出てこない。笹川は苛立って簾を跳ね上げ、なかから男を引きずり出した。それは、未狩女の父封魔斎だった。

「乱暴はやめて！」

未狩女は叫んで、駆け寄ろうとしたが、ほかの侍に制止された。封魔斎は、這うようにして輿から出

たが、身体が弱って座ることすらできぬ。

「殿の御前であるぞ。控えぬか！」

笹川が怒鳴ったが、

「よい。病人であろう。——このものは？」

「大穴無知神社の宮司でございます。宮司、殿にあの神像について申し上げい」

封魔斎はか細い声で、

「あれなるは……オオナムチさまの像で……ございます」

「オオナムチとな？　スクナビコナとともに国を造りたる神、また天津神にその国を譲りたる神と聞くが……」

「さよう……でございます。オオナムチの……国造りは……まだ半ばにも……至っておりませぬ。端緒において……スクナビコナの神……常世の国に……去りたるゆえ……オオナムチもその動きを……とめ申した……」

「それは知っておるが……」

「わが……大穴無知神社は……代々……オオナムチさまがふたたび動き出さぬよう……見守るのを……務めとしてまいりました……オオナムチさまが……動くと……この世が終わる……と言い伝えられております ゆえ……」

「世の終わりか。まるでキリシタンのようなことを申すのう。だが、国造りをする神が動くとこの世が終わるとはおかしいではないか。国土がますます豊かになるはずだ。まあ、金ものでできた像がうごくはずもなかろうが……」

横合いから笹川が、

「それが動くのでござる」

「なんと……」

「この未狩女という巫女の呪力によって、あの神像は動きます。それがしも見ました。ここなる嘉村仙内も生き証人でござる」

「なに？　キリシタン伴天連の妖術ではなかろうな」

「ご安堵あれ。そういうまやかしとは異なりまするる。——嘉村、殿に申し上げい」

「は、はい。たしかにあの像は動きます。いわば巨大なからくり仕掛け、それも、おそろしく巧みに造られております。これも古代人の大いなる知恵のたまものでございました、おそらく古代においては……」

笹川が、本草学者を遮った。

「要のところを申せばよい。——あの神像は、恐るべき力を秘めております。わが配下のものども数十人を残らず踏み潰し、握り潰し、叩き潰したるさま、いまだこの目に焼き付いてございます。火薬も鉄砲も通じませせぬ。まさに天下無敵の戦道具でございますぞ」

「ううむ……にわかには信じがたいが……」

「あの神像を使えば、キリシタンが何万いようと怖れることはございませぬ。一晩、いや、半日もあれば平らげてしまうでしょう」

「それほどすごいのか」

「向かうところ敵なしかと」

「わかった。あの像を動かして、天草・島原に巣食う天下に害なすキリシタンどもを一掃すれば、公儀もよもやわしに腹を切れとは申すまい。隠居の儀はお許しいただけるだろう。また、将軍家にあの像を献上すれば……お覚えもめでたくなるかもしれぬ」

「はははははは……あいかわらず殿は、申されることが小さい。それでは生涯、この八万石の主のままだ」

「なんだと」

「徳川家に献上などともってのほか。あの神像がわが手にあれば、天下を取ったも同じこと。まずは筑紫全土を平らげてわが臣下となし、その武威《ぶい》をもって東へと攻めのぼれば、ゆくゆくは徳川に成り代わり、この笹川小三郎が征夷大将軍として大名たちに号令かけることもできましょう。武士と生まれたからには、それぐらいの望みは持ちたいもの。それを、徳川家に献上など……ははははは、小さい小さい、殿の肝っ玉は小さすぎて、よう探さねば見えぬほどでござるわい」

「高望みも大風呂敷もよいが、あの像、まことに動くのであろうのう。まずはそれを見せてもらいたい」

「よろしゅうございます。——娘、オオナムチを動かしてみせい」

笹川は、縛られた未狩女を像の方に突き出した。

「できません。どうぞお許しを……」

「動かさねば貴様の命はないぞ。ほれ、あのときのようにやってみせい」

「私も大穴無知神社の娘でございます。神社の掟《おきて》にそむくことはいたしかねます」

「死んでもいいと申すか」

笹川は刀を鞘ごと腰から抜くと、真横に捧げ持ち、未狩女の顔に押し当てた。

「あまり片意地を張るなよ。神などと申すが、要はからくりではないか。もったいぶらず、早ういたせ」

「ミカ……動かしてはならぬ……ならぬぞ！」

宮司が絞り出すように言った。

「老いぼれは黙っておれ」

笹川は、封魔斎の腹を蹴り上げ、刀の鞘で顔面を殴りつけた。封魔斎は血まみれになってその場に倒れた。

「父上！　父上！」

未狩女はすがりつこうとしたが、笹川が縄を掴んで引き戻し、

「像を動かさねば父親を殺す。——さあ、早ういたせ」

「ミ……カ……ならぬぞ……」

「まだ言うか」

笹川は、宮司の顔を踏みしだいた。めき、という音がした。未狩女は蒼白になり、

「縛られたままでは動かせません」

「まことであろうな。妙な真似はいたすなよ」

「はい……」

縄を解かれた未狩女は神像に向かって立ち、左腕を真横に伸ばし、手首を立てた。右手は鼻筋に合わせ、右脚をまえに上げ、左脚だけで立った。

「やめよ、ミカ！」

倒れたままの宮司が叫び、笹川が山草鞋の先をその口に突っ込んでそこに身体の重みをかけた。未狩女は巨像に呼びかけた。

「我スクナビコナの名によって、汝オオナムチに命ず。こちらを見よ」

一同の目は、神像に注がれた。静寂が深山を支配した。だれも身じろぎすることなく洞窟の像を見つめている。しばらくして、鳥の声がその沈黙を破った。なにも起こらない。

未狩女はもう一度、

「我スクナビコナの名によって、汝オオナムチに命ず。こちらを見よ」

しかし、神像は微動だにしない。笹川は顔を紅潮させ、

「なにをしておる！　早う動かさぬか！」

そう叫ぶと、宮司の背中を何度も蹴った。宮司は低く呻いた。

「オオナムチに命ず……動け！　動いて！」

未狩女が泣きながら叫んだが、神像からはなんの音も聞こえてこない。笹川は宮司に刀を突きつけ、

「女、貴様……わざとだな。父親が死んでもよいのか」

「ちがいます。わざとじゃありません」

「嘘を申せ」

笹川は、封魔斎の喉の皮に、すっと切れ目を入れた。血の泡が噴き出した。

「早ういたさねば、おまえの父は死ぬぞ。動かせ。動かさぬか」

未狩女は胸もとに向かって、

「キュウ！　お願い……動かして！」

しかし、いつもは胸もとかふところにいるはずのキュウは、今日にかぎって気配がない。

「父上が殺されてしまうの。お願い……助けて！」

キュウは応えない。笹川は眉を吊り上げ、

「まことに動かぬのか。そんなはずはない。まえは、あれほど自在に操ったではないか。貴様、わしを愚弄しておるのか」

「そんなつもりは決して……」

笹川は、嘉村仙内に向かって、

「な、ならばおまえが動かしてみよ。少しでよいのだ。殿に、あの神像がまことに動くということを見せるだけでよい」

「そう申されても、あれからこの像についていろいろ調べあげ、からくりの秘密を解かんと日夜試みましたがいまだ思うにまかせず……」

「役立たずめが！」

「役立たず……？　その言葉、捨て置けませぬな」

本草学者はそれまでの卑屈な態度をかなぐり捨て、傲然と肩をそびやかし、

「あなたは、あの像を戦の道具、政の道具としか思うておられぬ。あれを使って、ひとを殺し、家を潰し、百姓を怖れさせ、年貢を取り立て、他国から土地を奪い、権勢を得る……そのために使うつもりでしょう。なれど私は、あの像は我らの先祖からの贈りものだと思うております。部品のひとつひとつが英知の結晶にて、すべての謎を解き明かすには十年、二十年……いや、我一代で出来るかどうかもわからぬほどのたいへんな宝物。どれだけ学問の道に役立つか計り知れませぬ。今動くとか動かぬとかより、あの像に込められた古代の英知を解き明かし、今後百年、二百年と伝えていくことが我々学者の務め。あなたのような俗欲に満ちた穢れた目であの像を見るのは下衆の極みです。あのような優れた知恵は、ひとりが独占すべきにあらず。天下万民が等しくその恩恵にあずかるべきものです。それをあなたは……」

笹川は、仙内を袈裟がけに斬り倒した。

「おのれの……私利私欲の……」

本草学者は絶命した。寺沢堅高は血刀を引っ提げて肩で息をしている笹川小三郎に、

「茶番はこれで終わりか？　ならば、わしは忙しいゆえ、城へ戻らせてもらう。とんだ無駄足だったわい」

「ちょ、ちょっとお待ちくだされ。まことにあの像は……」

「貴様の処分は、おって考えるといたそう。——輿を上げい」

笹川は、領主に向かって数歩近づいたあと、未狩女を振り返り、

「なぜ動かさぬ！　貴様のせいであろう。わしを陥《おとしい》れようとしたのか。まんまとしてやられたわい」

「私は……なにも知りません！」

「では、なぜこのまえは動いたのだ！　なぜ今日は動かぬのだ！」

「私にもわからないんです……」

「女……ようもわしに大恥をかかせてくれたな。貴様も、貴様の父親も、望み通り殺してやる……」

笹川は、仙内の血がべっとりついたままの刀を構え、よろよろと未狩女に近づいていった。

「死ねえぇっ」

笹川が刀を振り下ろそうとしたとき、彼の横腹から槍の穂先が突き出した。背後から、寺沢堅高の命を受けた家臣のひとりが刺したのである。笹川は、おのれの腹を破った鈍い色の鋼を見つめ、

「うまく……いくと……思うたのに……」

そこまで言ったとき、口から大量の血があふれ出し言葉を止めた。笹川は、槍を中心に身体を半回転させ、地面に倒れた。

「寺沢家郡奉行笹川小三郎、不届きのことありて成敗《せいばい》いたした。本日をもって笹川家は断絶、家禄は没収《もっしゅう》といたす。一同、さよう心得よ」

寺沢は、輿のうえからそう言うと、未狩女や封魔

斎を一瞥《いちべつ》もせず、山を下りていった。

そのとき。

未狩女はたしかに聞いた。

全山を揺るがすようなけたたましい笑い声を。

ひとりではない。おそらく十人以上のものだろう。

ぞっとするような冷ややかで、皮肉な、人間らしさの微塵も感じられない「冷笑」「哄笑」「嘲笑」「嗤笑《ししょう》」の類だった。未狩女は、両脚の力が抜けて、その場にしゃがみ込んだ。

◇

ひひひひひ。

けけけけけ。

ははははは。

「郡奉行が寺沢に殺されるとはのう……」

「面白し、面白し」

「寺沢はいつ死ぬのじゃ」

「こやつはまだまだ死ぬまい」

「四郎のほうはどうじゃ」

「あちらもたいへんそうだのう」

「キリシタンと徳川が揉めに揉めて、そのうちに日本中が大乱になったらさぞ愉快であろう」

「応仁《おうにん》の乱のときのようにな。天下、麻のごとく乱れる、というやつじゃ」

「大勢ひとが死ぬるぞ」

「死ぬ、死ぬ」

「キリシタンと徳川、いずれが勝つかのう」

「どちらでもよい。面白ければ」

「淀殿はなにをしておる。寸白の神は間に合うのか」

「さあて、それも見ものじゃ」

「見ものじゃのう」

「それにしても……あそこに見える神像、ありゃなんじゃ。わしは見たことがないぞえ」

「わしもじゃ」

「われらが知らぬとなると……よほど古いものだわ

い。お上にきいてみるか」

「そうせい、そうせい」

「お上よりお言葉を賜ったぞ。『朕にもわからぬ。あれは、朕よりもはるかに古きものであろう』……と仰せじゃ」

「崇徳院さまより古いということは……神武の昔かのう」

「つぎは動こうか」

「動いてほしいものだ」

「そうなればまた、愉しみが増える」

「天狗は、一度やるとやめられぬわい」

「そのとおり、そのとおり」

「おお……つぎの幕が開くぞ」

けけけけけ。

ききききき。

ひひひひひ。

◇

「とまあ、そういうわけで、ジェロニモ殿は死体が揃わずとも一刻も早い召喚をと願うておいでです」

アルフォンゾが言った。

「おおお……四郎がそう申しておるならば、その願い叶えてつかわせ。――大助！」

「おん前に」

「疾く、儀式をはじめよ。五千人ほどの死体ならば、どのぐらいの日数がかかろうや」

「おそらくひと月かひと月半……」

「そんなにかかるのか！」

「一揆がはじまるのが早すぎましたな。それがしの見込みではあとふた月ほどあとかと……」

「馬鹿な百姓どもが勝手にはじめてしもうたのじゃ。やむをえまい。――できるだけ急げ。よいな」

「承知つかまつりました」

「なれど……大頭の女は見つかったのか。あの未狩女とか申す巫女に逃げられてから、その方どもに新たな外法頭を探しておる様子がない」

「おお、それにお気づきでしたか」

「わらわの目を節穴と思うたか。――つまり、そういう女子がおるのじゃな」

「とうに見つかっておりまする」

「ならばよい。その女はいずこにおる」

アルフォンゾと大助は顔を見合わせた。大助が咳払いし、

「怖れながら……我らの目のまえに……」

「な、なんと！」

淀殿はしばし呆然としていたが、やがて笑い出した。

「なるほど……なるほどのう！　わらわも、太閤殿下お墨付きの外法頭じゃ。茶々のつむりは大きゅうて抱えがいがあるのう、といつも可愛がってくださった。むふふ……うふふふふふ……それもよかろう。わらわの頭、呪法に差し出そうぞ」

「おお、お袋さまには、おん覚悟はできて候や」

「かわいい四郎のためじゃもの。いつにてもこの命、投げ出す腹づもりはできておる」

「お袋さまは一度死なれたる身ゆえ、黄泉国の暗さ、冷たさはようご存知であろうが、これは死ぬよりつらきことかもしれませぬぞ」

「なんの！」

淀殿は巨体を揺すって吠えた。

「太閤殿下の妾となってからは艱難辛苦《かんなんしんく》ばかりであった。今も、半身はかくのごとく海豹ではないか。こののちどのようなつらき目に遭おうとも、四郎のためと思えば耐えられよう」

淀殿はさめざめと泣いた。

「わかり申した。では……ただちに『暗黒召魔之術』に取りかかりまする」

大助はそう言うと、「寸白の書」を取り出し、押しいただいた。

◇

キリシタンたちのうち主だったものは、天草四郎

を囲んで衆議し、島原城攻略を断念して、籠城戦に移ることを決した。その理由《わけ》は、天草の富岡城が落とせそうで落とせなかったこと、島原城も攻めあぐんでいるうえ城主の松倉勝家が江戸から帰国し城内の士気が上がっていること、公儀の上使が到着し、いよいよ筑紫の諸大名との戦になること、長崎を陥れる計略も鍋島家の軍勢によって阻まれたこと……などが挙げられたが、その実、四郎の腹にあったのは、

「待つため」

であった。この戦に勝つには、寸白大神の召喚が必須であるが、それを待つには、「籠城がもっともよい」という思いがあったのだ。彼は、ほかのものには、

「籠城しているうちに、豊臣家恩顧の大名衆が徳川に反旗を翻す。海外のキリスト教国の応援もやってくる。また、我々の祈りが天に届いて、徳川家光が病に罹り、死ぬ」

と説明していた。事実、このとき、家光が病気になったという噂が流布されていたようである。

四郎が籠城の場所として選んだのは南有馬の原城である。原城は、島原の民にとっては旧主になるキリシタン大名有馬氏の居城だったが、その改易後に就封した松倉氏があらたに島原城を築いたため、廃城になっていた。呼び名は「古城」であったが、ほんの十五年ほどまえまでは使われていたものなので、城壁に揺るぎはなく、施設も整っており、籠城にはうってつけであった。東と南は海岸で、数十丈の切り立った崖になっており、そちらからは侵入できぬ。北側は山を切り崩した土手で、本丸は南側にそびえている。二の丸は西に向き、三の丸は東の坂にあり、ほかに松山丸という出丸もある。出丸から西に深い谷があり、そちらからの攻撃もむずかしい。また、周囲は沼地が多く、歩行に難儀を強いられる。まさに要塞というべき戦国の城であった。

四郎は、ここにそれぞれの村に備蓄されていた米

を一粒残さず運び入れた。また、近くにあった松倉家の米蔵から、五千石もの年貢米を奪い取り、また、鉄砲五十丁と弾薬、弓矢、槍なども見つけてそれらも運び込んだ。これまでに持っていたものと合わせると、相当の武器を一揆勢は得たことになる。

原城に籠ったキリシタンの数はおよそ三万七千人。そのうち、「働きもの」つまり戦働きができるものは一万三千人ばかりであった。たいへんな人数である。籠城には全員の分の食糧や水が欠かせないが、いくら支度万端に整えたとしても、三万七千人が籠り続けることができる日数は限られている。そのあいだに呪法が成就すればよし、もし、それが叶わぬときは、

（皆、飢えて死ぬ……）

そのことを知っていたのは四郎ただひとりであった。

キリシタンたちのなかには、年老いた親や妻、幼いこどもをみずからの手で縊《くび》り殺し、葛篭《つづら》や櫃《ひつ》に入れて土に埋めてから入城したものもいた。それらは戦いの役に立たぬうえ、籠っているあいだも飯を食う、つまり兵糧《ひょうろう》を無駄に食いつぶすことになるからだ。キリシタンたちの覚悟はかくのごとく悲愴であった。四郎は、皆のそういう思いをすべて受け止めていた。

全員が原城に移ったあと、四郎が真っ先に行ったことは、城の修繕と強化だった。松倉勝家が、島原城築城にあたって原城の城壁や石垣を使用したため、一部の守備が脆弱になっていたのだ。四郎は、天草から渡ってきた信徒の船三十艘を解体して、千三百間という長大な塀を築き、また、信徒とその家族が住めるよう、急ごしらえの小屋、物置などを数多く建てた。鍛冶屋《かじや》をなりわいとする信徒たちに命じて、たくさんの手槍を拵えさせ、年寄りや女こどもには海岸から礫《つぶて》になりそうな石を拾わせて、城内の数カ所に集めさせた。こうして、籠り支度はちゃくちゃくと進んでいった。

「でかした。ならば召喚の儀式をはじめよ」

「いやはや、休ませませんな」

真田大助が、

「お袋さま、どうぞお出ましくだされ」

淀殿が地上に出ると、磯の大きな岩のうえに幅が五、六間もある巨大な祭壇があった。「寸白の書」に記載されている図面通りに大助がこしらえたもので、粗削りの丸太や、船の残骸などを組み合わせて、太い釘で適当に打ち付けてある。高さは、ひとの背丈ほどだろうか。祭壇の中央で、火が燃えている。胸が悪くなりそうな悪臭が漂っている。脂と髪の毛が燃える臭いだ。燃やされているのは人間の身体から搾った人油である。正面に大助が座り、左側に淀殿が、右側にアルフォンゾが着座すると、まわりにいたフナムシが一斉に逃げ出して、姿を消した。祭壇の後ろから波が打ちつける。大助は炎に向かって両手を挙げ、

「はあああ……あああああ……あああああ！　も

◇

「目玉は目玉、鼻は鼻〜、耳は耳〜、舌は舌〜、歯は歯、脳は脳〜、腕は腕〜、足は足〜、乳は乳〜、肝は肝〜、尻は尻〜、骨は骨〜、タマはタマ〜、ボボはボボ〜、ヘノコはヘノコ〜」

アルフォンゾは、およそ百人ほどの人間の身体を解体し、きちんと仕分けしていく。剥ぎ取られて、横手に積み上げられた衣服からみて、キリシタンのものも寺沢・松倉家の侍たちのものもごちゃまぜになっているようだ。月は分厚い雲に隠れ、あたりは暗闇だが、アルフォンゾは闇のなかでも目が効くのだ。

「ふうう、これで最後ですね」

丸二日かけてようやく作業を終えたアルフォンゾは汗を拭い、地下へと続く道を降りて行った。淀殿に拝謁し、

「五千百二十一人分の選り分け、終わりました」

の申す、もの申す、我もの申す。諸々の禍事、種々《くさぐさ》の罪事は、天つ罪とは畦《あ》放ち溝埋め樋《ひ》放ち頻蒔《しきまき》串刺生剥逆剥《いきはぎさかはぎ》屎戸、許々太久《ここだく》の罪を天津罪と法別て、国つ罪とは生膚断、死膚断、白人胡久美、己が母犯せる罪、己が子犯せる罪、母と子と犯せる罪、子と母と犯せる罪、畜《けもの》犯せる罪、昆虫《はうむし》の災、高津神の災、高津鳥の災、畜仆《けものたお》し蠱物《まじもの》為せる罪　許々太久の罪をここなる祭壇に集めてえええ、汚血と糞便と精汁と膿と嘔吐と垢と唾とで炎を穢してえええ、およそ清らかなもの聖なるもの気高きもの崇高なるものはみなみな踏みつけ、砕き、潰し、貶め、裂き、破り、退けてえええ、蘇り蘇り蘇り黄泉帰りたまあいや、産まれ産まれ産まれたまあいや、地の底海の底に横たわります大クトールフ、根の国底の国に横たわります中クトールフ、黄泉国常世国に横たわります小クトールフ、その邪なる魂をこの世に吐き戻してえええ、あらゆる禍津事をおしなべてえええ、陰惨悲惨凄惨無惨みじめみじめみじめの短夜《みじかよ》に、ここなる五千百二十一の死者を捧げます」

　そう叫ぶと、アルフォンゾが仕分けをした五千百二十一人分の目玉を炎のなかに放り込んだ。

「汝が目となれ」

　炎が高々と上がり、夜空を焦がした。凄まじい熱気が小島を駆け廻り、淀殿の横顔を照らした。続いて大助は、鼻を放り込む。

「汝が鼻となれ」

　舌を放り込む。

「汝が舌となれ」

　脳を放り込む。

「汝が脳となれ」

　……………………。

　こうして、すべての各部位をそれぞれ祭壇の火に投入し終えたあと、

「生け贄受け取りたるうえからは、なにとぞ、なにとぞ、なにとぞう、寸白大神、須佐之頭蛇をあの世からこの世へ、死の国から現世《うつしよ》へおん渡りくだされ

たくおん願い奉りまする。フングルイ・ムグルウナフ・クートルフー・ルルイエ・ウガフナグル・フタグン・ベベノ・ルノニア・ミズカリ・モテアシ・キフィ・ゾンネ・ベチャ・ベッチャ・ンミガ・イデヤ・グビル・ニチェ・アルベ・グラ・フドラ・ヂレ・ヂレ・ビザンエメ・イザレ・アビヤ・ビリ・チグ・チグス・ユボム・イリチ・ヂレ・ヂレ・ルルイエ・ヌガ・イブチ・キミガヤ・ユビタ・ゾウ・ゾウ・グンネ・クトールフー・フングルイ・クトーーーールーフーーー！」

　炎の色が、赤から緑へと変わった。ドブ川に溜まった藻や青味泥を思わせる、汚らしい緑色の火だ。さっきまでの勢いはなく、イソギンチャクが触手を蠢かせているような、ねっとりした動きだ。大助の顔からは汗が滝のように流れ落ちている。彼はほっとした顔つきでアルフォンゾに、

「ここまではうまくいった。つぎはおまえの出番ぞ」

　アルフォンゾは下卑た笑みを大助に見せ、

「お任せください」

　彼は大助に代わって祭壇のまえに進むと、そこにあぐらをかき、屹立する緑色の炎に向かって、

「偉大なる常世の王、須佐之頭蛇さま、あなたさまの僕アルフォンゾでございます。あなたの身体を形作るものはすでにお渡しいたしました。ただいまから、あなたという存在の核となるものをお渡しいたしますので、なにとぞお受け取りください。――邪《じゃ》禍《が》悪《お》鬼《き》呪《じゅ》罪《ざい》咎《きゅう》犯《ぼん》荒《こう》……ジャガオキジュザイキュウボンコウ、ジャガオキジュザイキュウボンコウ、ジャガオキジュザイキュウボンコウ、ジャガオキジュザイキュウボンコウ……」

　呪文を唱えながら、アルフォンゾは上着を脱ぎ、下腹を突き出すと、丸々と膨れ上がったその部分に右手と左手の人差し指、中指、薬指を当て、そのまま、ぐうう……とゆっくり押し込んでいった。指は、皮膚を破り、腹中へと入り込んだ。血と緑色の粘液

が勢いよく噴き出して炎を染めた。アルフォンゾは縦一文字に割けた腹を左右に押し開いた。彼はおのれの腸《はらわた》を掴み、同じように指を突き立てて引き裂いた。軟便がぴゅうっとほとばしった。それが終わると、白いものが顔を出した。サナダムシだ。よく肥えた太いサナダムシは、頭を振り立てて身体につい た粘液を振り飛ばしながらアルフォンゾの腹から這い出した。つづいて二匹目が、きょときょとした動きで地面に出た。三匹目も現れ、胴をくねらせながら外へ出る。

「ジャガオキジュザイキュウボンコウ、ジャガオキジュザイキュウボンコウ、ジャガオキジュザイキュウボンコウ、ジャガオキジュザイキュウボンコウ……」

アルフォンゾの呪詛の律動に誘われるように、サナダムシたちはつぎつぎと彼の腹からくねり出て、祭壇のまえで蠢き、からまりあっている。半刻もすると、全部で二十四ほどの寄生虫がひとつの塊のように、もつれあい、からみあいながらその場にのたくっていた。たいへんな量である。とてもそれだけの虫が、アルフォンゾの腹に入っていたとは思えない。

「ジャガオキジュザイキュウボンコウ、ジャガオキジュザイキュウボンコウ、ジャガオキジュザイキュウボンコウ、ジャガオキジュザイキュウボンコウ……われらを犯したまえ、穢したまえ、狂わせたまえ、傷つけたまえ、殺したまえと畏み畏み白す。父なるドゴンと母なるフドウラ、そして偉大なるクトルスの御名によりて……アアアアメンゾウ、サンタマリイヤ………」

そこまで言ったとき、アルフォンゾはその場に後ろ向けに倒れた。すでにこと切れている。おそらく彼の身体のほとんどはサナダムシで占められており、つまりはサナダムシがアルフォンゾという人間の皮を被っていたようなものだったのだろう。彼に生命の火をかろうじて灯していた虫がすべて出て行ったので、アルフォンゾは擦り切れたボロのようになって死んだのだ。パードレの目が、ひくひくと小刻みに震動したかと思うと、徐々に浮き上がり、眼窩から飛び出して地に落ちた。ふたつの大目玉は、その瞬間に消え失せた。

サナダムシたちは、みずからの意志があるように、一列になって燃え盛る炎のなかに入っていった。じゅぶっ、という音がして、虫たちはたちまち黒焦げになって焼失した。

真田大助は、淀殿に向き直ると、

「首尾よくここまでは運びました。お袋さま……あとはお袋さまの……」

「わかっておる」

淀殿は、身体を折り曲げ、亀のごとく首を伸ばし、

「ささ、やってたも」

真田大助は刀を抜いた。

「お袋さま……!」

彼の目には涙が浮かんでいた。白刃一閃《はくじんいっせん》、淀殿の大頭はごろりとそこに転がった。うえを向いて両眼を倍ほどに見開き、口も大きく開けた。そして、首自体が生きているかのようにその状態のまま前に進む。よく見ると、無数のフナムシやゴカイ、イソメなどが淀殿の頭部を囲み、運んでいるのだ。そして、淀殿の大頭が炎のなかに投じられた瞬間、

あぎぞん・おぐんばあ・いちじゅまに・げんべやあちばに・ぐじゅんうお・おおぎい・ひちやぼずあらあんぞうず・ええげべ・ねきょうぶさぐんちゅどがや・あんめいぞう・くーとるふーふんぐるい・むぐるなふ・ぞんでくーとるふー、くとるーふー、くとーるふー、くとるーふー

くとるふー、くーとーるーふー、くーとる、くーとる、くーとる

くとーーーるふー、くとるーーーふー、ふー、

ふー、くとるーふー

　どこからか、数千数万数億の声が湧き起こった。
淀殿の顔は笑っていた。豊臣家再興を確信したかのような、勝ち誇った笑顔だった。

第十章

　当初、原城に籠ったキリシタンたちの意気は軒昂だった。兵糧も武器も、無尽蔵にあるかと思われた。彼らは城内の鍛冶屋にクルスを作らせ、ひとりひとりがそれを所持することにした。これを持っていれば、弾に当たらない、というのだ。四郎は本丸惣大将として全軍の指揮を執り、その補佐に益田甚兵衛、その他二の丸大将、三の丸大将、出丸大将、侍大将、石打大将、鉄砲頭、普請《ふしん》奉行……などがそれぞれ任命され、守備を固めた。

　籠城から十日目、公儀からの上使板倉重昌は、松倉家、立花家、鍋島家、有馬家による四万五千の兵を率い、鉄砲、石火矢、大筒で攻撃したが、まるで歯が立たないばかりか、城内からの射撃により寄せ手は百名ほどの死者が出た。キリシタン軍の強さに驚いた板倉は、軍勢を建て直し、その十日後にふたたび攻撃をかけた。石垣を登ろうとする公儀の軍を待ちかねたように、城内からは鉄砲、弓矢のほか、熱湯、石礫などによる猛攻がくわえられ、公儀軍は総崩れになった。この戦いでの寄せ手の死者・怪我人はあわせて六百人ほどにもなり、公儀側の散々な負け戦と言えた。

　キリシタン勢強し、の報を聞いた徳川家は、幕閣の大物である「知恵伊豆」こと松平《まつだいら》伊豆《いず》守信綱《のかみのぶつな》を新たな上使として派遣した。信綱は大軍を率い、公儀の威信をかけて乗り込んでくるのである。このままでは面目が丸つぶれになってしまうと焦った板倉は、一六三八年元旦早朝に総攻撃をかける旨を全軍に触れた。かくして行われた決死の攻めだったが、結果は大敗であった。七万七千の大軍は、城に籠るキリシタンの数倍という人数だったが、鉄砲、弓矢、石礫に加え、松明や火のついた麦わらの束などを投げつけられ、また、大石や大木を落とされて総崩れになり、たちまち退却した。公儀軍の死者七百人、怪我人四千人弱、それに比べて一揆勢の死者・怪我人はたった十七人だった。またしても公儀軍のあからさまな敗北である。しかも、この戦で大将である上使の板倉重昌が戦死した。味方が攻めあぐねるさまに苛立ち、わずかな手勢を率いて城に乗り込もうと、石垣に取りついたところを、上から落とされた大石で兜を打ち砕かれ、それでもなお登ろうとするところを鉄砲で心の臓を撃ち抜かれ、そのまま墜落して死亡した。

「またしてもお味方、大勝利。これもデウスのご加護ですばい」

うれしげに四郎に報告する部下に、疲れきった笑顔を向けた四郎は、

「勝利におごることなく気持ちを引き締め、つぎの戦いに備えよ。ぬかりなく持ち場を守れ。怠れば、地獄《べんぼう》に落ちるぞ」

「ははっ、そのように皆に伝えます。サンタマリア」

ひとりになった四郎は、南の方に目をやり、

（まだか……）

城内三万七千人のキリシタンのうち、このあとに起こるだろう真の「地獄《べんぼう》」について、正しくつかみとっているのは四郎ひとりだった。おそらくたいへんな飢餓と猜疑《さいぎ》が彼らを襲うはずだ。そのとき、

（ひとは、ひとでなしになるのではないか……）

四郎はそう思った。遥か遠方には、一筋の黒煙が上がっていた。ひとでなし島の祭壇から上っているのだ。

（早く……早くしなければ間に合わぬ……）

四郎は唇を噛みしめた。

◇

板倉重昌が戦死した三日後の一月四日、「知恵伊豆」松平信綱率いる軍勢は原城に到着した。彼はただちに一揆軍の構えを検分し、力攻めでは容易に落

とせぬことを得心した。

「キリシタンどもは干し殺しにするが上策だ」

信綱は、筑紫の大名衆の家老たちに、築山を原城を見下ろせるまで高く築くよう命じた。そこに大筒や石火矢を置いて、城に狙いを定めるのだ。また、高い櫓を建てて、城内の様子がひとめで見渡せるようにした。海を背にした城の前面に、横長に設けられた仕寄場《しよりば》に、細川氏、立花氏、松倉氏、有馬氏、鍋島氏、寺沢氏、黒田氏の軍が陣取っていた。また、後備えとして小笠原氏ほか五家が、島原城と富岡城の警護に四家が当たっていた。その総勢は十二万五千人である。

公儀の軍は、じわじわとその仕寄場を城の城壁間近まで寄せていき、海側にも番船を浮かべて、原城を蟻の這い出る隙間もなく取り囲んだ。間断なく大筒や石火矢を撃ちかけて、城壁を少しずつ崩していくが、ことさら軍を進めることはせず、ひたすら刻を待った。こうして兵糧攻めにすること一カ月、そして二カ月……城のなかは次第に地獄へと変貌していった。

真綿《まわた》で首を絞めるような公儀軍の計略によって食べるものが底をつき、皆が飢えはじめた。米はとうに尽き、胡麻《ごま》や小豆《あずき》、麦がかろうじて残っていたが、少ししかないそれらの食糧は、戦《いくさ》働きをするものたちに優先して与えられるため、女こどもは磯に下り、ワカメなどを食べるしかなかった。このままでは飢えて死ぬのはまちがいない。どうせ死ぬならば、と決死の覚悟で討って出て、公儀軍から食料を奪おうという案も出されたが、すでに弾薬も不自由になっているためそれも難しかった。城内で、まだ蓄えが幾分か残っている蔵へ押し入り、食糧を強奪するものも現れた。耐え切れず、城から逃げ出して公儀に投降する落人《おちゅうど》も増え始めた。

四郎は、

「籠城してデウスのために奉公できるのは格別のことである。その恩をよくよく噛みしめねばならない。

オラショを唱え、断食《だんじき》するだけが善行ではなく、普請や戦いへの参加などすべてがデウスに仕えるご奉公である。この世での生はつかのまのものにすぎない。来世、パライゾに生まれ変わってからの長い暮らしを思い、今は辛くとも、懺悔、礼拝、祈祷に努め、同時に油断せぬよう城の守りを固めねばならない。飢えに負けて薪取りや水汲みに出ると偽って城外に抜け出すものがあとを絶たないと聞く。それはもっとも許されべからざる行いである」

という法度書きを籠城しているすべてのキリシタンに回覧したが、餓死への恐怖は、討ち死にの恐怖を上回って少しずつ籠城者の心を侵食していく。

「ここで死ぬのを待つのは嫌だ。どうせ死ぬなら思い切って討って出、全員で斬り死にしよう」

そういう意見が談合でも大勢を占めるようになったが、四郎はうなずかなかった。

「今しばし待て」

彼はいつもそう答えた。

「今しばし、今しばし……と申されますが、いったいいつまで待てばよいのでしょう」

「今しばし、だ」

それ以上はなにも言わぬ。城内の苛立ちは極に達しようとしていた。しかも、ある夜、撃ちかけられた鉄砲の弾で四郎が怪我を負った。信徒たちは彼の心配をするというより、

「ジェロニモさまでも怪我をなさるのだ。神の子だというのはまことだろうか……」

そんな疑いを持ちはじめたのだ。

胡麻や小豆も食い尽くし、草の根や木の根もほとんど食べてしまった。鳥を鉄砲で撃つことは弾薬の無駄になるからと禁じられていたので、信徒たちはミミズや蟻、バッタ、カタツムリ、ナメクジなどを争って食べた。それらも見かけなくなり、皆はついに土を食べ始めた。また、大筒による砲撃で死亡したものや餓死したものの死体をひそかに食うものもいた。城内で生まれた赤ん坊は、産み落とされてす

ぐに引き裂かれて鍋で煮られた。

（このようなことを続けていて、まことに来世、パライゾ行けるのか。それどころか地獄へ堕ちるのではないか……）

と心中思うものも多かった。だが、彼らは、今おのれがいる場所こそがすでに地獄であることに気づいていないのだ。昼ですら陰鬱で、どんよりした重い空気が城のなかを満たしていた。そのなかを痩せこけた信徒たちが、目だけをぎょろつかせて、のろのろ歩いていた。

しかし、四郎をはじめとする主だったものたちはなぜか痩せてはいなかった。どちらかというと、籠城まえよりも肥えたようである。

「ジェロニモさまたちは、どこかに食べものを隠し持っていて、それを食べておるのではないか」

そんな噂が静かに広まりはじめた。

◇

「これは楽しゅうなってきた」

「面白や面白や。ひとが苦しむのは面白や」

「天下が乱れるのは愉快なり」

「争乱じゃ争乱じゃ争乱じゃ」

「キリシタンどもが飢えて死ぬのが先か、邪神が生まれるのが先か……」

「たまりかねてキリシタンどもが無謀に打って出るかもしれぬ」

「公儀の軍勢が突入するかもしれぬ」

「早うその日が来てほしいのう」

そして、ついに天狗たちが待ち焦がれた「その日」が来たのだ。

◇

未狩女は、兵糧攻めによって籠城者たちが飢えにさいなまれていると聞き、粮物《ろうもつ》を集めて小舟に積んで海側から城の近くまで行ったのだが、公儀の軍船が行き交っており、なかに入るどころか近づくことさえ叶わなかった。

(四郎さん……つらいだろうな……)

四郎とは決別したはずの未狩女だったが、心のどこかではまだ四郎を慕っていた。彼が、邪神に魂を売ったのも、キリシタンたちの窮状をなんとか救いたいという強い気持ちからなのだ。今頃、城のなかで、飢えに倒れていく信徒たちを見ながら罪の意識と頭領としての責任の板挟みになって苦しんでいるにちがいない……。

せめて城のなかの様子を見ようと、未狩女は原城にもっとも近い仕寄場まで行ったが、もちろん櫓《やぐら》には登れない。しかたなく高い杉の木に登って、太い枝に腰を掛け、小手をかざした。遠眼鏡はなくても、そこからだと大勢の信徒がそれぞれの持ち口を手配っているさまがよくわかる。

ふと気づくと、昼間だというのに空が暗くなっていた。未狩女が見上げると、上空の有りようは一変していた。いつのまにかクラゲのようにぶよぶよした、重い黒雲が幾層にもなってたれこめ、太陽を隠していた。雲の下部は蒼く明滅し、そこから緑色の粘液が雨のように滴っている。空の数カ所に巨大な赤い渦巻きが出現し、ぎくしゃくした動きでゆっくりと回転していた。その渦巻きからも、緑色の膿汁のようなものが地上へと降り注いでいる。

(なに……? どうなったの……?)

胸もとでキュウもけたたましく鳴きはじめたが、見つかっては困るから黙らせる。

(この世の……終わり……)

すなおにその言葉が頭に浮かんだ。二月だというのに、風が生ぬるく、しかも魚の腐ったような生臭い臭いがする。風が顔に当たると、目に染みて痛い。肌も、鑢《やすり》でこすられたようにひりひりする。風は次第に強くなり、しまいには暴風のようになった。

おおんお……おごご……う……おお……ん……

風は、巨人が低い声で呻いているような音を発しながら島原半島を吹きすさんだ。その風の吹いてくる方角、つまり海のほうに目を転ずると、知らぬ間に、海も荒れていた。濁流がうねり、ぶつかり合い、砕け散る。海水は緑色のどろどろした液と化し、空と同じような巨大な渦巻きがいくつもできている。その向こうから……。

「――あっ！」

未狩女は叫んだ。なにかが海を割るようにこちらに……原城の方に近づいてくる。かなり巨大だ。長さはおよそ二十丈もあろうか。左右に凄まじい高さの水しぶきが上がっている。遠目には、鯨の何倍もある魚のようにも、丸々と肥えた蛾の仔虫のようにも見えたが、迫ってくるにつれてそうでないことがわかった。

（怪物……）

それは、この世にあるどんな生き物とも似ていなかった。それゆえ「怪物」と呼ぶしかないのだ。怪物の前進の勢いに、前方には高波が起こり、原城目がけて押し寄せている。

怪物がどのようなものか、細部が見て取れるようになったとき、未狩女は杉の梢で嘔吐した。それほど気持ち悪く、醜く、馬鹿でかかった。周囲では、銅鑼を力任せに叩き鳴らすような、どぅーん、どぅーん……という音がこだましている。それが耳に入ると、頭痛と吐き気が襲ってくる。

（いけない。あれがお城にたどりついたら……）

キリシタンたちにたいへんな損害が出るにちがいない。未狩女が城内に目をやると、信徒たちが持ち場を捨てて、一カ所に集まり出すのがわかった。皆、武器も置き、見張りも残さず、本丸のなかへと吸い込まれていく。

（なにがはじまるのだろう……）

ここからではなにもわからない。彼らは怪物の接近に気づいているのだろうか。それとも……。未狩女はいらいらしながら見つめるしかなかった。

◇

「皆のものを呼び集めたのはほかでもない。本日までよう耐え忍んでくれた」

本丸の大広間。すべての襖を開け放ってはいるが、入れぬものは次の間、またその次の間に控えている。

「ここに集うておるのは、デウスのために命捧げる覚悟した同志たちである」

四郎の声はいまだ凛として、力強かった。

「だが、喜べ。もうほどなく偉大な神が降臨《こうりん》し、皆を救うてくれることと決まった」

皆はざわついた。疑心が生じているのだ。怪我をするような「神の子」は信じられない。また、下々のものは飢えているのに、主だったものたちはそれほど痩せてもいない。ひそかに食糧を貯め込み、それを食べているのではないか……そんな噂も流れていた。

「疑うのも無理はない。それゆえ、私は皆に、これまで秘していたある秘密を明かそうと思う。——私はずっと、天なる神はデウスおひとりだと説法してきた。だが、まことはそうではない。デウスよりもさらにうえにおられる崇高なお方が、今日、われらに『御使い』を遣わした」

「デウスさまよりうえのお方とは、どなたばい」

「クトルスさまだ。父なるドゴンと母なるフドウラ、そして偉大なるクトルスの三身に我らは仕えなければならない。——もうじきここに、クトルスの申し子である須佐之頭蛇がやってきて、我らを救うてくださる。そのためには……われらはクトルスさまに忠誠を誓わねばならぬ。皆のもの、クトルスさまに帰依するか」

「その……クトルスさまはわしらになにをしてくれる?」

「まずは……食べものを与えてくれる」

おおっ、という歓声が湧き上がった。今は、まずは食べものなのだ。

「今から、皆の腹がくちくなるまで美味いものを食わせてやる」

「そ、その食いものはどこにある」

「ここだ」

四郎が合図すると、蔵の戸が開かれた。そこから、緑色のどろどろした寒天のような物体が大量に流れ出した。それは意志があるかのごとく地面を這い、伸びたり縮んだりを繰り返し、一部を脚のように細めて突き出し、またひっこめながら、信徒たちのほうに向かってきた。大きな目玉がふたつある。

「こ、これはなんじゃ」

信徒たちが叫ぶと、

「これはマナだ。ヨモツヘグイとも視肉ともいう。食べると腹が満ち、元気が湧いてくる。生きていて、食べても少しでも残しておけば勝手に増える」

「い、生きとるのか」

気持ち悪そうにする信徒たちをまえに、四郎はその一部を手で掬《すく》い、口に入れた。

「うーむ、美味い！」

つねならばこのような気持ちの悪い物体を食べようというものはひとりもいないだろう。しかし、信徒たちは極限まで飢えており、ミミズやナメクジまで食材と思うほどに追いつめられていた。四郎は、飢えによって彼らの理性が狂うのを待っていたのだ。一斉にマナを食べてくれなければ意味がない。そして四郎の思わく通りにことは運んだ。

彼が食べる様子を見ていた数人が、思い切ってその緑色のものを両手で掬い上げたのだ。口もとに近づけようとしたとき、寒天状のものは鎌首をもたげると、彼の口のなかにみずから入り込んだ。

「うう……っ」

喉を押さえたその信徒にまわりのものが、

「どうした、大事なかか！」

「う……う……美味い！」

彼は目を輝かせ、

「こげな美味かもん、食うたことなかばい。ああ、久しぶりにものを食うた。うまかーっ」

その声にほかのものたちも食い気をかきたてられたらしく、腹を減らした信徒たちは争ってその緑色の粘液に突進し、手で掴んだり、掬ったりして口に入れ、啜り込んだ。

「美味い！」

「こ、これはよか」

「いくらでも食えるばいっ」

「生き返ったわい」

「これで戦ができる。公儀の連中に一泡吹かせてやるたい」

「クトルスさまは、えらか神さまばい」

「クトルスさま……」

四郎は、マナをむさぼり食う信徒たちの様子を見ながら、

(これでよい。これで皆も仲間ぞ。ヨモツヘグイをしたら……もう戻れぬ)

皆は、腹いっぱいにマナを詰め込んだ。しばらくすると、ひとりの信徒が腹を押さえて、

「痛い、痛い、痛たたたた……」

「どうした、余七」

「は、腹が割れる！」

「食いすぎばい。おまえ、急いで食うたから……」

そう言っていた男も、

「わしも痛うなってきた。痛たたた……」

あちらでもこちらでも、信徒たちはのたうち回っている。やがて、ひとりの女の目、耳、鼻、口から同時に緑色の汚らしい汚物が噴き出した。隣の男の目、耳、鼻、口、そして陰茎や肛門、身体中のあらゆる穴から緑色の粘液が噴出した。

「うぎゃあああ……死ぬうっ」

「苦しい……」

あたりはマナが洪水のようにあふれ、そのなかに何万人もの老若男女が緑色のものを吐きながら両手両足をばたつかせている。そのうちに、彼らはもがくのをやめ、おとなしくなった。

「マナは、身体のなかで層倍に膨れ上がり、また、体外へと出て行く。いつまでたっても減らぬうえ、身体と心の中身をすっかり変えてくれるのだ」
四郎は、信徒たちが吐きだしたその緑色のものをひとすくいして頬張ると、
「生まれ変わったものたちよ、立ち上がるのだ」
信徒たちはどろどろの海からひとりずつ、案山子のようにひょっこり立ち上がり、両腕をだらりと垂らした姿勢で、四郎に向かって頭を下げた
「では、新しいオラショを教えるゆえ、皆の衆、よう聞かれよ」
しかし、信徒たちはにやにや笑いながら、
「教えていただかなくても、もう覚えておりまする」
「おお、そうだったな。では……」
数万の信徒たちが声を合わせて祈祷をはじめた。
深海にましします我らが主よ
願わくば邪悪なる御名の尊ばれんことを
ツルイエの浮上せんことを
御旨の深海に行われるがごとく、地上にも行われんことを
我らの日々の糧たる乳児の肉と血を、今日我らに与えたまえ
我らに罪を犯させたまえ
我らを悪に加担させたまえ
父なるドゴンと母なるフドウラ、そして偉大なるクトルスの御名によりて
アーメン
フングルイ・ムグルウナフ・クトルフウ
ルルイエ・ウガフナグル・フタグン
イア！　イア！　クトルフウ・フタグン！
つぎの瞬間、オラショに呼応するがごとく城が激しく鳴動した。海側の城壁に、大波が叩きつけられたのだ。

◇

未狩女は、海から上陸し、こちらに近づいてくるその「怪物」に身を震わせた。公儀の軍船と比べても数倍の大きさだ。全体像は、巨大なアメフラシ、ウミウシもしくはナマコに似ていた。色もさまざまで、あるところは赤く、あるところは青く、あるところは黄色かった。表面は、タコの胴体のようにぐにゃぐにゃで、細かい皺が寄り、ところどころに太く紫色の静脈が走っている。皮膚病患者のように、小さなぶつぶつ、大きなぶつぶつなどに覆われ、そこから乳白色の膿汁が間断なく滲み出ているため、全身がぬめぬめと濡れ光っている。胴体の数カ所に大きな孔が開いており、ときどき緑色の粘液を大量に噴出している。その液が周囲にかかると白煙が上がり、樹木でも石垣でも土でも溶けてしまうのだ。

身体のあちこちに、五千百二十一人分の目玉が貼りついていて、ぱちぱちとまばたきをしている。痛いのか悲しいのか、涙を流している目もある。五千百二十一人分の口も、ひっきりなしに開閉している。五千百二十一人分の鼻、五千百二十一人分の乳房、五千百二十一人分の陰茎と睾丸と女陰……それらがまったくのでたらめの並びで、さまざまな場所から生えている。おそらく身体のなかには五千百二十一人分の心の臓、腎、肝、胃、腸、肺などがこれまたでたらめに収容されているのだろう。

身体の前面に、五千百二十一人分の腕が生えており、両側面には五千百二十一人分の脚が生えている。その脚を小刻みに動かし、おそろしい速さで前進している。

(あれが……須佐之頭蛇……)

いちばんまえの部分には縦横二丈もある馬鹿でかい「顔」がついている。その顔を見たとき、未狩女は木から落ちそうになった。未狩女は知らなかったが、それは淀殿の顔だった。ごわごわした長い白髪を引きずり、肌は疥癬で覆われ、鼻毛が伸び、唇はぼってりと分厚い。ただし、顔の大きさが二十倍ほどになっている。その外観は戯画のようで、ある意味滑稽なほどだった。

（もしかしたら、あそこに私の首が……）

ついていたのかもしれないと思うと身の毛がよだつ思いだった。

淀殿の頭を持った怪物は、芋虫がするように下半身で地面を支え、前半分を高々と伸びあがらせると城壁を乗り越え、ずるずると内部に入り込んだ。しかし、城のなかからは鉄砲を撃ちかけるものも矢を射かけるものもひとりもいなかった。ただ、低い低いオラショの声が途切れず響いている。

クートルフー・クートルフー・クートルフー

フー・フー・フー・クートルフーーーーーー

フ ー ム・フ ー・フ ー・ク ー ト ー ル ー ー ー

フーーーーーー

（だれも、あの怪物に気づいていないんだろうか……）

怪物は、城壁を乗り越えて中庭へと滑り降りた。四郎が危ない……未狩女はそう思った。あの怪物は、キリシタンも公儀の軍も見境なく殺してしまうのではないか……。

（よし……！）

彼女は、杉の木から降りると原城へと向かった。

◇

編み笠を被った武士が原城への道を急いでいた。柳生十兵衛である。彼は、ひとでなし島において左目と引き換えに九死に一生を得た。知恵伊豆率いる公儀の軍勢に加わることなく、独行を選んだのは、公儀勢からもキリシタン勢からも隔たりを置き、公平な目でこの戦を見つめたかったからだ。ただ、肉体は消耗し尽くしており、かろうじて気力だけが彼を歩かせていた。まもなく城の外壁が見えるあたり

まで来たとき、

「御曹司……」

低い声が行く手の藪のなかから聞こえた。十兵衛にはすぐにその声の主がだれかわかった。のっそりと現れたのは宮本武蔵である。

「宮本殿……」

「生きておったか。うれしいのう。海に投げ出されたあと行き方知れず、という噂を聞いて憂えておったのだ。死なれると困る。わしは御曹司と戦うためだけにこの地にとどまっておるのだからな」

「なにかそれがしに御用でござるか。ただいま先を急いでおりまするが……」

「それよ！　御曹司は原城の戦に向かう途上であろう。公儀とキリシタンのくだらぬ争いに巻き込まれておぬしが命を落としてはたいへんだ。そのまえにわしと立ち合うてくれ」

「そのように申されても困惑いたす。宮本殿との勝負は、このことがすべて落着してからという約束でござった。今も申したとおり、それがしは原城に向かわねばならぬのです」

「そこで流れ弾にでも当たって死なぬとはかぎらぬ。そうなれば、わしは柳生流に勝って名を挙げることができなくなる。――今、立ち合うてくれ」

「そうは参りませぬ。お見逃しくだされ。生きて戻ったあかつきには、かならず宮本殿との約定を果たしますゆえ」

「死んで戻ったときはどういたす。わしに、屍と戦えと申すか。今こそ千載一遇《せんざいいちぐう》の機。これを逃すわけにはいかぬ」

武蔵は刀を抜き、挑発するかのようにその切っ先で十兵衛の編み笠をはじき飛ばした。そして、

「おお……」

と嘆息した。

「御曹司……その目はいかがしたのだ」

「アルフォンゾなる転び伴天連の妖術にしてやられ申した」

武蔵は深く嘆息した。その両眼から涙がこぼれ落ちた。

「宮本殿……なぜ泣かれる」

「今のおぬしと戦うて勝ちを得ても、それはまことの勝ちにあらず。左目を失うまえに戦いたかった」

そう言うと武蔵は太刀を鞘に納めた。

「わしは柳生十兵衛を負かしたいわけではない。強いものと戦いたい……柳生流のなかで最強の剣士に勝って、わが流儀の天下一であることを示したいだけだ。今のおぬしを負かしてもしかたがない。お望みどおり、原城にでもどこにでも赴かれよ。――御免」

武蔵は十兵衛に背を向けて大股に歩き出した。

「待たれよ、宮本殿」

武蔵は振り向き、

「まだなにかあるのか。わしのほうは用はないぞ」

「そちらになくとも、こちらにある。――それがし、片目を失いはしたが、剣の腕は失うてはおりませぬ。いや……かえって上がったとさえ思いまする」

「強がりを抜かすな。目と申すは、両眼あってはじめてものとの隔たりがわかる。片目ではそれがつかめぬはず。立ち合いにおいてもっとも大事は、相手との間合いを見切ることだ。それができぬおぬしは、わが敵ではない」

「ならば今ここで試してみられい」

「やめておけ。命を落とすだけだ」

「憐憫《れんびん》をかけられるような命ならいらぬ」

十兵衛は抜刀し、八双に構えた。

「宮本殿、抜かれよ」

武蔵は、黄色い歯を剥き出して笑った。

「うむ、面白い。先日よりも闘いの『気』が強うなっておるな。立ち合う値打ちはありそうだ」

彼はそう言いながら二刀を抜いた。両剣客は相対した。ひと呼吸、ふた呼吸、三呼吸……ふたりとも凍りついたまま動かないが、目のあるものが見れば、そのあいだで気と気が激しくぶつかっているのがわかっただろう。先に仕掛けたのは武蔵だった。

「ぜえいっ！」

稲妻が光ったように見えた。裂帛《れっぱく》の気合いとともに、凄まじい一撃が十兵衛の頭上を襲った。剣風で髪の毛が逆立った。しかし、十兵衛は動じず、ゆっくりと……ゆるやかな動きで下から太刀を掬い上げるようにして、それを受けとめた。瞬間、両者は飛び離れた。そのたった一度の打ち合いだけで、ふたりとも滝のように汗をかいている。

「なるほど……目を失くして、得たもののほうが多かったというわけか」

「左様」

「なれど……わしは勝つ」

武蔵は両刀を組み合わせると、そのまままっしぐらに突進してきた。この十文字がどう変化するかが十兵衛にはわからぬ。それゆえ、だらりと太刀を垂らしたまま待つほかなかった。二刀が身体に触れるぎりぎりのところで、十兵衛は太刀を跳ね上げた。三本の刀がぶつかり合い、ガッと火花が散った。武蔵は右手の刀を上段に、左手の刀を下段に構えたが、すぐにその構えは崩れ、両刀が弧を描くように動き出した。上段の刀は下へ向かい、下段の刀は上に向かう。十兵衛はあわてない。ふたたび太刀を垂らして、武蔵の二刀の変化を見つめている。武蔵の左右の刀の位置が入れ替わったとき、武蔵は大地を蹴って飛んだ。年齢からは考えられぬほどの高い跳躍で、日々、山野を駆け回っているものならではの強靭《きょうじん》な足腰のたまものである。宙から、武蔵は右手の刀を十兵衛に投げつけた。十兵衛はその刀を払ったが、その一瞬の隙を突いて、武蔵の左手の刀が飛びかかってきた。まさに「刀が飛びかかってきた」ように十兵衛には見えたのだ。武蔵の剣は何倍もの太さ、長さになって、孫悟空の如意棒《にょいぼう》のように十兵衛の額目がけて伸びてきたように思えた。十兵衛は咄嗟《とっさ》に飛びしさり、かろうじて頭蓋を割られることは免れたが、左頬をざっくり斬られたのがわかった。

（強い……強すぎる……）

十兵衛は、日頃武蔵が「強いものが好きだ。強い相手と戦いたい」と言っている気持ちがわかるように思った。ここまで強いと、この国の剣士で彼の相手ができるものはほとんどいないだろう。

（だが……負けぬ）

これで一刀対一刀になった。十兵衛ははじめて、おのれから仕掛けた。これだけ強い敵だと、受け身ではやられてしまう。

（さまざまに教えの道も多けれど、打ち込むときぞ真の一刀……）

道歌を心中に唱えて心を無にし、

「えええいっ！」

正眼《せいがん》の構えから大きく踏み込んで、武蔵の刀にこちらの剣をからめるように思い切り打ち下ろす。父宗矩から伝授された秘伝の技「竹割」だ。相手の剣も相手の身体も同時に粉砕してしまう……そんな気持ちで一撃を放つのだ、と教えられた。外すとおのれが斬られる。そんな捨て身の一刀である。十兵衛の剣は彼の太刀をからめ取るように動き、武蔵は受け損ねて大きく身体を反らした。武蔵の髪の毛が切れて、あたりに舞った瞬間、武蔵はのけぞった姿勢のまま、左手だけで十兵衛に斬りつけた。十兵衛は軽くかわして、ふたたび八双に構えた。

「やるな、御曹司……」

「宮本殿も……」

大量の汗が地面に流れ落ち、ふたりの足もとの土が黒く変じている。両剣士の間合いがじりじりと詰まり始めたとき、

おおおお……ん……

おん……

ごおお……おお……おおおおお……お……

あの世から聞こえてくるかのような「声」が轟き渡った。

◇

公儀軍は、二月二十七日に原城の惣攻めを行った。籠城からおよそ三カ月。敵を飢えの極限にまで追い込んだとみて、満を持しての攻撃だった。鍋島家を先駆けに、細川家、立花家、黒田家などが諸手攻めを行った。かねて申し合わせのごとく、太鼓にて人数を出し、法螺貝《ほらがい》を合図に押しかかる。後備えのものたちも鬨《とき》の声を上げ、出番を待った。

「賊徒どもはどこだ」

「二の丸にも三の丸にもだれもおらぬ」

「本丸に集うておるのではないか。あのとおり、オラショが聞こえてくるぞ」

「よし、本丸を総がかりにせよ、と触れを出せ」

そのとき、どこからともなく、

おおおお、ん……おん……おお……ん……

風で洞穴が鳴っているような、低い音が聞こえてきた。

「なんだ、この声は……」

「緑色の汚らしいもんがうえから降ってくるばい」

つぎの瞬間、巨大な怪物が北側の城壁から身を乗り出した。それは、これまで見たことも聞いたこともない生きもので、先端に馬鹿でかい女の顔がついていた。

「ば、ば、化けもんだ！」

「逃げろっ」

足軽たちはわれ先に逃げ出した。

「待て、逃げるな！　たかのしれたキリシタン伴天連のめくらましだ。鉄砲を撃ちかけよ」

各家の侍大将は声を枯らして下知したが、浮足立った雑兵の耳には届かない。それでも、気を取り直した兵たちが、火縄銃をつるべ撃ちにしてみたが、たっぷりとした粘液にまみれた怪物にはまるで効かぬ。弾が粘液とともに滑り落ちてしまい、肌まで届かないのだ。弓矢も同じことで、滝のように分泌される緑色の粘液が、矢を押し流してしまう。

「大筒じゃ。大筒を撃て！」

築山のうえに据えられた十数台の大砲が火を噴いた。雷鳴のような音が轟き渡り、黒い大玉が風を切って飛んだ。石垣でも櫓でも粉砕してしまう大筒だったが、怪物にはまったく歯が立たなかった。それぞれの玉は怪物の皮膚にめり込むのだが、すぐに浮き上がり、地面に落ちてしまう。怪物の醜悪な顔は、口を裂けるほどに開き、

おお……ごおお……うごお……おん……おん……


噴火のような大きな叫び声をあげながら、鍋島家の兵士たちへとまっしぐらに襲いかかった。凄まじい悪臭が周辺を圧し、怪物の身体から噴水のように放出される毒汁が、兵たちの鎧を焼き、身体を溶かした。緑色の粘液がうえから落ちてきて、それにまみれたものは白い煙を上げ、骨だけになった。

「逃げるな、剣を抜け。戦うのだ！」

侍大将は声をかぎりに叫んだが、とても剣ごときでは太刀打ちのできる相手ではない。しまいには、その侍大将も転がるようにして逃げ出した。

怪物は逃げ遅れた鍋島家の兵士を、身体を屈めて飲み込みはじめた。淀殿の巨大な口に吸いこまれ、噛み砕かれ、飲み込まれる。阿鼻叫喚《あびきょうかん》の光景だった。鍋島家の家臣たちをあらかた食い尽くした怪物は、つづいて黒田家に狙いをつけた。


があ……おおん……うう……ああいあ……あん……


熱い息を吐きながら、怪物は兵士を端から飲み込んでいく。口に入れると、ぐちゃっ、ぐちゃっ……と噛んで、肉団子のようにしてから飲む。

「火矢を射かけよ！」

黒田家の軍師がそう叫んだが、火矢は怪物の表面を覆う粘液に触れた途端、線香を水につけたように、じゅっ、と音を出して消えてしまう。淀殿の顔はにんまりと笑い、黒田家の家臣たちをつぎつぎ食らっていく。噛みちぎり、食いちぎり、咀嚼し、吐き出す。怪物の身体から吹き出ている緑の液は、あたりの農家や小屋などもことごとく消滅させている。総崩れになった公儀軍はできるだけ怪物から遠ざかろうと左右に散った。それを追いかけて、怪物は口をすぼめ、ひとびとを口中に入れていく。

「見よや！　お袋さまが参られたぞ！」

四郎は小躍りして叫んだ。

「おお、うれしや。これでお味方大勝利まちがいなか」

「神の国は間近じゃ。もっと……もっとオラショを！」

アギゾン・オグンバア・イチジュマニ・ゲンベヤアチバニ・グジュンウオ・オオギイ・ヒチヤボズアラアンゾウズ・エエゲベ・ネキョウブサグンチュドガヤ・アンメイゾウ・クートルフークートールフー……

城内のオラショは最大限にまで高まった。

◇

怪物出現の報は、上使松平信綱の耳に達した。

「化けものだと？　見間違いではないのか」

「お疑いとあらばご自身の目でお確かめくだされ」

「なれど……それほど大きな生きものがここの海におるとは聞いたことがない。鯨かなにかではないか」

「鯨はひとを食いませせぬ。もはやお味方総崩れにて、鍋島家、黒田家の陣営はほぼ全滅、ほかの軍勢は半里ほど後退し、遠巻きにして様子見をしております」

「なんということだ。——その化けものはキリシタンどもも襲うておるのか」

「いえ……それが……」

信綱は眉根を寄せ、

「公儀の軍ばかりを狙うておると申すか！」

「左様でございます。あれは、キリシタン伴天連の妖術にて益田四郎なるものが呼び出した妖怪かと……」

「むむ……」

信綱は腕組みをした。

「鉄砲も大筒も弓矢もまるで効なく、皆、手をこまねいておりまする。また、ご覧のとおり、上空にわかに奇怪なる雲垂れ込め、海も沸騰するかのごとき様子にて、まさに天変地異。この異変に怯えて、各家の家老職あたりのものまで、世の終わりだ、とか、キリシタンの予言が当たった、などとうろたえ騒いでおります」

「たわけたことを。ただの天候の変異にすぎぬ。惑わされるな、馬鹿ものめ！」

常日頃は沈着な知恵伊豆も思わず声を荒げた。

「あいすみません。——怪物の件は、いかがいたしましょうか。お指図を……」

今から、江戸に急使を立てて家光公に指示を仰いでいては間に合わぬ。この場の全権を握る彼信綱が、即座の方針を定めねばならぬのだ。もし、しくじったら切腹だろう。

「その化けものとやらを見てみたい。近くまで参る」

「危のうございますぞ。見るだけならば、ここからでもわかりまする」

信綱は陣屋から出て、驚嘆の声を発した。

「あれか……」

それは、彼の考えていたものをはるかに凌駕《りょうが》していた。信綱のいる場所からは、巨大な芋虫のように見えた。伸びあがると、その高さは原城を超えるほどだった。

「一時退きまするか」

「なにを申す。われら上さまの命で賊徒キリシタンどもを一掃するためにここに来ておるのだ。退却など考えたこともないわ」

「え？　あの怪物は……」

「あれは、ただの珍種の鯨だ。天候が狂うたゆえ、陸地に上がってもがいておるだけであろう。キリシタンどもは、飢えに苦しみ、まさに陥落《かんらく》せんとしておる。今をおいて、攻略の機はない」

「で、では……」

「このまま攻めよ。攻め続けよ。先攻め後攻めの別なく打ちかかり、化けものもろとも、一気にキリシタンどもを殲滅するのだ」

　大軍を与えられたのに肝心の惣攻めにしくじったとあっては、まえの上使板倉重昌の二の舞である。松平信綱はここで退くわけにはいかなかったのだ。

◇

　怪物は巨体を屈めて、公儀の軍勢をつぎつぎと啜り込んでいく。その腹は大きく膨れ、皮は薄くなり、呑まれた兵たちの腕や頭などの形が外からわかるほどだ。たぶついた腹部をひきずりながら、怪物は人食いをやめぬ。首を左右に振り、獲物を見つけては猛烈な勢いで駆けより、巨大な顔面を近づけて頭から呑む。

　そんな地獄のような景を横目で見ながら、未狩女は雑兵たちの突入にまぎれて城に入り込んだ。死体がない。怪物はひとりも残さず、腹中に納めてしまうのだ。

「シロ……シロ……ウ……！　おおおお、シロ……ウ！」

　淀殿の顔は、そう叫びながら前進する。四郎を探しているようだ。

（四郎が危ない……！）

　未狩女は必死に四郎の居場所を探した。

（四郎……四郎はどこ……？）

あの怪物より先に四郎を見つけて、守らねばならないのだ。広い城のなかを右往左往していると、オラショの旋律が降ってくる。どこから聞こえてくるのかはわからない。しかし、どうやら本丸のうえかららしいと見当をつけた。未狩女がそちらに向かって走り始めたとき、

「みいつ……けたぞ……」

見上げると、淀殿の顔が彼女を見下ろしていた。

「おま……えは……ゆるさぬ……ゆるさぬぞう……」

口もとからぼたぼたと粘液を垂らしながら、巨大な顔面が未狩女のほうに降りてきた。未狩女はあまりの恐怖に動くことができず、その場に座り込んでしまった。

「くう……てやる……」

淀殿は大きく口を開けた。ニラやネギの臭いを数百倍にしたような口臭が未狩女を包んだ。もうだめだ……そう思って目を閉じたとき、

「物の怪《け》め。黄泉から来たものは黄泉へ帰れ」

聞き覚えのある声がした。未狩女が目を開けると、彼女のまえに、抜刀した侍が後ろ向きに立っていた。背中ですぐにわかった。柳生十兵衛だ。

「よかった……生きていたんだ！」

眼帯をした十兵衛は振り返るとにやりと笑った。その隣にもうひとり男が立っている。物乞いのようなぼろぼろの衣服に、長く伸ばした総髪……。

「弁慶さん……！」

「わしは、強いものが好きだ。強いものを見ると……倒したくなるのだ」

そう言って彼は大刀と小刀の二刀を抜き払った。

「こざか……しい……にんげん……ごときが……すばく……おおかみ……に……かてると……おもうてか！」

怪物はそう叫ぶと、二剣士に向かって顔面を突き出した。ふたりは左右に飛びしさると、頭部をやり過ごしておいて、その首に斬りつけた。ふたりの剣

は粘液のために斜めに滑り、怪物の肌をこそいだだけで終わった。飛び散った粘液は地面を焦がし、両剣士の肌に点々と火ぶくれの痕をつけた。

「これは参ったわい」

武蔵は、十兵衛と目でやりとりすると、怪物の右側を走った。十兵衛は左手を走る。怪物は一瞬どちらを追うべきか迷ったが、十兵衛に狙いを定め、身体をねじった。その隙に、武蔵は怪物の首の横側に駆け寄って、両刀を手槍のように突き刺した。ぶしゅっと緑色の液が噴き出し、武蔵の頭から降りかかった。顔や腕がちりちりと焼け、皮膚がめくれあがったが、武蔵は刀の柄を放さなかった。

「うははは……熱い熱い、熱いわい！」

そう叫びながら、刀を根もとまで押し込む。引き抜いて、ふたたび別のところに突き立てる。

「ぐぎゃあ……うう……」

怪物は激しく身をよじり、武蔵は跳ね飛ばされた。両刀は突き刺さったままだ。武蔵は、あたりに散らばった雑兵の刀をすばやく二本拾うと、怪物に飛びついた。身体からしゅうしゅうと白い煙があがったが、それをものともせず、逆手に持った刀をさっきの傷に刺し込むと、ウナギを裂くようにぐいと引いた。傷を広げようというのだ。怪物はもう一度身体を大きくうねらせた。武蔵は、体表の粘液とともに吹き飛び、石垣に激突した。怪物はそのうえにのしかかった。そこを十兵衛が駆け寄りざま、

「ちぇえいっ！」

上段に振りかぶった太刀を、裂帛の気合いとともに振り下ろした。太刀の長さは二、三尺しかないにもかかわらず、怪物の体表は一丈ほども切り裂かれ、そこから褐色の汚物が溢れ出た。

「ちょこ……ざいな……けんじゅつ……つかいめが！」

武蔵はよろよろと立ち上がった。衣服はすでに溶けて、一糸も残っていない。胸も腹部も皮膚が溶けて血だらけだ。あばら骨が見えているところもある。

刀も持っていない。淀殿はその様子を見て不気味な笑みを浮かべると、

「くたばれ！」

一度身体を高くもたげると、そこから勢いをつけて頭部を下ろしてきた。武蔵は、

「うおおおっ！」

絶叫しながら右の拳を突き出し、淀殿の左目に叩き込んだ。岩のような武蔵の拳は淀殿の眼球をぶち破った。彼の腕は、肩の付け根まで淀殿の眼窩に入り込んだ。

「うがあああああっ！」

怪物は悲鳴を上げて上体を痙攣しているようにのたうたせ、腕が目に入り込んだままの武蔵は、それにつられて身体を何度も地面に叩きつけられた。五度目に、ずぼっと腕が抜け、武蔵は地面に墜落して、そのまま動かなくなった。

怪物は、左目からおびただしい量の膿汁を垂れ流しながら、十兵衛に向きを変えた。隻眼と隻眼が対峙した。相手は圧倒的に大きい。熊と蟻ほどの差があろう。十兵衛は、おのれの動悸を感じた。怯え、ひるむ気持ちがあるらしい。

（なんのためのこれまでの修行か）

十兵衛は唇を噛んだ。彼は、かつて沢庵和尚が言った言葉を思い出していた。

「おまえは剣術の達人だそうだが、前後ふたりの敵がいたらどうするか」

「まず、まえの敵を斬り、つづいて背後の敵を斬りまする」

「ならば、前後左右、四人の敵がいたらどうするか」

「水月の技をもって四人とも片づけまする」

「ほほう、だが、八人が相手ならば無理であろう」

「なんのそれしきの数。八人ならば三光雷到の剣、十六人ならば木の葉隠れの極意、三十二人ならば柴隠れの術、六十四人ならば真剣白刃取りにてあまさず討ち取りましょうぞ」

「勇ましいことじゃな。ならば、飛び道具を手にした百二十八人に囲まれたらいかがする」

「たとえ百二十八人が相手でも腕折れ刀の目釘折れるまでひたすら斬りまくり、最後はいさぎよく討ち死にするまででござる」

十兵衛が勇を示したつもりでそう申すと、和尚はからからと笑い、

「十兵衛、おまえはたわけなり、柳生流はたかだか百二十八人が限りか、天下無双の看板は降ろすがよかろう」

そこで、十兵衛ははたと悟った。敵が百二十八人が二百人、千人、万人であっても、目のまえの敵こそが今の敵と心得、ひたすらその敵を倒すことのみを念ずる。剣術も「一期一会《いちごいちえ》」なのだ。相手がふたりならそれを二度、百人なら百度、千人なら千度続けるだけのこと。それが無念無想の真の意味だ。

（いかに、相手が人外の化けものであろうと、山を超すほどの巨体であろうと、無念無想にて対峙し、おのれの今の力をあまさず引き出して戦う。それが最上であり、それしかできぬのだ……）

そう考えると、息が静まった。怪物は、十兵衛を食らおうとしてふたたび顔を近づけてきた。十兵衛は逃げも避けもしない。正眼に構えたままだ。

「くわああっ」

淀殿の顔面がものすごい勢いで彼に向かって降りてきた。十兵衛はそれがぎりぎり近づくまで待った。相手の歯が十兵衛の顔にぶつかりそうになった瞬間、咄嗟に剣の柄で淀殿の眉間を強打した。淀殿が激痛に両眼を閉じ、長い身体を大きく蠕動《ぜんどう》させた。十兵衛は、手近にあった岩を足掛かりに跳躍すると、怪物の首のもっとも細いところを狙って、愛刀三池典太光世を振り下ろした。

「ひぎゃあああおっ」

淀殿の絶叫は原城の空気を揺るがした。皮膚が数丈にわたってざっくりと裂け、なかからナメクジや回虫のような虫が噴き出してきて十兵衛にかかった。

返す刀でもう一度、首を狙う。横に薙《な》ぎ、縦に割《さ》き、斜めに払い、下から掬う。そのたびに怪物の身体からは緑色の粘液がふんだんに噴出して、十兵衛の身体を損じていくのだが、まるで気にならない。おのれの命を守ろうという気持ちはとうに失せていた。死んであたりまえ、と思わねば、この化けものと向き合うことはできないのだ。

十兵衛は秘術を尽くして剣をふるったが、そんな彼の戦いも終わるときが来た。

「ばか……めが……にんげんが……じゃしんに……かてる……とおもうてか！」

傷だらけになった怪物が、口から膨大な量の緑色の液体を滝のように吐きかけたのだ。十兵衛はかわすことができず、刀を水車のように回したが、頭からその液を浴びてしまった。髪の毛が溶け、全身の肌が破れ、肉が燃え、骨にまで染みていく。だが、十兵衛は逃げようとせず、最後のひと太刀を怪物の胴体に深々と刺し込むと、そのまま前向きに倒れ、動かなくなった。

「てまを……とらせおって……」

淀殿は吐き捨てるように言うと、

「あの……こむすめ……がおらぬ……どこへいった……」

いつのまにか未狩女の姿が消えていた。怪物は全身を一旦縮めたあと、大きく伸びあがり、塔のように直立した。

「化けものは傷ついておるぞ。今だ、撃て！　撃て！」

下知の声とともに、ようやく公儀軍の一斉射撃が始まった。しかし、ぱらぱら撃ちかかるだけの弾は、武蔵や十兵衛の剣ほどの痛手を怪物に与えることはできない。大筒も同様で、唯一、弓矢がまっすぐに当たったときだけ、その胴に突き刺さるが、巨大な怪物からすれば、指に棘が刺さったぐらいの痛みしかあるまい。法螺貝が吹き鳴らされ、鬨の声は上がっているが、足軽たちは尻込みし、刀や槍では攻めかからない。いくら松平信綱が「珍種の鯨」と言っても、化けものは化けものとしか思えぬ。

「足軽どもは怯懦《きょうだ》にかられて手出しをいたしませぬ」

戦奉行が信綱にそう報ずると、知恵伊豆は癇癪《かんしゃく》を起こし、

「ならば、本丸のキリシタンどもを討ち取れ。飢えと渇きで動けぬはずだ」

「お言葉なれど……なにゆえか彼奴らの腹は満ちておる様子にて、機敏に動きまわっておりまするぞ」

「なに……？」

「堀下から城壁を登ろうにも、うえから大木、岩石、鍋、釜などを落とし、また、焼いた砂、熱湯、糞便、燃やした藁などを投げてまいるゆえ、立ち往生するところを槍や薙刀《なぎなた》で突かれ、被害甚大。死骸の山が築かれておるそうでござります」

「どうなっておるのだ！」

信綱は苦渋《くじゅう》に満ちた表情で地面を見つめた。

「撤退の触れを出しまするか」

「いや……それはできぬ」

信綱はかぶりを振った。

◇

怪物は、逃げまどう雑兵たちを飲み込みながら、ゆっくりと本丸に近づいて行った。公儀軍の足並みは乱れ、逃げ足もしどろで、だれがどこの家中のものか、いや、敵か味方かさえもわからぬありさまだった。
そんな悪夢のような修羅場《しゅらば》をよそに、未狩女は必死で四郎を探していた。本丸に入り、段を駆けあがる。だれもいない。守備についているはずの信徒たちの姿がないのだ。しかも、うえのほうからオラショの声だけは聞こえてくる。
フングルイ・ムグルウナフ・クートルフー
ルルイエ・ウガフナグル・フタグン

ベベノ・ルノニア・ミズカリ・モテアシ
キフィ・ゾンネ・ベチャ・ベッチャ・ンミガ
イデヤ・グビル・ニチェ・アルベ・グラ・フドラ
ヂレ・ヂレ・ビザンエメ・イザレ・アビヤ
ビリ・チグ・チグス・ユボム・イリチ
ヂレ・ヂレ・ルルイエ・ヌガ・イブチ
キミガヤ・ユビタ・ゾウ・ゾウ・グンネ
クトールフー・フングルイ・クトーーーールー
フーーー！

ようやく最上階にたどりついたとき、未狩女はおのれの目を疑った。大広間中が緑色の粘液であふれ、大きな池のようになっていた。天井も、壁も、襖も、柱も、調度も、どれもこれも粘液にまみれ、磯臭い悪臭を放っていた。しかも、無数のフナムシやゴカイ、ウミウシ、巻貝などがあたりを這い回り、粘液のなかをイカやタコが泳ぎ、カツオノエボシが浮かんでいる。ウナギのような魚、甲冑を着たような魚、手足のある魚、リュウグウノツカイなど、ふだんは見られないような魚の姿もある。大勢の信徒たちがその緑色の液に腰ぐらいまで浸かり、呆然として窓の外を見つめていた。その目には精気がなく、まるで死んだ魚の目のようだった。唇も分厚くなり、鼻は孔だけになり、爛れた皮膚が魚の鱗のようになっている。

四郎は、いちばん窓に近いところに立っていた。未狩女が、そちらに行こうとして、緑色の粘液に足先を浸けようとしたとき、

「来るな！」

未狩女に気づいた四郎が叫んだ。ほかの信徒たちの表情には変化がない。口をぽかんと開けて、ぼんやりと粘液のなかで揺らいでいる。未狩女は、思い切って脚を緑の液体に浸した。じゅっ、と音がして、肌に激痛が走った。しかし、未狩女はそのまま寒天のような粘液のなかを窓際まで走った。

「どうして来たんだ」

「怪物が……化けものが来てるのよ。それを知らせようと思って……」

「知っている。あの神は、私が呼んだのだ」

「――え?」

「あれが須佐之頭蛇だ。我々キリシタンが信奉する神のおひとりだ」

「でも、化けものよ。キリシタンもそうでないひとも見境なく殺すかも……」

「それはありえない。あの顔を見ただろう。あれは、秀頼公のご母堂淀のお方の頭だ。だから、公儀の軍勢だけを選んで殺してくれる」

「あれが……淀殿……」

「そう。わが母だ」

「――え?」

未狩女は唖然としたが、四郎はこともなげに続けた。

「私も知らなかったのだが、私は秀頼公とその母淀のお方の忌まわしい交わりによって生まれた不義の子だったのだ。わが母は、一度死んだときに黄泉国王須佐之頭蛇から瀰み比命《ひめ》の名をもらった外道の神。だから、私は『神の子』なのだ」

「嘘……」

「嘘だったらよかったのだが……まことなのだ。わが母は、産まれてすぐに私を小西浪人益田甚兵衛に預け、小島に身を隠した。あの怪物は、崇徳院の怨霊がわが母に教えてくれた呪術によって黄泉国から召喚された邪神須佐之頭蛇が母と合体したものだ」

未狩女は、たいへんな勘違いをしていたことに気づいた。怪物が、四郎、四郎……と探していたのは、我が子に会うためだったとは……。

「私は、忌まわしい生まれの人間だった。こうなることは私の運命だったのだ」

「そんな運命、壊してしまえばいいのに」

「もう遅い。これを見ろ」

四郎は、おのれの脇の下を指差した。未狩女はハッとした。そこには、短いながらも羽根が生えていた。

「私は、もう天狗の仲間となった。生きながら天狗になったのは、崇徳院さまと私だけらしい」

悲しそうな目でそう言うと、彼は後ろに下がり、右手を挙げた。それが合図だったのか、両腕をまえに伸ばし、口を開け、虚ろな目を天井に向けた信徒たちが、粘液の池のなかをゆっくりと未狩女に向かって近づいてきた。数え切れないほどの人数だ。

「未狩女……さようなら……」

その言葉を最後に、四郎の姿はおびただしいキリシタンたちの後ろに消えた。未狩女は窓の方へ退いた。信徒たちはなんともないらしいが、緑色の液に浸かった未狩女の脚はすでに肉が溶けてぶよぶよになっている。一歩動くのも激痛が走る。背中が窓の枠に当たった。これ以上はもう下がれない。信徒たちは、のろのろと間を詰めてくる。そして、彼らの手の先が未狩女に触れそうになったとき、胸もとでキュウが鳴いた。

きゅううう……

きゅおおおん……おん……おんおおん……

きゅああああ……いい……あん……

きゅううあああおおおおおん……

きゅお……お……お……お……おおん……

これまでのようなか細い鳴き方ではない。窓の外をにらみすえ、狼の遠吠えのごとく、なにかを呼んでいるような長く尾を引いた声で、朗々と吠えたてている。

「ナビシステムのコントローラー部分の安全を至急確認せよ」

そんな「声」が未狩女の頭のなかに聞こえたような気がした。未狩女が振り返って窓の方を見ると、そこには淀殿の巨大な顔面があった。上半身を伸びあがらせているのだろう。

「みつ……けた……みつ……けた……」

左目は潰れて、眼窩は深い空洞になっている。白髪を振り乱し、乱杭歯《らんくいば》を剥きだし、淀殿は窓に顔を押し付けるようにして、

「そこの……おんな……しろう……とちちくりおうて……おるときいたが……みぶんちがいは……ゆるさぬぞ……しろうは……わがこ……かみのこじゃ……」

「あんたは神じゃない。ただの虫よ」

「ほほほほほ……きの……きつい……おなごじゃ……」

淀殿は、大きく口を開けた。そこから数本の、太い触手が伸び、未狩女に襲いかかった。ところどころに剛毛が生え、象の鼻のように節がある灰色の触手は、未狩女の身体を抱き取ろうとしてくねくねと這い回る。

「嫌ーっ！」

未狩女は触手から逃《のが》れようとしたが、後ろには信徒たちが壁のようにずらりと並んでいるのだ。窓枠に足をかけ、半身を外に出す。ここぞとばかりに淀殿の触手が未狩女の腰のあたりに巻き付いてきた。それをつかんで剥がそうと引っ張ったとき、足が滑った。未狩女は、本丸の最上層から墜落した。

「きゅうっ！」

鋭い叫びが聞こえ、つぎの瞬間、未狩女の身体はなにかにぶつかって止まった。したたかに背中を打ったが、死んではいない。木の枝にでも引っかかったのだろうか。身体を起こそうとしたとき、未狩女は眼前に迫る巨大な顔面に気づいた。それは……。

（オオナムチさま……！）

兜のようなものをかぶった神像がすぐうえから未狩女を見下ろしていた。未狩女は、オオナムチの手のひらのうえにいたのだ。

あとでわかったことだが、すこしまえ、城中にいた公儀軍の兵たちは、天草の方角から赤い火の玉が飛んでくるのを目撃した。彼らのひとりは「まるで

月みたいに大きかった」と証言している。火の玉は城の上空で静止すると、本丸のすぐ近くに降りていった。そして、神像の姿へと変じたのだという。

「あれはなんじゃ」

「化けものがもう一匹増えたばい」

「もう手に負えぬ」

城よりも背の高いその巨像を見て兵士たちは恐怖に駆られ、転がるように退却した。

「オオナムチさま、ありがとうございます」

未狩女が巨像の顔に向かって礼拝したとき、キュウの姿が変貌した。ふさふさした毛並みが体内に引っ込み、全体が光沢のある金属に覆われて、三角形の物体になった。未狩女の頭のなかにまた「声」が響いた。それは、未狩女の知っている言語ではなかったが、頭のなかに直接届いているために意味はわかるのだ。

「スクラップ・アンド・ビルド・ナビゲーター『スク・ナビ』起動申請中。許可をお願いします」

未狩女には、それがキュウの声であるとすぐにわかった。なんだかわからないが、彼女に「許可」を求めているのだ。

「了解。許可します」

心のなかでそう答えると、

「起動しました。他惑星改変用大型システム、稼働いたします。——このシステムは、前回の稼働中にエラーのため強制終了した可能性があります。続きからはじめますか」

わからないわからない。

「そうしてください」

「了解。前回の続きからスタートします」

未狩女とキュウの心はひとつになっていた。これまでは、なんとなくわかる、という程度だったのが、今やキュウの心は未狩女の心であり、未狩女の心はキュウの心であった。

「システムと合体します」

三角形の物体になったキュウは、未狩女の胸もとから飛翔し、一直線にオオナムチの頭部へ向かった。そして、巨像の額に吸い込まれるように消えた。

「合体完了しました」

途端、オオナムチの横筋だけだった「目」が輝き、大きく見開かれた。いつもはなんの表情もないのに、なぜか今は激しい憤怒が感じられ、不動明王のような形相に見えた。巨神は、そろそろと未狩女を地面に降ろすと、邪神に向き直った。神像の体内から、なにかが激しく回転するような、低い音が聞こえはじめた。神像は、腕を少し持ち上げると、両足を交互に動かして前進した。そのたびに大きな金属音が鳴り響く。足が地面に降りるときには雷鳴のような音が轟き、大地が揺れた。

「こ、これは……なんじゃ！」

淀殿は、突然出現した巨神像にとまどった。

「なにもの……かは……しらぬが……わがのぞみ……じゃまだてする……ものは……ようしゃせぬぞ……」


邪神と巨神は、原城の本丸を挟んで向かい合った。

◇

「あははは……なんということじゃあ」

「寸白大神のところに、山にいたあの妙な埴輪が飛んでいったぞ」

「面白や面白や」

「わしは動くと思うておった」

「わしもじゃ」

「これからが見ものじゃのう」

「どちらが勝っても、ぎょうさんにひとが死ぬるわい」

「キリシタンも公儀の軍も残らず死ぬがよいわ」

「あははは……」

「うふふふ……」

◇

「天草の方から神像が空を飛んできた、だと？」

松平信綱は叫んだ。

「天草か……。キリシタンの像ではあるまいな。そうなると、我らは化けものとその像の両方と戦わねばならぬぞ」

「寺沢堅高、申し上げます」

「なんじゃ」

「ご安堵くだされ。あの像は、わが領内の山中に古来よりありしものにて、キリシタン由来にはあらず。あの像を守る神官の言では、オオナムチの神像である、と……」

「オオナムチ？　国造りの神ではないか。それが飛んできたというのは……」

「わが家来笹川なるもの、以前、あの像が動くと申したことがございます。そのときは取るに足らぬ戯言と聞き流しましたが、こうなるとまことであったように思います。笹川によると、恐るべき力を秘めた神像であるとか」

「ううむ……」

「伊豆守さま、もしや、我が国古来の神が邪教キリシタンを一掃するために顕現なされたのでは……」

「だとよいが……」

それが甘い考えであることを、信綱はあとで思い知らされることになった。

◇

神像と怪物は、たがいの出方をはかるようにしばらく対峙していたが、先に手を出したのは邪神のほうだった。孔という孔から緑の汁を噴き出しながら神像に向かって猛進するとみせかけ、その直前で止まると、大きく伸びあがった。その高さは神像を超えていた。うえから、勢いに任せて叩き潰そうというのだろう。邪神はその長い身体をしならせて、腹部で神像の頭を強打した。しかし、神像は微動だにしない。

「外敵排除モードに入ります。許可をお願いします」

未狩女の頭のなかでキュウの声がした。今度も、なんのことだかわからない。

「了解。許可します」

神像の兜から、二本の太い角が伸びた。牛の角のように反り返り、先端は鋭くとがっている。

邪神は、口から十数本の触手を繰り出すと、それを神像にからみつかせ、搾り上げるように締め付けた。

城内からは、変わらずに低く高いオラショが聞こえてくる。

クトルーフー、クートルフー、クー、トー、ルフーーーー

フー、クートルー、フー、クートルフー、フーーーー

巨神像は足を踏ん張ったが、ずるずると邪神のほうに引きずられていく。足が地面に食い込み、土が盛り上がる。

「なにほどの……こともない……でくのぼうよな……」

淀殿は嘲るようにつぶやくと、大量の粘液を神像に浴びせかけた。神像の表面が変色し、煙が濛々と上がった。神像は、四股を踏むようにして両脚を地面に踏ん込むと、腰に差している二本の刀のうち、一刀を抜き、淀殿の口中から伸びている触手をすべて、一気に両断した。触手の根もとからは鮮血がほとばしり、邪神は大きくのけぞって後ずさりした。邪神がふたたび、口のなかから触手を吐こうとしたとき、巨神像の両眼が燃えるように光り、そこから太い赤い光の筋が発射された。二筋の光線は邪神の頭を貫き、大きな穴をあけた。淀殿の顔は一瞬、きょとんとしたような表情を見せたが、すぐに醜く歪み、両眼は倍ほどに見開かれ、

「く、くやしや……くやしや……あと……いっぽと……」

その顔に、縦横に細かい亀裂がゆで卵の殻を割ったように走り、そこから緑色の汁が滲み出てきたかと思うと、木っ端微塵に破裂した。細かい肉片が飛び散り、巨神像の顔や胸にもへばりついた。周辺も、肉と血と粘液と、淀殿の頭に詰まっていたらしい五千百二十一個の脳でぬかるみのようになった。

オラショがぴたりとやんだ。

神像はなおも目から光線を発射し続け、胴体に無数の穴を開けた。ぴゅうぴゅうと乳白色の液がそこから噴き出した。液はしだいに黄色くなり、褐色になり、ついにはどす黒くなった。怪物は、ぶるっ、ぶるっ、と数度大きく全身を震わせると、城に身体を預けるようにして倒れ掛かった。本丸の石垣が崩れ、瓦が割れ、柱が折れた。濛々と立ちのぼる木屑の臭いのなか、怪物は動かなくなった。

「おおっ、神像が化けものをやっつけたばい！」

「すごか！」

遠くから遠眼鏡でその様子をつぶさに見ていた松平信綱も、

「あの巨人は、我らの味方であったか。やはり、オオナムチはこの国を守る神だったのだ……」

感慨深げにそう言った。

しかし、未狩女は一度途切れたオラショの詠唱が、ふたたび城内から流れ出したことに気づいた。

ダルブシ・ダブシ・イヒャンヒュンヨン・ヨンヨ・ンギルン

フタグン・ノリ・アッ・アアッ・リョキビョキ

マズウソブブベニトウ・ウラミシキ・フドラ・ヂロウウォン

ニザメヤ・カスフゾン・ンバンギ・フフデチテ

ガラヤ・ベガラヤンザカアル・チェナチイナ

ルトルッリットルリルル・ンバファニゲミ・ラサア

アニネマ・ビュビュノイ・ドブノジミ・マグリ

ジョビアジ・エンブサ・エベンサバ

バッドベ・コールコー・フム
アッ・アアア・アアド・フングルイ・ミナドノモ
ベノール・ディガヤ・ブネマゲレン・アジッズウ
ビーガバイ・シュラソビ・ングフメイ・アザタイ
イーリュボンス・アッチマーズ・ショショショベ
マクウルメイ・ンドルフイ・ルオカベア・ベアル
ガンゴモンク・ボゲルマイル・チュボヌネカメヘ
アイエバコユ・クンズミタマ・エベスダ・イザアリ
ヘンギエ・アイアイアイ・ツツノゾ・イザラ
ベジョム・スラバベゾン・カトウブ・マザキ・ガトノウタ
イビニンバオ・ウッポリタズムミ・インゲンダ・ヤンバ
ヒジュメジェイ・アレ・アレザベヤ・ムグルナウフ
クートーールフーーーーーーーー

一糸乱れぬオラショは狂熱を帯びて高まり、原城の周辺にまで広がっていった。上空の巨大な渦巻きの回転がその速さを増し、暗い海からは何本もの竜巻が立ち上がった。

（どうなるんだろう……）

未狩女はなにかが起こりそうな気配に震えが止まらなかった。

◇

「ほほう、邪神が負けましたな」

「面白うないのう。これはあの、正義が勝つというやつか」

「負けるにしても、もう少し殺しまくってからにしてほしかったわい。拍子抜けじゃ」

「これでキリシタンどもは処刑か。秀頼殿、言うては悪いが、そこもとの母君が少々抜けておったのではないか」

「ご一同さまの意にそえず、まことにもって申し訳なく……」

「なんの、謝ることはない。楽しい見世物だったぞ」

「お待ちあれ。お上がなにか申されたき儀あり、とのことじゃ。——なになに、なんと、お上があの邪神にご加担なされると申されましたぞ！」

「おお……そりゃまことか」

「お上の申されるには……『ストクイン』を並び替えると『インスクト』になる。南蛮の言葉で『虫』の意だそうじゃ。『インスクト』は『インセスト』、つまり忌まわしき交わりに通じる。益田四郎は、淀の方とその子秀頼の交わりによって生まれたが、崇徳院さまも祖父と母親の交わりで生まれた身の上。それゆえ、なんとか助けてやりたい……とこうおっしゃる」

「ありがたき幸せ。この秀頼、母に代わってお礼申しまする」

黄金色の鷹は、大きく羽根を広げて、一声高らかに鳴いた。

◇

黒雲のあいだを突っ切るようにして、翼の幅が三丈ほどもある大きな鷹が飛来した。鷹は、挑発するかのように神像の周囲を何度も何度も回ると、倒れたままの怪物のうえに舞い降りた。鷹の姿が怪物の身体に溶け込むように消えたかと思うと、怪物の全身が数度、真っ赤に輝いた。まぶしい閃光のなか、怪物の膨満した腹部に、縦一文字に亀裂が走った。そこから、白い大蛇のようなものがぬるりと現れた。身体をのたくらせながら、怪物の腹のなかから出てきたのは、一匹の巨大なサナダムシだった。いや……サナダムシにしてはウロコが生えており、頭部には触角が二本と大きな網目になった目が二つついている。胴体の左右には、先端が爪のようになった脚が何万とついており、胴体の途中には鷹のものと思われる翼がある。そして、尾の先には、黒光りする針のようなものが見えている。

（これは……）

未狩女は思い当たることがあった。オオナムチが一度死んで黄泉国に行ったとき、須佐之男命から試練を与えられる。それは、蛇や蜂、ムカデにあふれた部屋に寝かされるというものだった。この怪物は、サナダムシと蛇を合わせた胴体に蜂の頭部と尻針、ムカデの脚、それにさっきの鷹の翼をあわせもっているのではないだろうか……。

怪物の変貌とともに、城の地面に奇妙な模様が現れた。それは、直線と曲線で描かれているにもかかわらず、見ていると頭痛と吐き気を催すようないびつなものだった。もしも、これが美だというなら、それはこの世のものではない、どこか異世界における「ひとでなし」にとっての美なのだろう。

巨神は、新しい怪物の出現にも動ずることなく、刀を構えた。怪物はいきなり、身体をくねらせながら凄まじい勢いで巨神に体当たりした。巨神は不意を突かれて身体が「くの字」に折れ曲がり、仰向けに倒れた。大地が地震のように揺れ、木々が倒れ、砂煙が上がった。怪物は口から炎を噴き出した。太い火が一筋に放射され、地面を焼き焦がし、神像をなめる。神像はみるみる青白い火炎に包まれた。腕や脚、首などの結合部からぶすぶすという音とともに黒い煙が上がり、身体の表面がギヤマンのように赤熱した。未狩女は、オオナムチの試練のひとつ、草むらにいるときに火を放たれた故事を思い出した。

怪物は、倒れたままのオオナムチの顔面に何度も何度も執拗《しつよう》に頭突きを食らわせたあと、サソリのように尾を曲げると、その先端にある黒い針をオオナムチの首筋に近づけた。太い針の先からは毒とおぼしき汁が滴っている。怪物は、その針をオオナムチの喉のあたりに突き刺した。オオナムチの両眼の赤い光が点滅をはじめた。怪物は、繰り返し針を刺した。やがて、神像の目の光は消え、全身から力が失せた。

「オオナムチさま……！」

未狩女は神像に駆け寄った。その身体が怪物の炎で灼熱と化しているのもかまわず、手で触り、強くさすった。手のひらが火傷《やけど》でめくれあがったが、未狩女は神像をさすり続けた。涙がこぼれ落ち、神像の表面でじゅっと蒸発した。

「巨人を救援せよ！」

それまで遠巻きにして様子をうかがっていた公儀の軍勢が、鉄砲や弓矢を怪物に向けて放ち出した。もちろんそれぐらいではなんの痛手も与えることはできないが、怪物は鬱陶しそうにそちらに向き直った。そのとき、オオナムチの首がぎりぎりと鈍い音をたてながらゆっくりと動き、横向きになった。その額が青く輝き、そこから細い光の糸が射出された。輝く糸は、地面に倒れていた武蔵と十兵衛の身体にまとわりつき、端から巻き付いていった。そして……両剣士の姿は消えた。

オオナムチの両眼にふたたび赤い光が灯った。未狩女にはそれが、瞑《つむ》っていた目を開いたように思えた。神像の内部からまた、低くなにかが回転するような音が聞こえ始めた。

（生き返った……！）

未狩女が離れると同時に、神像は上体を起こし、力強く立ち上がった。両脚を踏みしめると、地面に深い足型がついた。巨人の復活に気づいた怪物は、公儀軍に背を向け、両翼を広げた。そして、二、三度大きくはばたくと地面すれすれを滑空《かっくう》し、勢いをつけるとそこから上昇に転じて、巨神像の胸に激突した。岩と岩とがぶつかりあうような、凄まじい音がした。

だが、神像は倒れなかった。足を地面に食い込ませてずるずると後退はしたものの、腰を落とし、両腕で怪物を抱えて踏みとどまった。神像は、腕をねじるようにして怪物を本丸に叩きつけた。天守が崩れ、壁が壊れて、大勢のキリシタンがそこから落ちていくのが見えた。怪物はぶるぶるっと全身を震わせると、神像に向かって炎を吐きかけた。凄まじい火炎が神像の胴体を焼いた、と見えた瞬間、オオナムチは一旦腰をかがめると、高々と跳躍した。怪物の放った火は足もとの草を焦がしただけだった。神像は空中で刀を二本とも抜いた。

二刀を手にした神像は、怪物目がけて落下しながら、刀を十文字に組み合わせ、それを「八」の字のように左右に払った。怪物の翼が、ふたつとも地面に落ちた。緑色の血が噴き出した。巨人はすかさず、右手の一刀で怪物の頭部を串刺しにし、左手の刀で胴体を斬りつけた。怪物は狂ったようにのたうち回ったが、神像の右の刀で頭を突き刺されているので逃げることができない。怪物は頭を刺されたまま、炎を吹きかけたが、巨人はかわそうともせず、顔面に火を浴びたまま、まず、右手の刀を引き抜いた。そこに開いた穴からも炎が噴き出した。巨人は左手の刀を怪物の首の付け根にあてがい、ずん、と切り落とした。怪物の蜂のような頭部は火をちろちろ噴いたまま大地に落ちて転がった。

神像は、二刀を鞘に納めた。そのとき、怪物の尾が動いた。頭上から神像の頭を狙って、おそろしいほどの速さで黒い針を叩きつけようとした。神像はあわてず、両手を拝むようにしてその針をしっかりと受け止めた。柳生流の極意、真剣白刃取りである。巨人は、尾をつかんで怪物を振り回した。二回、三回……五回目に手を放すと、怪物の身体は弓なりに飛んで、数度地面で跳ねたあと、動かなくなった。しばらくすると、怪物の身体のあちこちから緑色の体液が噴水のように噴出しはじめた。粘液は邪神の身体を溶かしていき、ついにはなにもなくなってしまった。

神像はゆっくりと城に近づくと、ふたたび剣を抜き放った。それを頭上高々と構えると、大きく振りおろした。風が唸り、あたりの空気が震えるほどの凄まじい気迫の一閃だった。崩れかけていた城がまるで豆腐かなにかのように縦真っ二つに割れた。剣は城を完全に両断して、切っ先はその土台にまで食い込んでいた。

地面を覆っていた不気味な模様が消滅した。空を覆っていた黒い雲が消え失せ、回転していた大渦巻も消滅した。海も凪ぎ、波も静まり、いつもの美しさを取り戻した。

城が壊れても細々と続いていたオラショの声が、ついに止まってしまった。逆に、おおおおお、という大歓声が公儀の陣営から上がった。

「勝ったあ！」

「勝った勝った勝った」

足軽たちも侍たちも皆、手を取り合って喜んでいる。

「伊豆守さま、巨神が勝ちましたぞ」

「うむ……よかった。一時はどうなることかと思うたが……」

「これでキリシタンどもを根絶やしにできます」

「わしも胸を張って江戸に戻れる。徳川の天下は安泰。万々歳じゃ」

松平信綱は扇を広げて笑った。

◇

「お上……！」

「お上が戻られたぞ」

「おお、翼がもがれておる。お可哀そうに……」

「お上ほどのお方がしてやられるとは……あの木偶はなにものじゃ」

「待て、お上がなにかおっしゃっておられる。聞け聞け」

◇

（勝った……！）

胸が熱くなった。未狩女が、神像に駆け寄ろうとしたとき、

「外敵排除モード終了。ただいまから通常モードでの稼働に戻ります。前回終了時の続きから作業を行います」

頭のなかでキュウの声がした。巨人の目の光が黄緑色に変じた。両腕を挙げると、ふたたび腰のものを抜いた。しかし、それはさっきまでのような剣ではなく、先端が掬い鍬のようになった器具に変じていた。巨人の全身が蒼くなった。同時に未狩女は、ただならぬ寒さを感じた。気温が急激に下がったように思えた。震えるとかいうような、生易しいものではない。身体が凍り付いて動かないほどの寒さが襲ってきた。

息が苦しい。空気が薄くなってきたのか……いや、そんなはずはない。だが、いくら呼吸をしても肺に行きわたっている気がしない。頭がぼんやりしてきた。そして、なぜか身体が妙に重くなってきた。手も足も、さっきまでの数倍の重さに感じる。地面に這いつくばる。起き上がれない。未狩女は、トカゲのように這うしかなかった。寒い、息苦しい、手足が動かない……必死で顔を上げると、神像の口からなにか薄茶色の気体が噴出しているのが見えた。

(なにを……してるの……)

未狩女の思いに対して、頭のなかで声がした。

「大気組成変更中。窒素十パーセント、二酸化炭素五十パーセント、アルゴン五パーセント、酸素一パーセント以下に変更します」

「なんだかわからないけど……やめて!」

「重力変更中。現在の九・八一m/s2に対して十九・二m/s2に変更します」

「やめて……やめて!」

「気温変更中。マイナス六十二度まで、三段階で下げていきます」

「お願い……やめてえぇっ!」

だが、神像の動きは止まらない。指先を螺旋《らせん》状に変形させたり、目から光線を出したり、口からなにかを噴射したりしながら、塔のようなものを築き始めた。原城をはるかに上回る高さの尖塔だが、上部が人間の手のように三つに分かれ、それぞれがねじ曲がっている。下にいくほど細くなり、土台となるべきところには大根ほどの細さの突起しかない。その小さなものが城より大きな建造物を支えているのだ。巨神は、そういった塔をつぎつぎと作り上げた。ひとつひとつ形が違う。上部が割れた巨大な球状のもの、何万本もの棘を持つハリセンボンのようなもの、ねじくれた数百本の筒をからみあわせたもの……城のなかはわけのわからない建物で埋まっていく。奇怪な塔の数々がまるで林のように立ち並ぶなか、キリシタンたちも、公儀の軍勢も、喉を押さえ、胸をかきむしって倒れていく。息ができないのだ。みるみるうちに周辺は死屍累々《ししるいるい》となった。

「やめてって言ってるのがわからないの！　やめなさい、みんな、死んじゃう。キュウ！　お願い！　キュウウウウウっ！」

未狩女は喉の続くかぎり叫んだが、巨神の耳には届かないようだ。未狩女は神像に近づこうと両腕で地面を掻いたが力尽き、その場に倒れた。そのとき、心臓のあたりを石に強く打ちつけた。左胸に激痛が走った。

「分離されたナビシステムのコントローラー部分の保存を終了しますか」

「…………」

「分離されたナビシステムのコントローラー部分の保存を終了しますか」

「はい……します……」

胸の痛みが激しくなった。右手でそこを触る。肉が盛り上がり、皮膚を突き破ってなにかが出てきた。指が固いものに触れたので、引き剥がして見ると、それはスクナビコナの祠のところで見つけたあの鉄の小片だった。未狩女はそれを握りしめた。

「コントローラーをナビシステムに戻す準備ができました。コントローラーをナビシステムに戻すには、改変作業を一旦中断する必要があります。改変作業を中断しますか」

頭のなかにキュウの声が響いた。

「中断……？　そう……中断……しなさい！」

「コントローラーの中断キーを押してください」

手のなかで、小片がぼんやりと輝き出した。未狩女はその小片を指で撫でた。ピ、という音がした。

「他惑星改変用大型システムは中断信号を受け入れました。起動状態を解除し、待機モードに入ります」

巨神は刀を仕舞うと、両手を下ろし、まっすぐに立った。その額からなにかが未狩女目がけて飛んだ。それはキュウだった。いつものふわふわした小動物に戻っていた。未狩女の手に乗ったキュウはしばらく身体を未狩女に擦りつけていたが、そのうちに動かなくなった。

(眠ったんだ……)

未狩女がそう思ったとき、大滝が落下するような音が巨神の体内から聞こえてきた。全身が赤く発光したかと思うと、巨神の身体が少しずつ変形しはじめた。頭部が胴体にめり込み、両手両脚が蛇腹《じゃばら》のように縮んだ。鎧が広がって、全体を包み込み、巨神はあっという間に巨大な火の玉へと変じた。そのまま垂直に上昇し、轟音を響かせながら海のほうに飛んでいった。

未狩女は、目に見えないものがのしかかっていたような重みがふっと消え、身体が動くようになった。呼吸も少しずつできるようになった。気温も上昇しているようだ。未狩女はよろよろと歩き出した。四郎を探すためだ。

あたりは屍であふれていた。生きているものも少なからずいたが、皆、悲愴な顔で足を引きずっている。キリシタンの多くは邪神が衝突したとき天守閣から墜落したらしく、地面に積み重なるようにして死んでいた。しかし、そのなかに四郎の姿はなかった。

柳生十兵衛と宮本武蔵は、いつのまにか消えていた。息を吹き返して立ち去ったのかもしれない、と未狩女は思った。

未狩女は、半ば崩れた本丸の天守を登った。あちこちに死体が転がっていた。階段の途中にも死体が累積しており、未狩女はそれらを踏みつけるしかなかった。最上層の大広間はいまだ緑色の粘液がたっぷりと溜まっていた。そのなかに無数の死者が浮いていた。未狩女はそこに飛び込むと、四郎を探した。

一刻ほどして、ようやく四郎が見つかった。彼は粘液に仰向けに浮いていた。未狩女が抱き起こすと、「神の子」はかすかに笑い、

「やっぱりこうなった……」

つぶやくようにそう言った。

「四郎……」

「私は……わかったんだ。そう……わかったんだ」

「なにがわかったの」

「オオナムチは、どこか遠いところから来た神だ。オオナムチとスクナビコナは『国を造る』ためにだれかが送り込んだ。オオナムチは土木のためのからくり、スクナビコナはそれを操るための頭脳だ。でも、その国は『神の国』であって、人間のための国ではない。神とひととはいっしょには暮らせない。オオナムチが動くとこの世が滅びるとはそういうことだ。この世が神の国になれば、ひとは死ぬしかないから……」

「しゃべっちゃだめ。私が手当てするから……」

「オオナムチは、ここを彼らの国と同じ様子に整えるために来た。そうして神のための『国造り』が終わると、オオナムチとスクナビコナは、この世界を神の国に変えたら、天津神にそれを譲る。国造りや国譲りとはそういうことだ……」

「黙って。お願い……黙って」

「私はもう助からない……。母親がひと足先に逝った黄泉国へ行く。おまえとは……会えないな」

「…………」

「オオナムチと私が呼び出した邪神は、きっと同じようなものだ。見ていればわかる。異界から来て、この世界をかつての彼らの棲《す》み処《か》と同じように変えようとする。彼ら自身には悪気はない。我々人間の

ことも眼中にはない。ただ……そういう風な存在だ、というだけだ。おそらくクトルスさまも……いや、デウスもキリストも……おそらく……」

四郎の息が荒くなってきた。

「四郎……四郎！」

「未狩女……さよなら……オオナムチは……兄弟である八十神《やそがみ》を……駆逐した。あれは……きっと……耶蘇神のことだ。オオナムチは……我々キリシタンを……」

そこまで言うと、四郎は目を閉じた。首ががくりと横を向き、身体が粘液のなかに沈んでいった。未狩女は天を仰いで、おんおんと泣いた。

◇

松平信綱率いる公儀の大軍は、原城へと押し寄せた。彼らは生き残っていたキリシタンを制圧し、幼いこどもや年寄りも含め、残らず首をはねて皆殺しにした。信綱は、城内に造られた不気味な建造物に火を放つよう命じた。

「なにもかも消してしまうのだ。かかるものが上さまの目に入ってはいかぬ。燃やせ……残らず燃やして……なかったことにせよ」

彼はそう厳命した。十数カ所で火の手が上がり、原城は火炎に包まれた。

劫火じゃ、とだれかが言った。狂竜じゃ、と言ったものもいた。島原の空をあかあかと染めて噴き上がる炎とそれを包む黒煙は、巨大な生き物のように左右に動きながら上昇を続け、真っ赤に焼けた炭や瓦片を周辺に雨と降り注いでいる。あたりに充満する焦げた臭いの凄まじさは、吸ったものがことごとく嘔吐するほどだ。

石垣が焼け、櫓が崩れ、大勢の血を吸った城のすべてが灰燼《かいじん》と化してしまうまで、知恵伊豆はじっと見守っていた。

エピローグ

キリシタンの死者三万七千名、公儀方の死者およそ千二百名ということで、この未曾有の宗門一揆は終わりを告げた。島原城城主松倉勝家は領民への無慈悲な政《まつりごと》のせいで天下の騒乱を引き起こした責めとして改易され、斬首という武士としては極刑に処された。重臣たちも連座して打ち首になった。唐津城城主寺沢堅高は領地のうち半分に当たる天草四万石を没収《もっしゅ》され、出仕を禁じられたあげく、四年後、「乱心」してみずから命を絶った。寺沢家は断絶した。ほかにも、乱に関わった多くの大名が蟄居閉門を言い渡された。

徳川家光はこの乱を受けてキリシタンへの弾圧を強めることとした。五人組や寺請けの制を設けたほか、葡萄牙船の来航を禁じた。こうして、明治に至るまで、キリシタンに対する厳しい法度は日本中で徹底され、数少ないキリシタンは「隠れ」として地下に潜って細々と命脈を保つしかなかった。

未狩女は、脚の爛れやあちこちの怪我などのせいで三カ月ほど寝込んだが、ようよう本復した。久しぶりに巫女姿になり、境内を掃除した。清浄な空気を吸うと気持ちまでせいせいするようだ。

「ミカ……ミカはおらぬか」

父親が呼んでいる。封魔斎は近頃、以前に比べると少しばかり身体の具合がよいらしい。

「はい、ただいま……」

箒を置いて居間に行くと、封魔斎は布団のうえに起き上がり、珍しく衣冠束帯をつけている。

「父上、そのお姿は……」

「話がある」

「はい……」

「今日かぎり、封魔斎の名はおまえに譲る。今後は当神社の宮司として、我らの使命を肝に銘じて務めてくれるよう」

　未狩女は平伏した。

「此度はなんとか、オオナムチさまを途中で止めることができたが、もし、あのまま動き続けていたらどうなったか……おまえにもわかったであろう」

「はい」

「オオナムチさまは、どこかよその世界からこの国に送り込まれてきたのだろう。日本にはほかにも、でいだらぼっちや弥五郎どん、手洗い鬼など巨人の言い伝えが多いが、それはかつてこの国を造り変えようとしたオオナムチさまのことが伝承されたものだと思う。だが、わしが調べたかぎりではよその国にも巨人伝説は数々ある。キリシタンにはネヒリムやゴウレム、希臘《ギリシャ》にはサイクロフやタイタン、ギガス、タロウス……いくらでもある。どういうことかわかるか」

「いえ……」

「おそらくオオナムチさまと同じようなものが世界中に送り込まれているのだ。それらもいつか目を覚ます。発動のときを待っているのだ。そうなったときは……」

　世界は終わる、と未狩女は思った。

「オオナムチさまはどこから来たのでしょう」

　封魔斎は答えず、黙って窓から見える空の彼方を指差した。

◇

　未狩女は、西の山へやって来た。清々しい風が木々の葉を揺らす。いい香りが漂うなかを未狩女は歩いた。オオナムチの像はもとの洞窟に戻っている。ここに鎮座しているかぎり、ひとに見つかることはあまりないだろう。なんの表情もない神像を見つめ、未狩女は思った。

（あの邪神もよその世界からやってきた。クトルスという主神はまだ目を覚ましていないそうだけど、それが覚醒《かくせい》したら……）

クトルスもオオナムチも同じだ、と言った四郎の言葉を思い出しながら、未狩女は手をそっと開いた。そこには、あれ以来微動だにしないキュウがちょこんと乗っていた。

・本作品執筆において、左記の資料を参考にさせていただき、一部を引用させていただきました。
「ザヴィエル」吉田小五郎（吉川弘文館）
「日本キリスト教史」五野井隆文（吉川弘文館）
「ザビエルの同伴者アンジロー」岸野久（吉川弘文館）
「ザビエルと日本」岸野久（吉川弘文館）
「島原・天草の乱」煎本増夫（新人物往来社）
「街道をゆく17　島原・天草の諸道」司馬遼太郎（朝日新聞出版）
「島原の乱」神田千里（中央公論新社）
・本作品はフィクションであり、実在のどんな人物、団体、宗教とも関わりがありません。

あとがき

本書『大魔神伝奇』が成立した経緯について少しだけ述べさせていただきたい。まず、大映がまだ徳間書店の傘下にあったころ、「大魔神」の再映画化の企画がもちあがり、筒井康隆さんが脚本を書くことになっているので、そのノベライズをやらないか、という話が私のところに来た。ノベライズといっても好き勝手に書いていいから、と言われ、一も二もなく引き受けた。あの大魔神を小説のなかで自由に動かせるなんて夢のような話ではないか。とりあえずプロットを作ったのだが、残念ながらその映画の企画は没になり、筒井さんのシナリオだけが「SF Japan」という雑誌に掲載された（のちに単行本化）。「小説のほうは出すから、このまま進めてほしい」と言われたものの、そのすぐあと、大映の権利は徳間書店から角川に移り、もちろん小説の話もパーになった。どうしても大魔神を書きたかった私は、角川の当時の担当氏を通じて、「徳間で大魔神の出てくる小説を書きたいのだが、許可をもらえないか。もしくは角川でそれを書かせてもらえないか」と打診してみたのだが、どちらも却下された。今にして思えば「大魔神カノン」というテレビシリーズの企画が進行していたのだろう。というわけで、完全に座礁した本作だったが、創土社さんから、東京創元社から出たクトゥルーアンソロジー『秘神界』（朝松健さん編纂の傑作アンソロジーです）に収録された「邪宗門伝来秘史（序）」という中編の続編を書かないかという申し出があったときに、ふとこの不憫な大魔神ネタのことを思い出したのである。「邪宗門……」は、途中で時間切れになり、序章だけ書いて放り出した不憫な作品だったので、これもいつか続きを書かなきゃなあ……と思っていたのだ。このふたつを組み合わせれば、どちらも生かすことができ、不憫＋不憫＝大傑作……となるのではないか。早速、角川の現在の担当氏に、プロットを添えて打診してみると、今回はＯＫが出た。というわけで、約十五年の歳月をかけて、ここにこうして「大魔神伝奇」をお届けする次第であります。

二〇一五年八月

田中　啓文

冒頭の「邪宗門伝来秘史」は、『秘神界―歴史編』（創元推理文庫・二〇〇二年）に収録された「邪宗門伝来秘史（序）」を改題し、再録したものです。

編集部

武蔵
柳生
人物ラフ
カ
四郎
アルフォンゾ

《SF バイオ・ホラー・アクション　復刊》

二重螺旋の悪魔　完全版

梅原 克文

本体価格・二三〇〇円／四六版
カバーイラスト・開田 裕治

《作品紹介》

人間の DNA 情報イントロンに隠された謎、それはパンドラの箱であり、その謎を解き明かす時、人類は未曽有の危機を自ら招く。「神経超電導化」によって超人化した人類と異形のものたち GOO(グレート・オールド・ワン) との壮絶な戦いが、お互いの存亡をかけて世界中で繰り広げられる。恐竜はなぜ絶滅したのか？ 進化とは何か？ 神は存在するのか？ その答えの全てが解き明かされる！

生命の根源を揺るがす近未来スーパーアクション・バイオ・ホラー『二重螺旋の悪魔』がここに甦る！

1993 年に朝日ソノラマより出版された（のちに角川ホラー文庫より復刊）上下巻に、21 世紀版として加筆修正を加え、完全版として 1 冊に収録。

《日本初のクトゥルー長編小説・復刊》

クトゥルー・オペラ　邪神降臨

風見潤

本体価格・一九〇〇円／四六版

カバーイラスト・中村銀子　挿絵・二木靖

《作品紹介》

宇宙の底、虚無の深淵で長い眠りからアザトートは目覚めた。〈旧き神〉の手で知性の全てを剥奪されたアザトートの脳裏に浮かんだのは「——その星を、いま一度、この手に」であった。1997年、世界各地では異形のものたちが邪神の復活を前に蠢き始める。邪神たちを迎えうつために選ばれし7組の双子たち。果たして彼らは人類を、地球を、救うことができるのか！

1980～1982年に朝日ソノラマより出版された（ソノラマ文庫より復刊）全4冊（『邪神惑星一九九七年』『地底の黒い神』『双子神の逆襲』『暗黒球の魔神』）」を1冊に収録。

クトゥルー・ミュトス・ファイルズ
The Cthulhu Mythos Files

大魔神伝奇

2015年9月20日　第1刷

著　者
田中 啓文

発行人
酒井 武史

カバーおよび本文中のイラスト　黒瀬 仁

発行所　株式会社　創土社
〒165-0031 東京都中野区上鷺宮 5-18-3
電話 03-3970-2669　FAX 03-3825-8714
http://www.soudosha.jp

印刷　株式会社シナノ
ISBN978-4-7988-3029-2　C0093
定価はカバーに印刷してあります。

《近刊予告》

『ウエスタン忍風帳』

菊地 秀行

小説家ネッド・バントラインがその日本人と会ったのは、西部辺境《フロンティア》取材の途次だった。

駅馬車の宿駅で、口から火を吐き無頼漢どもを撃退した男は、忍者《NINJA》シノビと名乗った。仲間を殺害、逃亡した同類たちを追って、大西部を放浪中だという。

彼こそベストセラーの素《もと》だと踏んだバントラインは、わずかな借金を恩に着せ、その旅に同行する。

だが、それは“比類なきでっち上げの名手”を自覚するバントラインの想像を遥かに凌駕《りょうが》する魔闘の道程だった。

犬に変身する忍者は、勇猛果敢《ゆうもうかかん》なコマンチ族を餌食《えじき》にし、忍法「揺れ四方《YOURESIHOU》」は無法者ビリーザ・キッドの立つ大地を陥没《かんぼつ》させる。対するシノビの忍法「髪しばり《KAMISIBARI》」、そして凶盗ジェシー・ジェームスをも驚倒させる忍法「幻《まぼろし》菩薩《ぼさつ》」。

やがて、奇怪な分身に苛《さいな》まれる日本娘・お霧を伴った二人は、テキサスの果てサンアントニオを訪れる。そこには、死者を復活させる魔女エクセレントが待ち構えていた……。

ふたたび西部の荒野に炸裂する忍法と六連発。

次々に現れる強敵をシノビはいかに迎え撃つ？　そして、バントラインとお霧の運命は？

『邪神決闘伝』に次いでお送りする忍法ウエスタンの傑作！

カバーイラスト：望月三起也

——2015年10月発売予定